Sam Lloyd wuchs im englischen Hampshire auf. Schon als kleiner Junge dachte er sich Geschichten aus und baute sich Verstecke in den umliegenden Wäldern. Heute lebt er mit seiner Frau und drei kleinen Söhnen in Surrey. Auf sein Debüt «Der Mädchenwald» folgte 2022 sein Thriller «Sturmopfer».

Katharina Naumann ist Autorin, freie Lektorin und Übersetzerin und lebt in Hamburg. Sie hat unter anderem Werke von Jojo Moyes, Anna McPartlin und Jeanine Cummins übersetzt.

«Gruselig und überraschend bis zur letzten Seite.»
Westfalen-Blatt

«Ein (alb-)traumhaftes Debüt.» *Emotion*

«Ein neues Thriller-Talent, wie man es selten findet.»
Daily Mail

«Ohne Zweifel der beste Thriller, den ich seit langer, langer Zeit gelesen habe.»
Lesley Kara, Autorin von «The Rumour»

Sam Lloyd

DER MÄDCHENWALD

THRILLER

Aus dem Englischen von
Katharina Naumann

Rowohlt Taschenbuch Verlag

Die Originalausgabe erschien 2020
unter dem Titel «The Memory Wood»
bei Bantam Press/Transworld Publishers, London.

Veröffentlicht im Rowohlt Taschenbuch Verlag,
Hamburg, Mai 2022

Redaktion Silke Jellinghaus
Covergestaltung ZERO Werbeagentur, München,
nach dem Original von Penguin Random House UK
Coverabbildung Carmen Spitznagel / plainpicture; Shutterstock
Satz aus der Quadraat
bei Pinkuin Satz und Datentechnik, Berlin
Druck und Bindung GGP Media GmbH, Pößneck, Germany
ISBN 978-3-499-00114-7

Die Rowohlt Verlage haben sich zu einer nachhaltigen Buchproduktion verpflichtet. Gemeinsam mit unseren Partnern und Lieferanten setzen wir uns für eine klimaneutrale Buchproduktion ein, die den Erwerb von Klimazertifikaten zur Kompensation des CO_2-Ausstoßes einschließt.
www.klimaneutralerverlag.de

MIX
Papier aus verantwortungsvollen Quellen
FSC® C014496
www.fsc.org

Für Rae und John Carrington,
die freundlichsten, lustigsten und skandalösesten
Schwiegereltern, die man sich nur wünschen kann.

TEIL I

ELIJAH

Tag 6

I

Als sie wieder ins Zimmer kommen, sitze ich nicht mehr auf dem Stuhl. Stattdessen habe ich mich auf den Tisch gesetzt und lasse die nackten Beine baumeln. Ein rosafarbenes Pflaster klebt auf meinem Knie. Eigenartig, dass ich mich nicht daran erinnere, wie die Wunde zustande gekommen ist.

Sie ziehen die Augenbrauen hoch, als sie bemerken, dass ich mich umgesetzt habe, aber niemand sagt etwas dazu. Der Tisch ist am Boden festgeschraubt, sodass er nicht umkippen und mich verletzen kann. Mit zehn Jahren habe ich mir einmal das Bein gebrochen, als ich im Mädchenwald herumrannte. Ich bin fast daran gestorben, aber das war vor zwei Jahren. Jetzt bin ich viel vorsichtiger.

«Wir sind jetzt wohl fertig, Elijah», sagt einer von ihnen. «Freust du dich schon auf zu Hause?»

Ich schaue mich um. Zum ersten Mal bemerke ich, dass das Zimmer keine Fenster hat. Vielleicht liegt das an den Leuten, die sich hier normalerweise aufhalten – böse Menschen, nicht solche wie jetzt bei mir. Diese hier sind Polizisten, auch wenn sie keine Uniformen tragen. Vorhin hat mir der, der mir eine Cola gebracht hat, erzählt, dass sie *Spiel*kleidung tragen. Vielleicht hat er auch nur einen Witz gemacht. Für einen Zwölfjährigen habe ich einen ziemlich hohen IQ, aber solche Scherze habe ich noch nie so richtig verstanden.

Einen Moment lang vergesse ich, dass sie mich immer noch beobachten und auf eine Antwort warten. Ich schaue auf und nicke, dabei baumele ich heftiger mit den Beinen. Warum sollte ich mich auch nicht auf zu Hause freuen?

Mein Gesicht verändert sich. Ich glaube, ich lächele.

II

Wir sitzen im Auto. Papa fährt. Zauber-Annie, die auf der anderen Seite des Mädchenwalds lebt, sagt, dass die meisten Kinder heutzutage ihre Eltern Mum und Dad nennen. Ich bin mir ziemlich sicher, dass ich das früher auch getan habe. Ich weiß auch nicht, warum ich irgendwann zu Mama und Papa übergegangen bin. Ich lese eine Menge Bücher, hauptsächlich, weil wir kein Geld für neuere Sachen haben. Vielleicht liegt es daran.

«Haben sie dich befragt?», will Papa wissen.

«Worüber?»

«Oh, einfach so.»

Er wird vor einer Kreuzung langsamer, obwohl er Vorfahrt hat. Immer schön vorsichtig, so ist Papa. Immer in Sorge, dass er einen Fahrradfahrer oder jemanden anfahren könnte, der gerade seinen Hund Gassi führt.

«Sie haben mich nach euch gefragt», sage ich.

Auf dem Beifahrersitz wendet Mama den Kopf und sieht ihn an. Papas Aufmerksamkeit bleibt auf die Straße gerichtet. Er hält das Lenkrad ganz sanft, die Handgelenke hat er angewinkelt. Das lässt ihn ein bisschen wie einen bettelnden Hund aussehen, und plötzlich muss ich an den Arthur-Sarnoff-Druck denken, der an unserer Wohnzimmerwand hängt. Er zeigt einen Beagle, der gegen eine Gruppe fieser Hunde mit Zigarren im

Maul Billard spielt. Das Bild heißt *Hey! One Leg on the Floor!*, weil der Beagle auf einem Tritt steht, und das ist Mogeln. Mama hasst das Bild, aber ich mag es. Es ist das einzige Bild, das wir haben.

«Was haben sie dich denn gefragt?»

«Ach weißt du, über Papa, so Zeugs. Was du arbeitest, welche Hobbys du hast, solche Sachen.» Ich beschließe, ihre anderen Fragen noch nicht zu erwähnen, meine Antworten ebenfalls nicht. Erst brauche ich noch ein bisschen Zeit zum Nachdenken. In den letzten Tagen ist eine Menge passiert, und ich muss das erst einmal verdauen. Manchmal kann das Leben ziemlich verwirrend sein, selbst für ein Kind mit einem hohen IQ.

«Und was hast du ihnen gesagt?»

«Ich habe gesagt, dass du Gärtner bist. Und dass du Dinge reparierst.» Ich mache eine Falte in das rosafarbene Pflaster auf meinem Knie und zucke zusammen. «Ich habe ihnen von der Krähe erzählt, die du gerettet hast.»

Wir fanden die Krähe eines Morgens draußen vor der Hintertür. Sie flatterte und hatte einen gebrochenen Flügel. Papa pflegte sie drei Tage lang, fütterte sie mit in Milch getunkten Brotstückchen. Am vierten Tag kamen wir nach unten, und sie war fort. Krähenknochen, sagte Papa damals, wachsen viel schneller wieder zusammen als Menschenknochen.

III

Wir kommen zum Stadtrand. Weniger Gebäude, weniger Menschen. Auf dem Bürgersteig entdecke ich zwei Jungen, die Schuluniformen tragen: graue Hosen, braune Jacketts, abgewetzte schwarze Schuhe. Sie sehen aus, als wären sie ungefähr in meinem Alter. Ich frage mich, wie es wohl ist, Unterricht in der Schule zu haben statt zu Hause. In unserem Haus gibt es kein Buch, das ich nicht mindestens zehnmal gelesen habe, daher bin ich mir ziemlich sicher, dass ich gut wäre in der Schule. Zauber-Annie sagt, ich hätte einen beachtlichen Wortschatz für mein Alter. Es gab mal einen Dramatiker, der sechzigtausend Wörter kannte. Ich würde ihn gern schlagen, wenn ich kann.

Wir rasen vorbei, und ich lege die Handfläche ans Fenster. Ich stelle mir vor, wie sich die Jungen umdrehen und mir zuwinken. Aber sie tun es nicht, und dann sind sie auch schon fort.

«Hast du auch über mich gesprochen?», fragt Mama.

Ihr Gesicht ist immer noch zur Seite gewandt. Mir fällt auf, wie hübsch sie heute aussieht. Wenn die tiefstehende Sonne durch die Wolken bricht, leuchtet ihr Haar auf wie Piratengold. Sie sieht aus wie ein Engel oder wie eine von diesen königlichen Kriegerinnen, von denen ich gelesen habe: Boudicca vielleicht, oder Artemis. Ich möchte am liebsten nach vorn klettern und mich auf ihren Schoß setzen. Stattdessen verdrehe ich in gespielter Verzweiflung die Augen: «Ich bin doch kein *kompletter* Tölpel. Nur weil ich mich dieses eine Mal verlaufen habe.»

Tölpel ist mein neues Lieblingswort. Letzte Woche war es *Schwadroneur*, ein altes Wort für eine ausnehmend geschwätzige Person. In jedermanns Leben sollte es ein paar Schwadroneure geben, am besten zusammen mit ein paar Tölpeln, die ihnen Gesellschaft leisten.

Ich schaue erneut aus dem Fenster. Diesmal sehe ich nur Felder. «Ich hoffe, Gretel geht es gut.»

«Gretel?», fragt Papa.

Sofort habe ich ein komisches Gefühl im Bauch, eine schmierige Glitschigkeit, als wäre da eine Schlange in mir, die sich windet und ringelt. Gretel, fällt mir wieder ein, ist ein Geheimnis. Ich schaue hoch und fange Papas Blick im Rückspiegel auf. Er hat die Brauen zusammengezogen. Meine Hände beginnen zu zittern.

Ich sehe Mama an. Eine Ader an ihrem Hals pulsiert. «Es *gibt* keine Gretel, Elijah», sagt sie. «Ich dachte, das hättest du verstanden.»

Die Schlange schlängelt sich in meinem Bauch. «Ich ... ich meine doch Zauber-Annie», stammele ich hektisch. «Das ist mein Spitzname für sie. Hab ich mir mal ausgedacht. Nur so aus Quatsch.»

Papas Augen schweben im Rückspiegel. «Ich finde, *Zauber-Annie* passt besser zu ihr als *Gretel*», sagt er. «Oder nicht, Sportsfreund?»

Ich habe einen sauren Geschmack im Mund, als hätte ich in einen Käfer oder in eine Kröte gebissen. Ich fahre mit der Zunge über meine Zähne und schlucke. «Ja, Papa.»

IV

Bei uns zu Hause ist es nicht wie in den Städten, die ich bei Zauber-Annie im Fernsehen gesehen habe. Es gibt hier keine hoch aufragenden Wohnblocks oder Reihen moderner Häuser – nur Wälder, Felder, Scheunen, Kuhställe und das Herrenhaus, das Rufus Hall heißt. Über das Land verstreut stehen ein paar Stein-Cottages, so wie unseres. Man nennt sie Dienst-Cottages, weil dort früher das Personal wohnte.

Hinter dem Mädchenwald liegt der Knöchelchensee. So heißt der See nicht wirklich – ich glaube, er hat gar keinen Namen. Aber ich habe einmal im Uferschilf drei winzige Knochen gefunden, durch Gelenke verbunden. Sie sahen aus wie die Knöchelchen im Zeigefinger eines kleinen Kindes. Ich habe sie in meine

Sammlung von Andenken und seltsamen Funden gelegt, die ich in einer Tupper-Dose unter einem losen Dielenbrett in meinem Zimmer aufbewahre.

Nicht weit vom See liegt der Ort, den ich Schrottstadt nenne. Es ist eigentlich eher ein Lager als eine Ortschaft, eine bunt gemischte Ansammlung von Trucks und Wohnwagen, die vor langer Zeit hier abgestellt wurden und jetzt zu verrostet sind, als dass sie noch wegfahren könnten. Ich habe nie kapiert, warum die Meuniers die Schrottstadt-Leute auf ihrem Land wohnen lassen, aber sie tun es.

Die Meuniers leben oben in Rufus Hall, die beiden ganz allein in einem riesigen Haus. Leon Meunier verbringt die meiste Zeit in London. Aber wenn er auf seinem Anwesen ist, sehe ich ihn oft, dann fährt er mit seinem schwarzen Land Rover Defender herum und macht ein Gesicht, als hätte er Angst, dass ihm der Himmel auf den Kopf fällt. Es wäre toll, einmal das Haus und seine Gärten zu erkunden, aber Papa erlaubt es nicht.

Wir halten vor unserem Haus. Mama senkt auf dem Beifahrersitz den Kopf. Ob sie wohl betet? Ich merke, dass meine Hände aufgehört haben zu zittern. Ich öffne den Gurt und lege die Hand auf den Türgriff, aber natürlich kann ich nicht raus. Meine Eltern haben immer noch die Kindersicherung eingeschaltet, obwohl ich schon zwölf Jahre alt bin.

Ich warte ab, bis Papa mir die Tür öffnet. Dann winde ich mich aus meinem Sitz. Er geht mit schweren Schritten den Gartenweg entlang, die Schultern hochgezogen, als lastete das Leid der ganzen Welt auf ihnen. Mama und ich gehen hinter ihm her.

Die Fenster unseres Cottages sind dunkel, sie geben keinerlei Hinweis darauf, was sich dahinter verbirgt. Es gibt keinen Briefkasten, darum wird die Post an die Meuniers ausgeliefert. Papa bekommt nur selten Briefe, Mama nie. An unserer Tür hängt keine Hausnummer, weil wir nicht in einer richtigen Straße wohnen. Wenn mir jemals jemand schreiben wollte, müsste er auf den Umschlag schreiben: *Elijah North, Gamekeeper's Cottage, C/O* LORD MEUNIER OF FAMERHYTHE, *Rufus Hall, Meunierfields.* Das ist eine Menge Text.

Ein umgekehrtes Hufeisen hängt über der Tür, damit es uns ein wenig Glück einfängt. Ich gehe darunter hindurch ins Haus.

V

Ich stehe in meinem Zimmer am Fenster. Wir sind seit zwanzig Minuten zu Hause, und ich will unbedingt raus, aber ich darf nicht, noch nicht.

Ich höre, wie die Hintertür aufklappt, und trete näher an die Fensterscheibe. Unten im Garten kommt Papa in Sicht. Er zieht ein Päckchen Mayfairs aus seiner Brusttasche und zündet sich eine an. Er lehnt sich gegen den Kohlenschuppen und bläst eine Rauchwolke in den Himmel. Ich gehe in den Flur, schleiche die Treppe hinunter und durch die Eingangstür nach draußen.

Von unserem Cottage bis zum Mädchenwald sind es nur fünf Minuten zu Fuß. Ich schaffe es in der Hälfte der Zeit, indem ich den Pfad neben dem Brachfeld entlangrenne. Der Himmel lastet wie eine Stahlplatte auf der Landschaft. Der Tag fühlt sich schwer an, als drohte ihn sein eigenes Gewicht zu zerdrücken.

Ich bin schon beinahe dort, als ich das Geschrei höre. Ich fahre herum und sehe eine Krähenfamilie, die sich im Brachfeld zankt. Irgendetwas hat ihr Interesse geweckt – vermutlich die Überreste eines Hasen oder Fasans, die ein Fuchs übrig gelassen hat. Die Leibspeise von Krähen, habe ich einmal gelesen, ist *Aas*.

Ziemlich eklig.

VI

Es ist kühl im Mädchenwald, was merkwürdig ist, weil kaum ein Wind geht. Wasser tropft unablässig vom Laub herunter, das kommt vom Regen heute Morgen. Unter meinen Turnschuhen ist der Waldboden ganz weich und feucht.

Das Brachfeld ist jetzt von den Bäumen verdeckt, und das Geschrei der Krähen dringt nur noch gedämpft herüber. Vor mir nehme ich eine Bewegung wahr. Das könnte alles Mögliche sein, aber es gibt nur einen, vor dem ich mich fürchte. Meine Eltern haben ihn auf dem Weg nach Hause nicht erwähnt, und ich habe extra nicht nachgefragt. Manchmal habe ich Angst, dass seine Macht über mich stärker wird, je öfter ich seinen Namen ausspreche – und dass damit auch seine Grausamkeit stärker wird.

Vielleicht ist *Grausamkeit* nicht ganz das richtige Wort. Einmal habe ich im Fernsehen in Zauber-Annies Wohnwagen einen Weißen Hai die Meeresoberfläche durchbrechen und einen Babyseehund in zwei Teile beißen sehen. Es sah grausam aus, aber das war es gar nicht – es war seine Natur. Der Hai hatte Hunger, und der Babyseehund war seine Beute. Die anderen kleinen Seehunde blieben am Ufer, sobald sie die Rückenfinne des Hais im Meer auftauchen sahen, was wieder einmal beweist, wie wichtig gute Instinkte sind. Gute Instinkte sind etwas, worüber ich ziemlich oft nachdenke.

Jetzt, im Mädchenwald, gehe ich langsamer. Ich habe schon Hirsche zwischen diesen Bäumen gesehen, aber ihr Fell gleicht sich so perfekt den Farben des Waldes an, dass ich oft nur ihre Augen bemerke. Doch die plötzliche Bewegung eben war kein Hirsch.

Ich überlege, zurück zum Brachfeld zu rennen und von dort

aus wieder nach Hause. Aber das geht auf keinen Fall. Ich bin aus einem bestimmten Grund hergekommen, einem Grund, der zu wichtig ist, um mir jetzt in die Hosen zu machen.

Schlechte Instinkte.

Obwohl mein Herz bis zum Hals schlägt, verdrehe ich die Augen. Vor drei Wochen war mein Lieblingswort noch *melodramatisch*. Das ist jetzt ziemlich treffend. Ich weiß nicht *genau*, ob ich schlechte Instinkte habe. Aber ich bin in der Nähe dieses Waldes aufgewachsen und habe dabei gelernt, zweimal hinzusehen, bevor ich meinen Augen traue.

Ich wappne mich innerlich und mache einen Schritt vorwärts. Kein erschrockenes Rehkitz oder Dachs bricht aus dem Unterholz. Keine Eule oder Habicht steigt aus dem Laub über mir hinauf. Ich mache noch einen Schritt, dann einen dritten und schaue mir über die Schulter, um sicherzugehen, dass sich hinter mir nichts anpirscht.

Minuten später trete ich auf die Lichtung, und plötzlich ist mein Mund so trocken wie die Fingerknöchelchen in meiner Sammlung von Andenken und seltsamen Funden.

VII

Es ist ein ziemlich trister Ort, nicht der beste Platz für ein Cottage, was vermutlich der Grund dafür ist, dass es jetzt verfällt. Papa hat einmal erzählt, dass hier früher der leitende Gärtner des Anwesens wohnte, als die Vorfahren der Meuniers noch einen beschäftigten. Was das Cottage so gruselig macht, ist die Tatsache, dass es exakt genauso aussieht wie unseres, bis hin zum Hufeisen über der Tür. Das Hufeisen hier ist allerdings verrostet. Und es hat dem Haus ganz sicher kein Glück gebracht.

Kein bisschen Glas ist mehr in den Fenstern. Die Zweige einer Esche ragen aus dem Raum, der wohl das Wohnzimmer war. Ein paar Ziegel sind vom Dach verschwunden, geplündert, um damit andere Gebäude auf dem Anwesen zu reparieren. Papas Werk, ohne Zweifel – er hasst es, wenn nützliche Dinge verkommen. Die noch vorhandenen Ziegel sind mit Vogeldreck befleckt und von Moos bewachsen, sodass das Cottage aussieht, als hauste dort ein böser Zauberer. Über allem hängt ein Klogeruch, der sich mit dem Gestank von etwas noch Faulerem mischt.

Hätte ich doch nur meine Jacke angezogen. Im Mädchenwald ist es kühl, aber dort, wohin ich gehe, ist es kalt, schmutzig und dunkel. Ich schaue mich noch einmal auf der Lichtung um. Ich sehe blutende Bäume, Farngestrüpp, einen metallenen Himmel, der wie die Klinge einer Guillotine über mir hängt.

In der Nähe der Haustür finde ich einen Fleck auf dem Waldboden, der aussieht, als hätte man die toten Blätter dort aufgewühlt. Ich bin mir ziemlich sicher, dass ich beim letzten Mal eine Holzkiste mit altem Werkzeug vor dem Eingang gesehen habe. Jetzt ist sie nicht mehr da, aber nirgends, wo sie gestanden haben kann, ist ein Abdruck auf der Erde. Vielleicht täuscht mich meine Erinnerung aber auch.

Ein Schrei durchdringt die Stille. Von einem Baum auf der anderen Seite der Lichtung aus fixiert mich mit einem glänzenden Auge eine Elster. Ich denke an den alten Reim: *Eine Elster fürs Leid.* Ich klatsche in die Hände, aber die Elster schlägt nur mit den Flügeln, fliegt nicht davon. Ein paar Augenblicke später höre ich ein Antwortkreischen. Ich schaue hoch zum eingesackten Dach des Cottages und sehe zwei weitere Vögel dort hocken.

Eine fürs Leid, zwei für das Glück, drei für ein Mädchen.

Eine eiskalte Hand krabbelt mein Rückgrat hinauf. Ich mochte Elstern noch nie. Einmal habe ich eine erwachsene Elster drei

Blaumeisenküken aus dem Nest zerren sehen. Sie tötete sie alle, bevor ich sie wegscheuchen konnte. Ich begrub die Küken unter unserem Lorbeerbaum und bastelte aus zwei Lollistielen und einem Stück Draht ein Kreuz. Das Schlimmste daran war gar nicht zuzusehen, wie die Küken starben, oder ihre Leichen aus dem Gras sammeln zu müssen. Das Schlimmste war zuzusehen, wie die Eltern zu ihrem leeren Nest zurückkehrten, verwirrt herumhüpften und nach ihren Babys suchten. Einer von den beiden flog sogar nach unten und besah sich das Kreuz. Ich weinte und weinte, und als Papa nach Hause kam und wissen wollte, was los wäre, konnte ich ihn nicht einmal ansehen.

Über manche Dinge kann man eben nicht sprechen.

Außerdem würde Papa so etwas niemals verstehen.

Ich schiebe die Erinnerung zur Seite und gehe langsam auf das Cottage zu, wobei ich zu ignorieren versuche, wie mich die leeren Fenster anstarren. Ich betrachte die Stelle, an der das Laub aufgewühlt wurde. Die umgedrehten Blätter glänzen wie Nacktschnecken. Ich frage mich, ob hier wohl jemand eine Falle gegraben hat. Vielleicht verdeckt ein Stück Sackleinen unter dem flachen Laubteppich eine steilwandige Grube. Totfallen nennt man die. Manchmal ragen aus ihrem Grund spitze Stäbe hervor, um alles aufzuspießen, was hineinfällt. Manchmal sind sie leer und zwingen denjenigen, der hineingefallen ist, dazu, auf die Rückkehr des Jägers zu warten. Erst dann weiß er, was das Schicksal für ihn bereithält. Am schlimmsten wäre es, denke ich immer, wenn der Jäger überhaupt nicht zurückkehrte und sein Opfer verhungern oder verdursten ließe.

Zauber-Annie hat mir mal eine schreckliche Geschichte erzählt, über einen Papa-Fuchs, der auf der Jagd nach Nahrung für seine Familie in eine Totfalle fiel. Mama-Fuchs versuchte ihn zu retten, indem sie ihm ein Seil hinunterwarf, aber als sie ihn hochziehen wollte, glitt sie aus und rutschte ebenfalls hinein. Als sie erfuhren, was passiert war, bildeten die fünf Kinder mit ihren Körpern eine Kette, um ihre Eltern zu retten. Der älteste Sohn verbiss sich in einem Baumstamm, während sich seine Brüder und Schwestern ins Loch hinabsenkten. Mama-Fuchs begann, an ihren Kindern emporzuklettern, und sie war schon halb oben, als Papa-Fuchs ihr folgte. Aber das Gewicht von beiden war zu schwer für den ältesten Sohn, und als seine Kiefer nachgaben, fiel seine ganze Familie ins Loch. Er blieb fünf Tage am Rand sitzen und sah zu, wie seine Eltern und Geschwister starben, und dann starb er ebenfalls – nicht vor Hunger oder Durst, sondern an gebrochenem Herzen.

Ich fand die Geschichte in keinem Buch, weshalb ich mich frage, ob Zauber-Annie sie sich vielleicht ausgedacht hat. Oft habe ich versucht mir auszumalen, was passieren würde, wenn ich in eine solche Falle fiele. Papa könnte sich an einem Baum festklammern, aber er hat ja nur Mama, die ihm helfen könnte, und wie sollten sie da tief genug in die Grube gelangen, um mich zu retten?

Darüber kann ich jetzt nicht nachdenken. Da ist keine Totfalle unter diesem Laub. Ich *prokrastiniere*, was bedeutet, dass ich etwas hinausschiebe, was ich nicht tun will, aber tun muss. Ich schließe die Augen, um mich zu beruhigen, zähle bis zehn und dann wieder rückwärts bis eins. Ich stoße alle Luft aus meinen Lungen und atme wieder tief ein. Schließlich öffnen sich meine Lider.

Merkwürdigerweise scheint das Cottage jetzt näher zu sein, als hätte es sich an mich herangeschlichen, während ich die Augen geschlossen hatte.

Angewidert schüttele ich den Kopf. «Tölpel», murmele ich. «Melodramatischer Tölpel.»

Oben auf dem Dach krächzt eine der Elstern und schüttelt die Flügel.

Ich schleiche auf den Eingang zu. Die Tür steht halb offen und gibt ein schmales Rechteck Dunkelheit preis. Ich drücke mich noch ein wenig draußen herum und sammle Mut. Dann trete ich ein.

VIII

Drinnen ist mehr auf meine Nase als auf meine Augen Verlass, als hätte ich mich, kaum, dass ich die Schwelle überschritten habe, in eine Art Bluthund verwandelt. Ich nehme ein Mischmasch unterschiedlicher Gerüche wahr: Schimmel und Rost, klammer Mörtel und nasse Asche; stockfleckige Vorhänge, feuchter Putz, morsches Holz. Darüber legen sich Gerüche aus einer anderen Zeit, die meine Phantasie mir vorgaukelt: Holzrauch, geräucherter Speck, der Hefeduft von frischem Brot.

So tief im Wald gab es früher keine Elektrizität oder Gas. Wasser musste aus dem Brunnen in der Nähe des Knöchelchensees geholt werden. Licht spendeten Talkkerzen und Lampen, die mit dem Öl gefüllt wurden, das man aus Fisch, Kerosin oder Senf gewann. Zumindest erzählt Papa das.

Jetzt, da mich alte Geister in der Nase kitzeln, trete ich tiefer in die Ruine hinein. Ihr Grundriss ist exakt der gleiche wie der des Cottages meiner Eltern, und das ist verwirrend. Es kommt mir vor, als hätte ich mich in die Zukunft katapultiert und sähe unser Zuhause, wie es nach irgendeiner Katastrophe aussehen könnte: nach einer Alien-Invasion, einer Zombie-Plage oder einem weltweiten Nuklearkrieg.

Die Tapeten hängen wie alte Haut von den Wänden und geben

den mit schwarzem Pilz überwucherten Putz darunter frei. Ein Schrank aus zerkratztem Hartholz steht neben der Treppe, flankiert von einer Reihe rostiger Benzinkanister.

Links gähnt der Eingang zum Wohnzimmer. Darin steht die Esche, so seltsam und fehl am Platz, dass sie mir ganz unwirklich vorkommt. Die obersten Äste drücken gegen die Decke. Es ist nur eine Frage der Zeit, bis sie hindurchbrechen werden.

Ich gehe durch den Flur zur Küche, und meine Turnschuhschritte klingen ganz abgekoppelt von meinen Bewegungen, wie in einem alten Kinofilm, in dem es eine Verzögerung zwischen Bild und Ton gibt. Einen Moment lang überlege ich, ob ich wirklich hier bin, aber ich müsste schon ziemlich verrückt sein, um mir so eine Situation zusammenzuträumen und mich auch noch selbst in den Mittelpunkt der Geschichte zu setzen.

Freust du dich schon auf zu Hause, Elijah?

Die Frage des Polizisten im Vernehmungszimmer kommt mir wieder in den Sinn. Aber das hier ist nicht mein Zuhause, nur ein schmutziges Spiegelbild davon. Ich trete in die Küche und wiederhole es in Gedanken:

Das hier ist nicht mein Zuhause.

IX

Das hier ist nicht meine Küche. Hier brummt kein Kühlschrank, tickt keine Uhr an der Wand. Efeu ist von draußen hereingewachsen und kriecht wie ein Ausschlag über die Decke.

Trotz der kaputten Fenster und der frei zirkulierenden Luft hier drin bemerke ich den schwachen Duft von etwas, das bisher noch nicht da war. Er ist nicht unangenehm, aber ich bekomme einen Riesenbammel. Eine Brise bewegt die Efeublätter und lässt sie flüstern, dann ist der Duft schon verweht.

Zu meiner Rechten liegt die Tür zur Vorratskammer. Als ich die Klinke hinunterdrücke und sie öffne, gibt sie kein Horrorfilm-Quietschen von sich, auch kein Knarren ungeölter Angeln. Die Dunkelheit dahinter ist so tief wie in einer Höhle.

Ich hole meine Taschenlampe heraus und schalte sie an. Der Lichtschein ist schwach und gelb und flackert bei der geringsten Bewegung. Er erhellt einen Boden mit Sprüngen in den Fliesen und die Spinnweben, die wie Lumpen von der Decke hängen. Im hinteren Teil, hinter den Regalen, in denen noch ein paar vergessene Gläser mit Eingemachtem stehen, gähnt ein tiefschwarzes Quadrat, das mein Licht vollkommen schluckt, weil das der Eingang zum Keller ist, in dem ich sie gefunden habe. Der Keller, in dem sie hoffentlich noch ist.

X

An diesem Punkt brauche ich doch meinen ganzen Mut. Polizeiwachen und Totfallen sind im Vergleich zu dem hier gar nichts. Seit ich denken kann, habe ich Angst vor engen Räumen. Immer wieder träume ich, dass ich unter der Erde eingeschlossen bin. Diese Mauern hier sind ziemlich dick, aber die Esche im Wohnzimmer hat die Decke über sich verformt. Wenn das Gebäude zusammenbricht, während ich im Keller bin, wer weiß, ob ich dann lange genug überlebe, bis man mich ausgräbt? Papa würde kommen und nachsehen, daher fürchte ich mich nicht davor, zu verhungern oder zu verdursten, aber wie viel Luft brauche ich? Und wie soll ich zurechtkommen, wenn die Batterien in meiner Taschenlampe leer sind?

Ich gehe zum Eingang des Kellers und beginne schließlich hinabzusteigen. Die Stufen bestehen aus Steinblöcken und sind vor Feuchtigkeit ganz glitschig. Auf halbem Weg nach unten macht die Treppe eine Kehrtwendung, und die graue Öffnung hinter mir verschwindet. Dieser Geruch nach etwas Nicht-ganz-Richtigem wird stärker, ein saubererer Geruch in all dem Verfall.

Bald bin ich am Fuß der Treppe. Der Boden hier ist uneben, teils nur festgetretene Erde, teils fester Stein. In einer Ecke liegt ein Metallfass, das vor lauter Rost ganz orangefarben ist und schon zu zerfallen beginnt. Ich gehe daran vorbei und stehe vor einer Wand, die diesen Teil des Kellers abtrennt von dem, was dahinterliegt.

XI

Die Wand besteht aus der gleichen Verschalung, mit der die Fenster verlassener Geschäfte verrammelt werden, in die Mitte hat jemand eine Tür gesägt und die schlanken Dreiecke zweier großer Scharniere daraufgeschraubt. Das Metall schimmert kalt und hell. Die Türzarge ist zur Abdichtung mit schwarzem Gummi gesäumt. Drei riesige Türriegel sorgen für Sicherheit. Der auf Brusthöhe ist normalerweise mit einem Vorhängeschloss gesichert. Ich trage den Schlüssel in meiner Tasche, aber heute werde ich ihn nicht brauchen. Denn das Vorhängeschloss ist verschwunden.

In meiner Bestürzung fummele ich an der Taschenlampe herum und lasse sie beinahe fallen. Eine verrückte Sekunde lang hüpft der Lichtstrahl um mich herum. Die Schatten flattern von den Wänden wie Fledermäuse. Ich will die Treppe hinauf in den Mädchenwald fliehen, aber ich trage Verantwortung. Ich bin

Teil des Ganzen. Was hier unten in diesem Keller geschieht, geschieht meinetwegen.

Ein übler Geschmack ist jetzt in meiner Kehle. Ich greife nach dem obersten Riegel und lasse ihn zurückgleiten. Ich halte inne und neige den Kopf. Habe ich da gerade etwas gehört? Da unten, in der Finsternis? Oder von oben? Ich muss an die Äste der Esche denken, die gegen die Wohnzimmerdecke drücken, und schiebe den zweiten Riegel zurück, bevor ich es mir anders überlegen kann.

XII

Es hat keinen Sinn, herumzutrödeln. Nichts hinter dieser Tür kann mir etwas anhaben. Da bin ich mir sicher. Stattdessen mache ich mir Sorgen, dass ich womöglich etwas so Schreckliches sehe, dass ich es nie wieder aus meiner Erinnerung tilgen kann.

Ich lege die Hand auf den letzten Riegel und schiebe ihn zurück.

Ich zögere.

Lausche.

Kein Geräusch durchdringt die Stille. Kein flüsternder Hauch.

Ich packe den Griff, drehe ihn im Uhrzeigersinn und ziehe. Das Gummi ächzt, als sich die Tür aus ihrem Rahmen löst. Ich trete zurück und blinzele in die Dunkelheit.

Der Geruch, der mir entgegenschlägt, ist derselbe, den ich auch schon oben wahrgenommen habe, aber viel stärker, so scharf, dass mir die Tränen in die Augen treten. Ich erkenne ihn: Bleichmittel.

Kein zitroniges Putzmittel, sondern das Zeug, das einem in

die Nase dringt und sich anfühlt, als ätzte es einem die Haare weg.

Die Kammer hat bisher nicht so gerochen. Ich fürchte, dass während meiner Abwesenheit etwas Ungeheuerliches passiert ist. Ich trete ein, leuchte mit meiner Taschenlampe und weiß, dass ich richtigliege.

XIII

Genau wie im ganzen Keller ist der Boden hier mit kleinen spitzen Steinchen bedeckt. Sie drücken durch die dünnen Sohlen meiner Turnschuhe und tun mir weh. Drei Wände, die zum Fundament des Cottages gehören, sind aus grobbehauenem Stein, die vierte besteht aus denselben dicken Holzfaserplatten, die ich schon von außen gesehen habe.

Jemand hat sich mit der Konstruktion eine Menge Mühe gemacht. Die falsche Wand ist dreißig Zentimeter dick. Der Hohlraum ist mit Material zur Schalldämmung in Plastiktüten gefüllt. Jemand hat wohl irgendwann versucht, die Tür von innen zu beschädigen. Tiefe Kratzer ziehen sich durchs Holz.

Ich kann kaum atmen, aber irgendwie schaffe ich es doch zu sprechen. *«Gretel?»*

Der Name hallt von den Wänden wider. Hier drin klingt meine Stimme tiefer, kehliger, als hätte mich der Keller um fünfzig Jahre altern lassen.

«Gretel», wiederhole ich, und jetzt klingt meine Stimme noch verzerrter. Die Taschenlampe huscht wild durch den Raum. Ich versuche, sie gerade zu halten, richte den Lichtschein direkt in die Mitte der Kammer. In das Fundament hat jemand einen u-förmigen Bolzen versenkt, in dem ein Eisenring hängt.

Bisher war Gretels Kette immer an diesem Ring befestigt. Aber jetzt sind sowohl die Kette als auch das Mädchen fort.

Die Dämpfe des Bleichmittels füllen meine Kehle aus. Mein Magen scheint nach unten zu sacken, und ich muss würgen. Ich leuchte mit der Taschenlampe in der Kammer herum und sehe, dass das Kissen, der Wascheimer und die provisorische Toilette ebenfalls verschwunden sind. Der Boden sieht aus, als hätte ihn jemand gescheuert. Ich will gar nicht darüber nachdenken, was da weggeschrubbt wurde oder was dieser antiseptische Geruch bedeutet.

Das hier ist meine Schuld. Alles.

Es ist zu viel. Meine Taschenlampe fällt klappernd auf den Boden und erlischt. Schwärze strömt herein. Ich verliere jeden Sinn für mich selbst, ich weiß nicht mehr, was wirklich ist und was nicht. Ich höre gedämpfte Schreie und kann kaum glauben, dass es meine eigenen sind. Plötzlich bin ich überzeugt davon, dass ich diesen Raum mit etwas Feindseligem teile, mit etwas, das Klauen und Zähne hat. Ich drehe mich um, renne blind zur Tür, schätze ihre Lage falsch ein und knalle mit der Schulter gegen den Türrahmen, sodass ich zu Boden stürze. Ein scharfer Stein reißt mir das Knie auf. Der Schmerz ist wie ein elektrischer Schlag, der mein Knie hinauffährt und in meinem Hirn explodiert. Wie ein Krebs krieche ich aus der Kammer und immer weiter, bis meine Arme gegen die unterste Kellerstufe stoßen. Die Schwärze wird grau. Der Schatten wird zu Licht. Ich sehe eine efeubewachsene Zimmerdecke, eine pilzüberwucherte Wand. Dann bin ich wieder auf den Knien, diesmal draußen, zurück im Mädchenwald, wo ich die Luft in tiefen Zügen einsauge. Die Bäume stehen um mich herum wie Wölfe, die sich zum Töten zusammengerottet haben. Etwas kreischt in meinen Ohren. Die Elstern sind zurückgekehrt: drei auf einem Zweig in der Nähe, vier auf dem eingesunkenen Cottage-Dach: *sieben für ein Geheimnis, das keiner wissen soll.*

Ich weiß nicht, was ich denken soll.

Ich weiß nicht, was ich tun soll.

Gretel ist fort. Und es ist alles meine Schuld.

ELISSA

Tag 1

I

Heute ist Samstag, was bedeutet, dass Schachtag ist, obwohl in Wirklichkeit jeder Tag ein Schachtag ist, denn sie denkt an nichts anderes. Trotzdem ist dieser etwas ganz Besonderes, denn heute findet ein Grand-Prix-Turnier für die Englische Jugend statt, für das sie gefühlt ihr ganzes Leben lang geübt hat.

Die einhundert Pfund Preisgeld für den Gesamtsieger sind nur eine kleine Summe, aber Geld hat sie nie interessiert. Sie besitzt bereits ein Set von Staunton-Schachfiguren, handgeschnitzt aus brasilianischem Rosenholz, das einzige Geschenk von Wert, das ihr Papa ihr jemals gemacht hat. Sie sind dreifach gewichtet und gleiten auf weichem Leder sanft über das Spielfeld. Abgesehen von den Stauntons braucht sie nur ein Schachbrett, und das besitzt sie ebenfalls: eine Platte aus solidem Hartholz mit Intarsien aus Ahorn- und Anegreholz. Ihre Mum hat es ihr in einem Online-Shop gekauft, bald nachdem ihr Papa aufgehört hatte anzurufen. Um es sich leisten zu können, musste Mum vierzehn Tage lang Bohnen aus der Dose essen. Das Einzige auf der ganzen Welt, das Elissa will und nicht hat, ist eine Verabredung mit Ethan Bandercroft aus ihrer Klasse, und die wird sie *niemals* haben, selbst wenn sie die Siegerprämie gewinnt.

Nein, sie ist aufgeregt wegen des Turniers – so aufgeregt, dass jeder Atemzug sie vom Boden zu heben und wegzutragen droht –, denn der Sieger wird in die englische Nationalmannschaft geladen, um entweder am World Youth Championship oder den World Cadets teilzunehmen. Einen Platz in der Mannschaft zu erringen wäre der Höhepunkt ihrer jahrelangen harten Arbeit.

«Lissy? Schätzchen? Alles in Ordnung da oben? Wir müssen los!»

«Alles in Ordnung, Mum!», schreit sie. «Komme sofort!»

Sie nimmt die grüne Samttasche, in der sich ihre Stauntons befinden. Sie wird sie heute nicht brauchen – bei der Veranstaltung werden sie Wettkampfbretter und -spielfiguren benutzen –, aber sie will sie trotzdem dabeihaben. Sie legt sie in ihren Rucksack zu den anderen Gegenständen, die sie eingepackt hat. Zwei Schachbücher sind darin, das erste von Jeremy Silman und das zweite – *Die Schach-Zicke: Frauen im ultimativen Intellektuellen-Sport* – von Jennifer Shahade. Außerdem liegen noch eine Flasche Evian und eine Brotbox im Rucksack, gefüllt mit einem in Frischhaltefolie eingewickelten Thunfisch-Sandwich, zwei Satsumas, einer Tüte Ananas-Fruchtgummis und einem Schokoladen-Brownie von Marks and Spencer. Ein zusammenrollbares Schachbrett ist auch noch darin, ein Notizbuch, um ihre Züge zu notieren, und drei Tintenroller, die mit einem Gummiband zusammengehalten werden. Obendrauf sitzt ein gestrickter kleiner Affe, der ein winziges weißes T-Shirt trägt. Er war das Werbegeschenk von einer Teefirma und dient als ihr Maskottchen. Bei früheren Wettbewerben hat sie ähnliche Glücksbringer gesehen: Lego-Figuren, Pokémon-Spielsachen, Hasenfüße. Das kommt ihr alles ein bisschen sinnlos vor, aber sie will sich auf keinen Fall von den anderen Kindern unterscheiden, die sie beim Wettbewerb vielleicht kennenlernt. Deshalb ist der Affe jetzt zwangsrekrutiert worden.

«Aber wenn du mich durcheinanderbringst», flüstert sie und fixiert ihn mit einem, wie sie hofft, unheilvollen Blick, «wenn du irgendetwas tust, was Schande über den guten Namen meiner Familie bringt, dann schaffe ich dich in den Garten, binde dich an den Grill und verbrenne dich.»

Sie starrt in die glänzenden schwarzen Augen des Affen. Falls ihn ihre Warnung beunruhigt, dann lässt er es sich nicht anmerken. Vielleicht nimmt er genau wie sie an, dass ihre Worte nur leere Drohungen sind. Sie steckt ihn in den Rucksack, zieht den Reißverschluss zu und schiebt einen Arm durch den Gurt. Auf dem Weg zur Tür erhascht sie einen Blick auf sich selbst im Spiegel und tritt näher.

Ihre Mum hat das Kleid gekauft. Es ist flaschengrün, die Farbe des Meeres an einem Sommertag. Elissa hätte es sich nicht ausgesucht, aber sie mag es irgendwie, obwohl es sie so mädchenhaft aussehen lässt. Sie könnte ihre normale Kleidung tragen – Jeans, T-Shirt, Sweatshirt –, aber heute wollte sie sich nicht von der Kleiderwahl ablenken lassen, also hat sie ihre Mutter um Beistand gebeten.

Das Kleid hat keine Ärmel. Obwohl sie ein Baumwollunterhemd darunterträgt, sind ihre Arme ganz kalt. Sie tritt an den Schrank und mustert die Strickjacken, die darin hängen. Sie besitzt welche in unterschiedlichen Farben. Damit sie sich schneller entscheiden kann, beschränkt sie sich auf die Wahl zwischen Schwarz und Weiß.

Sofort erkennt Elissa ihren Fehler. Schwarz und Weiß sind die Farben eines Schachbretts und der Figuren, die sich darauf bewegen. Wird ihre Wahl ihr Spiel beeinflussen? Ihr Herz beginnt zu pochen.

Beruhige dich. Es ist egal.

Und doch lähmt sie der Druck, sich entscheiden zu müssen. Sie will nach ihrer Mum rufen, aber plötzlich ist ihr Kiefer wie mit Draht verschlossen.

Schwarz oder Weiß? Schwarz oder Weiß?

Schwarzoderweiß, Schwarzoderweiß, Schwarzoderweiß?

Sie hat das Gefühl, dass sich in ihrem Kopf ein kompliziertes System von Zahnrädern zu drehen beginnt. Das passiert manchmal. Eine Entscheidung, eigentlich alltäglich, macht sie plötzlich ganz hilflos. Ihre Muskeln erstarren, und sie bleibt einfach stehen, schwankt ein wenig, bis etwas sie zurückholt.

Schwarz oder Weiß? Weiß oder Schwarz?

Sie blinzelt. Es ist ein unwillkürliches Blinzeln, eine Reaktion auf trockene Augen.

«*Lissy?*» Die Stimme ihrer Mutter von unten.

Merkwürdig, dass sie beim Schach, einem Spiel, in dem es die ganze Zeit um schwierige Entscheidungen geht, so etwas nie erlebt. Vielleicht ist das einer der Gründe, warum sie es so liebt.

«*Lissy!*»

Und dann, einfach so, ist sie wieder da. Ihre Kiefer entspannen sich. Sie stürzt nach vorn und prallt beinahe gegen den Schrank. «Weiß», keucht sie und zerrt die Strickjacke vom Bügel, bevor die Lähmung wieder Besitz von ihr ergreifen kann. Sie wirft einen letzten Blick in den Spiegel. Ihr schwarzes Haar ist ordentlich gebürstet und wird von einem Plastikhaarreifen in der Farbe ihrer Augen zurückgehalten. Sie hat sich immer gewünscht, ihre Augen wären braun, nicht grün. So viele Leute machen darüber Bemerkungen. Sie hat sich mit der Aufmerksamkeit nie wohlgefühlt.

Unten steht ihre Mum im Flur. Sie hat die Autoschlüssel in der Hand. «Okay?»

Elissa nickt.

«Hast du auch alles?»

«Ja.»

«Notizbuch? Stifte? Brotbox?»

«Ja, ja, ja.»

«Affe?»

Sie zuckt zusammen.

Ihre Mum lacht, beugt sich zu ihr hinunter und gibt ihr ein Küsschen. «Du wirst das toll machen. Das Wichtigste ist, Spaß zu haben.»

«Das Wichtigste ist zu *gewinnen.*»

Ihre Mum neigt den Kopf zur Seite, als stünde sie in einer Kunstgalerie und begutachtete ein besonders eigenwilliges Stück. «Ich bin so stolz auf dich, Lissy», sagt sie. «Ich hab dich so lieb.»

«Hab dich auch lieb», murmelt Elissa. Und es stimmt. Das tut sie wirklich.

Lena Mirzoyan schiebt ihren Mantelärmel hoch und schaut auf die Uhr. «Wir müssen los. Musst du noch mal Pipi?»

«Mum!»

«Okay, entschuldige. Schlechte Angewohnheit. Dann ab mit dir.»

II

Sie sitzen im Auto und fahren die zweispurige Straße entlang. Es läuft ein Song von Adele: *Rolling in the Deep.* Elissa kennt sich nicht gut aus mit Musik, aber sie kennt Adele, weil Mum ihre CD hat und sie die ganze Zeit hört.

Das Turnier findet in Bournemouth statt, eine Fahrstunde entfernt. Um zehn Uhr beginnt die Anmeldung, aber sie sind schon um sieben zu Hause losgefahren. Das Risiko, so früh am Samstagmorgen in einen zweistündigen Stau zu geraten, tendiert gegen null, aber Lena Mirzoyan lebt in der Angst, ihre

Tochter im Stich zu lassen. Daher erreichen sie den Stadtrand von Bournemouth genau zwei Stunden vor Öffnung des Gebäudes, in dem das Schachturnier stattfindet.

Lena wirft einen Blick auf die Uhr im Armaturenbrett des Fiesta und erschrickt. «Wir sind wohl doch ein bisschen zu früh dran.»

«Ein bisschen?»

«Oh Lissy, tut mir leid. Ich wollte nur kein Risiko eingehen. Ich ...»

«Mum, das sollte ein Witz sein. Es macht wirklich nichts. Vielleicht könnten wir etwas frühstücken gehen.»

Lena nickt, Erleichterung breitet sich auf ihrem Gesicht aus. «Ich könnte tatsächlich etwas vertragen. Ich habe zu Hause noch gar nichts gegessen.»

«Warum nicht?»

Sie zuckt die Achseln. «Die Nerven, glaube ich.»

Elissa lacht. «Warum bist *du* denn nervös?»

«Weil ich weiß, wie viel dir das Turnier bedeutet. Ich will, dass du dich gut schlägst.»

«Glaubst du denn, das werde ich nicht?»

«Ich glaube, du wirst sie alle umhauen.»

«Dann hast du keinen Grund, nervös zu sein.»

Jetzt lacht ihre Mum auch. Sie fahren an einem Schild vorbei: WIDE BOYS RESTAURANT! SIEBEN TAGE DIE WOCHE VON FRÜH BIS SPÄT GEÖFFNET! «Wie wäre es damit? Wollen wir das ausprobieren?»

Normalerweise gehen sie nicht in solche Restaurants. Elissa sagt schnell ja, bevor Lena es sich anders überlegen kann. Als sie auf die Ausfahrtsspur wechseln wollen, schaut sie aus dem Beifahrerfenster und entdeckt einen silbernen BMW, der sich rasend schnell nähert. Ihre Mum bemerkt ihn gerade noch rechtzeitig und lenkt nach rechts, um einen Zusammenstoß zu vermeiden.

Laut hupend schießt der BMW vorbei. Elissa sieht für den Bruchteil einer Sekunde ein wutverzerrtes Gesicht. Das Auto setzt sich vor sie. Seine Bremslichter leuchten auf. Keuchend tritt Lena auf die Bremse. Elissas Gurt schneidet in ihre Brust. Der BMW schwenkt nach links und dann wieder nach rechts und spielt ein paar Sekunden mit ihnen. Dann beschleunigt er und rast weiter.

Elissa starrt auf das schrumpfende Kennzeichen: SNP 12.

«Super nerviger Penner», zischt sie durch die zusammengebissenen Zähne.

Lena atmet schwer und wirft einen Blick in den Rückspiegel, um dann die Ausfahrtsspur zu den Wide Boys zu nehmen. Auf dem Parkplatz fragt sie Elissa: «Alles okay mit dir?»

«Klar. Nur so ein Verlierer. Der darf dir nicht den Tag verderben.»

«Diesen Tag?», versetzt ihre Mum. «Keine Chance.»

III

Im Wide Boys wird ein anderer Adele-Song gespielt. Elissa verdreht die Augen, ihre Mum sieht es und grinst.

Das Restaurant ist eingerichtet wie ein amerikanischer Diner aus den 1960er Jahren: Fußboden mit Schachbrettmuster, rote Vinyl-Sitze, gerahmte Bilder von Elvis und Marilyn Monroe an den Wänden. Es riecht nach Putzmittel mit Zitronenduft, frischem Kuchen und gebratenem Speck.

Lena Mirzoyan setzt sich an einen leeren Tisch. «Was möchtest du ...»

«Such du aus», sagt Elissa schnell.

Lena holt ihre Brille heraus und liest die Speisekarte.

Ein Paar mittleren Alters setzt sich an den Nebentisch. Elissa beobachtet sie verstohlen. Sie liebt es, Leute zu beobachten und all die kleinen Entscheidungen, die die anderen im Laufe des Tages treffen.

An diesem Morgen zum Beispiel hat sich die Frau neben ihr entschieden, eine Jade-Kette zu tragen. Sie hat beschlossen, Make-up aufzutragen, und einen bestimmten Lippenstift gewählt. Sie entschied sich für Jeans statt Stoffhosen oder einem Rock und für Stiefel statt für Sandalen oder Turnschuhe. Der Mann hat beschlossen, sich zu rasieren, bevor er aus der Tür ging. Elissa weiß das, weil hinter seinem rechten Ohr noch ein Klecks Rasierschaum klebt. Er hat sich außerdem das Haar gekämmt, vermutlich mit irgendeinem Haarpflegemittel, es sieht feucht und ganz leicht klebrig aus. Unter den Nägeln seiner breiten Finger hängt Dreck. Er studiert die Speisekarte und streicht sich mit der Hand den Hals auf und ab, als suchte er nach vergessenen unrasierten Stellen.

«Hör auf damit», zischt die Frau. «Immer musst du dich befummeln.»

Er setzt sich sofort gerade hin, die Hand fällt hinab. Elissa verbirgt ihr Lächeln, indem sie sich abwendet.

Am kleineren Tisch zu ihrer Rechten sitzt ein älterer Mann. Er trägt einen türkisfarbenen Pulli, senffarbene Cordhosen und Schuhe in der Farbe von kandierten Äpfeln. Ein Siegelring glänzt an seinem kleinen Finger. Er hat ein zerlesenes Taschenbuch gegen sein Teekännchen gelehnt: *Die Geschichte des Peloponnesischen Krieges* von Thukydides. Sein Mund zuckt beim Lesen, dabei kommen spitze, gelbliche Zähne zum Vorschein.

Dann erscheint eine Kellnerin. Sie ist um die fünfzig und hat ihr blondes Haar so glamourös frisiert, dass es unheimlichen Aufwand kosten muss, die Frisur in Form zu halten. An ihrem T-Shirt ist ein Namensschild befestigt: ANDREA. Sie hat bestimmt dreißig Kilo Übergewicht und besteht fast nur aus Brüsten und Hintern, aber sie trägt ihr Gewicht so elegant, dass man sie sich gar nicht anders vorstellen kann.

«Jetzt sieh mal einer diese sagenhaften Augen an», gurrt Andrea und lächelt mit ihren roten Lippen. «Ich wollte auch immer grüne, aber man kann eben nicht alles haben.»

«Sie *haben* grüne Augen», wendet Elissa ein.

«Oh, glaub bloß nicht alles, was du siehst oder hörst. Ich hab farbige Kontaktlinsen, das ist alles.»

Elissa blinzelt und wirft einen schnellen Blick zu ihrer Mum hinüber. «Man kann die Augenfarbe verändern?»

«Schnucki, du kannst so ziemlich alles verändern, wenn du dich nur genug anstrengst. Durch die Dingerchen seh ich scheiße, aber immerhin hab ich so meine grünen Gucker, auch wenn ich dir vielleicht den falschen Milkshake bringe deswegen.» Andrea zwinkert ihr verschwörerisch zu. «Du solltest mich mal an Halloween sehen. Ich trage dann knallorange Kontaktlinsen, die Schlitzpupillen haben wie bei einer Katze. Die Leute erschrecken sich immer zu Tode.» Sie krümmt ihre Hand zu einer Klaue und miaut. Sie lachen beide.

«Na ja», fährt die Kellnerin fort. «Ich nehme mal an, dass du diese wunderschönen grünen Augen nicht von deiner Mum geerbt hast. Müssen wir deinem Dad dafür danken?»

«Ähm ... glaube schon.»

«Leistet er euch hübschen Ladys heute Gesellschaft?»

«Er lebt nicht bei ... ich meine, wir haben nicht ...»

Elissas Mum räuspert sich. «Ich glaube, dass wir jetzt bestellen können.»

«Sehr gut.» Andrea neigt den Kopf zur Seite. Ihre falschen Augen glänzen. «Was kann ich euch beiden bringen?»

«Wir nehmen das Hound-Dog-Frühstück», sagt Lena. «Kaffee für mich. Orangensaft für meine Tochter.»

Elissa ist ein wenig enttäuscht, als sie das hört. Sie hat sich irgendwie darauf gefreut, dass Andrea ihr den falschen Milkshake bringen würde, aber sie verbessert die Bestellung nicht; allein der Gedanke daran, *welchen* Milkshake sie stattdessen auswählen sollte, lässt sie schaudern.

«Wie wollt ihr eure Eier?»

«Einmal Rührei, einmal Spiegelei.»

«Kommt sofort.»

Andrea schlendert davon, wobei ihre Oberschenkel in den engen schwarzen Hosen wabbeln.

«Danke», sagt Elissa.

Ihre Mum zieht eine Augenbraue hoch. «Wofür?»

«Dass du für mich bestellt hast. Ich glaube, das hätte ich nicht geschafft.»

«Zu viel Auswahl?»

Sie nickt betreten. «Dann hätten wir vermutlich das Turnier verpasst.»

«Das geht natürlich gar nicht.»

«Hat sie eben wirklich Scheiße gesagt?»

Lena verdreht die Augen. «Deshalb gehe ich nicht gern mit dir in solche Läden», sagt sie, aber ihr Lächeln zeigt, dass sie es nicht so meint.

Bald kehrt Andrea zurück und knallt ihnen den Kaffee und den Orangensaft vor die Nase. Fünf Minuten später kommt sie mit zwei riesigen Tellern. «Wer will die Spiegeleier?»

Elissa hebt die Hand. Es ist viel zu viel für ein dreizehnjähriges Mädchen: Speckscheiben, Eier, Würstchen, Pilze, Bratkartoffeln, eine Grilltomate, Bohnen und ein Stückchen Röstbrot, das fettig glitzert.

«Wow», sagt die Frau mit der Jadekette. «Da hat aber jemand Hunger.»

Elissa versteift sich und überlegt, ob das eine Kritik an ihr war, aber als sie zu der Frau hinüberschaut, lächelt diese.

«Mädchen im Wachstum», bemerkt der Mann mit den schmutzigen Fingernägeln.

Zum Glück taucht in diesem Moment eine andere Kellnerin auf und nimmt die Bestellung des Paars auf. Erlöst von ihrer Aufmerksamkeit, säubert Elissa das Messer mit der Serviette. Im Auto war sie noch ganz satt, aber jetzt stirbt sie fast vor Hunger. Beim Essen wandern ihre Gedanken wieder zu dem Turnier. Ihr Kopf wird zu einer Landschaft aus schwarzen und weißen Quadraten, bevölkert von den geschnitzten Figuren Nathaniel Cookes, die jetzt Standard sind. Als sie ihren Teller fast leergegessen hat – alles, abgesehen von einem Ei, den Pilzen und den Bratkartoffeln –, schiebt sie ihn von sich.

Ihre Mum wühlt in ihrer Handtasche nach ihrem Portemonnaie. «Ich geh mal kurz aufs Klo. Kommst du zurecht?»

«Klar.»

Elissa öffnet ihren Rucksack, holt das Buch von Jennifer Shahade heraus und beginnt zu lesen. Ein Grunzen vom Tisch nebenan unterbricht sie. Sie schaut auf. Der Mann mit dem Rasierschaum hinterm Ohr liest den Titel ihres Buches.

«Lustiger Name für ein Buch», sagt er. «Worum geht es darin?»

Sie schaut von dem Mann zu seiner Frau, die sie mitfühlend anschaut, als wollte sie sagen: *Ja, Süße, ich weiß, dass er ein bisschen langsam ist. Sei einfach ein bisschen nett zu ihm, ja?*

«Darin geht es um Schach.»

«Ha. Na, das war ja nie so meins. Poker schon, davor.»

Elissa nickt. Sie versucht, sich wieder auf das Buch zu konzentrieren und in den Text hineinzufinden, aber sie ist machtlos. «Wovor?», fragt sie.

Der Mann zeigt mit dem Messer auf seine Begleitung und sagt: «Davor ... du weißt schon.»

Das Lächeln der Frau wird breiter. Wenn eine Botschaft darin liegt, dann lautet sie vermutlich ungefähr: *Siehst du, mit was für einem Mist ich mich hier herumplagen muss?*

Elissa wird rot. Das Paar starrt sie weiter an, als erwarteten sie etwas im Austausch für ihr Interesse, also sagt sie: «Ich habe heute ein Schachturnier, in Bournemouth. Das erste in einem Grand Prix.»

Sie lächeln sie zerstreut an und beginnen sich wieder miteinander zu unterhalten, und Elissa sinkt erleichtert zusammen. Sie dreht den Kopf und bemerkt, dass der Mann im türkisfarbenen Pulli sie beobachtet. Er schüttelt den Kopf und wendet sich dann wieder seinem Buch zu. Ob er ihr seine Solidarität für die ungewollte Unterbrechung oder seine Missbilligung für ihre dürftigen Sozialkompetenzen ausdrücken will, kann Elissa nicht sagen.

Eine Minute später kommt ihre Mum vom Klo wieder. Dann ist sie an der Reihe. Sie treffen sich an der Theke und bezahlen die Rechnung. Als sie auf dem Weg nach draußen an ihrem Tisch vorbeikommen, isst das Paar immer noch, aber der Mann im türkisfarbenen Pulli ist fort. Dampf steigt aus seiner verlassenen Tasse auf.

IV

Das Schachturnier findet im Marshall Court Hotel auf dem East Cliff von Bournemouth statt. Weil sie früh dran sind, finden sie sofort einen Parkplatz.

In Elissas Bauch grummelt und rumpelt es. Sie hätte das große Frühstück nicht essen sollen. Sie hat einen komischen Geschmack im Mund, als wären ihre Zähne mit Fett bedeckt. Ein Bild taucht in ihrem Kopf auf: Sie macht den Eröffnungszug ihres ersten Spiels, und als ihre Finger sich von der Schachfigur lösen, hinterlassen sie einen glänzenden Fettabdruck.

«Hast du vielleicht ein Feuchttuch?», platzt sie heraus. «Das ist jetzt wirklich wichtig.»

Ihre Mum nickt und kramt in ihrer Handtasche. Sie holt ein verschlossenes Plastikpäckchen hervor. Elissa öffnet es und wischt sich die Hände sauber.

Sie sitzen eine Weile im Auto und starren das weiß verputzte Gebäude an. Möwen kreisen über ihnen. Schließlich tippt Lena Mirzoyan auf die Uhr im Armaturenbrett.

«Fertig?»

«Fertig.»

«Pokerface?»

«Was?»

«Weiß auch nicht genau – das habe ich mal im Fernsehen gehört.»

«Oh, Mum.»

V

Ein riesiges Whiteboard steht in der Lobby des Marshall Court. Darauf hat jemand geschrieben: SCHACH HIER ENTLANG, und einen Pfeil gemalt, der nach links zeigt. Elissa folgt ihm zu einem breiten Flur, dessen Boden mit wildgemusterter Auslegeware bedeckt ist. An einer Wand steht eine aufgebockte, mit einem Tuch bedeckte Tischplatte voller Schach-Artikel: T-Shirts, Becher, Reisesets, Uhren, selbst ausgedruckte Handbücher und Anleitungen. Eine grauhaarige Frau in einer fuchsiafarbenen Strickjacke sitzt dahinter und lächelt sie an, als sie vorbeigehen. «Kommen Sie gern nachher noch mal vorbei», sagt sie. «Viel Glück, kleines Fräulein.»

Am Ende des Flurs befindet sich der Anmeldetisch. Ein vogelartiger Mann mit einem hervortretenden Adamsapfel steht dahinter. Auf seinen mageren Handgelenken sprießen dunkle Härchen, die wiederum aus den zerschlissenen Manschetten eines rosafarbenen Hemds hervorschauen. Hinter ihm ist der Festsaal, in dem reihenweise Tische stehen.

«Name?», fragt er.

«Elissa Mirzoyan.»

Der Mann fährt mit einem überlangen Fingernagel eine Liste entlang. «Und wen hast du heute mitgebracht, Elissa?»

«Nur meine Mum.»

Er schüttelt theatralisch den Kopf. «Ich würde sagen, dass du einen *weit* größeren Fanclub verdienst. Hast du deine Eintrittskarte?»

Elissa zuckt zusammen. Sie wendet sich an Lena und fragt: «Könnte ich die Schlüssel haben?»

«Du hast die Eintrittskarte im Auto gelassen?»

Sie nickt und bläst die Backen auf.

«Soll ich mitkommen?»

«Nein. Ich bin in dreißig Sekunden wieder da.»

Elissa nimmt die Schlüssel und rennt durch den Flur zurück. Draußen hat sich ein schlammbespritzter weißer Lieferwagen auf den Parkplatz neben ihr Auto gequetscht. Sie schlüpft durch die Lücke, entriegelt die Beifahrertür des Fiesta, windet sich halb hinein und öffnet das Handschuhfach. Da ist die Eintrittskarte, genau dort, wo sie sie hingetan hat. Als sie sich wieder herauswindet, schaukelt der weiße Lieferwagen sanft auf seiner Federung. Elissa wirft einen Blick durch das Fahrerfenster, kann aber nichts entdecken.

Eine Wolke schiebt sich vor die Sonne und wirft ganz plötzlich ein dunkles Tuch über den Parkplatz. Elissa bekommt Gänsehaut. Sie hält die Eintrittskarte fest in der Hand und schiebt sich aus der Lücke.

Auf dem hinteren Stoßdämpfer des Lieferwagens – Metall, kein Plastik – ist eine Reihe winziger Dellen zu erkennen, als wäre er das Ziel einer Kleinkaliberwaffe gewesen. Daneben klebt ein gruseliger Sticker. Er zeigt einen Totenschädel mit Hut, der eine Zigarette raucht. In einer Sprechblase steht in großen gotischen Lettern: CHILLAX. Irgendjemand hat irgendwann einmal ein Loch durch die Zigarettenspitze des Totenschädels gebrannt. Jetzt sieht man dort einen kirschgroßen Fleck aus orangefarbenem Rost. Elissa runzelt die Stirn. Sie ist beunruhigt, ohne zu wissen, warum, und hastet ins Hotel zurück.

«Katastrophe abgewendet», bemerkt der Mann mit den haarigen Handgelenken. Seine Augen glitzern, als er ihre Karte nimmt. Sie überlegt einen Moment lang, was er wohl damit meint.

VI

Im Festsaal des Marshall Court stehen Kinder mit ihren Eltern neben den Tischen oder studieren die ausgehängte Liste der Gegnerpaare. Die meisten tragen Wochenendkleidung. Ein paar Internatsschüler tragen ihre Schuluniform.

Elissas erste Gegnerin ist Bhavya Narayan. Als sie sich die Hände schütteln, ist Bhavyas Hand ganz klamm. Aber sie wirkt sehr nett. Ihre Eltern, ein Hindu-Paar, strahlen Elissa genauso freundlich an wie ihre eigene Tochter.

Bhavya hat ein Maskottchen dabei – eine Affenfigur mit vier Armen. «Das ist Hanuman», erklärt sie und stellt sie auf den Tisch. Elissa öffnet ihren Rucksack und holt den Affen heraus. Sie hofft, dass die Familie deswegen nicht beleidigt ist, aber sie hören nicht auf zu lächeln.

Bald verlassen die Eltern den Saal, und das Turnier beginnt. Bhavya wählt eine Damenbauernspiel-Eröffnung. Elissa reagiert ebenso. Als ihr das Damengambit angeboten wird – ein geopferter Bauer auf C4 im Gegenzug für eine bessere Position auf dem Brett –, nimmt sie es an. Die nächsten zwanzig Minuten entspinnt sich ein wilder Kampf um die Mitte. Elissas Herz pocht heftig, aber sie ist nicht angespannt; sie fühlt sich zu keiner Zeit wirklich bedroht, und als Bhavyas Konzentration während eines Gabelangriffs nachlässt, nimmt ihr Elissa ganz lässig die Dame ab. Dieser Zug zerstört das Spiel, und das Mädchen gibt kurz darauf auf. Als die Eltern zurückkommen, schenkt Bhavyas Mutter Elissa einen Plastikbeutel mit selbstgemachten Bananenchips.

«Puh», macht Lena Mirzoyan, als sie wieder zusammen sind. «Ich war da draußen so aufgeregt. Ich habe mir beinahe in die Hose gepinkelt.»

«Mum!»

«Tut mir leid.»

Aber es tut ihr nicht leid, das sieht man ganz deutlich. Ihre Brust hebt und senkt sich ganz schnell, und das ist ein deutliches Anzeichen dafür, wie stolz sie ist. Elissa berührt ihre Hand. Damit kann sie ihre Dankbarkeit besser zeigen als mit Worten.

Um elf Uhr beginnt ihre zweite Partie. Diesmal ist ihre Gegnerin ein blondes Mädchen namens Amy Rhodes. Amy ist ein kühler Typ. Sie lächelt nicht wie Bhavya. Ihre Eltern ebenfalls nicht. Sie runzeln leicht die Stirn, als sie Elissa mustern. Amy ist ohne Maskottchen gekommen, und sie sieht den Affen mit einem Blick an, den Elissa unverschämt findet. In der Folge genießt Elissa es, sie zu schlagen – nicht so schnell, wie sie könnte, sondern langsam, zermürbend, sie nimmt ihr Figur um Figur ab, bis nur noch der König nackt und verletzlich in einer Ecke des Bretts steht. Hinterher steht Amy wortlos vom Tisch auf.

Als Nächstes spielt Elissa gegen Ivy May, ein Mädchen, dessen Brillengläser so dick sind wie die Böden von Colaflaschen. Sie lässt ihr Peppa-Wutz-Maskottchen ohne jede Spur von Scham auf den Tisch plumpsen. Die Partie ist eine elende Schinderei und endet beinahe im Remis, aber irgendwie kämpft Elissa sich durch.

Zur Mittagszeit geht sie zu ihrer Mum, und zusammen suchen sie sich ein Plätzchen, wo sie sich hinsetzen können. Elissa isst ihr Thunfisch-Sandwich, die Fruchtgummis und eine Satsuma. Sie blättert in ihrem Notizbuch und geht ihre drei Partien noch einmal durch. Sie versucht sich wegen ihrer Fehler nicht allzu viele Vorwürfe zu machen, aber das ist nicht leicht – kleine Unaufmerksamkeiten hätten sie beinahe zwei der drei Siege gekostet.

Ihre dritte Partie beginnt um halb drei. Vorher bittet sie ihre Mum um die Schlüssel und bringt die Brotbox zurück ins Auto.

Einen Moment allein zu sein, ohne den Lärm im Festsaal, wird ihr helfen, sich wieder gut konzentrieren zu können.

Elissa setzt sich auf den Beifahrersitz, holt den Affen aus ihrem Rucksack und sieht ihn an. Sie ist sich sicher, dass seine Gegenwart ihr Spiel nicht beeinflusst hat, aber zum ersten Mal hat sie einen anderen Gedanken: Hat er vielleicht das Spiel ihrer drei Gegnerinnen beeinflusst, die sie besiegt hat?

Sie denkt an Bhavyas Kuscheltier und an Ivys Peppa Wutz. Diese Maskottchen hatten keinen Einfluss auf *sie* – nach einem flüchtigen Blick hatte sie sie schon wieder vergessen. Aber konnte man das auch über ihre Gegnerinnen sagen, die sich der ausdruckslosen gestrickten Affenpuppe gegenübersahen? Ein interessanter Gedanke. Trotzdem will sie nicht nur dank eines psychologischen Tricks gewinnen.

Gleich wird sie gegen eine der Internatsschülerinnen spielen, die in diesem Turnier zahlreich vertreten sind. Bisher haben sie alle makellose Leistungen gezeigt. Elissa zwickt den Affen ins Ohr und sagt: «Ich hätte nichts dagegen, wenn du sie ein *kleines* bisschen ablenken würdest.» Dann lässt sie ihn zurück in ihren Rucksack gleiten, zu dem Essen, das sie nicht gegessen hat, und steigt aus dem Auto. Als sie sich zum Marshall Court Hotel umdreht und all ihre Kraft für den zweiten Teil des Turniers zusammennimmt, wird der Tag plötzlich zur Nacht.

VII

Einen Moment lang ist es zu verwirrend, als dass sie es verstehen könnte. Der graue Himmel über Bournemouths East Cliff ist fort. Ebenso die weiß getünchte Fassade des Hotels. Auf Elissas Augen und Mund liegt ein Druck, ganz entsetzlich. Ihre

Welt kippt, und sie glaubt zu fallen, aber sie geht nicht zu Boden, nicht ganz. Ihre Fersen schleifen über den Asphalt.

Ist das eine Panikattacke? Vielleicht etwas noch Merkwürdigeres – Narkolepsie? Kataplexie? Elissa dreht den Kopf und spürt an ihrem Ohr die unverkennbare Wölbung eines Bizeps. Gleichzeitig begreift sie, dass der Druck auf Augen und dem Mund von Fingern kommt, die daraufliegen. Sie denkt an die Internatsmädchen mit ihren makellosen Leistungen und an die grausamen Streiche, die Kinder gern anderen spielen.

Plötzlich schleifen ihre Schuhe nicht mehr über den Asphalt, sondern tappen darauf herum. Sie ballt die Faust, bewegt den Arm nach vorn und schwingt den Ellenbogen zurück. Direkt an ihrem Ohr hört sie, dass jemand heftig Luft ausstößt. Ein beißender Geruch dringt in ihre Nase, der bittere Gestank kalten Zigarettenrauchs. Der Arm um ihren Hals drückt jetzt fester zu.

Zu stark, als dass es eins der Mädchen sein könnte, die sie heute kennengelernt hat. Und keines von denen ist, da ist sie sich sicher, starke Raucherin.

Schließlich dämmert ihr, was da gerade geschieht.

Sie wird entführt.

Jemand hat sie geschnappt. Will sie verschwinden lassen.

Ihr Kopf ist ganz leer, und sie wird zu einem wilden Wesen. Sie windet sich, tritt, öffnet den Mund und beißt in die Hand ihres Angreifers. Sofort hat sie einen Geschmack auf der Zunge, der noch viel schlimmer ist als alte Zigaretten. Er ist dunkel und schmutzig, eine Schlachthof-Fäulnis, und er schießt ihre Panik in die Stratosphäre. Sie kann nicht atmen, kann nicht schreien. Sie kann nichts hören außer dem verrückten Rauschen ihres Blutes. Ihr Kopf füllt sich mit Silber, als wäre ein Feuerwerkskörper darin explodiert.

Elissas Füße strampeln in der Luft. Ein anderes Geräusch jetzt, oder vielleicht ist es eher die Abwesenheit eines Geräuschs, ein Verstummen des Verkehrs und der Möwen; die Abwesenheit von Wind. Ihre Fersen spüren etwas unter sich. Ein hohles Klopfen. Plötzlich begreift sie, dass sie in einer Art Behälter sein muss, einem aus Metall – oder womöglich in einem Fahrzeug.

Als sie den Oberkörper krampfhaft verdreht, erinnert sie sich an den weißen Lieferwagen und den gruseligen Sticker darauf: den Totenschädel mit dem Hut, der eine Zigarette raucht.

CHILLAX.

Elissa würgt und versucht sich zu beherrschen. Wenn sie sich übergeben muss, kann das Erbrochene nirgends hin. Sie stellt sich vor, wie das Erbrochene aus ihrer Nase dringt, und die Vorstellung ist so erschreckend, dass ihre Muskeln ganz schlaff werden und ihr Kopf vornüberkippt. Sie ist nicht mehr als ein paar Sekunden ohnmächtig, denn als sie wieder zu Bewusstsein kommt, hat sich kaum etwas verändert. Die Finger über ihren Augen rutschen weg, und sie sieht ein schmales Dreieck vom Himmel. Dann ein Quietschen und ein Knall: Die Tür wird zugeschlagen. Das gewährleistet ein gewisses Maß an Ungestörtheit für das, was als Nächstes kommt.

Wieder Atem an ihrem Ohr, etwas höher, aber nur ein Stück. *«Ganz ruhig jetzt»*, sagt eine raue Stimme. *«Ganz ruhig.»*

Sie will ihre Zähne in die Finger des Fremden schlagen, aber sie kann die Vorstellung nicht ertragen, dass dann sein Blut in ihren Mund dringt.

«Ich hab noch was mit dir vor, Schätzchen», sagt er zu ihr. *«Heute stirbst du noch nicht.»*

Sie schaudert. Unter ihr schaudert solidarisch der Lieferwagen. In ihrer Verwirrung begreift sie, dass es das Rütteln des Motors ist, der anspringt, gefolgt vom Rasseln des Auspuffs.

Das Geräusch ist ein Bruch, eine Katastrophe. Am anderen

Ende des Parkplatzes, durch die Lobby hindurch und den Korridor entlang, im Festsaal, sitzt ihre Mum auf einem gepolsterten Konferenzstuhl und isst ein Thunfisch-Sandwich. Schon jetzt könnte sie auch auf der anderen Seite des Ozeans sein.

Elissa bockt, drischt um sich, nutzt alle Kraft, deren ihre Muskeln fähig sind. Sie versucht, die Hände abzuschütteln, die ihr den Mund zuhalten, und einen Schrei auszustoßen. Wenn sie sich in den nächsten Sekunden nicht befreien kann, ist es zu spät, und dieser Ozean wird unüberwindbar. Sie tritt mit der Ferse gegen das Schienbein des Fremden, rammt ihn immer wieder mit den Ellenbogen. Dann passiert das Unerwartete: Die Hand, die auf ihrem Mund lag, wird weggestoßen.

Elissa atmet tief durch, um einen Schrei auszustoßen. Als sich ihre Lungen füllen, spürt sie plötzlich etwas Feuchtes am Gesicht – einen mit kalter Flüssigkeit getränkten Lappen. Als sich ihre Brust weitet, atmet sie die Dämpfe ein, die von ihm ausgehen. Zu spät. Sie begreift, dass ihre Anstrengungen sie nicht gerettet, sondern ihr Schicksal besiegelt haben.

Die Chemikalie schießt in ihre Lungen, blüht auf wie eine Blume aus Gas. Sie ist plötzlich ganz schlaff und weich. Ihre Brust leert sich, und sie nimmt einen weiteren Atemzug. Jetzt ist es nicht mehr nur eine einzelne Blume, sondern eine ganze Blumenwiese. Ihre Wut verpufft. Sie fühlt sich euphorisch. Da war doch etwas Wichtiges, aber sie kann sich jetzt schon kaum noch daran erinnern. Hätte sie irgendwo sein müssen? Die Wiese ruft nach ihr, und ihr Lied ist so wunderschön, dass sie beschließt, das winzige Stimmchen zu ignorieren, das sie anfleht, nicht nachzugeben, *nicht nachgeben.*

Elissas Muskeln erschlaffen, und sie sinkt nieder. Vor der Dunkelheit muss man sich nicht fürchten, man muss sie akzeptieren, also tut sie genau das.

ELIJAH

Tag 6

I

Ich gehe wieder durch den Mädchenwald. Es ist immer noch hell, gerade noch, aber die Herbstfarben sind verblasst. Ich fühle mich, als ginge ich durch eine Bleistiftzeichnung oder durch den Traum von jemand anderem. Ich bewege mich gleichmäßig zwischen diesen Bäumen hindurch, und ich kann nicht genau sagen, wann ich merke, dass ich nicht allein bin. Es ist mehr so, als dämmerte es mir langsam, auch kein plötzliches Begreifen; der Wald um mich herum fühlt sich anders an. Die Tiere des Waldes sind verstummt – das ist das Erste, das ich bemerke. Plötzlich ist es, als hielten die Bäume selbst den Atem an, und als ich mich umdrehe, ist er dort. Er steht neben einer efeuberankten Eiche, als hätte er schon Stunden hier gewartet und die Zeit totgeschlagen, obwohl er ganz sicher noch nicht da war, als ich vor ein paar Augenblicken hier vorbeigekommen bin.

Wir starren einander an, es fühlt sich an wie eine Ewigkeit. Kyles Gesicht ist dunkel vor Wut, sein Blut pulsiert ganz dicht unter seiner Haut. Ich *spüre* seine Anspannung. Er dünstet sie aus wie Rauch und vergiftet die Luft um uns herum. Ängstlich mache ich einen Schritt zurück und wünsche mir sofort, ich hätte es nicht getan. Vor Kyle Schwäche zu zeigen ist immer ein Fehler.

Mein älterer Bruder trägt eine Tarnjacke, die perfekt mit dem Wald verschmilzt, *so* perfekt, dass er beinahe unwirklich aussieht, wie ein körperloses Gesicht, das über dem Farnkraut schwebt.

Er hat sich sein Gewehr über die Schulter gehängt. Es ist eine .22-Kaliber-Waffe zum Erlegen von Kleinwild, aber mit einem anständigen Kopfschuss kann sie auch etwas wesentlich Größeres töten. Ich habe mal im Mädchenwald gespielt, als ich das Knallen seines Gewehrs hörte und sah, wie er wenig später einen Muntjak aus den Bäumen zog. «Hey, Eli», rief er. «Komm mal her und sieh dir das an.»

Einen Monat zuvor hatte ich zu ihm gesagt, dass er mit seiner Waffe niemals einen Hirsch würde erlegen können. Jetzt hatte er es geschafft, mir das Gegenteil zu beweisen. Kyle hatte seinen Beweis schon vorbereitet: Als er den Kopf des Muntjaks anhob, sah ich, dass er ihn skalpiert hatte.

«Guck mal hier», sagte er und stocherte in der weißlich-rosafarbenen Masse herum. «Hier hab ich ihn getroffen. Und schau mal, was danach passiert ist. Die Energie in meiner Kugel hat seinen Schädel wie ein Ei aufplatzen lassen.» Mit einem schmutzigen Finger fuhr er die Ränder des zerborstenen Knochenmaterials entlang. Dann, ohne jeden Respekt für das Wesen, das er getötet hatte, riss er dessen Kopf herum, und zwar so heftig, dass etwas in seinem Hals knallte wie ein Champagnerkorken.

«Guck mal, die Austrittswunde», sagte Kyle.

Ein großes Stück vom Schädel klappte auf wie eine Falltür und gab den Blick auf das breiige Hirngewebe frei. Ich dachte, mir würde übel, aber das passierte nicht. Ich fragte mich nur, wie es sich wohl für den Hirsch angefühlt haben musste, diese plötzliche Katastrophe in seinem Kopf. Ich fragte mich, wie sich so etwas wohl in meinem eigenen Kopf anfühlen würde, und dachte an all die Erlebnisse, die Kyles Kugel mit sich reißen würde.

Katastrophe ist ein Wort, das viel hübscher ist als seine Bedeutung, finde ich.

Jetzt sehe ich zu, wie mein Bruder auf mich zugeht. Seine Stiefel machen kein Geräusch. Ich bin mir ziemlich sicher, dass er aus einer seiner Survival-Zeitschriften gelernt hat, so zu gehen. Etwas Dunkles und Verkrustetes klebt an seinen Wangen. Er stinkt auch, und es ist kein menschlicher Geruch, sondern etwas Widerliches, das er sich ausgedacht hat, um seinen Eigengeruch zu überdecken. Ich schaudere, wenn ich daran denke, was es wohl sein könnte oder wie er es hergestellt hat.

Nur zwei Jahre trennen uns, aber Kyle wirkt mehr wie ein Erwachsener als wie ein Kind. Sein Kiefer ist kantiger geworden. Seine Augenbrauen sind dick und schwarz – in ein paar Jahren wachsen sie bestimmt in der Mitte zusammen. Darunter ist sein Blick so kalt wie ein Komet, scharf und schlau, aber ohne jedes Mitgefühl.

«Was hast du gemacht, Eli?», knurrt er. «Wo warst du?»

Ich wusste, dass dieser Moment kommen würde, aber ich hatte nicht erwartet, derart verängstigt zu sein. Hier draußen, in diesen dunklen Wäldern, macht mir Kyle *Angst*. Aus der Nähe riecht er grauenvoll; es ist ein Verweste-Mumie-Gestank, der mir in die Nase dringt und die Tränen in die Augen treibt.

«Gretel», sage ich und wiege mich auf den Fersen. «Was hast du …»

Bevor ich meine Frage beenden kann, schnellt seine Faust vor. Sie prallt auf meine Wange, und ich taumele. Ich stolpere über eine Wurzel und falle der Länge nach in einen Laubhaufen. Als Kyles Hand sich auf den Gurt an seinem Gewehr legt, schreie ich auf, überzeugt, dass er mich gleich erschießen wird (*hier hab ich ihn getroffen, die Energie in meiner Kugel hat seinen Schädel wie ein*

Ei aufplatzen lassen), aber das Gewehr bleibt auf seiner Schulter, und ich begreife, dass er es sich nur auf den Rücken schieben will. Er bückt sich und packt mich direkt unter dem Kinn an den Kleidern.

Meine Wange pocht im Takt mit meinem Herzen. Ich werde einen furchtbaren blauen Fleck bekommen. Vermutlich auch ein blaues Auge.

Kyle dreht die Faustvoll Kleidung in seiner Hand wie einen Korkenzieher und schnürt mir so die Luft ab. Ich lege den Kopf zurück und versuche, die Luftröhre frei zu bekommen. Aber jetzt, da ich ihm meinen Hals schutzlos darbiete, fürchte ich plötzlich, dass er seine Zähne hineinschlagen könnte.

Mit einem angewiderten Knurren lässt er mich los. Mein Kopf knallt gegen einen halb in der Erde vergrabenen Stein. Merkwürdig, aber ich bin fast dankbar für den Schmerz.

«Gretel ...», wiederhole ich und schließe sofort den Mund, als Kyle mit der Faust ausholt. Seine Fingerknochen sind aufgeschürft, aber nicht von unserem Aufeinandertreffen. Der Schorf ist dick und schwarz.

«*Nenn* sie verdammt noch mal nicht so», zischt er. «Mir reicht's mit deinen scheiß Phantastereien.»

Ich zucke bei diesen Worten zusammen. Das Schlimmste ist, dass er nicht einmal versucht, mich zu schockieren; so denkt und spricht Kyle ganz einfach. Wenn man durch seinen Kopf wanderte, würde man nur schlimme Wörter, nackte Mädchen und aufeinandergestapelte Köpfe toter Tiere finden.

Ich habe nie verstanden, wie wir so unterschiedlich werden konnten. Wir sind wie Nelson Muntz und Martin Price jr. – der Schläger und das schwächliche Kind aus den *Simpsons*, einer Zeichentrickserie, die ich mir manchmal in Zauber-Annies Wohnwagen anschaue. Trotzdem hat Kyle nicht ganz unrecht: Gerade jetzt ist es wichtig, das Mädchen respektvoll bei seinem richtigen Namen zu nennen.

«Elissa», sage ich und blinzele zu ihm hinauf. «Elissa ist weg.»

«Ach was, ohne Scheiß?» Er stößt die Worte so heftig aus, dass ein Spritzer Spucke aus seinem Mund auf meiner Lippe landet. Er summt dort, ein warmes, elektrisch geladenes Wölkchen. «Du könntest es auch gleich richtig ausdrücken. Sie ist *tot*, Eli. Und wessen Schuld ist das?»

Ich keuche auf, die Augen weit aufgerissen. Bin ich wirklich dafür verantwortlich? Ich habe es zwar schon die ganze Zeit gedacht, seit ich aus dem Keller gestolpert bin, aber es von jemand anderem zu hören ist unendlich viel schlimmer.

Kyle scheint einen Rest Zweifel in meinem Blick zu erkennen. Er stachelt seine Wut an. Als er diesmal nach seinem Gewehr greift, bin ich mir sicher, dass er mir eine Katastrophe ins Hirn schießen will. Ich bin so voller Reue, dass ich nicht einmal zucke, aber mein Bruder bremst sich gerade noch. «Ich hab sie verdammt noch mal *gemocht*, Eli», spuckt er. «Ich hab es, Scheiße noch mal, gemocht, mit ihr herumzuspielen. Wenn sie wollte, konnte sie echt interessanten Scheiß erzählen.»

«Es ... es tut mir leid», stammele ich. «Ich wollte das nicht. Ich hätte nicht gedacht, dass sie es herausfinden würden.»

Kyle richtet sich auf, sein Blick ist voller Verachtung. «Tja, haben sie aber. Und jetzt, nur deinetwegen, ist sie tot.»

Er holt einen Fetzen Stoff aus seiner Tasche und schleudert ihn mir ins Gesicht. Als ich ihn wegnehme, hat er sich bereits umgedreht. Ich schaue ihm hinterher, wie er davongeht, wie er durch das Unterholz bricht wie ein brünstiger Hirsch.

Ich hab es, Scheiße noch mal, gemocht, mit ihr herumzuspielen.

Kurz packt mich die Eifersucht; ich dachte, *ich* wäre der Einzige, der mit Gretel gespielt hat. Sinnlos, jetzt noch Eifersucht zu empfinden, aber Kyles Worte gehen mir nicht aus dem Kopf. Worüber haben sie da unten im Keller gesprochen? Und woher weiß er, dass es meine Schuld ist?

Ich denke so angestrengt darüber nach, dass ich beinahe vergesse, was er mir da ins Gesicht geworfen hat. Es ist ein Mädchenunterhemd, blutbefleckt. Ich will es fortschleudern, aber ich kann Gretel nicht einfach so loslassen. Ich drücke das Kleidungsstück an die Brust und krächze ein Wort, das ich schon viel zu oft benutzt habe, und ohne jede Wirkung: *«Entschuldigung.»*

Um mich herum erstirbt das Licht. Ich will nicht in der Dunkelheit in diesem Wald sein. Fünf Minuten später haste ich den Pfad am Brachfeld entlang. Die schmausenden Krähen von vorhin sind verschwunden. Was auch immer sie gefressen haben – es scheint restlos vertilgt worden zu sein.

II

Nacht, und ich stehe am Küchenausguss und bereite das Abendessen vor. Weil wir so leben, wie wir leben – nicht so ordentlich wie andere Familien, abhängiger von der Natur –, ist es unbedingt erforderlich, dass alle mithelfen. Ich gehe nicht zur Schule, aber ich habe meine Lektüre und meine Zahlen, und wenn ich fertig gelernt habe, sind da meine Aufgaben im Haushalt.

Als ich nach Hause kam, lag ein Fasan im Geschirrkorb. Ich weiß, dass er von Dad ist, weil er mit einem Schrotgewehr erlegt wurde. Es täte ihm gut, wenn er ein paar Tage abhängen könnte, aber wir sind da alle nicht so pingelig. Ich selbst bevorzuge Wildbret mit so wenig Geschmack wie möglich.

Ich mache mir keine Mühe, den Vogel zu rupfen, weil ich ihn

nicht im Ganzen braten werde. Stattdessen schneide ich ihm den Kopf ab und dann die Flügel und Beine. Mit einem Messer schlitze ich am Rückgrat entlang und entferne die Haut mit einem einzigen Ruck. Dann öffne ich den Brustkorb, hole die Innereien heraus und werfe sie in den Mülleimer. Als ich fertig bin, sind meine Finger ganz glitschig vor Blut. Die Schenkel kommen für morgen in den Kühlschrank. Die Brüste wickele ich in Speck ein und schiebe sie in den Ofen. Während sie braten, koche ich Karotten und Kartoffeln. Dabei stehe ich am breiten Küchenfenster. Ich sehe nur bis zum Glas und weiche meinem Spiegelbild absichtlich aus.

Aus irgendeinem Grund kann ich das Gefühl nicht abschütteln, dass ich beobachtet werde. Ich werfe die Gemüsereste weg und frage mich, ob es wohl Kyle ist, der aus der Schwärze hereinschaut. Ich stelle mir seinen Waffenlauf zwischen meinen Augen vor und muss an den Muntjak denken, den er erschossen hat, an die Katastrophe in seinem Kopf, aber die Jalousien lasse ich trotzdem nicht herunter. Es gibt Schlimmeres auf diesem Anwesen als meinen Bruder und sein Gewehr. Es ist wichtig, dass ich an meinen Gewohnheiten festhalte, dass ich so tue, als wäre nichts geschehen.

Eine Weinflasche aus dem Keller von Rufus Hall steht neben dem Kessel, bedeckt von einer feinen Staubschicht. Heute Morgen war sie noch nicht hier. Die Meuniers schenken uns hin und wieder eine Flasche, normalerweise, um eine Gefälligkeit von Papa zu belohnen. Ich frage mich, was wohl der Anlass für diese spezielle Gabe war. Weder Mama noch Papa sind große Trinker. Eigentlich nehmen sie nur den Wein zu sich, mit dem ich koche.

Ich werfe einen Blick auf das Etikett und sehe, dass es ein französischer Wein ist: ein Bordeaux aus St. Émilion, abgefüllt im Jahr 1998. Papa sagt, je mehr Staub auf einer Flasche liegt, desto besser ist der Wein. Daran gemessen ist dies ein sehr ordentlicher Wein. Ich lasse den Finger am Hals der Flasche entlanggleiten, und eine schmale Linie dunklen Glases wird sichtbar. Ich sehe darin mein Spiegelbild, aber grauenvoll verzerrt. Schnell drehe ich mich um. Der Staub fällt wie Asche von meinen Fingern.

Der Duft von gebratenem Fleisch erfüllt jetzt die Küche. Ich hole Teller heraus und frage mich, ob wohl jemand mit mir essen wird. In diesem Augenblick bin ich mir nicht sicher, ob alleine zu essen schlimmer ist als in Gesellschaft. Es ist warm hier, aber in den anderen Zimmern ist es kalt. Das Cottage hat keine Zentralheizung, und ich habe kein Feuer gemacht.

Meine Gedanken kehren zu meiner toten Freundin zurück. Sie hat mich Hänsel genannt und ich sie Gretel. Dingen einen neuen Namen zu geben war Teil unseres Spiels. Das Cottage, nicht dieses, sondern sein dunkler Zwilling im Mädchenwald, wurde unser Lebkuchenhaus. Irgendwie nahm es dem Ganzen den Schrecken, für mich jedenfalls – ich war mir allerdings gar nicht sicher, ob Gretel überhaupt echte Angst hatte, wobei das wohl so gewesen sein muss, wenn ich zurückblicke.

Lieber Jesus, murmele ich. *Wenn jemand in ihrer Familie krank oder alt oder einfach nur des Lebens überdrüssig ist, dann lass ihn bitte heute Nacht sterben, damit sie nicht ganz allein ist.*

Wenn ich noch länger an Gretel denke, kann ich nichts mehr essen, also verdränge ich die Gedanken an sie. Ich gieße die Kartoffeln ab und stampfe sie. Dann hole ich das Fleisch aus dem Ofen, schneide die eine Fasanenbrust in zwei Hälften und lege sie auf meinen Teller. Es ist eine winzige Portion, aber ich bezweifle, dass ich sie schaffe. Ich lege mir Karotten auf, fülle ein Glas mit Wasser und trage mein Essen ins Wohnzimmer.

Dort setze ich mich auf meinen üblichen Platz, salze das Essen, aber das ändert kaum etwas am Geschmack. Als ich mir eine Gabel davon in den Mund stecke, schmeckt es immer noch wie Lehm.

Trotz meines fehlenden Appetits esse ich alles auf. Zurück in der Küche, wasche ich das Geschirr ab. Ich fühle mich nicht mehr beobachtet durch das Fenster über dem Ausguss, was eine Erleichterung ist. Aber dann fallen mir meine schlechten Instinkte wieder ein.

Oben ist das Haus sogar noch kälter. Draußen geht ein Wind und bauscht die Vorhänge in meinem Zimmer. Ich ziehe mich aus und lege meine Kleider sorgfältig zusammen. Abgesehen vom Rauschen des Laubes und dem Schreien eines einsamen Fuchses draußen im Brachfeld ist die Nacht ganz still.

Ich trete ans Fenster und ziehe die Vorhänge zu. Erst dann gehe ich auf Zehenspitzen zur losen Diele in der Ecke und hebe sie vorsichtig hoch.

III

Hier, in diesem Hohlraum voller Spinnweben, bewahre ich meine Sammlung von Andenken und seltsamen Funden auf. Der Behälter selbst ist nichts, womit man angeben könnte, nur eine Tupperdose, die ich einmal gefunden habe, als ich in den Mülltonnen der Meuniers wühlte. Aber ich habe sie ein bisschen verschönert. Auf den Deckel habe ich mit schwarzem Textmarker geschrieben: *TOP SECRET. PRIVATBESITZ. DAS ÖFFNEN OHNE ERLAUBNIS IST STRENGSTENS VERBOTEN.* Ich trage die Dose zu meinem Bett und nehme vorsichtig den Deckel ab.

Sofort steigen mir die vertrauten Gerüche meiner Schätze in

die Nase. Nicht alle von ihnen sind hübsch. Die schlimmsten unter den scheußlichen Gegenständen sind die Fingerknöchelchen, die ich am See gefunden habe. Ich bin mir ziemlich sicher, dass es nicht *wirklich* Fingerknöchelchen sind oder sonst welche Teile eines Kindes. Es ist gruselig, denn obwohl das Knorpelgewebe ganz verschrumpelt ist und die Knochen selbst getrocknet sind, vergeht ihr Gestank nicht. Inzwischen berühre ich sie möglichst nicht mehr, und doch bringe ich es nicht so recht über mich, sie wegzuwerfen. Da bin ich merkwürdig – je länger ich etwas besitze, desto schwerer fällt es mir, es loszulassen. Als ich der Besitzer dieser Knöchelchen wurde, habe ich mich selbst zum Haupterinnerungsträger an das Tier gemacht, dem sie einst gehörten. Wenn ich beschlösse, sie wegzuwerfen, dann wäre das, als hätte dieses Wesen nie gelebt.

Jetzt hole ich vorsichtig die anderen Gegenstände aus meiner Sammlung. Da ist ein glatter grauer, entzweigebrochener Stein. Darin erkennt man einen versteinerten Ammoniten. Eine Brille, die mir vielleicht einmal gepasst hätte, aber jetzt nicht mehr; eine römische Münze; ein ordentlich zusammengefaltetes Taschentuch mit einem aufgestickten B; einen Stapel Panini-Fußballsticker; ein kariertes Katzenhalsband und ein winziges Metallglöckchen; eine Telefonkarte aus Plastik; eine Schachfigur aus Rosenholz; ein Fläschchen Parfüm, ein stumpfes Stanley-Messer und eine silberne Halskette mit so zarten Gliedern, dass sie wie Sand durch meine Finger gleiten.

Dann sind da die Schädel. Die meisten gehören Vögeln, aber es sind auch Schädel von einem Hasen und einem Eichhörnchen darunter, und einer, der entweder einem Fuchs oder einem Dachs gehörte – das weiß ich nicht so genau. Ich habe sie alle mit Chlorbleiche gesäubert, aber ein paar schwärzliche Flecken sind trotzdem geblieben. Ganz unten in der Dose liegt ein Kindertagebuch, die Ecken sind schon ganz abgewetzt. Der Name, der daraufsteht, ist nicht meiner.

Ich hole Gretels Unterhemd aus meiner Tasche. Vorsichtig lege ich es auf das Tagebuch und darauf den Schlüssel für das Vorhängeschloss im Lebkuchenhaus. Dann schichte ich die anderen Gegenstände darauf. Ich schließe gerade den Deckel, als ich das Klirren des Riegels unten höre.

Die Haustür öffnet sich. Unten im Flur wird es unruhig, dann folgt eine Unterhaltung mit gedämpften Stimmen. Der Wasserhahn in der Küche wird aufgedreht. Wasser strömt in einen Kessel. Als ich Schritte auf den Stufen höre, gleite ich vom Bett und ramme meine Sammlung in ihr Versteck. Ich schaffe es gerade noch, davon wegzuspringen, bevor die Zimmertür aufgerissen wird.

Mama tritt ein. Sie hält inne, beinahe, als wäre sie überrascht, mich hier zu sehen. Ihre Augen blitzen auf, ihr Blick richtet sich auf die Ecke, in der ich gerade noch stand, aber sie kann sie nicht genau sehen – mein Bett steht davor. Sie setzt sich auf die Matratze und klopft auf den Platz neben sich. Gehorsam setze ich mich zu ihr.

«Es tut mir leid, dass du allein zu Abend essen musstest», sagt sie. Mit dem Finger fährt sie das Blumenmuster auf meiner Bettdecke nach. Ich schaue fasziniert zu. Mamas Finger sind makellos. Ihre Haut ist wie Marmor, und die in einem dunklen Weinrot lackierten Nägel sind perfekt manikürt. Ich habe keine Ahnung, wie es möglich ist, hier auf dem Land zu arbeiten und dabei so makellose Hände zu haben.

«Hast du in deiner Bibel gelesen?»

«Noch nicht, Mama.»

«Heute Abend die Epheser, denke ich. Fang mit Kapitel sechs an.»

Ich nicke. Ich weiß, dass ich mich besonders auf Vers zehn konzentrieren soll. *Zuletzt: Seid stark in dem Herrn und in der Macht seiner Stärke. Zieht an die Waffenrüstung Gottes, damit ihr bestehen könnt gegen die listigen Anschläge des Teufels.*

Es gibt nicht viele Kinder, die die Schrift so gut zitieren können, aber die Bibel und ich haben eine lange gemeinsame Geschichte. Mama hat Jesus immer geliebt, daher ist es nur natürlich, dass sie auch wollte, dass ich ihn liebe.

«Elijah? Ist alles in Ordnung mit dir?»

Ich wische mir mit der Hand über die Augen, bestürzt, dass sie meine Tränen gesehen hat. «Kyle», sage ich. «Er gibt mir die Schuld an ...»

«Dieser Junge braucht eine festere Hand. Ich werde ihn in seine Schranken weisen, Elijah. Du wirst schon sehen.»

Das Problem ist, ich glaube, dass nicht einmal Mama noch irgendeine Macht über meinen Bruder hat. Ich schaue auf ihre Hände und wünsche mir mehr als alles in der Welt, sie würde die Arme ausbreiten und mir erlauben, auf ihren Schoß zu klettern, wie sie es tat, als ich kleiner war.

Als hätte sie meine Gedanken gelesen, verschränkt sie fest die Hände.

Draußen im Flur knarrt eine Diele. Meine Zimmertür öffnet sich erneut, und Papa taucht auf. Er starrt uns einen Augenblick lang an, dann tritt er ein. Er nimmt seine Mütze ab und dreht sie zwischen den Händen, als wollte er sie auswringen.

«Eli», sagt er. Seine Stimme klingt angespannt und müde. Ich frage mich, was er wohl getan hat, seit wir nach Hause gekommen sind – wahrscheinlich hat er sich um die Werkzeuge gekümmert oder etwas oben in Rufus Hall erledigt. «Wir müssen über das reden, was passiert ist.»

Einen Moment lang denke ich, dass er Gretel meint, aber das

tut er natürlich nicht – er will darüber reden, dass die Polizei mich aufgegriffen hat, weil ich fünf Kilometer von Meunierfields entfernt eine Landstraße entlangspaziert bin.

«Tut mir leid, Papa. Ich war bloß durcheinander.»

«Denn wenn du versuchen wolltest wegzulaufen ...»

«Du weißt doch, dass ich das niemals tun würde.»

Er sollte es *wirklich* wissen – ich war derjenige, der die Polizei gebeten hat, ihn anzurufen, damit er mich abholen konnte.

«Die Welt dadraußen, Eli, ist gefährlich. Du glaubst vielleicht, dass du sie kennst, aber das stimmt nicht. Hier in der Gegend hast du eine Menge Freiheiten – du kannst überall herumlaufen, tun, was du möchtest. Aber wir können nicht zulassen, dass du einfach so weggehst. Wir alle haben uns große Sorgen gemacht.»

Mama steht von der Matratze auf und stellt sich neben ihn. Gretels Gesicht kommt mir in den Sinn, und ich versuche, es wieder zu verscheuchen, weil ich Angst habe, dass meine Eltern meine Gedanken lesen können. Zum Glück bleiben sie nicht mehr lange und schließen die Tür hinter sich. Erst als ich ausatme, merke ich, wie lange ich den Atem angehalten habe.

Auf dem Nachttisch liegt meine Bibel. Ich bin zu erschöpft, um in ihr zu lesen. Ich habe die Verse schon geübt, die Mama mir aufgegeben hat. Sie noch einmal gedruckt zu sehen macht ihre Bedeutung auch nicht verständlicher.

Zieht an die Waffenrüstung Gottes, damit ihr bestehen könnt gegen die listigen Anschläge des Teufels.

Eine Zugschnur hängt von der Decke, sodass ich unter die Bettdecke kriechen kann, bevor ich das Licht ausmache. Das will ich gerade tun, als ich sehe, was auf meinem Kissen liegt.

IV

Das Blut rauscht wie ein reißender Fluss durch meine Adern. Unten wird der Fernseher eingeschaltet. Ich kann meine Eltern vor mir sehen, wie sie davorsitzen, die Gesichter in bläuliches Licht getaucht. Gelächter aus der Konserve dringt nach oben.

Auf meinem Kissen, so glänzend, als wären sie erst vor ein paar Stunden geprägt worden, liegen zwei Kupfermünzen. Sie sind winzig, kleiner noch als die Pennys in Papas Kleingeldschüssel. Beide zeigen das gleiche Bild: ein altmodisches Segelschiff mit geblähten Segeln. Wenn ich den Kopf bewege, reflektieren sie das Licht, sodass es aussieht, als glitten sie über ein blutrotes Meer. Ich sehe sie mir näher an: Es sind halbe Pennys. Im Alten Griechenland legte man den Toten Münzen auf die Augen, um für die Überfahrt über den Styx zu bezahlen, den Fluss der Unterwelt. Der, der die Münzen hierhergelegt hat, versucht, mir sehr deutlich etwas zu sagen. Er will mir Angst machen.

Es funktioniert. Ich kann kaum noch denken. Mein Herz hämmert wie eine Trommel.

Waren die Münzen schon die ganze Zeit hier? Ich habe sie nicht gesehen, als ich hereinkam. Einen verrückten Moment lang überlege ich, ob Mama sie vielleicht hiergelassen hat, doch das würde sie nicht tun. Merkwürdig aber, dass sie gar nichts dazu gesagt hat – vielleicht hat sie sie einfach nicht bemerkt, genau wie ich. Papa war gar nicht in der Nähe des Bettes, weshalb er es nicht gewesen sein kann. Außerdem ist er nicht der Typ für Spielchen.

Ich will die halben Pennys nicht berühren, aber ich kann sie auch nicht liegen lassen. Ich nehme sie vom Kissen, sie fühlen sich kalt an. Ich ziehe die Vorhänge auf und schiebe das Fenster hoch. Der Mond scheint. Sein Licht ist hinter den Wolken ganz milchig. Hinter unserem Gemüsegarten erkenne ich die westliche Hälfte des Brachfelds. Eine Brise weht herein, kalt genug, dass ich eine Gänsehaut davon bekomme.

Ich hole aus und schleudere die Münzen hinaus in die Nacht. Die Dunkelheit verschluckt sie. Ich bleibe am Fenster stehen und atme tief durch. Ich kann nichts tun, um wiedergutzumachen, was passiert ist. Ich habe über kaum etwas davon Macht. Aber eins kann ich von jetzt an kontrollieren, und das ist mein Verhalten: Wie ich mich benehme und was ich die anderen sehen lasse. Wenn ich an das Lebkuchenhaus und den schrecklichen antiseptischen Geruch denke, der aus dem Keller aufgestiegen ist, windet und ringelt sich die Schlange in meinem Bauch. Da ist auch ein Geräusch, aber es stammt nicht von mir. Ich brauche einen Moment, um zu begreifen, vor allem, weil ich nicht erwartet hätte, so spät noch einen Motor zu hören. Ein Fahrzeug taucht auf, es holpert über den Pfad am Brachfeld. Ich bin zu weit entfernt, um es deutlich zu sehen, aber es sieht aus – und hört sich an – wie ein Auto mit Allradantrieb. Meuniers Discovery vielleicht oder einer der verbeulten Flitzer aus der Schrottstadt.

Die Scheinwerfer sind ausgeschaltet. Kein bisschen Licht dringt aus dem Inneren. Ich sehe zu, wie das Auto um den östlichen Rand des Mädchenwalds herumfährt und dann nach Norden in Richtung Knöchelchensee abbiegt. Ich konzentriere mich so sehr darauf, dass ich einen Moment lang vergesse, dass bei mir im Zimmer noch das Licht brennt. Hier am Fenster kann man mich von draußen deutlich sehen.

MAIRÉAD

Tag 1

I

Detective Superintendent Mairéad MacCullagh beugt sich gerade über eine Toilettenschüssel in der Bournemouth Central Police Station, als ihr Handy zu schrillen beginnt. Sie wirft einen Blick zu ihrer Tasche hinüber, der Quelle der Unterbrechung. Dann übergibt sie sich ein zweites Mal, so geräuschlos wie möglich. Die benachbarten Kabinen sind noch leer, aber jeden Moment könnte eine andere Polizistin hereinkommen. Galle brennt in ihrer Kehle. Ihr Kopf hämmert im Takt ihres Herzens. Mit einer Hand reißt sie ein Stück Toilettenpapier von der Rolle neben sich. Mit der anderen wühlt sie nach dem Handy. «MacCullagh.»

Es ist Halley, ihr Detective Sergeant und Laufbursche für alles. Er ruft von einer internen Leitung aus an.

«Wo bist du?», fragt er außer Atem. «Als ich mich umgedreht habe, warst du weg.»

Sein Ton veranlasst Mairéad, die Stirn zu runzeln. Sie tupft sich den Mund mit Toilettenpapier ab. «Was ist los?»

«Mögliche Kindesentführung, East Cliff. Ein Zeuge hat gesehen, wie ein Mädchen in einen Lieferwagen gezogen wurde.»

Mairéad wirft das Klopapier in die Schüssel. Sie richtet sich auf. Für den Bruchteil einer Sekunde wird die Welt ganz dunkel. Sie fürchtet, ohnmächtig zu werden, und stützt sich daher an der Kabinenwand ab. Wenn sie je einen ruhigen Tag im Büro gebraucht hätte, dann diesen.

Halleys Stimme dringt wieder zu ihr durch. «... von Winfrith aus angerufen. Sagt, es sieht schlimm aus und dass du sofort dorthin sollst. Dachte mir schon, dass du gerade mit dir selbst zu tun hast, aber wir müssen los.» Er verstummt. Dann sagt er: «Bist du ...»

«Ich fahre sofort los», sagt Mairéad und unterbricht die Verbindung. Sie spuckt in die Kloschüssel, spült das Erbrochene weg und öffnet die Tür. Im Spiegel betrachtet sie ihr Gesicht. Schweißtröpfchen benetzen ihre Stirn. Ihr Haar klebt wie ein feuchter Helm an ihrem Kopf. Ein paar graue Strähnen. Vor ein paar Jahren hätte sie sich noch die Mühe gemacht, sie einzeln herauszureißen oder schwarz zu überfärben. Ihre Augen sind blutunterlaufen, ihr Blick ist leer. «Herrgott.»

Kaltes Wasser schießt aus dem Hahn. Mairéad hält ihre Hände darunter. Sie wäscht sich den Schweiß von der Stirn und trocknet sich mit zwei Fäusten voller Papierhandtücher ab. Ihr Magen zieht sich schon wieder zusammen, aber das Schlimmste ist jetzt vorbei. Das Wasser hat sie wie bei einer Segnung belebt.

Mögliche Kindesentführung, East Cliff. Zeuge hat gesehen, wie ein Mädchen in einen Lieferwagen gezogen wurde.

Tief einatmen, alles rauslassen.

Halley wartet im Flur. Sein Mund klappt auf, als er ihren Zustand bemerkt, aber er ist klug genug, nichts zu sagen. Draußen setzt er sich hinters Steuer eines Dienstwagens. Normalerweise besteht sie darauf zu fahren. Heute nicht. Als sie mit lautem Quietschen losfahren, schließt Mairéad die Augen und schnallt sich an. «Was haben wir?»

«Der erste Anruf kam vor zehn Minuten. Ein Gast im Marshall Court schaute aus dem Fenster auf den Parkplatz und sah jemanden, der ein Mädchen in einem grünen Kleid in einen

Lieferwagen zerrte. Die Streife kam nach ein paar Minuten, fand aber niemanden, der die Geschichte bestätigen konnte. Im Moment findet im Hotel ein Schachturnier für Kinder statt – Hunderte von Kindern und ihre Familien –, also geht es dort ziemlich chaotisch zu. Vor ein paar Minuten, als du ... als du zu tun hattest», sagt Halley und wirft ihr einen betretenen Blick zu, «meldete eine Mutter den Organisatoren des Turniers, dass sie ihre dreizehn Jahre alte Tochter vermisst.»

«Und die Tochter trug ein grünes Kleid?»

«Genau.»

Mairéads Magen zieht sich zusammen, diesmal aber nicht vor Übelkeit.

II

Das Marshall-Court-Hotel, ein prachtvolles viktorianisches Gebäude aus weiß getünchtem Stein, ragt am East Overcliff Drive hoch auf, von wo es das Meer überblickt.

Mairéad erkennt das Hotel wieder. Sie war mindestens zwei Mal mit Scott dort. Nicht, dass sie sich daran erinnern könnte, was sie dort zu feiern gehabt hätte oder mit wem.

Auf dem Bürgersteig davor hat sich eine Menschenmenge versammelt, die von vier Polizisten in Warnschutzjacken in Schach gehalten wird. Zwei andere Kollegen bewachen den Haupteingang des Hotels. Hinter den Glastüren sieht man weitere Uniformierte.

Halley parkt an einer doppelten gelben Linie im Halteverbot hinter einer Reihe von Streifenwagen.

Mairéad reißt die Beifahrertür auf und steigt aus. Ein sandiger, salziger Wind peitscht über die Klippe und treibt ihr Tränen in die Augen. Sie überquert die Straße, schiebt sich durch die Menge auf die Uniformierten zu und zeigt ihren Ausweis vor.

In der Eingangshalle des Hotels herrscht geschäftiges Treiben. Den verantwortlichen Polizisten, Neil Carr, hat sie schnell gefunden.

«Das vermisste Mädchen heißt Elissa Mirzoyan», sagt er und reicht ihr ein kleines Passfoto. «Dreizehn Jahre alt, aus Salisbury angereist, um an dem Schachturnier teilzunehmen. Das wissen wir von ihrer Mum. Das Bild ist recht neu.»

Das Foto zeigt ein ernst blickendes Mädchen – schwarzes Haar, blasse Haut, ungewöhnlich lebendige grüne Augen. Sie sieht klein aus für ihr Alter, geradezu schmerzhaft verletzlich.

Mairéad spürt, wie ihr die Knie weich werden. Plötzlich kommt ihr das Licht in der Lobby viel zu hell vor, das Krächzen der Polizei-Funkgeräte viel zu laut. Einen schrecklichen Moment lang ist sie überzeugt, dass sie gleich zusammenbrechen wird, genau hier, in diesem Raum voller Kollegen.

Wenn Carr bemerkt, dass etwas nicht in Ordnung ist, so lässt er es sich nicht anmerken. «Ich habe bis jetzt alle, die mit dem Turnier in Verbindung stehen, im Festsaal festgehalten», sagt er zu ihr. «Wollte nicht, dass die Leute gehen, bevor wir ihre Personalien aufgenommen haben. Außerdem habe ich ein Team losgeschickt, das das Hotel durchsuchen soll. Bezweifle, dass sie Elissa finden werden, aber womöglich hat unser Verdächtiger hier übernachtet und etwas hinterlassen.»

Schweißtropfen rinnen aus Mairéads Achselhöhlen. Sie spürt, dass ihr der Schweiß auch wieder auf die Stirn tritt. «Was haben wir zum Lieferwagen?»

«Bisher nur ganz wenig. Der einzige Zeuge ist Charles Kiser, ein amerikanischer Tourist in den Siebzigern. Er hat es vom dritten Stock aus beobachtet. Kann uns nicht viel sagen, außer dass Elissa in einen weißen Lieferwagen gezerrt wurde, der» – Carr hält inne, um einen Blick auf seine Notizen zu werfen –, «‹ziemlich alt und verbeult› aussah. Nichts zum Fahrzeugtyp oder zum Kennzeichen. Keine auffälligen Merkmale.»

«Überwachungskameras?»

«Sehr viele im Hotel, aber die Kamera draußen funktioniert seit Monaten nicht mehr. Ich habe den Parkplatz abgeriegelt. Die Spurensicherung ist auf dem Weg und wird sehen, was sie finden kann.»

«Niemand berührt dort irgendwas», sagt Mairéad. «Wann wurde das Opfer zum letzten Mal gesehen?»

Carr nickt zu einer Kamera, die unter der Decke befestigt und auf die Eingangstür gerichtet ist. «Wir haben eine Aufnahme von Elissa mit Zeitstempel. Sie ist um 14:10 nach draußen gegangen. Der Notruf ging um 14:16 ein.»

«Sechs Minuten später? Warum diese Verzögerung?»

«Kiser wusste nicht, welche Nummer er wählen sollte, daher fuhr er mit dem Aufzug zur Rezeption und ließ von dort aus die Polizei anrufen. Ein paar Minuten danach wandte sich Elissas Mutter an die Organisatoren des Turniers. Die Streife kam, als alle langsam eins und eins zusammenzählten.»

Mairéad verzieht das Gesicht. Sie fährt sich mit der Zunge über die Zähne und wünscht, sie hätte ein Pfefferminzbonbon. «Okay, wir brauchen hier unten einen Fahndungsberater zur Unterstützung. Ruft in Winfrith an und sagt, sie sollen Karen Day schicken. Ich will sie, wenn das irgend möglich ist. Und sorgt dafür, dass alle wissen, dass wir es hier mit einem Kritischen Ereignis zu tun haben, und sich entsprechend verhalten. Ihr könnt die Pressestelle schon mal vorwarnen, dass ich eine Öffentlichkeitsfahndung veranlassen will, sobald ich mit der Mutter gesprochen habe. Gebt denen das Foto und alles, was wir bisher haben.»

Carr trommelt seine Leute zusammen. Mairéad wirft einen Blick auf ihre Uhr. Es ist 14:36. Elissa ist vor 20 bis 26 Minuten verschwunden. Diese erste Stunde – die goldene Stunde, wie sie genannt wird – ist entscheidend. Und sie ist schon zur Hälfte vorbei. Eine Öffentlichkeitsfahndung wird die Print- und Rundfunkmedien vom Verschwinden des Mädchens unterrichten und einen sofortigen Aufruf an die Bevölkerung starten. Eine Armee ziviler Freiwilliger wird die Nachricht durch die sozialen Medien verbreiten. Aber Mairéad kann die Fahndung noch nicht auslösen. Die Telefonzentrale muss sich auf den Ansturm an Anrufen einstellen; die benachbarten Polizeistationen müssen dabei mithelfen. Sonst könnten wichtige Informationen verlorengehen. Die Polizeistation in Winfrith kann das alles ziemlich schnell organisieren. Aber natürlich nicht sofort.

Ihr Magen zieht sich erneut zusammen. Sie muss hier ganz auf der Höhe sein, und sie weiß, dass sie es nicht ist. Wenn sie nur die nächste Stunde übersteht, wird sie sich darauf verlassen können, dass sie die Sache voll im Griff haben wird. Das Problem ist, dass Elissa Mirzoyan womöglich nicht noch eine weitere Stunde *hat*.

Mairéad schmeckt wieder Galle, vielleicht ist es auch nur die Erinnerung an den Geschmack. Zu Halley sagt sie: «Wir brauchen eine Liste der Gäste, die bereits ausgecheckt haben. Außerdem ist das hier ein Hotel, also muss es hier auch Kaffee geben. Treib welchen auf.»

Sie geht auf die Rezeption zu, als ihr Telefon klingelt. Es ist Snyder, der Assistant Chief Constable, der bestätigt, dass sie als Senior Investigating Officer die Aufklärung dieses Falls leitet. Sie dankt ihm und wendet sich an Carr, der gerade damit fertig ist, seine Sergeants mit den wichtigsten Informationen zu versorgen. «Wo ist die Mutter?»

«Wir kümmern uns im Büro des Hotelmanagers um sie.»

«Der Vater?»

«Sind offenbar nicht mehr zusammen. Wir versuchen, ihn aufzuspüren.»

«Wir brauchen auch ein Foto von ihm. Damit wir es unserem Zeugen zeigen können.»

Mairéad schaut sich in der Lobby um. Sie will nach Hause und in ihr Bett kriechen. Stattdessen dreht sie drei Mal ihren Ehering. Das ist eine automatische Bewegung, beinahe unbewusst, eine Angewohnheit, die ihr manchmal die Gedanken ordnet. «Wie heißt die Mutter?»

«Lena Mirzoyan.»

«Bringen Sie mich zu ihr.»

III

Das Büro des Managers – hohe Decken, hohe Fenster, stickig und heiß – ist mit einem Teppich mit grünblauem Schottenkaro ausgelegt. Alle Holzmöbel sind aus Mahagoni.

Zwei uniformierte Polizisten stehen an einem mit Leder bezogenen Schreibtisch und hantieren mit ihren Funkgeräten. Lena Mirzoyan sitzt in einem Clubsessel neben einem gusseisernen Heizkörper, der Hitze verströmt. Sie hat keine tödlichen Verletzungen, sieht aber aus, als läge sie im Sterben. Alles Blut ist aus ihrem Gesicht gewichen, ihre Haut wirkt so trocken wie Verbandsmull. Ihr Gesicht drückt unaussprechliches Leid aus.

«Lena», sagt Mairéad. «Ich bin Detective Superintendent Mairéad MacCullah, die Einsatzleiterin bei der Suche nach Elissa.»

Lena ruckt hoch, als hätte man sie geschlagen. Sie blickt mit aufgerissenen Augen zu ihr auf. «Noch ist Zeit.»

Mairéad tritt ein wenig näher an sie heran. «Zeit?»

«Ihr nächstes Spiel hat erst um halb drei angefangen. Das ist erst zehn Minuten her. Bestimmt lassen sie die Organisatoren unter diesen Umständen ... ich meine ...» Lena ringt nach Atem. Ihr ganzer Körper bebt. «Sie hat so hart dafür gearbeitet.»

«Lena, ich muss Sie fragen ...»

«Sie sagen, dass sie jemand *entführt* hat. Sie in einen *Lieferwagen* gesteckt hat. Das kann doch nicht stimmen. Oder?»

Mairéad geht in die Hocke und legt ihre Hand auf die der Frau. Trotz der Hitze im Büro fühlt sich Lena Mirzoyans Hand an wie ein Stück Fleisch aus dem Kühlschrank. «Ich weiß, dass es schwer zu begreifen ist», sagt sie, «aber wir müssen fürs Erste davon ausgehen. Das bedeutet nicht, dass wir uns ausschließlich auf diese Hypothese konzentrieren. Wir haben auch Beamte abgestellt, die das Hotel durchsuchen, für alle Fälle. Die umliegenden Straßen ebenfalls. Und wir kontrollieren alle öffentlichen Verkehrswe ...»

Lena zieht ihre Hand zurück. «Warum sollte sie jemand *entführen*? Und dann auch noch ausgerechnet heute?»

«*Wenn* jemand Elissa entführt hat, besteht eine sehr gute Chance, dass es jemand war, der sie kennt, vermutlich sogar jemand, den Sie beide kennen. Wer könnte das sein, Lena? Haben Sie da irgendeine Idee?»

Der Blick der Frau zuckt durch das Büro, als suchte sie nach einer Fluchtmöglichkeit. «Da gibt es niemanden.»

«Was ist mit Elissas Vater? Wie ist ihre Beziehung zu ihm?»

«Sie haben gar keine Beziehung mehr, nicht mehr. Und Ian würde nie ... er ist einfach nicht ...»

Mairéad nickt. Egal, was Lena Mirzoyan glaubt – ihr Ex wird

ganz oben auf der Liste der Verdächtigen stehen, bis bewiesen ist, dass er es nicht war. «Diese letzten Wochen – haben Sie da irgendwelche Veränderungen in Elissas Verhalten bemerkt? Irgendetwas Ungewöhnliches?»

«Nicht dass ich mich erinnern könnte.»

«Jemand Neues, mit dem sie Kontakt hatte?»

«Ich glaube nicht.»

«Hat sie ein Handy?»

Lena öffnet ihre Handtasche und holt ein Samsung heraus. «Sie hat mich gebeten, es für sie zu verwahren.»

«Kennen Sie das Passwort?»

«Ja.»

Unglücklich, dass Elissa ihr Handy nicht behalten hat – sie hätten sie sonst lokalisieren können – aber immerhin können sie die Daten auswerten. «Das ist großartig, Lena. Das ist sehr hilfreich. Besitzt Elissa irgendwelche anderen Geräte?»

«Ein iPad und einen Laptop. Die liegen beide zu Hause.»

«Wir müssen sie uns sofort ansehen. Ich lasse jemanden mit Ihnen zu Ihrer Wohnung in Salisbury fahren, um beides zu holen. Wir müssen außerdem Elissas Zimmer durchsuchen – vielleicht finden wir dort einen Hinweis darauf, wo sie jetzt ist.»

Lenas Augen weiten sich noch mehr. «Aber ich kann nicht *nach Hause*. Ich muss hierbleiben. Ich muss doch da sein, wenn sie zurückkommt.»

Mairéad hält inne und versucht sich vorzustellen, was die andere Frau fühlt.

«Hören Sie», sagt sie. «Das hier ist hart. Härter geht es wirklich nicht. Aber dadraußen habe ich in diesem Moment Hunderte von hochspezialisierten Polizisten, die ihr Bestes geben, um Elissa zu finden und sie zurückzubringen. Sie arbeiten nach einem äußerst bewährten Muster. Und Sie müssen jetzt tapfer sein. Sie müssen uns vertrauen. Und ich brauche Ihre Hilfe, damit wir jedes noch so kleine Detail haben, das vielleicht den Ausschlag gibt, und unseren Job so gut wie möglich erledigen können. Können Sie das für mich tun?»

Lenas Brust hebt und senkt sich. Sie gibt ein Geräusch von sich, das klingt wie ein wildes Tier in Not. Dann holt sie ein anderes Handy heraus und zeigt es Mairéad. Auf dem Display leuchtet ein Bild von Elissa. Darauf blickt sie nicht ernst wie auf dem anderen Foto. Stattdessen hat sich das Mädchen eine rote Federboa um den Hals geschlungen und lacht albern. Ein älteres Ehepaar mit Ballons in den Händen ist im Hintergrund zu sehen. Sie betrachten sie liebevoll. «Das ist sie», flüstert Lena. «Das ist Elissa. Meine Tochter. Mein Leben.»

Und Mairéad – achtunddreißig Jahre alt, keine eigenen Kinder – versteht voll und ganz. In diesem Moment wird Elissa Mirzoyan zu etwas anderem, als sie zuvor war.

Wieder löst sich dieses unmenschliche Geräusch von Leid und Not aus Lenas Brust. «Ich weiß, dass Sie sich Mühe geben. Sie alle – das weiß ich. Aber Sie *müssen* Erfolg haben. Sie müssen sie zurückbringen. Versprechen Sie mir das. Versprechen Sie es.»

Die Frau sieht so verzweifelt aus, Hoffnung so zerbrechlich wie Porzellan spricht aus ihrem Blick, und plötzlich scheint alle Luft aus dem Zimmer gewichen zu sein. Mairéad wirft den beiden Polizisten neben dem Schreibtisch einen Blick zu.

Keiner schafft es, etwas zu sagen.

IV

Zehn Minuten später hat die Polizei Lenas Exmann gefunden. Er ist in seinem Büro in Birmingham. Damit scheidet er als Verdächtiger aus.

Diese Nachricht ist wie ein Schlag in die Magengrube. Es sieht immer mehr so aus, als hätten sie es mit etwas Ungeheuerlichem zu tun: Kindesentführung durch einen Fremden. Derlei Verbrechen sind unglaublich selten – vielleicht gibt es im Land fünfzig solcher Fälle im Jahr. Die überwiegende Mehrheit wird sofort vereitelt, entweder von den Eltern oder von aufmerksamen Bürgern. Nur eine Handvoll sind überhaupt erfolgreich.

In Bournemouth rasen Polizisten zum Videoüberwachungszentrum des Gemeinderats, wo sie die Aufnahmen zu sichten beginnen. Andere werden zu den benachbarten Hotels auf dem East Overcliff Drive geschickt, in der Hoffnung, dass sie dort einen Treffer landen. Uniformierte Polizisten strömen in den Bahnhof. Verkehrspolizisten werden an die Hauptausfallstraßen der Stadt gestellt. Aber niemand weiß bisher, wonach er suchen soll, und gleichzeitig spüren jetzt alle, wie die Uhr tickt.

Karen Day, die Fahndungsberaterin, die Mairéad aus Winfrith angefordert hat, kommt am Tatort an und übernimmt das Kommando über die Suchaktivitäten, damit sich Mairéad auf die Verdächtigen konzentrieren kann.

Die Öffentlichkeitsfahndung ist aktiviert. Die lokalen Medien starten ihre Aufrufe. Bald stimmen die nationalen Medien mit ein. Das ist haargenau die Art von Ereignis, die das öffentliche Interesse erregt. In der Folge erscheint die Geschichte sofort auf allen Titelseiten und in allen Nachrichtensendungen.

Mairéad sucht Charles Kiser auf, den amerikanischen Touristen, der als Erster Alarm geschlagen hat. Kiser ist recht glaubwürdig, aber er kann ihr nichts Neues sagen, und seine Beschreibung von Elissas Entführer ist bedrückend vage: ein stämmiger Mann in einer unförmigen Wachsjacke. Als Mairéad zu Kisers Zimmer hinaufgeht und auf den Parkplatz hinunterschaut, begreift sie auch, warum. Obwohl die Ermittler am Tatort von hier aus gut sichtbar sind, erkennt sie nur deren Köpfe, aber keine Gesichter.

Die letzten Minuten der goldenen Stunde vergehen. Die Ersten lassen die Schultern hängen. Die Polizisten in der Lobby sehen immer bestürzter aus. In der Menge auf der Straße draußen kommen Gerüchte und Anschuldigungen auf. Das schlimmste aller Verbrechen ist in ihre Stadt gekommen. Und es gibt noch keinen Weg aus dem Schrecken heraus.

Niemand spürt den Druck stärker als Mairéad. Ihr unruhiger Magen und das hämmernde Herz verstärken ihre Probleme um das Zehnfache. Nur das Adrenalin dient ihr als Krücke. Koffein und Paracetamol ebenfalls.

Sie hat bisher nur einmal an einem solchen Fall gearbeitet – ein Mädchen namens Bryony Taylor war auf dem Heimweg von der Schule in Yeovil entführt worden, einer Stadt direkt hinter der Grenze von Dorset. Avon und Somerset leiteten damals die Ermittlungen. Mairéad war als Unterstützung aus Dorset hinzugezogen worden. Jetzt, ein Jahr später, ist der Fall immer noch ungelöst, aber keine der Spuren, denen sie damals nachgegangen sind, hält noch irgendwelche Hoffnungen bereit. Es gibt jetzt schon verstörende Parallelen zwischen dem Verschwinden jenes Mädchens und diesem: Beide Mädchen wurden von einem Mann in einem zerbeulten weißen Lieferwagen am helllichten Tag geschnappt, beide Entführungen fanden innerhalb eines Radius von 80 Kilometern statt.

Polizisten fahren Lena Mirzoyan zurück nach Salisbury, wo

sie Elissas Laptop und ihr Tablet abholen und ihr Zimmer nach Hinweisen durchsuchen. Mairéad kehrt in die Polizeizentrale von Bournemouth zurück, von wo aus sie die Operationen effizienter koordinieren kann.

Siebzig Minuten sind vergangen. Alle in der Zentrale sehen krank aus. Es ist 15:21. Und Mairéad kann zum ersten Mal so etwas wie eine Pause machen.

ELISSA

Tag 2

I

Ihre Augen sind geöffnet, aber sie kann nichts sehen. Ob es daran liegt, dass sie blind ist oder ob sie sich an einem Ort befindet, an dem es stockdunkel ist, kann sie nicht sagen. In ihrem Kopf scheint ein stacheliger Ball umherzurollen. Bei der leisesten Bewegung rollt er schneller, also versucht sie, möglichst reglos liegen zu bleiben.

Elissa riecht den Geruch von Erbrochenem und weiß, dass es ihr eigenes ist. Sobald sie das gedacht hat, zieht sich ihr Magen zusammen, und ihr ist erneut übel. In ihrer Kehle brennt es, nur Wasser kann das Brennen löschen. Außer Magensäure schmeckt sie halbverdauten Thunfisch, und das ist so ekelhaft, dass sie erneut würgen muss. Erbrochenes platscht auf einen Boden, den sie nicht sehen kann, von dem sie aber spürt, dass er in der Nähe ist.

Liegt sie auf der Seite? Ja, da ist ein Druck auf ihrer rechten Seite: kalt, hart und uneben. Merkwürdigerweise fühlt es sich an, als wäre ihr Kopf gestützt.

In ihrem Schädel macht der stachelige Ball keinerlei Anstalten, langsamer zu rollen. Elissa atmet tief durch. Sie versucht sich zu erinnern, was passiert ist. Aber sie findet nur Leere – keine Erinnerung daran, wach gewesen zu sein, gegessen zu haben, an Unterhaltungen mit anderen Menschen. Hatte sie einen Unfall? Das hier ist ganz bestimmt kein Krankenhaus. Ihr Atem hallt irgendwie. Irgendwo hört sie tropfendes Wasser.

Elissa streckt langsam und vorsichtig tastende die Finger der linken Hand vor sich aus, in der Hoffnung, etwas zu berühren, das ihr sagt, wo sie sich befindet. Der Boden besteht aus festem Lehm und aus Steinen, aber er fühlt sich nicht ganz natürlich an. Als sie die Hand so weit ausstreckt, wie sie kann, spürt sie etwas Vertrautes: den Gurt ihres Rucksacks.

Sofort kommen die Erinnerungen wieder. Elissas Kopf fühlt sich an, als würde er gleich platzen, dieser Stacheldrahtball rollt wie wild in ihrem Schädel herum. Ihr Magen zieht sich erneut zusammen, obwohl er bereits leer ist. Noch nie hat sie so etwas erlebt, so viel Schmerz und Angst, konzentriert in einem einzigen Knoten.

Der Affe; die Fahrt mit dem Auto; das Frühstück im Wide Boys; Adele; das Marshall Court Hotel; Bhavya Narayan; Ananas-Gummibonbons; Amy Rhodes; Ivy May; wie sie ihre Brotbox ins Auto brachte und *oh-Gott-oh-Gott-oh-Gott* der weiße Lieferwagen, die verbeulte Stoßstange, der Totenschädel mit dem Hut, der eine Zigarette raucht.

CHILLAX.

Immer mehr Erinnerungen kommen zurück: ihre Fersen, die über den Asphalt schleiften; schmutzige Finger auf ihrem Mund; der feuchte Lappen; die Blumen, die in ihrem Kopf erblühen.

Sie kann sich nicht rühren, kann nicht denken. Eine Weile ist das entfernte Tropfen von Wasser der einzige Beweis dafür, dass die Zeit nicht angehalten hat.

Da war doch eine Stimme, oder nicht? Ein paar gesprochene Wörter. Sie ist fast zu verängstigt, um darüber nachzudenken.

Ganz ruhig jetzt. Ganz ruhig. Ich hab noch was mit dir vor, Schätzchen. Heute stirbst du noch nicht.

Kein Hinweis auf gar nichts, außer das Offensichtliche: Ihr Entführer ist ein Mann. Sie erinnert sich an keinen Akzent. Die

Wörter hat er geflüstert, sodass sie keinen Hinweis auf Alter oder Herkunft hat. Er wirkte nicht allzu groß, aber sein Griff war gnadenlos. Sie erinnert sich an seinen Geruch, ekelerregend süß nach verdorbenem Geflügel.

Wo ist ihre Mum? Der Gedanke an Lena Mirzoyans Leid ist beinahe zu viel. Elissa schwört sich in diesem Moment, dass sie das hier überleben wird – was immer *das hier* ist. Sie wird es überleben, koste es, was es wolle. Auf keinen Fall wird sie zulassen, dass ihre Mum ihre verlorene Tochter beweinen muss.

Dieser Schwur hat einen bemerkenswerten Effekt. Der Schmerz in ihrem Kopf bleibt, aber plötzlich kommt er ihr viel erträglicher vor. Sie spürt, wie die Kraft in ihre Muskeln zurückkehrt, wie ihr Herz stärker schlägt.

Elissa zieht den Rucksack zu sich heran. Ihre Finger bewegen sich blind und suchen nach dem Reißverschluss des Hauptfaches. Sie schafft das nicht mit einer Hand, also hebt sie so vorsichtig wie möglich den Kopf. Der Schmerz ist nicht auszuhalten. Sie beißt die Zähne zusammen und spürt, wie sich die Welt um sie dreht.

Stück für Stück wird der Stacheldrahtball langsamer. Als sie sich aufsetzt, hört sie ein Scharren, dann ein Klirren. So entdeckt sie die Handschelle.

II

Obwohl diese Erkenntnis bisher die schlimmste ist, schafft es Elissa, sich davon nicht überwältigen zu lassen. Aber einen Schluchzer kann sie nicht unterdrücken. Als er aus ihr herausbricht, ein einzelnes, unkontrolliertes Geräusch, klingt er, als käme er von einer Fremden.

Die Handschelle besteht aus schartigem Eisen und umschließt ihr rechtes Handgelenk. Schwere Kettenglieder hängen daran herab. Elissa tastet sich an ihnen entlang bis zu ihrer Verankerung, einem glatten Eisenring, der wiederum an einem u-förmigen Bolzen befestigt ist. Sie zieht daran, aber der Bolzen sitzt ganz fest – fünf Zentimeter dick und tief im Beton versenkt.

Jetzt muss sie innehalten und ihre Gedanken ordnen. Bisher kommt sie einigermaßen zurecht, aber noch ein Schock, der sie jederzeit treffen kann, könnte sie erledigen. Es ist so schwer zu begreifen, dass jemand sie hier so zurückgelassen hat, als wäre sie ein Tier, das man einsperren muss und dann vergessen kann.

Sie tastet mit ihrer linken Hand nach Abschürfungen, Beulen, anderen Anzeichen von Verletzungen. An einigen Stellen ist ihr Kleid unangenehm feucht, aber das ist Erbrochenes, kein Blut. Sie öffnet ihre Schenkel und merkt, dass sie immer noch ihre Unterwäsche trägt.

Fort ist die weiße Strickjacke, die auszuwählen ihr zu Hause so viel Kopfzerbrechen bereitete. Hat sie die beim Turnier ausgezogen? Wenn, dann kann sie sich nicht daran erinnern. An den Füßen hat sie immer noch dieselben Schuhe. Sie spürt die hässlichen Schrammen an den lederbezogenen Absätzen und weiß, dass sie nie wieder so gut aussehen werden wie zuvor. Die Schuhe sind ihr egal, aber nicht egal ist ihr, dass Mum ihr diese Schuhe gekauft hat, mit ihrem hart erarbeiteten Geld.

Und das ist der zweite Grund, aus dem sie das hier überleben muss: Rache.

Der Gedanke allein ist lächerlich, und Elissa lacht und schluchzt gleichzeitig auf. Sie greift nach ihrem Rucksack und zieht das Hauptfach auf. Das Erste, das sie ertastet, ist der Affe. Sie zerrt ihn heraus, drückt seinen Bauch an ihr Gesicht und atmet ein. Er riecht nach zu Hause, nach ihrem Bett, nach allem Guten. Das Beste ist, dass sie jetzt nicht mehr allein ist.

«Wir kommen hier raus», flüstert sie, das Gesicht in seiner Weichheit vergraben. «Du wirst schon sehen.»

Sie setzt ihn sich auf den Schoß und steckt die Hand erneut in den Rucksack. Diesmal schließt sich ihre Hand um die Evian-Flasche. Sie nimmt sie heraus und fingert am Verschluss herum. Er fliegt mit einem Ping in die Dunkelheit. Sie trinkt gierig das Wasser und verschluckt sich fast, als es ihre Kehle befeuchtet. Bis eben hatte sie keine Ahnung, wie durstig sie war. Elissa trinkt die Flasche beinahe aus, bevor sie ihren Fehler bemerkt. Ruckartig löst sie ihren Mund von der Öffnung. Wertvolles Wasser kleckert auf ihr Kleid. Wie lange sie wohl warten muss, bevor sie wieder etwas zu trinken bekommt? Wie unglaublich *idiotisch*, ihren Vorrat ohne jeden vorausschauenden Gedanken auszutrinken. Es ist ihr erster Fehler, aber ein schwerwiegender. Sie schüttelt die Flasche vorsichtig, versucht, ihr Gewicht einzuschätzen, und merkt, dass sie allerhöchstens noch einen kleinen Schluck Wasser übrig hat. Sie tastet mit der linken Hand nach dem Verschluss. Ihr fällt ein, dass er davongesprungen ist. Vielleicht liegt er jetzt außerhalb ihrer Reichweite.

Wenn Elissa beim Schach einen Fehler macht, der sie verlieren lässt, bestraft sie sich nicht mehr und grübelt auch nicht mehr allzu lange darüber nach, das hat sie inzwischen gelernt. Gerade jetzt ist es überlebenswichtig, auf ihre Fähigkeiten zu vertrauen. Wenn sie ihre Situation auf ein Schachspiel überträgt, findet sie vielleicht einen Ausweg. Statt sich also über ihren Mangel an Disziplin zu ärgern, akzeptiert sie ihren Fehler und schiebt ihn dann beiseite. Vorsichtig stellt sie die Flasche auf eine ebene Stelle auf den Boden.

Jetzt hat Elissa beide Hände frei, um in ihrem Rucksack zu suchen. Sie berührt ihren Beutel mit den Staunton-Schachfiguren und zieht ihn heraus. Darunter findet sie ihre beiden Bücher, ihr Notizbuch und die Tintenroller. Ganz unten, unter einem Beutel mit selbstgemachten Bananenchips, ertastet sie eine Satsuma, eingedrückt, aber noch ganz. Sie kann der Versuchung, die Frucht zu essen, kaum widerstehen, aber sie beherrscht sich und legt sie zurück. In der hinteren Tasche des Rucksacks findet sie ein letztes Geschenk, ein sehr gutes: den Marks-and-Spencer-Brownie, der immer noch in seiner Plastikverpackung steckt.

Elissa hat ein wenig Essen, und sie hat ein wenig Wasser. Schon jetzt ist ihre Lage besser, als sie zunächst gedacht hatte. Als Nächstes muss sie unbedingt ihre Umgebung genau erkunden, jeden Quadratzentimeter des Bodens untersuchen. Sie benutzt den Eisenring als ihren Ausgangspunkt und beginnt, mit den Fingern zu tasten. Scharfe Steine drücken sich in ihre Knie. Aber sie hat jetzt eine Aufgabe, auf die sie sich konzentrieren kann.

In Gedanken stellt sich Elissa ein leeres Schachbrett vor, jedes Quadrat mit einer Seitenlänge wie dem Abstand zwischen ihrem Ellenbogen und der Fingerspitze ihres Mittelfingers. Sie benennt sie ganz traditionell, wobei der Eisenring an der Stelle liegt, wo sich die Felder D4, E4, D5 und E5 treffen. Methodisch beginnt sie mit D5, dem oberen linken Quadrat, und füllt die Quadrate mit dem, was sie findet: absolut nichts außer Erde und spitzen Steinen. Von hier aus betastet sie die zwölf benachbarten Quadrate. Das Kissen, das ihren Kopf gestützt hat, liegt in F4. Es ist jämmerlich dünn – die Daunen sind ganz klumpig, und die Hülle riecht stark nach Schimmel. Aber es ist besser als nichts, und sie beschließt, darauf achtzugeben. Die übrigen elf Quadrate ihres Radius sind leer, abgesehen von einer Pfütze eklig riechenden Schleims, den Elissa lieber nicht genauer untersuchen möchte.

Nachdem sie die zweite Reihe Quadrate betastet und sich ihren Inhalt gemerkt hat, geht sie zur dritten Reihe über, beginnend bei B7. In der obersten Reihe, die sechs Quadrate umfasst, findet sie eine ebene Stelle, die sich anfühlt wie Beton. Es ist besser, sich dort hinzulegen, als da, wo sie aufgewacht ist.

Die obere rechte Kante dieses erweiterten Gitters, von G7 bis zu G5 hinunter, ist ebenso leer wie die inneren vier Quadrate. Auch in der Reihe von B2 bis G2 ist nichts Nützliches zu finden, aber in B3 entdeckt sie etwas Überraschendes.

III

Der erste Gegenstand ist ein Eimer aus Hartplastik. Der eine Teil der Kante ist leicht eingedellt und formt so eine Tülle, mit der man seinen Inhalt ausleeren kann. Der Henkel besteht aus Draht, der nur wenig dicker ist als der von billigen Kleiderbügeln. Etwa zehn Zentimeter davon sind mit einer Plastikschicht ummantelt, damit man ihn besser tragen kann. Der Eimer selbst ist trocken und riecht neu. Auf seinem Boden findet Elissa eine einzelne Rolle Klopapier.

Ihr Magen zieht sich zusammen. Das ist der erste echte Beweis dafür, dass ihr Gefängniswärter beabsichtigt, sie für eine Weile hierzubehalten. Aber wieder will sie sich von dieser Erkenntnis nicht überwältigen lassen. Bald wird das Evian durch ihre Verdauung hindurch sein. Jetzt weiß sie wenigstens, wohin sie damit soll. Sie ist vielleicht eingesperrt wie ein Tier, aber sie muss sich nicht wie eins verhalten.

Der andere Gegenstand in B3 ist ein zweiter solcher Eimer.

Dieser ist bis zum Rand mit einer kalten Flüssigkeit gefüllt, deren Oberfläche Blasen gebildet hat. Sie riecht wie eine Reinigungslösung: etwas stärker als Spülmittel, aber nicht so aggressiv wie Chlorbleiche. Bodenreiniger vielleicht, oder ein Allzweckdesinfektionsmittel.

Von B3 aus arbeitet sich Elissa die Spalte hinauf, wobei sie die Kette hinter sich herzieht. Sie bemüht sich, an nichts anderes als an die vor ihr liegende Aufgabe zu denken. In B7, der obersten linken Ecke, bleibt sie erneut stehen. Hier hindert ihre Kette sie am Weitergehen. Sie streckt die Füße aus, um die äußersten Ränder ihres ausgedachten Bretts zu erkunden.

In A8 berührt ihre Schuhspitze eindeutig eine Mauer. Elissa hört am Geräusch, den ihr Schuh macht, wenn sie darüberstreift, dass sie aus Stein besteht. Sie robbt auf dem Bauch weiter und folgt der Mauer bis zu H8. Von dort aus geht sie weiter, aber Elissa kann sie nicht mehr berühren. Sie arbeitet sich diese Spalte hinunter und versucht, sich dabei nicht die Knie an den hervorstehenden Steinen aufzuschürfen, bis sie zu H7 kommt. Dort ertastet ihr Fuß einige kleine Gegenstände. Mit dem Absatz zieht sie sie in G7, wo sie sie besser untersuchen kann.

Der erste Gegenstand scheint aus glasierter Keramik zu bestehen. Es ist ihr unmöglich, ihn zu identifizieren. Seine Basis erinnert an eine Untertasse mit steilen Rändern. Eine Art dicke Kante wie bei einem Honigtopf erhebt sich daraus. Der obere Teil ragt nach außen und formt eine zweite Untertasse, die kleiner ist als die erste. In der Mitte erhebt sich eine Art Sockel. Ein gebogener Griff verbindet den oberen mit dem unteren Teil.

Elissas Hände streichen blind über die Oberfläche und suchen nach weiteren Hinweisen. Die Unterseite ist der einzige unglasierte Teil. Sie glaubt, dass etwas hineingeritzt wurde – vielleicht die Initialen des Töpfers –, aber die Linien sind zu schwach, als dass sie sie ertasten könnte.

Sie stellt den Gegenstand wieder hin und untersucht die anderen Dinge, die sie von H7 hierhergeschoben hat: eine Streichholzschachtel und eine größere Schachtel mit langen Kerzen. Sofort ist ihr klar, wozu der glasierte Topf gedacht ist: Es ist ein Kerzenhalter, und der obere Teller soll die Wachstropfen auffangen.

Elissa hält sich eine Kerze unter die Nase und atmet ein. Der Geruch weckt Erinnerungen an Weihnachten. Letztes Jahr hatten sie eine Schachtel mit solchen Kerzen zu Hause – dunkelgrüne, die sie in Zinn-Kerzenhalter zu beiden Seiten des Kaminsimses steckten. Am Weihnachtstag stellten sie sie auf den Tisch. Elissa erinnert sich gut an das Essen mit ihrer Nana und Granddad, an die Unterhaltung und an das Gelächter.

Jetzt, da die Erinnerungen an diesen Tag wieder lebendig sind, beugt sie sich vor und verbirgt den Kopf in den Armen. Sie beginnt zu weinen, und alle Tränen sind für ihre Mum und ihre Großeltern und für das, was sie ertragen müssen wegen dieses Perversen, der sie entführt hat. Irgendwann, immer noch zusammengerollt wie ein Embryo, lässt sie sich auf die Seite fallen. Als ihre letzten erschöpften Schauder verebben, schließt sie die Augen und schläft ein.

IV

Der Harndrang weckt sie. Zuerst weiß sie nicht mehr, was passiert ist, wo sie sich befindet oder warum es so dunkel ist. Aber viel zu bald kommt die Erkenntnis wieder, zusammen mit den Erinnerungen an ihre neue Welt: die Handschelle; die Kette;

die Eimer; die Streichhölzer und die Kerzen. Etwas hier drin hat sich verändert, während sie schlief, aber sie weiß einfach nicht, was.

Ist es Nacht geworden? Hat ihr Gefängniswärter sie besucht? Ist da ein Luftzug, wo vorher keiner war?

Plötzlich fragt sich Elissa, ob sie beobachtet wird. Die Dunkelheit ist absolut. Wenn sie also tatsächlich jemand beobachtet, muss er eine besondere Ausrüstung dafür benutzen. Sie verlangsamt ihre Atmung und lauscht angestrengt. Die Stille ist tief wie in einer Gruft; sie hört nicht einmal mehr das tropfende Wasser von vorhin.

Das Unbehagen in ihrer Blase wird stärker. Bald kann sie an nichts anderes mehr denken. Sie ruft sich ihr gedankliches Schachbrett in Erinnerung, krabbelt zum Abfalleimer auf B3 und stellt sich darüber. Dann richtet sie sich vorsichtig auf. Zum ersten Mal steht sie wieder. Sie ist erleichtert, dass sie genügend Platz dafür hat.

Mit ihrer freien Hand greift Elissa unter ihr Kleid und zieht das Höschen herunter. Sie schaut böse in die Dunkelheit; wenn wirklich jemand zusieht, dann soll er doch. Sie kann sich kaum etwas Jämmerlicheres vorstellen als einen Mann, den es anturnt, heimlich Mädchen dabei zuzusehen, wie sie in Eimer pinkeln.

Einen Moment lang lodert ihre Wut heiß auf. «Du bist ein Arschgesicht», zischt sie. «Ein dummes, wertloses Arschgesicht.» Das ist nicht die schlimmste Beleidigung, die sie auf Lager hat, aber sie wird sich nicht mit etwas noch Schlimmerem selbst erniedrigen.

Der Eimer könnte umkippen, wenn sie sich mit ihrem ganzen Gewicht auf ihn setzt, also nimmt sie erst die Klopapierrolle heraus und rafft dann ihr Kleid zusammen. Dann hockt sie sich hin und hält den Atem an.

Zuerst kann Elissa nicht, obwohl ihre Blase schon schmerzt. Gerade als sie aufgeben will, entspannen sich ihre Muskeln, und sie hört das laute Plätschern des Urins gegen das Hartplastik. Es klingt, als pinkele sie Körner oder Schrot, aber der Geruch treibt ihr die Tränen in die Augen, er ist unverkennbar. Wenn der Eimer so stehen bleibt, wird die Luft bald von dem Gestank erfüllt sein. Also zieht sie das Höschen wieder hoch und geht zum zweiten Eimer, um etwas von der Reinigungslösung in den ersten zu kippen. Das tut sie alles völlig blind. Die Kette, die sie an den Boden fesselt, scharrt und klirrt, ein ständiger Begleiter.

Sie ruft sich ihr Schema ins Gedächtnis und kriecht über den Boden bis zu G7, wobei sie der Pfütze mit Erbrochenem auf F5 ausweicht. Darum wird sie sich bald kümmern müssen, bevor der Gestank schlimmer wird. Aber erst ein bisschen Licht.

Elissa hält auf F6 inne, ein Quadrat von ihrem Ziel entfernt. Wenn die Kerzen und die Streichhölzer weg sind, bedeutet das, dass jemand da war, während sie schlief. Jäh kommt ihr ein noch beängstigender Gedanke: Was, wenn sie einen Teil von ihrem Entführer berührt, wenn sie jetzt die Hand ausstreckt? Einen warmen Fuß vielleicht. Oder eine Hand.

Ihre Haut kribbelt. Sie hatte noch nie eine besonders lebhafte Phantasie. Und hier ist der letzte Ort auf Erden, auf dem sie sich eine heranzüchten sollte. Sie fürchtet, dass sie sich gar nicht mehr wird bewegen können, wenn sie jetzt nichts tut, also stürzt Elissa mit ausgestrecktem Arm nach vorn. Die Bewegung ist ungeschickt, verkrampft. Ihre Fingerknöchel schlagen gegen den Kerzenhalter, und er schlittert über den Boden.

Idiotin!

Sie beruhigt sich und streckt erneut die Hand aus. Wenn sie die Kerzen und die Streichhölzer ebenfalls fortgestoßen hat, dann dreht sie wirklich durch. Zum Glück findet sie beide Schachteln genau dort, wo sie sie gelassen hat. Sie schüttelt eine Kerze heraus. Hätte sie nicht so unbedacht gehandelt, könnte sie sie jetzt aufstellen. Stattdessen fixiert sie sie zwischen den Knien. Sie nimmt die Streichholzschachtel in die gefesselte Hand und holt ein Streichholz heraus.

Elissa atmet tief durch. In dem Moment, in dem sie das Streichholz anreißt, wird sie das ganze Ausmaß ihrer Lage begreifen. Es ist gut möglich, dass sie etwas Grauenvolles entdecken wird. Bereits jetzt sagt ihre Intuition ihr, dass sie nicht die erste Bewohnerin dieses Lochs ist. Vielleicht wird das Licht ihr etwas über das Schicksal ihrer Vorgängerinnen enthüllen. Bisher hat sie es geschafft, sich ein winziges Hoffnungsflämmchen zu erhalten. Es wäre eine Ironie des Schicksals, wenn die echte Flamme es löschen würde.

Trotzdem muss sie es wissen. Wissen ist Macht, und obwohl sie hier kaum Macht hat, ist es ihre Pflicht, das wenige auszubauen. Jetzt hechelt sie vor Angst, was bedeutet, dass sie das Streichholz womöglich auspusten wird, bevor sie die Kerze anzünden kann. Um sich zu beruhigen, beschließt sie, den Inhalt der Schachteln zu inventarisieren. Nach einer halben Minute gleichmäßigen Atmens zählt Elissa zehn Kerzen und siebenunddreißig Streichhölzer.

Sie erinnert sich an etwas, das sie Weihnachten gelernt hat, als Mum eine Schachtel Tafelkerzen gekauft hatte. Sie waren fast genauso dick und lang wie diese und hatten eine achtstündige Brenndauer. Das bedeutet, dass sie hier genügend Material besitzt für achtzig Stunden durchgehende Beleuchtung. Wenn sie will, dienen die Kerzen aber noch zu etwas anderem: Sie sind ein Mittel, um die Zeit zu messen.

Mit einem Ratschen und Zischen flackert das Streichholz auf.

Zuerst ist das Licht so hell, dass sie ihre Augen bedecken muss, aber sie kann es sich nicht leisten, das Feuer zu verschwenden. Schnell hält sie es an den Docht.

Die Flamme wird so klein, dass sie schon fürchtet, sie werde ausgehen. Ein aufmerksames blaues Auge zuckt, dann fängt sie sich. Ein gelbes Licht wächst aus dem Docht. Die Dunkelheit zieht sich zurück.

Elissa hält die Kerze in die Höhe und schaut sich um.

V

Als Erstes sieht sie, dass sie allein ist.

Niemand lauert außerhalb des Radius, den ihr die Kette lässt. Sie sieht auch keine Überbleibsel früherer Bewohner.

Vor ihr befindet sich die Steinwand, die sie auf dem Bauch liegend entdeckt hat. Zwei der anderen Wände sehen ganz genauso aus wie die erste. Die vierte besteht aus Holzfaserplatten. Eine Tür ist hineingesägt worden, aber auf ihrer Seite gibt es keine Klinke, nur ein paar tiefe Kratzer, die aussehen, als hätte sie jemand absichtlich verursacht. Die Deckenverschalung aus Kiefernholz über ihrem Kopf wirkt neuer als die Steinwände.

Insgesamt ist die Zelle nicht viel größer als das Schachbrett, das sie sich ausgedacht hat. Sie braucht zusätzlich nur noch drei Spalten und vier Reihen. Sie kann entweder ihr mentales Brett vergrößern, damit es den Boden ihres Gefängnisses ausfüllt, oder sich die neuen Spalten und Reihen hinzudenken und so ein erweitertes Raster schaffen.

Elissa entscheidet sich für Letzteres. Das wird allerdings ein bisschen Verwirrung beim Benennen stiften. Die neue Spalte rechts von H ist I, aber sie nennt die Spalten links von A Y und Z.

Entsprechend werden die vier neuen Reihen unter 1 zu 0, -1, -2 und -3. Daraus folgen die Eckpunkte Y8, I8, Y-3 und I-3. Als Bezugssystem ist das unnötig kompliziert, aber es gibt ihrem Hirn ein bisschen was zu tun.

Sie nimmt an, dass sie sich unter der Erde befindet. Der Boden wirkt, als wäre er ausgegraben. Die Wände sehen aus wie das Fundament eines größeren Bauwerks über ihrem Kopf.

Zum ersten Mal sieht sie die Farben der Gegenstände, die sie in der Dunkelheit gefunden hat. Der Abfalleimer auf B3 ist kirschrot. Der Eimer mit der Reinigungsflüssigkeit ist schwarz. Die Kerzen sind weiß, und der glasierte Keramikständer, der bis I8 gerollt ist, ist von einem stumpfen Dunkelgrün.

Was Elissa wirklich lieber *nicht* sehen würde, ist der Fleck auf C4 – bräunlich rot, eindeutig organischer Herkunft. Er verunsichert sie zutiefst. Sie dreht sich bewusst um und findet das Erbrochene auf F5. Daneben liegt das Kissen. Es wirkt schmuddelig und schäbig. Auf der verblichenen Hülle sind gelbe Blümchen auf einen orangefarbenen Hintergrund gedruckt. Solche Muster gibt es heute gar nicht mehr – das Ding muss uralt sein.

Elissas Magen zieht sich vor Hunger zusammen. Sie steht auf, geht zu ihrem Rucksack und zieht dabei unbeholfen die Kette mit sich. Ein Tröpfchen geschmolzenes Wachs fällt auf ihre Hand, aber sie lässt die Kerze nicht fallen. Mit ihrer freien Hand leert sie den Rucksack, stapelt ihre Habseligkeiten ordentlich und setzt den Affen darauf. «Keine Sorge», sagt sie zu ihm. «Ich habe einen Plan.»

Sie wirft ihren leeren Rucksack wie ein Fischernetz aus, zieht den Kerzenhalter zu sich heran und steckt die Kerze hinein. Erst dann kratzt sie das gehärtete Wachs von ihrer Hand und legt die Stücke in die Streichholzschachtel. Alles in diesem Raum hat einen Wert. Sie wird nichts davon verschwenden.

Jetzt zum Brownie. Elissa öffnet langsam die Verpackung, wobei sie darauf achtet, ihn nicht zu zermanschen. Sie drückt ihn wie Zahnpasta aus einer Tube vorsichtig aus seiner Hülle und nimmt einen kleinen Bissen davon – höchstens ein Achtel vom ganzen Stück – und legt den Rest zurück. Sie faltet die Plastikfolie vorsichtig darum, damit er nicht austrocknet.

Sie kaut gierig. Der Drang, noch einen Bissen zu nehmen, ist beinahe überwältigend, aber sie widersteht. Sie packt ihre Sachen wieder in den Rucksack und steckt den Brownie ganz nach unten. Dann entfernt sie sich so weit davon, wie es ihr die Kette erlaubt. Da steht sie, beugt die Knie und hebt die Füße. Sie versucht, ihre Muskeln so gut wie möglich beweglich zu halten.

Plötzlich fällt Elissa das Erbrochene ein, und sie beschließt, etwas dagegen zu unternehmen. Sie zerrt den Reinigungseimer durch die Zelle. Sie hat keinen Schwamm oder Lappen, also öffnet sie den Reißverschluss ihres Kleides, bevor die Unentschlossenheit sie lähmen kann. Der Drang zu putzen füllt sie ganz aus. Alles andere verblasst dagegen.

Sie zerrt so hektisch an ihrem Kleid, dass sie es beinahe zerreißt, und zieht ihr Unterhemd aus. Sie kann es nicht von der Kette lösen, die sie mit dem Eisenring verbindet, aber das ist ihr egal. Sie tunkt es in den Eimer und kippt Reinigungslösung über den Boden. Elissa arbeitet, ohne nachzudenken, sie schrubbt und wäscht, wringt und spült. Als sie fertig ist, hat sie viel mehr von der Reinigungsflüssigkeit verwendet, als sie wollte, die ganze Vorderseite ihres Kleides ist nass.

Noch schlimmer: Sie zittert. Es ist kälter hier drin, als sie zunächst dachte. Ohne ihr Unterhemd spürt sie die Kälte viel stärker. Als sich der Nebel ihres Wahns lichtet, begreift sie das Ausmaß ihrer Dummheit. Wie konnte sie nur eine saubere Zelle der eigenen Wärme vorziehen? Sie kann ihr Unterhemd auf keinen

Fall wieder anziehen, bevor es trocken ist, und hier drin kann das ewig dauern. Bestürzt darüber, wie sehr sie sich selbst ins Bein geschossen hat, wringt sie es so gut wie möglich aus.

Unglücklich kauert sich Elissa auf die Knie. Sie hält die Hände an die Kerzenflamme, konzentriert sich auf ihren Atem, bis ihr Zittern nachlässt. Um sie herum tanzen die Schatten wie schleichende Wölfe.

Dann hört sie etwas, das nicht aus diesem Raum kommt, sondern von draußen – unverkennbar das Geräusch von Metallbolzen, die bewegt werden.

VI

Einen Moment lang kann sie keinen Gedanken mehr fassen. Wie ein wildes Tier stürzt sie von der Tür weg. Dabei tritt sie mit dem Fuß den Kerzenhalter um, sodass die Zelle in Dunkelheit versinkt. Ihre Kette spannt sich straff. Die Handschelle gräbt sich in ihr Handgelenk und reißt sie von den Füßen.

Der Schmerz ist *brutal.* Elissa windet sich und rollt sich schließlich zusammen. Sie kneift die Augen zu und sagt sich, dass sie sicher ist, dass er ihr nichts tun wird, wenn er denkt, dass sie schläft.

Die Gummidichtungen quietschen, als die Tür aufgerissen wird. Durch die geschlossenen Augenlider sieht Elissa ein rötliches Leuchten und weiß, dass eine Taschenlampe durch den Raum gleitet. Der Strahl richtet sich jetzt auf ihr Gesicht, und obwohl ihr Atem ganz abgehackt geht, versucht sie, sich schlafend zu stellen, zwingt ihre Schultern, sich langsam und mit Bedacht zu heben und zu senken.

Endlich durchschneidet die Stimme ihres Wärters die Dunkelheit: ein Flüstern, leise, aber deshalb nicht weniger scharf. «Ich weiß, dass du wach bist. Du wirst in deinem Leben niemals etwas vor mir verbergen können. Nimm dir so viel Zeit, wie du brauchst, um diese Lektion zu lernen, aber zu deinem eigenen Besten rate ich zur Eile.»

In der darauffolgenden Stille hört Elissa nichts als das Rauschen ihres Blutes. Zum ersten Mal bemerkt sie einen Geruch: nicht die ekelhafte Süße verdorbenen Geflügels, sondern den satten Geruch gekochten Essens.

«Wenn man Besuch bekommt, begrüßt man ihn freundlich, oder hat dir deine Mutter das nicht beigebracht?», fragt ihr Wärter. «Zeit, die Augen zu öffnen, Elissa Mirzoyan, und der Wahrheit ins Auge zu blicken.»

Sie kann ihn nicht täuschen, also ist es sinnlos, so zu tun, als könnte sie es. Und doch bringt sie es nicht über sich, die Augen zu öffnen.

«Ich habe dir etwas zu essen gebracht», sagt er nach langem Schweigen. «Und auch etwas zu trinken.» Sein Ton hat sich jetzt geändert: Es liegt ein Unwillen darin, der vorher nicht da war. «Aus deinem Schweigen schließe ich, dass du es nicht willst. Kein Problem. Mal sehen, wie schnell du dich wieder an deine Manieren erinnerst. Vielleicht wird der Prozess durch etwas Fasten beschleunigt.»

Elissa hört, wie seine Schuhe auf dem Boden scharren. Nur einen Augenblick später fällt die schalldichte Tür mit einem Zischen und einem Donnern ins Schloss. Die Bolzen werden klirrend vorgeschoben.

Sofort reißt sie die Augen auf.

Mal sehen, wie schnell du dich wieder an deine Manieren erinnerst. Vielleicht wird der Prozess durch etwas Fasten beschleunigt.

Wie lange wird er fort sein? Eine Stunde? Einen Tag?

Eine Woche?

Elissa setzt sich in der Dunkelheit ganz aufrecht hin. Ihr linkes Handgelenk pocht. Als sie es berührt, hallt ihr Schmerzensschrei von den Wänden wider – der Schmerz ist ganz außergewöhnlich, als hätte sie einen freiliegenden Nerv berührt. Da ist außerdem eine Nässe, eine *Offenheit*, die ihr Angst einjagt. Gerade eben, als sie von der Tür wegstürzte, hat ihr die scharfe Kante der Handschelle ins Fleisch gebissen. Die Verletzung ist viel, viel schlimmer, als sie dachte.

Sie hält ihre Metallschelle fest und versucht, den umgeworfenen Kerzenhalter zu finden. Das Adrenalin lässt ihren Kopf qualmen. Ein paar Minuten lang ist sie so fahrig, dass sie sich nicht einmal mehr an ihr gedankliches Schachbrett erinnern kann. Ihre Muskeln zucken, verkrampfen sich. Glühwürmchen tanzen vor ihren Augen. Desorientiert krabbelt sie zurück zum Eisenring im Boden. Aber selbst dort schafft sie es nicht, sich zu orientieren. Ist die Tür zu ihrer Linken oder zu ihrer Rechten? Die Unsicherheit lähmt sie. Lange Minuten kniet sie vor ihrem in den Boden eingelassenen Anker, als wäre er ein Totem, der ihr Halt bieten könnte.

Endlich dringt eine Idee durch das Chaos ihrer Gedanken. Die vier Quadrate, die den Ring umgeben, sind vielleicht leer, aber wenn sie den nassen Boden von F5 bis G4 findet, kann sie sich wieder orientieren. Sofort tut sie genau das. Langsam findet sie ihre Fassung wieder. Sie hält die Schelle etwas von ihrem verletzten Handgelenk weg und beginnt mit der anstrengenden Aufgabe, den Boden erneut abzusuchen.

Auf B7, umgekippt, aber wundersamerweise nicht zerbrochen, findet sie den Halter. Die Kerze hat sich davon gelöst und ist weggerollt, also krabbelt sie auf G7, zündet eine neue an und drückt sie in den Halter.

Erneut verschwinden die Schatten. Diesmal enthüllt das zuckende gelbe Licht etwas Grausiges: Ihr rechter Arm ist von den Fingerspitzen bis zum Ellenbogen ganz blutig. Die Schelle hat ihr Handgelenk beinahe bis zum Knochen eingeschnitten, das Fleisch öffnet sich an der Stelle wie zwei rote Lippen. Aus diesem Mund quillt das Blut und tropft schwer auf den Boden.

Wenn sich jemand in Filmen verletzt, reißen die Schauspieler immer ein Stück Stoff von ihrer Kleidung ab, um sich zu verbinden. Aber Elissa kann ihr Kleid nicht zerreißen. Entweder ist der Stoff zu fest, oder sie ist zu schwach.

Ihr Unterhemd liegt beim Eisenring, schmutzig und feucht. Sie traut sich nicht, es als Verband zu benutzen. Sie sucht nach Alternativen und bemerkt etwas, das ihr bisher entgangen ist: Ihr Rucksack, in den sie das Essen und den Rest ihres Wassers gepackt hat, ist verschwunden.

Ihr ist kalt, sie hat Hunger und Schmerzen, und sie dachte, ihre Lage könnte nicht trostloser werden. Doch jetzt ist sie noch schlimmer, und zwar unermesslich viel schlimmer. Sie hat nicht nur ihr Essen und ihr Wasser verloren, sondern auch ihre Staunton-Figuren, ihre Bücher, ihr Notizbuch und ihren Stift. Am schlimmsten ist der Verlust des Affen. Sie versucht sich zu sagen, dass er ja nur ein gestrickter Sack war, aber lebendig oder nicht, er war in dieser Situation ihr Gefährte. Jetzt, da er fort ist, ist sie vollkommen allein.

Elissa kauert ganz dicht an der Kerze und lauscht dem langsamen Tropfen ihres Blutes und dem Knurren ihres leeren Magens. Sie sollte wirklich das Licht auspusten und ihre Vorräte rationieren, aber wer weiß, wie lange sie sie überhaupt noch besitzt? Vor einer Weile hat sie sich noch geärgert, so viel Wasser auf einmal getrunken zu haben. Jetzt ist sie froh darum. Sie denkt an ihre Mum, und als das zu schmerzhaft wird, denkt sie an den Affen, und als das zu schmerzhaft wird, schließt sie die Augen und denkt an gar nichts mehr.

VII

Schließlich dauert es keine Woche, bis ihr Gefängniswärter zurückkehrt, nicht einmal einen Tag, aber es dauert viel länger als ein paar Stunden. In seiner Abwesenheit ist ihre Zunge zu einer Blase angeschwollen. Als sie das Klirren der Riegelbolzen hört, ist nur noch ein Zentimeter von der Kerze übrig. Ihr Flämmchen zuckt, als sich die Tür quietschend öffnet.

Diesmal stürzt Elissa trotz ihres pochenden Herzens nicht sofort in die hinterste Ecke der Zelle. Stattdessen bleibt sie neben der flackernden Kerze sitzen und hebt den Kopf. Das erfordert ihre gesamte Willenskraft, aber sie will, dass ihr Wärter weiß, dass sie noch nicht gebrochen ist. Ihr ganzes Leben lang hat ihr ihre Mutter beigebracht, stark zu sein. Dieser Perverse hat ihr vielleicht die Freiheit genommen. Aber ihren Mut wird er nicht zerstören.

Durch die Türöffnung scheint der gelbe Strahl der Taschenlampe. Elissa blinzelt und versucht, daran vorbeizuspähen, aber außerhalb des Lichtscheins ist alles stockdunkel. Die Füße ihres Wärters schlurfen über den unebenen Boden. Sie bleiben irgendwo in der Nähe von Y3 stehen, gerade außerhalb ihres Ketten-Radius.

Einen Moment überlegt sie: Hat er womöglich genauso viel Angst vor ihr wie sie vor ihm? Ein lächerlicher Gedanke, und sie schiebt ihn sofort wieder beiseite. Zurzeit hat nur einer die Macht in dieser Beziehung.

Der Strahl bleibt noch eine Weile auf sie gerichtet. Dann

schwenkt er durch den Raum, bleibt an den Eimern auf B3 hängen, an den Wasserflecken von F5 bis G4, am Kissen, der heruntergebrannten Kerze, den Streichhölzern, dem schmutzigen Unterhemd.

Einen Augenblick später fühlt sich Elissa in neues Chaos gestürzt, denn ganz im Gegensatz zu allem, was sie erwartet hat, gehört die Stimme, die sie als Nächstes hört, nicht ihrem Gefängniswärter, sondern jemand anderem.

Die Stimme schwankt, kiekst, und einen verrückten Moment lang muss sie an Ethan Bandercroft aus der Schule und an ihre gemeinsame Romanze denken, von der sie weiß, dass es sie niemals geben wird. Es ist natürlich nicht Ethan. Diese Stimme ist, obwohl sie gut klingt, viel weniger selbstsicher.

Da ist noch etwas an ihr. Etwas, das Elissas Inneres verflüssigt.

ELIJAH

Tag 6

I

Ich lasse mich bäuchlings flach auf den Boden fallen, aber es ist schon viel zu spät. Wenn der Fahrer des Geländewagens zu meinem Fenster hochgeschaut hat, dann hat er meinen Umriss klar und deutlich gesehen. Jeder auf dem Anwesen weiß, dass sich hinter dem Fenster mein Schlafzimmer befindet. Der Fahrer wird wissen, was ich gesehen habe.

Ich denke an die kleinen Kupfermünzen auf meinem Kissen: zwei wachsame Augen. Die Botschaft war deutlich, und es muss jetzt schon so aussehen, als hätte ich sie ignoriert. Aber ich kann die Zeit nicht zurückdrehen – weder, was mein Auftauchen am Fenster angeht, noch die Ereignisse unter dem Lebkuchenhaus.

Mein Herz hämmert gegen die Dielen. Eine schreckliche Erinnerung an meine Sterblichkeit. Ich muss wieder an Gretel denken und an all das, was das arme Mädchen ertragen musste. Draußen wird das Rattern des Geländewagens leiser, der über den unebenen Weg fährt. Langsam verklingt das Geräusch.

Ich richte mich wieder auf und greife nach der Schnur über dem Bett. Die Dunkelheit senkt sich über mich. Sobald sich meine Augen an die Schwärze gewöhnt haben, trete ich wieder ans Fenster. Jetzt ist das Gelände draußen totenstill – keinerlei Hinweis auf die Menschheit oder etwas, was als Menschheit durchgehen könnte.

War der Wagen, den ich gesehen habe, Meuniers Land Rover? Mir fällt kein Grund ein, aus dem er so spät noch auf diesem Teil des Anwesens unterwegs sein könnte. Abgesehen vom Mädchenwald liegt nur noch Knöchelchensee in dieser Gegend.

Wenn der späte Besucher nicht Meunier war, dann war es vielleicht jemand aus Schrottstadt. Ich weiß, dass einige von denen um diese Zeit im Jahr hie und da ein bisschen wildern – zwischen den Bäumen habe ich schon öfter Köderfallen oder Schlingen gefunden. Wie viele davon auf Kyles Konto gehen, weiß ich nicht, aber ganz bestimmt nicht alle. Als ich letztes Mal bei Zauber-Annie war, standen da keine Geländewagen, aber einige von den Autos in Schrottstadt sind mit Planen bedeckt, genau wie der Lieferwagen, den Kyle als Zielscheibe für seine Übungen benutzt hat, bis man ihn daran hinderte. Wie bei den meisten Dingen hier bleibt eine Menge verborgen.

Ist Gretel so schnell ersetzt worden? Der Gedanke verursacht mir Übelkeit, aber mindestens ebenso übelkeitserregend ist das erregte Kribbeln, das ich eindeutig verspüre zusammen mit meiner Trauer über ihren Tod – und meinem Kummer über eine weitere Entführung. Dagegen steht die Aussicht auf eine neue Freundin. Wenn das Schlimmste passiert ist, werde ich immerhin wieder einen Sinn haben. Es ist sinnlos, darüber nachzudenken, warum die letzte Freundschaft so den Bach hinuntergegangen ist, weil das eben immer passiert.

Zauber-Annie hat mir einmal eine Geschichte erzählt, die nicht so brutal war wie die von der Fuchsfamilie, die in eine Falle fiel. Es ging darin um Robert the Bruce, der im Jahr 1306 König der Schotten wurde. Nachdem er sechs Mal gegen die Engländer gekämpft und verloren hatte, floh er auf die Insel Rathlin. In einer Höhle beobachtete er eine Spinne, die immer wieder versuchte, ein Netz zu weben, es aber erst beim siebten Mal schaffte. Das inspirierte Bruce, und er kehrte in sein Heimatland zurück, wo er seine nächste Schlacht gewann.

Ich bin kein schottischer König, aber für die, die unter dem Mädchenwald wachen, tue ich, was ich kann. Gerade jetzt fühle ich mich dazu praktisch gezwungen, trotz meiner Angst vor dem, was da draußen lauert.

Ziehet an den Harnisch Gottes, dass ihr bestehen könnet gegen die listigen Anläufe des Teufels.

Wie immer ist es leichter, die Bibel zu lesen, als sich ihrem Wort getreu zu verhalten. Ich will heute nicht in den Mädchenwald zurück, schon gar nicht ins Lebkuchenhaus, aber ich weiß, dass ich es muss.

Aus meiner Sammlung von Andenken und seltsamen Funden nehme ich den Schlüssel. Ich lasse ihn in die Tasche meiner Schlafanzughose gleiten und taste nach meiner Taschenlampe. Ich kann sie nicht gleich finden, und mein Herz beginnt zu hämmern. Hat jemand meine Sammlung entdeckt und sie durchwühlt? Ich kann mir kaum vorstellen, dass sich jemand ausgerechnet für eine billige Plastiktaschenlampe interessiert. Dann erinnere ich mich an meinen letzten Besuch im Keller im Wald, an die wirbelnden Schatten, als die Lampe mir aus den Fingern glitt, die Dunkelheit und meine plötzliche Panik.

Ich habe sie dort gelassen, oder? Sie einfach dort gelassen, wo sie hingefallen ist. Kurz lässt mich meine Erinnerung erstarren. Wie konnte ich nur so *unvorsichtig* sein? Wie konnte ich all die Lektionen im Spuren-Verwischen vergessen, die ich mühsam lernen musste? Wenn ich bisher einen Grund hatte, ins Cottage zurückzukehren, habe ich jetzt einen doppelten, aber ich kann mich kaum überwinden, aus meinem Bett zu steigen.

Ich taste nach meinen Kleidern und ziehe mich an, bevor ich es mir anders überlegen kann.

II

Draußen im Flur gehe ich auf Zehenspitzen zur Treppe, aber es ist unmöglich, sich völlig geräuschlos zu bewegen. Jede Diele knarrt, als wollte sie Tote aufwecken.

Als ich am Schlafzimmer meiner Eltern vorbeikomme, höre ich sie schnarchen und spähe hinein.

Es ist erstaunlich, wie verletzlich sie aussehen. Jemand könnte ganz einfach hineinschleichen und ihnen im Schlaf die Kehlen aufschlitzen. Das ist ein schrecklicher Gedanke, und trotzdem kann ich ihn nicht abschütteln. Ich will unter die Bettdecke krabbeln und mich zwischen sie drängen, aber es steht viel zu viel auf dem Spiel.

Als ich an ihrer Tür vorbei auf die Stufen zugehe, durchzuckt mich die Erkenntnis, dass ich irgendwie umgedreht und wieder auf dem Weg zu meinem Zimmer bin. Diese Entdeckung erschüttert mich. Ich stütze mich mit der Hand an der Wand ab und warte, bis der Schwindel vergeht.

Jetzt kommt mir ein anderer Gedanke. Wie konnten meine Eltern so schnell einschlafen? Es sind doch nur ein paar Minuten vergangen, seit sie in meinem Zimmer waren, und doch liegen sie hier im Tiefschlaf. Wie haben sie es in dieser kurzen Zeit geschafft, sich zu waschen, die Schlafsachen anzuziehen und ins Bett zu gehen?

Bin *ich* vielleicht eingeschlafen? Nur ein paar Augenblicke, nachdem sie aus dem Zimmer gegangen sind, habe ich die Münzen auf dem Kissen gefunden. Ich erinnere mich genau, dass ich sie genommen und in den Garten geworfen habe. Und direkt danach sah ich den Geländewagen.

Meine Kopfhaut zieht sich zusammen. Es ist nicht das erste Mal, dass ich so einen Aussetzer habe. Ich schüttele den Kopf und gehe schnell die Treppe hinunter. Als ich die Haustür öffne und hinaustrete, muss ich die Augen zusammenkneifen, weil das Tageslicht so hell ist, dass es mir den Atem verschlägt. Irgendwie hat der Tag die Nacht verdrängt. Nicht nur das: Ich trage andere Kleidung – Shorts und ein T-Shirt statt Pulli und Jeans. Die einzige Konstante ist der Schlüssel in meiner Tasche – der Schlüssel, der die Tür unter dem Lebkuchenhaus öffnen und mich zum ersten Mal Gretel besuchen lassen wird.

MAIRÉAD

Tag 1

I

Es ist keine lange Pause, aber immerhin. Polizisten, die zum Royal Princess geschickt wurden, einem schicken Hotel aus den 1930er Jahren, das nur ein paar hundert Meter vom Marshall Court entfernt liegt, finden heraus, dass eine der Überwachungskameras direkt auf den East Overcliff Drive gerichtet ist.

Sie überprüfen das Material schnell. Zwischen 14:10 und 14:18 – von dem Moment an, als Elissa zuletzt gesehen wurde, bis zum ersten Notruf – fuhren vierzehn weiße Lieferwagen am Hotel vorbei. Die meisten sind nagelneue Modelle. Nur ein paar wenige kann man rechtmäßig als «alt und verbeult» bezeichnen. Wegen des Kamerawinkels können die Polizisten keine Kennzeichen erkennen, aber sie machen Bilder von den Lieferwagen und leiten sie ans Marshall Court weiter. Schon nach ein paar Minuten identifiziert Charles Kiser einen von ihnen als denjenigen, den er auf dem Parkplatz gesehen hat.

Das Fahrzeug ist ein alter Bedford CF, ein in Großbritannien gebauter Lieferwagen, hergestellt zwischen 1969 und 1988. Mairéads ältere Kollegen kennen ihn noch: In den Achtzigern wurden CFs oft als Gefangenentransporter und als Einsatzwagen bei Straßenunruhen benutzt. Dieser hier, sagt ihr jemand, sieht aus wie das neuere Modell, das in den 80er Jahren auf den Markt kam. Es kann davon nicht mehr als ein paar hundert geben.

Weil die Kommune keine funktionsfähigen Kameras auf dem East Overcliff Drive hat, hatte das Team im Videokontrollzentrum von Bournemouth bisher kein Glück. Aber jetzt gibt es ein bestimmtes Fahrzeug, nach dem sie suchen können, und innerhalb von zehn Minuten landen sie schon den ersten Treffer: Um 14:15 zeichnete eine Kamera an der St. Swithun's Road den Lieferwagen auf, der in Richtung Norden fuhr.

Jetzt haben sie auch ein Kennzeichen. Es wird sofort in das System zur automatischen Nummernschilderkennung eingegeben. Schnell findet das System den verdächtigen Wagen und zeigt seine Fahrtroute: die A338 hinauf nach Downtown, was zehn Kilometer südlich von Salisbury liegt und wo es verschwindet. Von Bournemouth aus ist das eine Fahrt von siebenunddreißig Minuten. Die letzte Kamera hat den Lieferwagen um 14:52 aufgenommen.

Im Ermittlungsteam ändert sich die Stimmung spürbar. Alle wissen, dass siebenunddreißig Minuten Fahrt siebenunddreißig Minuten sind, in denen Elissa Mirzoyan aller Wahrscheinlichkeit nach nicht angegriffen, aller Wahrscheinlichkeit nach nicht getötet wurde.

Jetzt ist es 15:40. Sie liegen wieder weniger als eine Stunde zurück, aber dieser Vorsprung des Täters bedeutet, dass der Lieferwagen innerhalb eines Umkreises von 26 000 Quadratkilometern überall sein könnte. Und mit jeder Minute, die verstreicht, wird dieser Umkreis größer.

Die benachbarten Polizeistationen überschlagen sich mit Hilfsangeboten. Die Verkehrspolizei, ausgerüstet mit mobilen Nummernschilderkennungsgeräten, stellt sich auf die Straßen in diesem Umkreis. Hubschrauber der nationalen Polizei heben in Bournemouth, Almondsbury und Benton ab.

Unterdessen zeigt ein Check der Datenbank der Kfz-Zulassungsstellen, dass das Nummernschild auf dem Bedford zu einem ganz anderen Fahrzeug gehört: einem Vauxhall Corsa, der auf eine achtundsiebzig Jahre alte Frau in Waterlooville, Hampshire, zugelassen ist. Streifenpolizisten besuchen sie in ihrem Bungalow, wo sie die verwirrte Frau und ihr Auto vorfinden.

Im ganzen Land herrscht auf den Flughäfen, den Bahnhöfen und an den Fährhäfen höchste Alarmstufe. In Salisbury finden die Polizisten, die Lena Mirzoyan nach Hause gefahren haben, Elissas Pass.

Um 16:00 gibt Mairéad ihre erste Pressekonferenz. Zuvor geht sie auf die Toilette und übergibt sich. Sie ist sich ihres erschreckenden Aussehens bewusst, bestäubt ihr Gesicht mit Puder und versucht, die Röte um ihre Augen mit Schminke zu überdecken.

Der Presseraum ist gesteckt voll mit Journalisten. Kameras piepen und blitzen. Mairéad erklärt den Ablauf der Ereignisse, zeigt weitere Bilder von Elissa und vergrößerte Aufnahmen des Lieferwagens. Sie erläutert die Route, die er genommen hat, nennt seinen letzten bekannten Aufenthaltsort und ruft die Öffentlichkeit dazu auf, die Augen aufzuhalten. Später beantwortet sie so viele Fragen, wie sie kann.

Über zwei Stunden sind nun seit Elissas Verschwinden vergangen. Alle wissen, was das bedeutet. Sie sieht es in den Augen der versammelten Journalisten und später in den Gesichtern ihres eigenen Teams. Dieses Bild – von Elissa, wie sie mit der roten Federboa posiert – verfolgt sie.

Um 18:10 bringt sie die Medien auf den neuesten Stand. Inzwischen hat die Geschichte Fahrt aufgenommen. Die Pressekonferenz wird live auf Sky News und von der BBC gesendet. Nein, sie haben Elissa noch nicht gefunden. Nein, sie haben keine weiteren Hinweise auf den Verbleib des Lieferwagens. Ja, sie untersuchen die Daten der Zulassungsstellen, aber die Datenbank ist für Autotypen längst nicht mehr existenter Hersteller vollkommen nutzlos.

Eine Stunde vergeht. Zwei weitere. Bald ist es 22:00.

Eine Einsatzzentrale wird eingerichtet. Alle wirken einsam und allein. Es ist Mairéads Verantwortung, die Moral hochzuhalten, aber das ist furchtbar schwer. Der Schwung vom Anfang ist vollkommen verpufft. Das hier ist immer noch ein Vermisstenfall. Wie lange noch, bis daraus ein Mord wird?

II

Um 01:00 gesteht sich Mairéad ein, dass sie Schlaf braucht. Nach einer kurzen Besprechung mit Karen Day, der Fahndungsberaterin aus Winfrith, übergibt sie die Verantwortung offiziell an ihren Stellvertreter und geht hinaus zu ihrem Auto. Ihr Magen ist ganz verkrampft, vor Müdigkeit hat sie Kopfschmerzen. Sie hat das Gefühl, dass ein Heer von Insekten unter ihrer Haut krabbelt.

Vor einer Apotheke, die rund um die Uhr geöffnet ist, hält sie an und fährt dann nach Hause. Scott ist noch wach und läuft in der Wohnung auf und ab. Er schüttelt den Kopf, als sie hereinstolpert.

«Ich musste das übernehmen», sagt sie leise. «Ich musste das übernehmen.»

Ihr Mann starrt sie lange an, bevor er etwas erwidert. «Schatz», sagt er. «Das kannst du nicht machen. Es geht einfach nicht.» Sein Tonfall ist viel nachsichtiger, als sie es verdient. «Du bist nicht fit genug.»

In ihrer Kehle formt sich ein Kloß. «Sie ist dreizehn, Scott. Ich habe ihre Mum kennengelernt. Die Frau wird wahnsinnig.»

Er lässt die Schultern sinken. Jetzt sieht er nur noch müde aus, elend. «Was ist mit dir?», fragt er. «Was ist mit ...»

«Ich schaffe das schon.»

«Das ist nicht die ...»

«Ich *schaffe* das schon!»

Sie wollte eigentlich nicht schreien. Und jetzt, ganz plötzlich, kann sie ihn nicht mehr ansehen. Sie wirft ihren Mantel von sich und läuft die Treppe hinauf. Im Badezimmer, hinter der verschlossenen Tür, setzt sie sich auf die Toilette. Wenn sie die Augen schließt, sieht sie ein Mädchen mit einer roten Federboa. Sie erinnert sich an Lena Mirzoyans Worte im Büro des Hotelmanagers: *Das ist Elissa. Meine Tochter. Mein Leben.*

Mairéads Mund füllt sich mit Speichel. Sie wirbelt herum und reißt den Toilettendeckel gerade noch rechtzeitig hoch. Wässrige Galle klatscht gegen das Porzellan. Ihr Magen krampft sich zusammen, wieder und wieder. Sie hat das Gefühl, dass ihr die Augen aus dem Schädel quellen.

Hinterher, als sie ihre Tasche öffnet, holt sie ihre Apothekeneinkäufe heraus: zehn Clearblue-Schwangerschaftstests.

Mairéad öffnet den Badezimmerschrank. Sie stapelt neun Schachteln hinein. Die zehnte öffnet sie. Sie zieht ihre Unterhose hinunter und setzt sich auf die Toilette. Zuerst fällt es ihr schwer zu pinkeln. Schließlich lässt ihre Blase locker. Sie hält die Spitze des Tests unter den Strahl und zählt bis fünf. Dann steckt sie die Kappe wieder auf.

Jetzt warten. Drei Minuten, heißt es auf dem Beipackzettel.

Sie steht auf und schaut in den Badezimmerspiegel. Ein Geist starrt zurück. Blutunterlaufene Augen und pilzfarbene Haut.

Mairéads Magen ist ganz hart, aber nicht mehr von der Übelkeit. Das hier ist Angst, schlicht und ergreifend.

Zwei Minuten.

Sie erinnert sich an etwas, was Lena Mirzoyan sagte: *Ich weiß, dass Sie sich Mühe geben. Sie alle – das weiß ich. Aber Sie müssen* Erfolg *haben. Sie müssen sie zurückbringen. Versprechen Sie mir das. Versprechen Sie es.»*

Mairéad kennt die Gefahren, deshalb hat sie nichts dazu gesagt. Aber das Versprechen, obwohl es nie über ihre Lippen gekommen ist, hat sie dennoch gegeben.

Draußen bewegt eine Bö die Zweige eines Baumes.

Mairéad atmet tief durch. Sie fragt sich, was Lena Mirzoyan wohl in diesem Augenblick tut. Eine Opferschutzbeamtin aus Dorset hat die Frau nach Hause begleitet und wird dort bei ihr bleiben, bis die Polizei aus Wiltshire jemanden aus der Gegend damit beauftragt. Aber egal, wie viele Menschen jetzt bei Lena sind – sie wird trotzdem verzweifelt sein.

Eine Minute.

Mairéad wirft einen Blick auf ihre Armbanduhr: 01:26. Schon Sonntagmorgen. Über elf Stunden, seit Elissa entführt wurde. Wenn das Ermittlungsteam etwas herausgefunden hätte, wüsste sie es.

Sie betrachtet den Clearblue-Test. Auf dem kleinen Fenster blinkt eine winzige Sanduhr. Ihre Brust fühlt sich ganz leer an, als hätte man alles aus ihr herausgeholt.

Die Sanduhr verschwindet. Eine Nachricht erscheint.

Mairéad atmet zittrig ein. Sie liest die Nachricht erneut, hält sie ganz nah vor ihr Gesicht, nur um sicherzugehen, dass sie sie richtig verstanden hat. Drei Wochen und mehr, genauer kann der Test nicht sein, aber sie weiß, dass sie schon eher bei neun Wochen sein muss.

In der Ecke des Badezimmers steht ein Tritteimer. Mairéad öffnet ihn mit ihrem Zeh. Der Deckel öffnet sich und gibt den

Blick auf ein Elsternest aus entsorgten Clearblue-Tests frei. Weitere Packungen stapeln sich auf dem Fensterbrett.

Es ist eine schreckliche Verschwendung von Geld und Plastik. Aber in den acht Jahren, in denen sie nun schon versuchen, ein Baby zu bekommen, hatte Mairéad zwölf Fehlgeburten.

Niemand hat ihnen sagen können, warum. Es ist kein hormonelles Problem. Auch nicht genetisch. Sie hat keine Veränderungen am Unterleib und keinen verkürzten oder abgeknickten Gebärmutterhals. Einmal hat ihr einer der vielen teuer bezahlten Spezialisten, den sie um Rat gefragt haben, gesagt, sie habe einfach Pech gehabt. Aber für Mairéad – und, das weiß sie, für Scott auch – ist es weit schlimmer als nur Pech. Es ist eine Tragödie.

Von ihren zwölf missglückten Schwangerschaften haben es nur drei über sechs Wochen hinaus geschafft. Sie konnte keine von ihnen länger als acht Wochen halten. Was bedeutet, dass *dieses* Leben, das wie ein Blütenblatt in ihrem Unterleib liegt, ebenso verzweifelt um sein Leben kämpft wie das Mädchen, das sie zu finden versucht.

Mairéad denkt an Scott und daran, wie er sich fühlen muss. Er kennt das Ausmaß der Aufgabe, die sie übernommen hat. Aber wenn sie Elissa Mirzoyan nicht rettet, welche Chancen kann sie dann diesem winzigen Zellhäufchen in sich bieten? Vielleicht darf sie eine eigene Familie haben, wenn sie es schafft, eine andere wieder zusammenzuführen.

Es ist ein schrecklicher Gedanke. Sie versucht vergeblich, ihn aus ihrem Kopf zu drängen.

Unten wird der Fernseher eingeschaltet. Schüsse und Schreie klingen die Treppe hinauf.

Mairéad starrt den Clearblue-Test mit einer schrecklichen, lähmenden Vorahnung an.

ELIJAH

Tag 3

I

Es ist Montagnachmittag, drei Tage vor meinem Besuch auf der Wache, und ich gehe durch den Mädchenwald, ohne zu ahnen, wie sehr sich mein Leben bald ändern wird.

Ich habe kein besonderes Ziel, als ich auf sie stoße: vier dunkle Furchen, die sich zwischen den Bäumen hindurchwinden. Es sind Reifenspuren, und es ist ganz eindeutig, wohin sie führen. Eindeutig ist auch, dass etwas Ungewöhnliches passiert ist.

Kein Fahrzeug steht vor dem baufälligen Cottage, als ich ankomme, aber hier laufen die Reifenspuren zusammen: Die einen sind bei der Ankunft entstanden, die anderen bei der Abfahrt. Elstern krächzen auf dem Dach des Cottages. Ihre Rufe klingen wie eine Einladung: *Elijah, komm und schau es dir an, komm und schau es dir an, komm und schau es dir an.*

Ich betrachte die Bäume und was zwischen ihnen liegt, ich kann keine Spur eines anderen Menschen entdecken. Es ist möglich, dass Kyle mich beobachtet, aber ich spüre dieses merkwürdige Kribbeln zwischen den Schulterblättern nicht, das mir manchmal anzeigt, dass er in der Nähe ist.

Als ich auf die Lichtung trete, bewegt sich etwas zu meiner Rechten. Urplötzlich springt ein Muntjak aus dem Unterholz und schlägt vor mir Haken. Seine Augen leuchten weiß auf. Ich bereite mich auf das Knallen von Kyles Gewehr vor, aber ich höre nur das Trappeln von Hufen, als der Hirsch zwischen den

Bäumen verschwindet. Mein Herz rast jetzt vollkommen außer Kontrolle. Eine Minute vergeht, bis ich wieder ruhig genug bin, um zur Eingangstür des Cottages zu gehen.

Wird sich meine Ahnung bewahrheiten? Kann es sein, dass der Keller eine neue Bewohnerin hat?

Die toten Augen des Gebäudes blicken feindselig. Oben auf dem Dach klingen die Schreie der Elstern weit weniger einladend als noch vor ein paar Augenblicken. Ich weiß, dass mir mein Kopf Streiche spielt. Der Teil in mir, der die Wahrheit herausfinden will, kämpft gegen den Teil an, der das nicht will.

Auf der Schwelle siegt wie immer meine Neugier. Der Drang herauszufinden, welche Beute mir das Schicksal in den Schoß geworfen hat, ist unwiderstehlich. Ich muss an die Krähe mit dem gebrochenen Flügel denken, die Papa gesund gepflegt hat. Vielleicht finde ich unten im Keller meine Chance auf Wiedergutmachung. So wie beim letzten Mal. Und dem Mal davor.

Wie viele Monate ist es her, seit Bryony mich verlassen hat, die letzte Bewohnerin dieses Ortes? Es ist so lange her, dass ich nicht mehr mitzähle.

Es ist dunkel im Flur. Ich gehe am Wohnzimmer vorbei, wo die Esche durch den Fußboden gewachsen ist, und an der alten Kommode. Ich habe eher das Gefühl, über den Boden zu gleiten, als auf ihm zu gehen. In der Küche sehe ich den sich ausbreitenden Efeu kaum. Dann bin ich durch die Tür der Vorratskammer hindurch und gehe die Steinstufen in die Dunkelheit hinunter. Meine letzte Erinnerung ist die an die Einmachgläser, die auf den Regalen aufgereiht stehen, an ihren trüben Inhalt, wie Föten in einer Museumssammlung.

Es ist eine Treppe mit einer Wendung um 180 Grad. Bald bin ich unten. Ich hole meine Taschenlampe heraus und schalte sie ein. Vor mir steht die schalldichte Wand mit ihrer verstärkten

Tür. Alle drei Riegel sind verschlossen, der mittlere ist noch mit einem Vorhängeschloss gesichert. Ich höre nichts.

Auf dem Boden erkenne ich einen einzelnen Fußabdruck im Schmutz. Ich halte meinen Schuh darüber, und die Ähnlichkeit in Größe und Form ist fast schon unheimlich. Ich bekomme eine Gänsehaut. Ist das der Beweis, dass der Keller einen neuen Gast beherbergt? Ich bin in den letzten sechs Monaten jede Woche hergekommen, aber jetzt sehe ich zum ersten Mal einen Hinweis darauf.

Sonst kann ich an dem Abdruck nichts erkennen, also mache ich einen Schritt darüber hinweg. Ich hebe die Hand, um den obersten Riegel zu berühren, ziehe sie dann aber wieder zurück. Ich wiederhole die Bewegung am unteren Riegel. Ich halte inne und leuchte mit der Taschenlampe hinter mich. Wenn ihr Strahl auf Kyles Gesicht fällt, falle ich vor Schreck tot um, aber mein Bruder ist nirgends zu sehen.

Jetzt bin ich überzeugt davon, dass meine Ahnung richtig ist, also hole ich den Schlüssel heraus und lasse ihn ins Schloss gleiten. Ein Drehen, ein Klicken. Ich lasse das Schloss in meine Tasche fallen und ziehe den letzten Riegel auf.

Da wären wir also. Auf der Schwelle zu einem neuen Abenteuer. Sie enden stets auf die gleiche Weise, aber am Anfang – so wie jetzt – kommt immer so etwas wie Hoffnung auf.

Ich räuspere mich und übe in Gedanken meinen Gruß ein. Der erste Eindruck zählt, selbst hier unten in der Dunkelheit. Die Gummidichtung quietscht, die Tür schwingt auf. Ich halte den Atem an und trete ein.

II

Das Erste, was ich sehe, ist nicht das Mädchen, sondern die Kerze – ihre flackernde gelbe Flamme. Sie wird mich erkennen, wenn ich nicht aufpasse, also hebe ich schnell die Taschenlampe und leuchte ihr direkt in die Augen. Das ist unfreundlich, aber nicht zu vermeiden – bis ich mehr über die Neue und ihren Charakter weiß, ist es für mich wichtig, mich zu schützen. Ich erinnere mich noch daran, wie ich hier drin einmal angegriffen wurde, in den Tagen vor dem Eisenring.

Das Mädchen zuckt vor dem Licht zurück. Dann fängt sie sich wieder und hebt das Kinn. Ihre Augen, die gegen das Licht blinzeln, sind so lebendig und grün wie polierte Smaragde.

Sie ist ganz anders, als ich erwartet habe.

Das sind sie immer.

Wortlos lasse ich den Strahl der Taschenlampe über sie gleiten. Meine Haut kribbelt, als meine Augen dem Licht folgen. Diese Stille, bevor ich etwas sage, ist magisch, ein Bann, den ich nur ungern breche. Hier, am Anfang, gibt es noch so viel zu erforschen. Was ich von ihr weiß – was *wir voneinander* wissen –, ist allein auf das beschränkt, was wir sehen. Und bisher sieht *sie* gar nichts, weil sie von meiner Taschenlampe geblendet wird.

Diese grünen Augen scheinen mich anzuziehen. Ich möchte glauben, dass es diesmal anders wird, dass alles gut wird, dass ich es schaffe, sie vor dem Schicksal zu bewahren, das ihr droht.

Ihr schwarzes Haar ist zerzaust und klebt feucht an ihrer Haut. Sie hat das, was Zauber-Annie «keltische Gesichtszüge» nennen würde: eine hohe Stirn, eine scharfgezeichnete Nase und ein ebensolches Kinn. Ihre Haut ist blass, aber ich weiß nicht, ob das ihr natürlicher Hautton ist oder ob es an ihrer Situation liegt. Sie ist ein bisschen älter als ich: vielleicht ein Jahr, vielleicht zwei.

Als ich die Handschelle an ihrem Handgelenk entdecke, bricht es mir fast das Herz. Direkt darüber klafft eine tiefe Wunde, deren Blut zu einer ungleichmäßigen Kruste getrocknet ist. Mehr Blut, frisch und glänzend, sickert daraus hervor. Ob sie wohl versucht hat, sich zu befreien? Wenn, dann wird sie damit kein Glück haben – es sei denn, sie zerschmettert ihre Hand und zieht sie, nass vor Blut und schlaff, durch die Fessel.

Schlaff ist ein Wort, das einen leblos herunterhängenden Körperteil bezeichnet, besonders wenn er dabei eklig aussieht.

Ich schweige noch einen Augenblick und lasse den Schein der Taschenlampe durch das Zimmer streichen. Ich sehe die Eimer, neue Kerzen, eine Streichholzschachtel. Einen feuchten Fleck auf dem Boden, neben dem stinkenden Kissen. Es riecht schlecht hier. Ich rümpfe die Nase und versuche, nicht darauf zu achten, um nicht unhöflich zu sein.

«Hallo», sage ich und lenke den Schein der Taschenlampe wieder auf sie. «Wie heißt du?»

Die grünen Augen des Mädchens lodern auf. Ihr Mund öffnet sich, und sie rappelt sich auf. Ganz offensichtlich hat sie eine andere Stimme erwartet. Ich kann mir die Gedanken, die ihr durch den Kopf schießen, kaum vorstellen.

«Ich heiße Elissa», krächzt sie. «Elissa Mirzoyan. Bitte – hol Hilfe. Bevor er dich hier findet.»

Ich habe gelernt, dass es besser ist, in diesen ersten Momenten einige Dinge für mich zu behalten. Ich bin von Natur aus nicht hinterhältig – zumindest sagt Mama das –, aber Vertrauen muss sich langsam aufbauen, sonst funktioniert es nicht.

«Bevor mich wer findet?», frage ich und mache einen Schritt auf sie zu. Ich bin immer noch in der Sicherheitszone. Wenn sie auf das Licht zuspringt, reißt die Kette sie zurück. Hoffentlich versucht sie es nicht. Die Wunde an ihrem Handgelenk wäre schrecklich. Was noch wichtiger ist: Ich möchte, dass das hier – dieses Wir – *funktioniert.*

Ich kann an ihrem Hals sehen, dass sie schluckt. «Ich weiß es nicht. Ich war in Bournemouth. Ein Schachturnier. Er hat mich in einen Lieferwagen gezerrt. Hat mir etwas gegeben, wovon ich bewusstlos wurde, mich hergebracht und dieses Ding an meinem Handgelenk festgemacht. Bitte – hier ist es nicht sicher. Du musst weg sein, bevor er zurückkommt, die Polizei rufen und ihnen sagen, dass ich hier bin. Dass du mich gefunden hast, Elissa Mirzoyan, dass ich noch lebe, dass ich von einem Mann in einem weißen Lieferwagen mit einem Totenschädel-Aufkleber an der Stoßstange entführt wurde. Es war ein Totenschädel mit einem Hut und einer Zigarette.»

Ihre Schultern sacken hinab. Sie atmet zittrig ein.

CHILLAX, denke ich und zucke zusammen.

«Bist du verletzt?»

Sie schüttelt den Kopf. «Noch nicht. Aber es wird etwas Schlimmes passieren. Es sei denn, du holst mich hier raus.»

Ich halte die Taschenlampe auf ihr Handgelenk. «Dein Handgelenk …»

«Das ist nichts. Nur eine Schnittwunde.»

«Es ist mehr als eine Schnittwunde. Das ganze Blut …»

«Im Ernst, es gibt Schlimmeres. Kannst du …»

«Ich heiße Elijah», sage ich und zucke zusammen. Ich wollte es ihr nicht so schnell sagen. «Wie alt bist du?»

Sie blinzelt, diese grünen Feuer sind für den Bruchteil einer Sekunde gelöscht, dann leuchten sie wieder. Ich weiß, sie will, dass ich gehe, dass ich mit ihrer Botschaft durch den Mädchenwald laufe, aber sie ist nicht panisch. Noch nicht.

«Dreizehn», antwortet sie. «Ich bin dreizehn Jahre alt, und ich heiße Elissa Mirzoyan. M-I-R-Z-O-Y-A-N. Ich wohne im Cloisters

Way 6 in Salisbury. Meine Mum heißt Lena. Ist aber nicht wichtig, wenn du dir das nicht alles merken kannst. Bitte, geh einfach. Ruf die Polizei und hol sie hierher. Sage ihnen, *Elissa Mirzoyan* – dass du Elissa Mirzoyan gefunden hast und dass sie lebt.»

Ich nicke, obwohl sie mich hinter dem Strahl meiner Taschenlampe nicht sehen kann. «Du bist vielleicht ein Jahr älter als ich», sage ich zu ihr, «aber Zauber-Annie sagt, ich habe einen ziemlich hohen IQ. Ich verspreche, dass ich dich nicht vergesse. Niemals.»

Ich sehe an ihrer Reaktion, dass das ein Fehler war. Etwas in ihrem Gesicht verändert sich. Sie hält sich das verletzte Handgelenk an die Brust.

«Wo bin ich?», fragt sie.

«Unter der Erde.»

«Das weiß ich. Wo?»

«In einem Keller. Im Mädchenwald.»

«Im Mädchenwald?»

«So nenne ich ihn. Ich glaube nicht, dass er einen richtigen Namen hat. Zumindest keinen, an den sich jemand erinnern würde.»

Sie runzelt die Stirn. Versucht, es zu verstehen. «Wie hast du mich gefunden?»

«Ich habe gespielt. Draußen. Dachte, ich komme mal hierher und erkunde die Gegend.»

«Du wohnst in der Nähe?»

«Ziemlich.»

Elissa verzieht das Gesicht. «Könntest du die Taschenlampe ausschalten?»

Ihre Frage trifft mich unvorbereitet, wie so vieles an unserem Zusammentreffen. Wenn ich tue, worum sie mich bittet, wird sie mich im Kerzenlicht sehen können, und das kann ich nicht zulassen. Ich will sie retten, aber ich muss mich auch selbst schützen.

«Ich ... ich mag die Dunkelheit nicht», sage ich zu ihr. Meine Wangen werden ganz heiß. Es stimmt irgendwie, aber es ist nicht der wahre Grund für mein Widerstreben, deshalb ist es immer noch geflunkert. Ich hasse Unehrlichkeit, besonders hier unten. Und doch muss man manchmal die Wahrheit vermeiden. Zumindest für eine kleine Weile.

Ich sehe zu, wie sich ihre Brust hebt und senkt. Alles daran wirkt so fein und gleichmäßig.

«Hilfst du mir, Elijah?», fragt sie.

«Ich möchte es gern.»

«Gehst du dann? Holst du die Polizei? Holst du sie hierher, damit sie mich befreien kann?»

Vor ein paar Wochen war mein Lieblingswort der Woche noch *beharrlich*. Es passt perfekt zu Elissa. Wenn ich das Glück gehabt hätte, eine ältere Schwester zu haben, dann hätte ich genau so eine gewollt. Ich bin so voller Bewunderung, dass ich kurz wegsehen muss. Ich konzentriere mich auf die Kerze, deren Flamme zuckt und flackert.

Sobald ich meine Gefühle wieder unter Kontrolle habe, widme ich meine Aufmerksamkeit erneut dem Mädchen in Ketten. «Wenn du gerade erst angekommen bist», frage ich, «warum willst du dann schon wieder gehen?»

ELISSA

Tag 3

I

Seine Frage ist so bizarr, dass sie einen Moment lang überhaupt nicht weiß, was sie denken soll.

Elissa öffnet den Mund und sucht nach Worten, nach irgendetwas, das diese Unterhaltung wieder auf den richtigen Kurs bringt.

Sie überlegt immer noch, als Elijah fragt: «Hat er die Regeln erklärt?»

Sie braucht zwei Atemzüge, um die gesamte Bedeutung seiner Frage zu begreifen.

Elissa schiebt sich mit den Füßen weiter nach hinten. Sie hat schon beinahe die Hälfte der Strecke geschafft, als sich die Kette spannt und sich die Schelle in ihr Handgelenk gräbt. Vom Schmerz wird ihr übel. Ihr Schrei erfüllt den Raum. Sie plumpst auf die Seite, sie windet sich wie eine Katze, die von einem Auto angefahren worden ist. Blut strömt über ihre Hand. In dieser glutheißen Qual hört sie immer wieder Elijahs Worte.

Hat er die Regeln erklärt?

In ihrer Brust herrscht ein Druck, der anders ist als alles, was sie je gespürt hat. Es fühlt sich so an, als müsste ihr das Herz aus der Brust springen. Noch vor wenigen Momenten hat sie gehofft, man habe ihr eine Rettungsleine zugeworfen. Jetzt nicht mehr.

Elissa beißt die Zähne zusammen, glaubt würgen zu müssen. Irgendwie schafft sie es hervorzupressen: «Welche Regeln?»

Verborgen hinter seiner Taschenlampe, setzt sich Elijah auf den Boden. Obwohl sie vor Schmerz und Tränen nur verschwommen sehen kann, erkennt Elissa an der Stelle, von der aus das Licht kommt, dass er sich in C6 gesetzt hat, innerhalb des Radius ihrer Kette. Sie fragt sich, ob er das wohl weiß. Nimmt an, dass er das vermutlich tut.

Es ist ja im Grunde egal. Sie ist nicht in der Lage zu kämpfen. Und was würde sie damit überhaupt erreichen? Obwohl er zugegeben hat, dass er Bescheid weiß, hat er seine Absichten nicht enthüllt.

«Du bist genauso alt wie Bryony», sagt Elijah. «Aber du siehst nicht aus wie sie.»

Der Schmerz in ihrem Handgelenk kommt in Wellen. Auf seinem Höhepunkt überwältigt er all ihre Sinne. Die Zeit vergeht. Vielleicht fünf Minuten, vielleicht eine Stunde. Vorsichtig richtet sich Elissa auf. «Bryony», sagt sie. Ihre Stimme klingt, als spräche sie durch ein Kissen. «Ist das deine Schwester?»

«Eh-eh. Bryony war meine Freundin. Sechs ganze Monate lang. Sie war hübsch, genau wie du. Nur nicht, wenn sie weinte, was sie gegen Ende ziemlich oft getan hat.»

Elissas Blick wandert zu dem rotbraunen Fleck auf C4. «War Bryony auch hier?»

Der Schein von Elijahs Taschenlampe fällt auf den zerkratzten Schallschutz der Tür. «Das hat sie getan. Ich habe ihr gesagt, sie soll es lassen. Dass sie deswegen nur Ärger bekommt. Deshalb hat er den Ring in den Boden eingelassen. Danach wurde es schlimm. Ich hatte solche Angst, dass ich mich kaum traute hierherzukommen.» Seine Kehle zieht sich zusammen, man kann es hören. «Ich bin kein Feigling. Aber dann wurde Bryony ... irgendwie verrückt. Hat auf niemanden mehr gehört, nicht mal auf mich. Trotzdem hat sie ihren Baum bekommen.

Dafür habe ich gesorgt, auch wenn ich sonst nichts für sie tun konnte.»

«Ihren Baum?»

«Hab ihr einen besonders hohen ausgesucht, so, wie sie es wollte.»

Elissa versucht sich zu konzentrieren. Sie hat hier keinen Freund, noch nicht, aber sie erahnt die Möglichkeit, so klein sie auch ist, sich einen zu schaffen. «Warum hat er mich hierhergebracht?», fragt sie. «Was wird er tun?»

II

Elijah schweigt ungefähr eine Minute lang. Dann sagt er: «Nichts Schlimmes. Solange du dich an die Regeln hältst.»

Plötzlich fällt es ihr schwer, den Kopf oben zu halten. «Was für Regeln?»

«Sie verändern sich.»

«Kannst du mir sagen, wer er ist?»

«Nein.»

«Wirst du mir helfen?»

«So gut ich kann. Ich schwöre.»

Sie lächelt. Der Versuch treibt ihr die Tränen in die Augen. «Das ist echt nett. Und echt mutig.»

Elijahs Lungen füllen sich, es klingt wie Wind, der in totes Laub fährt. «Er wird dich auf die Probe stellen. Die meisten bestehen den Test nicht.»

«Was ist das denn für ein Test?»

«Ich weiß es nicht. Aber du wirst es herausfinden müssen. Eine zweite Chance bekommst du nicht.»

Elissa leckt sich über die Lippen. Sie wirft einen Blick auf ihr Handgelenk, das rot ist und glänzt. Hätte sie das nur nicht getan. «Wenn ich alles richtig mache, werde ich das hier dann überleben?»

Hinter dem Strahl der Taschenlampe bleibt Elijah regungslos sitzen, als lauschte er auf etwas. Plötzlich rappelt er sich auf.

«Was ist los?»

«Muss gehen.»

«Warum?»

«Darum», sagt er. «Die Zeit ist um.»

Ihr Magen zieht sich zusammen. «Kommst du zurück?»

«Sobald ich kann.»

Er geht zur Kerze und tritt sie aus.

«Was machst du da?»

Der gelbe Strahl seiner Taschenlampe gleitet zu ihr herüber. Nur ihre Erschöpfung hindert sie daran, davor zurückzuzucken. Dann erstirbt das Licht und taucht die Zelle in vollkommene Finsternis.

Elijahs Schritte scharren über die festgetretene Erde des Bodens. Sie hört, wie etwas gelöst wird – ein Gürtel oder Gurt. Ein Metallreißverschluss wird aufgezogen. Finger berühren ihr Haar, ihren Hinterkopf. Ihr Herz hämmert wild. Jetzt ist da etwas Hartes an ihren Lippen. Und ein flacher Atem, ganz nah an ihrem Ohr.

«Hier», flüstert Elijah. «Trink.»

Der Gegenstand an ihren Lippen ist die Öffnung einer Flasche, sie fühlt sich an wie eine von denen mit Kohlensäure. Sie denkt an den feuchten Lappen im Lieferwagen und spürt, wie sich in ihr ein Schrei aufbaut. Voller Panik zuckt sie zurück. «Was ist das?»

«Nur Wasser.»

Als Elijah ihr die Flasche wieder an die Lippen setzt, ist der

Drang zu trinken unwiderstehlich. Das Wasser schmeckt sauber, einwandfrei. Sie trinkt gierig, ohne darauf zu achten, dass sie ihr Kleid bekleckert. Als er die Flasche fortnimmt, keucht sie, sie will mehr. Er setzt sie ihr erneut an die Lippen. Ihre blinde Intimität ist unangenehm, aber sie ist da.

Als sie genug hat, lehnt sich Elissa zurück. Elijah richtet sich auf. An der Zellentür schaltet er die Taschenlampe wieder ein.

Sie wendet den Kopf ab, weil ihr Strahl sie blendet. «Kannst du die Flasche nicht hierlassen?»

«Tut mir leid.»

Er steht wieder regungslos da, als lauschte er auf etwas, das sie nicht hören kann.

«Was ist los?», fragt sie, aber er antwortet nicht. «Elijah?»

Sein Name scheint durch den Nebel der Ängste zu dringen, die ihn da gefangen halten. Als ihr der Strahl der Taschenlampe ins Gesicht scheint, sagt sie: «Versprich es mir.»

«Was soll ich versprechen?»

«Versprich mir, dass du mich hier drin nicht sterben lässt.»

«Ich komme zurück», sagt er. «Das verspreche ich. Befolge die Regeln, dann sehe ich dich wieder.»

Und damit fällt die Tür des Kellerraums zu.

III

Elissas erster Impuls ist es, noch eine Kerze anzuzünden, um die erloschene zu ersetzen; aber von den ursprünglich zehn sind nur noch acht da. Schon sind ihre Lichtstunden von achtzig auf vierundsechzig geschrumpft. Wenn sie eine neue anzündet, sind es nur noch sechsundfünfzig. Noch eine, dann sind es nur noch achtundvierzig. Die Vorstellung, hier ohne Licht gefangen zu sein, ist unerträglich, aber sie wird sich damit auseinandersetzen müssen.

Eine Kerze anzünden? Sie aufsparen? Die Dunkelheit vertreiben? Sie ertragen?

Elissas Kiefermuskeln sind ganz hart. Sie spürt, wie ihr das Blut ins Gesicht steigt, und beißt die Zähne noch stärker zusammen.

Es gibt keinen Grund, hier drin Licht zu machen. Es gibt nichts Neues zu entdecken. Andererseits spendet eine Kerze nicht nur Licht, sondern auch Wärme. Und doch ... und doch sind diese acht übrigen Kerzen wertvoll. Sie kann es sich nicht leisten, sie zu vergeuden.

Also spare ich sie mir auf.

Genau wie du dir den Brownie aufgespart hast. Und dann war er weg.

Sie ist wie gelähmt. Elissa hockt in der Dunkelheit und hört ihren Atem ein- und ausströmen. Sie erzittert, und die Kerze, die sie gerade in der Hand hatte, zerbricht in zwei Teile. Sie kann sich nicht rühren, kann nicht denken. Dunkelheit ist ihre einzige Wahl.

Immerhin löst sich ihre Erstarrung. Die Muskeln in ihrem Kiefer entspannen sich; der Druck in ihrem Schädel vergeht. Als sich ihre Finger lösen, fällt die zerbrochene Kerze zu Boden.

Ich komme zurück. Das verspreche ich.

Aber Elijah hat nicht versprochen, dass sie am Leben bleibt, und danach hatte sie eigentlich gefragt.

Befolge die Regeln, dann sehe ich dich wieder.

Sie hat keinen Grund, ihm zu vertrauen. Stattdessen eine Million Gründe, ihm zu misstrauen. Er ist ganz eindeutig gestört. Aber sie hat den Verdacht, dass er viel schlauer ist, als er wirkt.

Du bist vielleicht ein Jahr älter als ich. Aber Zauber-Annie sagt, ich habe einen ziemlich hohen IQ. Ich verspreche, dass ich dich nicht vergesse. Niemals.

Sie schaudert bei der Erinnerung und zuckt zusammen, als ihr wieder einfällt, wie fröhlich er es gesagt hat. Und dann hat Elijah noch andere Informationen für sie gehabt: dass sie sich unter der Erde befindet, an einem Ort, den er den Mädchenwald nennt; dass er in der Nähe wohnt; dass er draußen gespielt hat und nur hierhergekommen ist, weil er die Gegend erkunden wollte.

Dieser letzte Teil muss eine Lüge gewesen sein, weil er dann gesagt hat, sie würde ihn an Bryony erinnern, die sechs ganze Monate lang seine Freundin war, die frühere Bewohnerin dieses Loches, so hübsch, außer wenn sie weinte, was sie gegen Ende ziemlich oft tat.

Trotzdem hat sie ihren Baum bekommen. Dafür habe ich gesorgt, auch wenn ich sonst nichts für sie tun konnte. Hab ihr einen besonders hohen ausgesucht, so, wie sie es wollte.

Obwohl er leer ist, krampft sich Elissas Magen zusammen. Sie hält die Handschelle fest und kriecht über den Boden auf den Eimer zu. Sie würgt einen dünnen Strahl Galle hervor.

Ein Bild taucht in ihrem Kopf auf. Plötzlich ist sie zurück im Wide Boys, riecht den gebratenen Speck und hört Adele aus den Lautsprechern des Restaurants singen. Sie erinnert sich an die Kellnerin Andrea in all ihrer blondgefärbten, grünäugigen Pracht: *Oh, glaub bloß nicht alles, was du siehst oder hörst. Schnucki, du kannst so ziemlich alles verändern, wenn du nur willst.*

Diese Worte kommen ihr plötzlich unheimlich weitsichtig vor, wie eine verschlüsselte Botschaft, die sich auf das bezieht, was seitdem passiert ist. Elissa fragt sich, ob die Frau wohl an dieser Sache hier beteiligt ist. Sie erinnert sich an Andreas listiges Lächeln und ihre Halloween-Augen: *knallorange, mit Schlitzpupillen wie bei einer Katze. Die Leute erschrecken sich immer zu Tode.* Obwohl die Kellnerin lustig und harmlos wirkte, gehört sie zur selben bösen und beängstigenden Welt, die auch ihren Gefängniswärter hervorgebracht hat, also darf man sie nicht unterschätzen.

Tatsächlich kann Elissa niemanden ausschließen, den sie an jenem Tag getroffen hat. Das bedeutet, dass ihre Erinnerungen an den Wettbewerb und die Geschehnisse davor allesamt wichtig und zu bewahren sind, genau wie die Gegenstände in ihrer Zelle. Wenn sie sich ganz genau zu erinnern versucht, fällt ihr vielleicht etwas auf. Ein Gesicht, nur aus den Augenwinkeln wahrgenommen, ein Gesprächsfetzen: Jede Kleinigkeit aus ihrem Unterbewusstsein könnte die Erklärung dafür liefern, warum sie hier ist, bedeutet vielleicht eine Rettungsleine für sie.

Das Problem ist, dass ihre Erinnerungen an jenen Samstag den Allüren ihres Gedächtnisses unterworfen sind, ebenso wie es von den Launen ihres Entführers abhängt, ob sie ihre Kerzen und Streichhölzer behalten darf.

Zum Glück hat sie einen Plan, wie sie beides bewahren kann.

IV

Elissa atmet bewusst langsam und ruft sich das Schachbrett in Erinnerung, das sie sich ausgedacht hat, um sich in der Kammer zurechtzufinden. Weil sie es erweitert hat, ist es jetzt ein Gitter, das zwölf Kästchen breit und elf Kästchen hoch ist. Bisher hat sie sich das Brett von oben vorgestellt. Jetzt dreht sie es in ihrer Vorstellung und richtet es zur Wand auf. An jedem Würfel befestigt Elissa einen Messinggriff. Zur Probe konzentriert sie sich auf E3, in dem die beiden Eimer stehen. Sie blinzelt, und der vordere Teil des Würfels öffnet sich nach vorn wie eine Schublade. Die

Bewegung geht wie geschmiert und ganz glatt, aber nicht vollkommen lautlos – sie produziert ein leises Reibegeräusch, das entweder vom Kugellager oder von den Rädchen in den Schienen stammt. Sie blinzelt erneut, und die Schublade schließt sich wieder mit einem befriedigenden Klicken. Jetzt hat sie eine Gedankenkonstruktion, mit der sie sich nicht nur in der Dunkelheit zurechtfinden, sondern auch ihre aktuellen Erinnerungen aufbewahren und prüfen kann.

Das Quadrat ganz links oben ist Y8. In seine Schublade packt Elissa all ihre Erinnerungen an Andrea aus dem Wide Boys. Je mehr sie hineinpackt, desto mehr fällt ihr wieder ein: das T-Shirt der Kellnerin und ihr Namensschild; dass sie die Hand wie eine Pfote hob und miaute; ihr Singsang, wenn sie sprach: *Durch die Dingerchen seh ich scheiße, aber immerhin hab ich so meine grünen Gucker, auch wenn ich dir vielleicht den falschen Milkshake bringe deswegen.*

Sie erinnert sich noch an etwas anderes, das Andrea gesagt hat: *Ich nehme mal an, dass du diese wunderschönen grünen Augen nicht von deiner Mum geerbt hast. Müssen wir deinem Dad dafür danken?*

Rückblickend kommen ihr die Fragen der Kellnerin viel aufdringlicher und zwielichtiger vor. Und dabei hat sie ja sogar noch weitergefragt: *Leistet er euch hübschen Ladys heute Gesellschaft?* An diesem Punkt hat Lena Mirzoyan Andrea zum Schweigen gebracht.

Jetzt fällt Elissa zu diesem Zusammentreffen nichts weiter mehr ein, aber sollten noch Erinnerungen da sein, werden sie kommen. Sie stupst die Schublade sanft an, und sie rollt weich zurück und schließt sich leise.

Als Nächstes öffnet Elissa Z8. Es ist wichtig, dass sie sich in der richtigen Reihenfolge erinnert, also spult sie zeitlich vor zu dem Augenblick, in dem ihre Mum auf den Parkplatz des Marshall Court Hotels fuhr … und dann hält sie inne, setzt sich ganz gerade hin und spult zurück zum Wide Boys; denn erst beim Weitergehen hat sie begriffen, dass sie einige Einzelheiten ihres Restaurantbesuchs beinahe vergessen hat, die vielleicht essenziell sein könnten.

MAIRÉAD

Tag 2

I

Mairéad wacht um 05:40 Uhr auf, vier kurze Stunden, nachdem sie ins Bett gegangen ist. Sie zieht sich im Dunkeln an, um Scott nicht aufzuwecken. Ihr Magen dreht sich bereits um, aber sie muss sich nicht übergeben. Noch nicht.

Unten setzt sie den Kessel auf und ruft in Bournemouth an, um die Neuigkeiten zu erfahren. Es sind keine guten Nachrichten – seit die Kamera gestern Nachmittag den weißen Bedford-Lieferwagen aufgenommen hat, ist er nicht wiederaufgetaucht.

Die Öffentlichkeitsfahndung hat jedenfalls eine Sintflut von Hinweisen ausgelöst – sowohl auf Elissa Mirzoyan als auch auf das verdächtige Fahrzeug. Und allen wird nachgegangen.

Eine weitere Aufgabe der Nachtschicht war es, die Fahrtroute des Bedford vor der Entführung zum Marshall Court Hotel herauszufinden. Bisher konnte er bis nach Ringwood zurückverfolgt werden, achtzehn Kilometer nördlich von Bournemouth. Vermutlich war er entweder aus Salisbury oder Southampton dorthin gelangt. Die erste Möglichkeit scheint am wahrscheinlichsten. Downton Village, wo der Lieferwagen gestern verschwand, liegt zehn Kilometer weiter südlich. Salisbury ist außerdem Elissas Heimatstadt. Das ist vielleicht nur ein Zufall, vielleicht aber auch nicht.

Mairéad gibt ein paar Anweisungen und legt auf. Dann kocht sie sich einen Becher Tee und öffnet den Kühlschrank, um die

Milch herauszuholen. Schlimmer Fehler. In einem der Fächer steht eine Schüssel mit gekochten Nudeln: Scotts Essensreste von gestern Abend. Ein Hauch Chorizo reicht schon aus. Sie schafft es nicht einmal zur Toilette im Erdgeschoss und muss sich stattdessen in den Ausguss übergeben.

Bei keiner ihrer zwölf vorhergehenden Schwangerschaften hatte sie eine so starke Morgenübelkeit. «Du bist wohl ein kleiner Kämpfer, was?», murmelt sie danach und legt die Hand auf ihren Bauch. Und wagt es, darüber nachzudenken, ob das wohl ein gutes Zeichen ist.

Mairéad gießt den Tee in einen Becher zum Mitnehmen und geht hinaus zu ihrem Auto.

II

Um 06:30 Uhr hält sie das erste Strategiemeeting des Tages ab. Sie legt fest, welche Untersuchungsstränge verfolgt werden sollen, und teilt ihren Mitarbeitern entsprechende Aufgaben zu.

Seit der Entführung haben die Ermittler die Videoaufzeichnungen aus dem Marshall Court auf verdächtige Hinweise hin untersucht. Aber bei derart vielen Gästen sind sie nur langsam vorangekommen. Zwei Polizisten haben die Vorgeschichten der Hotelangestellten und Organisatoren des Schachturniers untersucht. Bisher ist nichts Interessantes dabei herausgekommen.

Wegen der Ähnlichkeiten mit dem Bryony-Taylor-Entführungsfall vor einem Jahr spricht Mairéad mit ihren Kontaktleuten bei der Polizei von Wiltshire und fordert die Akten zu dem Fall an. Sie nimmt außerdem Verbindung mit dem National Crime Agency Centre auf, der landesübergreifenden Strafverfolgungsbehörde, und deren Abteilung für Spezialoperation. Sie können die Fälle vergleichen und analysieren und außerdem Ratschläge zum Vorgehen der Ermittler erarbeiten.

Der Mann, der Bryony Taylor entführt hat, wird mit mindestens fünf weiteren Entführungen in Verbindung gebracht, die zuvor stattgefunden haben. Alle Opfer wurden in einen zerbeulten weißen Lieferwagen gezerrt. Alle kamen aus Familien mit nur einem Elternteil. In jedem der sechs Fälle wurden kurz nach der Entführung Videos vom Opfer auf YouTube gepostet. Als sich Mairéad an den Inhalt der Filmchen erinnert, wird ihr schon wieder übel.

Bisher sind noch keine Videos von Elissa online gestellt worden, aber das hat die Presse nicht daran gehindert, wilde Spekulationen anzustellen. Die Schlagzeile im *Daily Express* heute Morgen gellt: HAT DER IRRE YOUTUBE-KILLER WIEDER ZUGESCHLAGEN? Die Boulevardzeitungen haben ähnlich hysterisch reagiert.

Wie wird Lena Mirzoyan damit zurechtkommen? Wie wird es Bryony Taylors Mum damit gehen?

Um 07:30 setzt Mairéad ihren Chief Constable ins Bild. Eine Stunde später erhält sie einen Anruf von der Polizei von Avon and Somerset. In einer Parkbucht direkt vor Downton hat ein Paketauslieferer die fortgeworfenen Nummernschilder des Bedford CF gefunden.

Es ist eine Entwicklung, die zu erwarten war, aber es ist keine gute. Die Videoüberwachungssysteme haben den Lieferwagen bereits verloren. Jetzt kann das Netzwerk ihn nicht wiederfinden. Die Fingerabdrücke auf den Kennzeichen passen zu keinen, die sich in der nationalen Datenbank befinden.

Um 10:00 Uhr isst Mairéad vier Cream Cracker und schafft es irgendwie, sie bei sich zu behalten. Danach fährt sie direkt nach Salisbury.

III

Ein Ford Focus in der Lackierung der Wiltshire Police steht vor Elissa Mirzoyans Haus. Im Rest der Straße stehen die Autos Stoßstange an Stoßstange, sodass es schwierig ist, einen Parkplatz zu finden. Mindestens acht Fahrzeuge, darunter zwei Fernsehübertragungswagen, gehören zur anwesenden Pressemeute. Ein gutaussehender Typ im Anzug steht auf der Straße und plaudert mit dem Fahrer eines Toyota RAV4. Er raucht beim Sprechen eine Zigarette und geht sehr vorsichtig mit der Asche um. Mairéad erkennt ihn wieder; er arbeitet für Sky News. Sie zieht den Kopf ein und späht durch die Beifahrerscheibe zu Elissas Haus hinüber.

Es ist eine heruntergekommene Doppelhaushälfte aus den 1930er Jahren. Unter gebrochenen Regenrinnen und einem gefährlich windschiefen Dach blättert der wasserfleckige weiße Putz ab. Der Vorgarten ist jedoch gepflegt, und die Fenster, die auf die Straße hinausgehen, sind makellos sauber. Lena Mirzoyan hat vielleicht kein Geld, aber ihren Stolz.

Ein uniformierter Streifenpolizist steht auf dem Bürgersteig und wehrt die Leute ab, die zur Tür gehen wollen. Mairéad zeigt ihm ihren Ausweis und geht den Weg zum Eingang hinauf. Judy Pauletto, die Opferschutzbeamtin, öffnet ihr die Tür. Sie wechseln ein grimmiges Lächeln.

Im Wohnzimmer steht Lena Mirzoyan am Kamin, die Arme eng vor der Brust verschränkt. Sie hat einen Blick, den Mairéad schon viel zu oft gesehen hat: Ungläubigkeit und Verblüffung darüber, wie grausam sich das Leben ändern kann.

Auf dem Sofa sitzen Elissas Großeltern. Mairéad erkennt sie, weil sie auch auf dem Foto mit der roten Federboa zu sehen waren. Sie stellt sich ihnen vor und wendet sich dann an Lena.

«Bitte – setzen Sie sich doch. Ich muss ein paar Fragen stellen. Einige davon sind Ihnen sicher schon gestellt worden, aber ich möchte Ihre Antworten dennoch gern aus erster Hand hören. Wenn Sie bereit sind, fangen wir an. Erzählen Sie mir alles, was gestern passiert ist, von dem Moment an, in dem Sie aufgewacht sind.»

Lena atmet tief durch und tut genau das. Sie erzählt von den Thunfischsandwiches, die sie für Elissa zum Mittagessen gemacht hat, wie sie das Haus lächerlich früh verließen und beschlossen, auf dem Weg zu frühstücken.

«Wo denn?»

«In einem Diner namens Wide Boys.»

Mairéad kennt die Gaststätte – ein Lokal im amerikanischen Stil an der Auffahrt zur A338. «Erinnern Sie sich an irgendetwas Besonderes bei Ihrem Besuch dort? An irgendetwas Auffälliges?»

Lena schüttelt den Kopf. Dann blinzelt sie. «Doch. Die Kellnerin war ... sie war ein bisschen merkwürdig. Ich meine, freundlich, aber ... jetzt, da ich darüber nachdenke, hat sie sich ziemlich für Elissa interessiert. Hat sie sogar gefragt, ob sie ihre grünen Augen von ihrem Dad hätte.»

«Wie sah sie denn aus?»

«Eine eher üppige Frau, Anfang fünfzig, blondes Haar. Ich würde sie auf jeden Fall wiedererkennen. Sie trug Kontaktlinsen – zumindest hat sie uns das gesagt. In Grün, der gleichen Farbe wie Elissas Augen.»

Mairéad notiert sich das. Sie wird Polizisten zum Wide Boys schicken, um die Kellnerin zu befragen und mögliche Videoaufzeichnungen zu überprüfen. «Nach dem Frühstück sind Sie dann direkt zum Hotel gefahren?»

«Ja.»

«Wie lange haben Sie dafür gebraucht?»

«Ich weiß es nicht. Zehn Minuten? Fünfzehn?»

«Worüber haben Sie und Elissa auf der Fahrt gesprochen?»

«Hauptsächlich über den Wettkampf. Wie sie sich fühlte.»

«Und wie fühlte sie sich?»

«Nervös. Aufgeregt.»

«Erinnern Sie sich noch an etwas anderes von der Fahrt?»

«Eigentlich nicht.»

«Nachdem ...»

Plötzlich beugt sich Lena vor. *«Super nerviger Penner!»*

«Verzeihung?»

«Bevor wir von der Straße abfuhren, um im Restaurant zu frühstücken, wären wir beinahe mit einem Typen zusammengestoßen, der versucht hat, uns auf der falschen Spur zu überholen. Dass ich das vergessen habe! Er hat uns geschnitten und ist dann auf die Bremse gestiegen, als wollte er, dass wir ihm hinten ins Auto fahren. *Super nerviger Penner,* hat Elissa ihn genannt. Das hat sie aus seinem Kennzeichen gemacht. SNP 12 oder vielleicht auch SNP 16. Jedenfalls ein BMW – daran kann ich mich noch erinnern.»

«Das ist gut, Lena. Das ist sehr gut.»

Mairéad entschuldigt sich und ruft in der Einsatzzentrale an, schickt Polizisten zum Wide-Boys-Restaurant und gibt Halley den Auftrag, den BMW aufzuspüren. Hinterher bittet sie Lena um Erlaubnis, sich im oberen Stockwerk umschauen zu dürfen.

IV

Hier in Elissas Kinderzimmer kann sie nicht anders, als emotional zu werden. Die Heiterkeit dieses Zimmers – luftig und aufgeräumt – kämpft gegen seine schreckliche Stille an. Da stehen ein Bett, ein Schrank, ein Schreibtisch, ein kleines Regal mit ordentlich aufgereihten Büchern. An der Wand ist eine Uhr in Form eines Schmetterlings mit einem glitzernden Minutenzeiger. Über dem Bett hängt ein gerahmter Druck des Fujiyama mit kobaltblauem Himmel, im Vordergrund ragen blühende japanische Kirschblütenzweige ins Bild. Auf Elissas Schreibtisch steht eine antike Schmuckdose aus Walnussholz mit Perlmutt-Intarsien. Mairéad öffnet den Deckel. Darin liegen auf einem Bett aus weinrotem Samt ein Muschelarmband und ein Schokoriegel von Cadbury.

Sie tritt an den Schrank und öffnet ihn. Sie kann nicht anders, sie muss die Kleider berühren, die darin hängen. Der Ärmel eines handgestrickten Pullis fühlt sich warm an, als wäre er gerade erst ausgezogen worden. Die Wärme ist eine Illusion, aber dennoch anrührend. Mairéad kann sich nicht vorstellen, wie Lena Mirzoyan sich fühlen muss, wenn sie in dieses Zimmer kommt. Mutterschaft ist ihr immer vorgekommen wie eine freiwillige Entdeckungsreise in das Gebiet der Angst. Aber Lena, die unten sitzt, hat es mit einem Trauma zu tun bekommen, das alles übersteigt, was sich Mairéad vorstellen kann.

Sie setzt sich aufs Bett. Mit einer Hand streicht sie die Decke glatt. Sie denkt an die Journalisten, die draußen stehen und Zigaretten rauchen. Sie denkt an ihr Team in Dorset, die Beamten in den benachbarten Bezirken, an die Mitarbeiter von der National Crime Agency, den freiwilligen Organisationen und ausgelagerten Agenturen. Sie denkt an Scott, an seine Liebe, seine Freundlichkeit und seine außergewöhnliche Geduld. Und schließlich wagt sie es, an das kleine Häufchen Leben in ihrem Unterleib zu denken.

Mairéad legt die Hand auf ihren Bauch. Ihr Blick gleitet zum Schrank und zu Elissas Kleidern. Unmöglich, jetzt nicht zu sehen, dass diese beiden Leben miteinander verwoben sind. *Halte durch*, denkt sie, *bitte halte durch.*

In ihrer Tasche beginnt das Handy zu summen.

Als Mairéad aufsteht, schwankt der Raum um sie. Sie schmeckt Galle und befürchtet, sich übergeben zu müssen, aber schon nach ein paar Sekunden ist das Gefühl vorbei. Sie zieht ihr Handy hervor und verlässt Elissas Kinderzimmer.

ELIJAH

Tag 3

I

Ich schließe die Tür zu Elissa – unsere Namen sind so ähnlich! –, lege die Riegel vor und schließe das Schloss ab. Dann laufe ich die Kellertreppe hinauf. Im dunklen Flur bleibe ich stehen und spähe durch die halb offene Haustür. Draußen sehe ich niemanden, dennoch halte ich volle fünf Minuten lang Ausschau, bevor ich gehe.

Im Zwielicht zwischen den Bäumen mache ich mich vorsichtig auf den Heimweg. Je weiter ich vom verfallenen Cottage entfernt bin, desto schwerer fällt es mir zu glauben, was gerade passiert ist.

«*Elissa*», murmele ich.

Sie ist ein Rätsel, eine Schachtel mit Puzzleteilchen, verziert mit einer Schleife. Ich komme mir vor, als hätte ich ein Eckchen eines römischen Mosaiks ausgegraben. Ich sehe die einzelnen Steinchen, aber nicht das gesamte Bild. Das ist ein Gefühl, das ich hier oft habe, wenn auch nie so stark wie jetzt. Es ist aufregend – wie die Abenteuerbücher, die ich gelesen habe –, aber es macht mir auch ein bisschen Angst. Wenn ich schlau wäre, würde ich Elissa Mirzoyan besser sich selbst überlassen.

Könnte ich sie denn da unten allein lassen? Oder, eine bessere Frage: Könnte ich mir in die Augen sehen, wenn ich das täte? Beim ersten Kennenlernen haben mich ihr Mut und ihre Entschlossenheit erstaunt. Sie hat gesagt, ich sei auch mutig, aber ich glaube nicht, dass sie das ernst gemeint hat. Sie ist schlau, vielleicht schlauer als ich, und das bedeutet, dass sie gefährlich ist.

Versprich es mir. Versprich mir, dass du mich hier drin nicht sterben lässt.

Ich habe ihr etwas versprochen, aber das nicht, und ich habe in ihrem Gesicht gesehen, dass sie das genau bemerkt hat.

Ich habe sie berührt. Ich kann immer noch nicht glauben, dass ich das getan habe. Ich habe ihr Wasser gebracht, weil sie immer Durst haben, wenn ich sie zum ersten Mal besuche, aber normalerweise lasse ich die Flasche nur in ihrer Reichweite stehen. Bryony und ich haben uns mit der Zeit aneinander gewöhnt, aber so wie eben war es nie. Ich wische mir die Hände an den Shorts ab, weil ich fürchte, dass Spuren von Elissa auf meiner Haut geblieben sind – dass jemand schon beim Anblick meiner Finger erkennt, was ich getan habe.

Sie zu berühren war nicht mein einziger Fehler. Ich habe so viele Dinge da unten nicht beachtet – genug, dass sie mir das Genick brechen werden, wenn sie zu reden beginnt. Ich habe sogar Bryonys Baum erwähnt.

Ich schaue hoch und merke, dass ich den Baum die ganze Zeit schon im Kopf gehabt haben muss, denn während meiner *Zerebration* – ein Wort für tiefes Nachdenken – bin ich genau in den Teil des Mädchenwalds gegangen, in dem er sich befindet.

Die Eibe steht allein da, ihre untersten Äste sind ausgestreckt. Papa hat mir mal erzählt, dass es Großbritanniens älteste Eiben schon seit dem zehnten Jahrhundert gibt, was bedeutet, dass sie schon da waren, als Robin Hood, Heinrich der Achte, sogar Wilhelm der Eroberer geboren wurden. Bryony wollte Pracht und Herrlichkeit, aber vor allem wollte sie *Langlebigkeit* – und genau das hat sie bekommen.

Der Stamm ist gespalten, das Innere sieht aus wie eine Höhle.

An den oberen Ästen hängen meine Erinnerungen an die Zeit mit Bryony – handgeschrieben auf zusammengefalteten Zetteln. *Sie* hat mich auch gebeten, sie zu retten. Anders als Elissa habe ich ihr mein Wort gegeben. Ich musste es brechen. Die Umstände lagen außerhalb meiner Kontrolle.

Ich lege die Hand auf den Stamm der Eibe. Die Rinde fühlt sich wärmer an, als sie sollte, als pulsierte statt Harz Bryonys Blut unter der Oberfläche.

Plötzlich ist es alles zu viel. Ich wirbele herum und renne, renne durch toten Farn. Über mir hängt der Himmel wie ein nasser Lumpen, der darauf wartet, ausgewrungen zu werden. Ich breche aus dem Mädchenwald hervor und sehe die bunte Ansammlung von Fahrzeugen, aus denen die Schrottstadt besteht. Ein Stück weit davon entfernt, ein wenig zur Seite gekippt wie ein Betrunkener, steht der Wohnwagen, der meiner einzigen echten Freundin gehört, Zauber-Annie.

II

Ich bin in der Schrottstadt nicht immer willkommen. Annie sagt, ich soll mir keine Sorgen machen – für die meisten hier bin ich ein Außenseiter, genau wie jeder andere, der nicht so lebt wie sie.

Sie hat nie viel über ihre Vergangenheit gesagt. Einmal hat sie mir einen ganzen Nachmittag von Sinti und Roma und deren Geschichte erzählt, aber als ich sie fragte, ob sie auch eine von ihnen sei, ging sie zur Tür und spuckte ins Gras aus. Manchmal frage ich mich, ob sich Annie einfach nur die coolsten Teile aus den Kulturen herauspickt, die sie bewundert, und sie als ihre eigenen ausgibt.

Ungefähr fünfzehn Behausungen stehen auf dem Platz, aber

es ist nicht leicht zu sehen, welche von ihnen bewohnt und welche einfach nur abgestellte Fahrzeuge sind. Von den stabileren Behausungen sind acht Wohnwagen, vier umgebaute Waggons oder Busse, zwei bunt bemalte Pferdewagen, und eine ist ein alter Laster. Die Einwohnerzahl der Schrottstadt schrumpft und wächst mit den Jahreszeiten.

Rauch steigt aus Blechschornsteinen und von einem Feuer auf, in dem jemand seinen Müll verbrennt. Zwei Hunde, die an einen Metallpfosten gebunden sind, der in die Erde gerammt ist, beginnen zu bellen, als ich näher komme. Sie gehören Noakes, dem stinkigen alten Mann, der im Laster wohnt.

Die Hunde sind nicht die einzigen Tiere, die Noakes besitzt. Sein Laster ist voller Käfige, in denen Hühner, Frettchen und sogar ein paar Nerze leben. Eine Weile hat er in einem wackligen, selbstgebauten Gehege sogar Schweine gehalten. Meunier, der Sorge hatte, dass sie ausbrechen und sich mit dem Wildeber paaren könnten, den er selbst im Mädchenwald ausgesetzt hatte, verbot es Noakes dann. Noch Wochen danach stank es in der Schrottstadt nach Schinkenfett.

Ich schaue mich um und sehe ihn nicht, aber ich höre das Gackern seiner Hühner. In der Nähe beugt sich ein missmutig wirkender Fremder über den Motorraum eines zerbeulten Volkswagens. Eine Frau, von der ich annehme, dass sie zu ihm gehört, schaut ihm dabei zu. An seiner Lippe hängt eine Selbstgedrehte und an der Hüfte der Frau ein Baby. Sie sind angezogen, als kämen sie gerade von einem Videodreh: Er trägt eine weiße Weste und ein Baseball-Cap mit dem Schirm im Nacken, sie einen pinkfarbenen Trainingsanzug aus diesem samtigen Material, das man von alten Sofas kennt. Über ihrem Hintern steht in schwarzer gotischer Schrift das Wort HUSTLIN'.

Ich habe das Paar noch nie gesehen, und ich mache auf meinem Weg zu Zauber-Annies Wohnwagen einen großen Bogen um sie. Als die Frau etwas murmelt, hebt ihr Mann den Kopf. Es ist schwierig, nicht auf sie zu achten, aber ich schaffe es, indem ich den Blick strikt nach vorn richte.

III

Annies monströser Wohnwagen balanciert auf zwei verrosteten Achsen. Er wird auf beiden Seiten von wacklig aussehenden Ziegelsteintürmchen gestützt, aber die Erde hier ist sumpfig, und ihr Zuhause scheint zum Versinken verurteilt zu sein. Vogelkacke und Flechten haben sich wie eine Filzschicht aufs Dach gelegt, aber die Fenster sind sauber, und die Aluminiumtritte unter der Tür glänzen, als wären sie gerade poliert worden.

Daneben liegt ihre Saftfarm. Ich weiß auch nicht, warum sie sie so nennt – es ist kein Obstgarten, und es gibt kein Obst. Stattdessen steht da eine Reihe von glänzenden Sonnenkollektoren, allesamt in Richtung Süden gerichtet und an eine riesige Lithium-Ionenbatterie angeschlossen. Die Saftfarm dient dazu, Annies Kühlschrank, eine Musikanlage, einen Laptop und ein Wunder zu betreiben, das mich immer wieder anzieht: einen 24-Zoll-Samsung-Flatscreen-Fernseher.

Ich halte auf den Metallstufen mein Gleichgewicht und klopfe an die Tür. Drinnen höre ich den Fernseher plärren, was bedeutet, dass sie zu Hause ist. Der Wohnwagen schwankt sanft. Dann wird die Tür weit aufgerissen.

Annie trägt ihren Lieblings-Cowichan-Pullover. Die Cowichan, hat sie mir einmal erzählt, sind die Ureinwohner von Vancouver Island in West-Kanada, unter anderem berühmt für ihre Strickkunst. Auf dem Pulli sind große geometrische Muster in

Schwarz, Weiß und Grau zu sehen. Über jeder von Annies hinabhängenden Brüsten ist der Umriss eines Bären eingestrickt. An den Füßen trägt sie Mokassins aus Büffelleder mit Fransen. Um ihren Hals hängt eine Kette aus Türkisen. Sie passen zu ihren Augen, die sie viel jünger wirken lassen als ihr zerfurchtes Gesicht. Silberglöckchen hängen an ihren Ohren. Ihr Haar hat die Farbe von Rabenflügeln, außer an den Wurzeln, wo es grau nachwächst, und außer der türkisfarbenen Strähne, die zu den Türkisen um ihren Hals passt. Man sieht an den scharfen Wangenknochen unter der schlaffen Haut, dass sie früher schön war. Die Zeit kann grausam sein, aber Zauber-Annies Aussehen passt zu ihr; anders könnte ich sie mir nicht vorstellen.

Als sie mich sieht, knittert die Haut um ihre Augen wie Pergament. *«Anoki»*, ruft sie, noch ein Hinweis darauf, dass sie einen amerikanischen Ureinwohner-Tag hat und dass ich sie heute lieber nicht Zauber-Annie nennen sollte.

«Kamali», erwidere ich und verneige mich tief. Sie hat mir mal beigebracht, dass es *Geistführerin* bedeutet. Es passt perfekt zu ihr, und ich weiß, dass es ihr gefällt. Sie tritt zur Seite und lässt mich eintreten.

«Meine Turnschuhe sind nass», sage ich. «Meine Socken auch.»

«Dann zieh sie aus, wir trocknen sie.»

Ich streife meine Schuhe ab. Ein gräulicher Dunst – staubig, aber süß – hängt in der Luft. Auf dem Tisch am Fenster glimmt ein Stumpen in einem Aschenbecher. Auf dem Sims über dem Ausguss wirft ein Räucherstäbchen seidige Aschespiralen ab.

«Ich mach mal ein Fenster auf», sagt Annie, aber ich schüttele den Kopf und setze mich auf die u-förmige Bank um ihren Tisch. Obwohl der Rauch meine Augen tränen lässt, finde ich ihn entspannend.

Der Fernseher steht auf der Küchenarbeitsplatte, er ist in meine Richtung gedreht. Es läuft diese Sendung, in der eine Richterin den Streit zankender Leute schlichtet. Annie nimmt die Fernbedienung und stellt den Apparat auf lautlos. «Deine Treter fallen ja auseinander», sagt sie und bringt sie zum Holzofen. «Dein Dad sollte dir mal neue kaufen.»

«Vielleicht.»

«Hör ich da etwa einen knurrenden Magen?»

Sie öffnet eine Schranktür, holt ihre Keksdose heraus und legt drei Pekannuss-Kekse auf einen Teller. Dann schenkt sie ein Glas Milch ein und stellt alles vor mich hin.

«Was *ich* gern wissen möchte», fügt sie hinzu und pustet sich die türkisfarbene Locke aus den Augen, «ist, was du ohne Jacke oder Pulli im Wald gemacht hast, mit nassen Socken und Schuhen *und* nackten Beinen.»

Meine ausgestreckte Hand erstarrt. Hat Annie irgendwie davon erfahren, dass ich den Mädchenwald entdeckt habe? Erst als ich begreife, dass sie sich wirklich nur wegen meiner schlechten Kleidung Sorgen macht, beginnt mein Herz wieder zu schlagen.

Ich schnappe mir einen Keks. Niemand backt sie so gut wie Annie, klebrig und krümelig und lecker. Ich bin schon beim zweiten, bevor sie den Kessel gefüllt und ihren Becher geholt hat.

Die Sendung mit der übellaunigen Richterin ist zu Ende. Ich schaue eine Werbesendung für Bold-Waschpulver an, gefolgt von einer für Petits Filous. Ich nehme mir den dritten Keks und will gerade hineinbeißen, als Elissa Mirzoyan vom Bildschirm schaut.

IV

Sie sieht mich mindestens drei Sekunden lang an, bis ich überhaupt begreife, dass sie es ist. Das Mädchen, das ich im Keller kennengelernt habe, sieht dem auf diesem Bild überhaupt nicht ähnlich. *Meine* Elissa ist vielleicht schmutzig und verfroren, blutbeschmiert und ängstlich, aber sie ist auch entschlossen und stark. Angekettet, ja, aber immer noch ein Drachen.

Dieses Mädchen dagegen ist nur ein blasser Abklatsch. Das Bild ist ein offizielles Porträtfoto. Elissa trägt darauf eine Uniform – blaue Bluse und gestreifte Krawatte. Sie sieht aus, als fühlte sie sich unbehaglich – offensichtlich mag sie nicht recht lächeln, ist aber zu höflich, um es nicht zu tun. Das Ergebnis wirkt gezwungen und unnatürlich. Aber ihre Augen sind dennoch faszinierend.

Versprich mir, dass du mich hier drin nicht sterben lässt.

Ich habe es nicht versprochen. Ich konnte es nicht.

Aber das bedeutet nicht, dass ich es zulassen werde.

Versprich es mir.

Ich höre, dass Annie ihren Becher abstellt. Vom Küchenbord aus kann sie den Fernseher nicht sehen, aber wenn sie noch ein paar Schritte näher kommt, hat sie perfekte Sicht. Gerade als sie kommt, verschwindet Elissas Bild, und ein weiß getünchtes viktorianisches Gebäude füllt den Bildschirm. Auf der Fassade steht in großen schwarzen Lettern seine Bezeichung: THE MARSHALL COURT HOTEL. Jetzt ändert sich das Bild erneut – ein riesiger Raum mit langen Tischen, auf denen so etwas wie schwarz-weiße Küchenbretter liegen. Auf den Brettern stehen kleine Statuen. Kinder sitzen darübergebeugt, in Gedanken versunken.

Dann taucht ein anderer Raum auf, diesmal mit nur einem

Tisch. Drei Leute sitzen dahinter. In der Mitte ist eine Frau mit Elissas Gesichtszügen zu sehen, die weint. Sie liest etwas von einem Zettel ab, ein älterer Mann streichelt ihr den Rücken. Der Bildschirm flackert und wird weiß, und ich frage mich, ob ich gleich in Ohnmacht falle. Dann begreife ich, dass noch andere in diesem Zimmer sein müssen, die ich nicht sehen kann, Leute mit Kameras, die fotografieren.

Annie greift nach der Fernbedienung. Ich denke schon, dass sie umschalten will. Aber stattdessen schaltet sie den Ton wieder an. In meinen Ohren sind jetzt Worte, die ich nicht hören will.

«... nur meine Tochter zurück», sagt die weinende Frau, gefolgt von etwas, das ich nicht richtig verstehen kann. «... so lieb», schluchzt sie, «... so talentiert und wunderschön.» Die Kameras surren. Eine Telefonnummer erscheint auf dem Bildschirm.

«Es gibt Menschen auf dieser Erde», sagt Annie, «die nichts darauf zu suchen haben.»

Als Elissa wieder erscheint, schauen wir sie schweigend an.

«Bist du wegen des Zaubers gekommen?», fragt Annie, den Blick immer noch auf den Fernseher gerichtet.

Ich schlucke.

Auf dem Bildschirm läuft jetzt die Wettervorhersage. Dunkle Wirbel bewegen sich über ein unfruchtbares Land. Ich frage mich, wann das Unwetter wohl losbricht.

ELISSA

Tag 3

I

Elissa hat Andrea aus dem Wide Boys in die Schublade auf Y8 gesteckt und will sich gerade daranmachen, ihre Erinnerungen an das Marshall Court Hotel zu sammeln, als sie stockt. Obwohl die Kellnerin mit ihren grünen Augen, der großen Oberweite und ihrem Gehabe alle anderen verblassen ließ, war sie zu dieser Zeit nicht die Einzige im Restaurant. Am Tisch nebenan saß das Paar, das sie in ein Gespräch verwickeln wollte, bevor sie sich wieder ihrem Buch widmen konnte.

Elissa schließt die Augen, trotz der Dunkelheit um sie herum, und versetzt sich wieder ins Wide Boys. Sie setzt sich in Gedanken auf ihren Platz. Ihre Mum und Andrea erscheinen, aber sie lässt die Einzelheiten absichtlich undeutlich. Das Restaurant ist ebenfalls nur mit einem zarten Kohlestrich skizziert. Sie bewahrt sich die ganze Farbe für den Tisch neben ihrem auf und für das Paar, das daransitzt.

Es ist schwierig. Andrea hat fast das gesamte Scheinwerferlicht auf sich gezogen. Das Paar ist wie *bodachs* – Schattenwesen aus einer irischen Geistergeschichte, die Elissa einmal gelesen hat. Ihre Gesichter sind nur verschwommene Flecken. Einer der *bodachs* hebt eine Hand an den Hals, streichelt und knetet die Haut. Plötzlich erinnert sich Elissa an den Klecks Rasierschaum und an die schmutzigen Fingernägel des Mannes.

Die Szene ist jetzt ganz farbig. Sie sieht das angeklatschte

Haar und die schlammbespritzten Schuhe. Die Frau trägt eine Jadekette und bräunlichen Lippenstift. *Hör auf damit*, zischt sie. *Immer musst du dich befummeln.*

Als Elissas Mum auf dem Klo war, hat das Paar ein paar Worte mit ihr gesprochen, aber die Einzelheiten sind ihr entfallen. Sie erinnert sich an das entschuldigende Lächeln der Frau. Haben sie über den Schachwettbewerb gesprochen? Vermutlich.

Zu ihrer Rechten entdeckt Elissa noch einen *bodach*. Er sitzt allein am Tisch. Seine Kleidung ist in ihrer Erinnerung ganz deutlich – türkisfarbener Pulli, senffarbene Cordhosen, Schuhe in der Farbe kandierter Äpfel –, aber sein Gesicht ist wie das schwarze Gekritzel eines Kleinkindes, absolut frei von erkennbaren Zügen. Das Gekritzel wirbelt auf sie zu, und sie weiß, dass es sie mustert, obwohl sie keine Augen erkennen kann. Es schüttelt den Kopf. Doch plötzlich durchzuckt sie die Erinnerung an den älteren Mann, den dieser *bodach* darstellt. Er hat gelesen – irgendein historisches Buch über einen Krieg in der griechischen Antike. In dem Moment fragte sie sich, ob dieses Kopfschütteln Missbilligung oder Mitgefühl ausdrücken sollte. Jetzt, da sie versucht, diesem rußigen Fleck von einem Gesicht mehr Einzelheiten zu entlocken, teilt es sich und zeigt eine Reihe spitzer gelber Zähne.

Erschreckt von diesem Bild, blinzelt Elissa es fort. Das Wide Boys versinkt in der Dunkelheit.

Aus der Schublade in Y8 leuchtet Andreas Ausstrahlung. Alles andere, das Elissa hineinlegt, wird vermutlich daneben verblassen. Deswegen öffnet sie stattdessen Z8 und legt die drei *bodachs* hinein. In diesem Moment erinnert sie sich daran, wie der Mann mit den schmutzigen Fingernägeln auf ihr Buch zeigte:

«Worum geht es darin?»

«Um Schach.»

«Ha. Na, das war ja nie so meins. Mochte Poker mal ganz gern, davor.»

«Wovor?»

Der Mann zeigt mit seinem Messer auf seine Begleitung und sagt: «Davor … du weißt schon.»

Elissa schaudert. Knallt die Schublade zu. Vielleicht muss sie sich ihren Inhalt bald noch einmal ansehen, aber in diesem Moment fühlt er sich giftig und gefährlich an.

Damit sind ihre Erinnerungen an das Wide Boys erschöpft, und sie will sich gerade daranmachen, über das Marshall Court Hotel nachzudenken, als sie das gedämpfte, aber bereits vertraute Klappern der Riegel hört.

II

Der erste Besucher in ihrer Zelle war ein Ghul, der zweite ein sogar noch komplizierteres Wesen. Sie fürchtet beide, aber derjenige, dessen Namen sie nicht kennt, macht ihr von beiden noch mehr Angst. Als sich die Tür öffnet und der Strahl einer weit kräftigeren Taschenlampe als Elijahs auf sie gerichtet wird, weiß sie, dass der Ghul zurückgekehrt ist.

Der Geruch begleitet ihn, er stinkt nach etwas Verfaultem und Süßem. Er dringt in ihre Nase und setzt sich fest. Sein Licht richtet sich auf ihre Handschelle, ihre Kette. Dann huscht es über den Fußboden und bleibt kurz an jedem Gegenstand hängen.

Wieder breitet sich langsam der Geruch nach Essen aus. Sie hört das Schlurfen näher kommender Schritte und zuckt zusammen, bleibt ganz regungslos. Etwas wird neben sie auf den Boden gestellt.

Stille. Elissa zählt bis dreißig, dann bricht der Ghul das Schweigen.

«Wenn man Besuch hat», flüstert er, «ist es nur höflich, ihn zu ...»

«Wie lange bin ich schon hier?»

Ihre Stimme klingt fester, als sie erwartet hat. Sie hat Angst, dass ihr Versuch, mutig zu sein, so jämmerlich er auch sein mag, nach hinten losgeht; doch noch mehr fürchtet sie, dass stilles Dulden bloß zu ihrer allmählichen Vernichtung führen wird. Sie weiß, dass eine Katze länger mit einer Maus spielt, die sich wehrt.

Der Ghul atmet tief ein und langsam wieder aus. In diesem Moment erinnert sie sich an seine Worte von seinem ersten Besuch: *Es wird in diesem Leben niemals etwas geben, das du vor mir verbergen kannst. Nimm dir so viel Zeit, wie du brauchst, um diese Lektion zu lernen, aber zu deinem eigenen Besten rate ich zur Eile.*

Der Geruch von etwas Gekochtem wird stärker. Ihr Magen knurrt, ihr Körper zeigt eine Schwäche, die ihr Mund nicht zugeben will.

«Tja, ich nehme an, das ist auch eine Art anzuerkennen, dass ich hier bin», zischt der Ghul, «wenn es auch sonst wenig ist. Ich sehe, dass deine Manieren noch nicht besser geworden sind. Vielleicht hat dir deine Mutter nicht beigebracht ...»

«Wie *lange* bin ich schon hier?»

Diesmal überkommt sie bei der Frage ein Zittern. Ihre Kiefermuskeln verkrampfen sich, und sie beißt sich auf die Zunge. Der Schmerz ist gewaltig. Aber noch schlimmer ist ihre Angst vor der Reaktion des Ghuls.

Er atmet ruhig und langsam. «Es ist Montag.»

In seinem Ton hört sie Spott, Gereiztheit und etwas anderes, das sie nicht recht einordnen kann. Wie kann es *Montag* sein?

Wenn er die Wahrheit sagt, dann ist sie schon mindestens vierunddreißig Stunden fort, vermutlich sogar schon achtundvierzig. Sie überlegt, ob die Polizei wohl jemanden geschickt hat, der ihre Mum tröstet. So etwas tun sie, wenn Kinder verschwinden.

Einen Moment lang verwandelt sich ihre Angst in kalte Wut. Wie kann es dieser kranke Typ *wagen*, in ihrer Familie ein solches Chaos anzurichten, und dann auch noch erwarten, ungeschoren davonzukommen? Sie hat für Gewalt nichts übrig, aber wenn sie jetzt ein Messer hätte, würde sie es in seinen Körper rammen, es herausziehen und erneut zustechen, bis außer zerfetztem Fleisch nichts mehr von ihm übrig bliebe.

«Da ist Essen», flüstert der Ghul, «aber es ist die letzte Mahlzeit, die du umsonst bekommst. Von jetzt an wirst du für dein Essen arbeiten. Sag, dass du das verstanden hast.»

Sie erinnert sich an ihre Unterhaltung mit Elijah:

«Warum hat er mich hierhergebracht? Was wird er tun?»

«Nichts Schlimmes. Solange du dich an die Regeln hältst.»

«Was für Regeln?»

«Sie verändern sich.»

Elissa hebt den Kopf. «Verstanden.»

Der Schein der Taschenlampe gleitet von ihrem Gesicht fort und richtet sich auf ihr verletztes Handgelenk. «Wenn du dich hier unten nicht sauber hältst, können sich solche Wunden entzünden. Zuerst fängt die Haut an zu jucken und wird ganz heiß. Das Fleisch schwillt an, beginnt zu eitern wie ein Stück Obst in der Sonne, auf das jemand getreten ist. Hast du schon mal einen Apfel im Obstgarten gesehen, der ganz braun und feucht geworden ist? Infiziertes Fleisch riecht schlimmer, das kann ich dir sagen. Und es ist noch nicht zu spät im Jahr für Fliegen, Maden und alles mögliche andere Getier, besonders hier unten in der Dunkelheit. Dir wird schwindelig, du bist verwirrt. Du kannst deinen eigenen Gedanken nicht mehr trauen.» Er räuspert sich und spuckt aus. Elissa hört, wie ein Rotzklumpen irgendwo in der Nähe landet, und zuckt zusammen, weil sie an die Millionen Bakterien darin denken muss. «Ich habe Desinfektionsmittel und Antibiotika – alle möglichen Medikamente. Aber die gibt es nicht umsonst.»

«Was wollen Sie?»

«Da ist Essen auf dem Tablett. Und ein Lappen. Du siehst schlimm aus – hungrig, dreckig, hässlich. Iss was, wasch dich, mach dich präsentabel. Hinterher machen wir beide dich – berühmt.»

Sie hört es und kann kaum atmen. «Berühmt?»

«Iss», flüstert der Ghul. «Mach dich hübsch.» Bevor sie antworten kann, huscht er aus der Zelle und lässt sie allein in der Dunkelheit.

III

Elissa darf nicht über seine Worte nachdenken. Als sie in diesem Keller aufwachte, hat sie sich geschworen: Egal, was passiert, sie wird es überleben. Angst und Adrenalin haben ihre Muskeln so sehr verkrampfen lassen, dass sie kurz davor sind zu reißen, aber dieser Schwur ist jetzt kein bisschen weniger wichtig als zu Beginn. Da steht Essen, ein Mittel zum Überleben. Vielleicht bleibt es nicht lange hier.

Elissa krabbelt auf G7, wo sie die Streichhölzer hat liegen lassen. Ihre Hände zittern so schlimm, dass ihr das erste Streichholz aus den Fingern rutscht und verlischt.

Sie schreit auf. Versucht, ein zweites herauszunehmen. Verschüttet schließlich alle. Endlich, die Tränen rinnen ihr schon über die Wangen, schafft sie es, eines der Streichhölzer zum Leben zu erwecken. Sie schützt es lange genug vor dem Luftzug, dass es stabil brennt. Sie zündet eine neue Kerze an und drückt sie in den Halter.

Die Flamme flackert. Sofort erkennt Elissa, warum. Diesmal hat der Ghul die schalldichte Tür nicht hinter sich geschlossen. Wenn sie die Handschelle nicht trüge, könnte sie einfach durch die Tür in die Freiheit schlüpfen.

Auf A6 liegt ein Holztablett. Darauf steht eine Plastikschüssel. Disneyfiguren paradieren auf ihrem Rand. Daneben liegt ein Plastiklöffel neben einer Thermosflasche, deren Deckel abgeschraubt ist. Dampf quillt heraus.

Trotz ihres Hungers ist die Vorstellung beinahe unerträglich, etwas zu essen, was der Ghul zubereitet hat. Sie kann es nur hinunterbringen, wenn sie nicht darüber nachdenkt, was sie tun soll oder was geschehen wird.

Elissa stützt die Handschelle so gut sie kann, damit sie nicht zu schmerzhaft einschneidet, und krabbelt vorsichtig über den Boden. Scharfe Steine schürfen ihre Knie auf. Mit ihrer guten Hand kippt sie die Thermosflasche. Etwas Rotes und Nasses klatscht in die Schüssel. Im flackernden Kerzenlicht sieht es aus wie die Überreste eines geschlachteten Tiers. Elissa zuckt zurück, aber der Geruch ist jetzt stärker und besser zu erkennen. Als sie sich über die Schüssel beugt, sieht sie Nudeln in Tomatensoße.

Sie nimmt den Löffel und schaufelt sich das Essen in den Mund. Es ist heißer als erwartet und verbrennt ihren Gaumen, aber sie schluckt es dennoch hinunter.

Die Nudeln sind geformt wie Figuren aus Peppa Wutz: Peppa, George, ein Hase, ein Elefant. Die schiere Heiterkeit dieser Mahlzeit hier unten im schmutzigen Keller kommt ihr schrecklich fehl am Platz vor. Als sie am Boden der Schüssel angelangt ist, schüttet sie den Rest aus der Thermosflasche hinein und isst ihn ebenfalls auf. Dann leckt sie die Schüssel aus. Soll sie den Löffel behalten? Er ist ganz dünn und zerbrechlich. Wenn sie ihn zerbricht, bekommt er vielleicht eine scharfe Kante, aber wenn sie die nicht gerade ins Auge ihres Wächters rammen kann, nützt sie ihr nichts. Und sie ist sich ziemlich sicher, dass er darüber auch schon nachgedacht hat.

Es wird in diesem Leben niemals etwas geben, das du vor mir verbergen kannst.

Die Kerzenflamme sinkt in sich zusammen und flackert wieder auf, begleitet von Geräuschen.

Der Ghul ist wieder da.

IV

Elissa lässt den Löffel fallen und kriecht so weit wie möglich von der Tür weg. Sie hockt jetzt auf G2 und hält die Handschelle vor die Brust gepresst.

Der Ghul taucht in der Tür auf, begleitet von einem eisigweißen Licht, das wie Nadeln in ihre Augen sticht. Sie kneift sie zusammen. Er trägt eine Stirnlampe. Der Widerschein des Lichts an den Wänden lässt ihn zu einem Umriss werden. Seine Bewegungen sind irgendwie eckig – ruckartig –, sodass er unmenschlich wirkt, als wäre er aus den Fäden uralter Albträume gewoben.

Schlimmer noch, sein Umriss ergibt keinen Sinn. Er ist voller Zacken und spitzer Ausbuchtungen. Sie braucht eine volle Minute, bis sie begreift, dass das riesige Stativ diese Illusion erzeugt, das er da auf Z5 aufbaut. Er befestigt etwas darauf, und Elissa sieht im Licht seiner Stirnlampe, dass es sich dabei um einen Camcorder handelt.

Wenn sie nichts sagt, wenn sie ihn nicht darauf anspricht, macht sie sich zum Mittäter der Scheußlichkeit, die er plant. Bisher war es das Adrenalin, das ihr eine Stimme gab. Jetzt ist die Vorstellung, etwas zu sagen, mit ihm zu sprechen, unerträglich beängstigend. Und doch muss sie es tun. Wenn sie das hier überlebt, muss sie noch viele Jahre lang mit den Entscheidungen leben, die sie hier unten getroffen hat.

Elissa stützt die Handschelle auf ihrem Schoß ab und hebt den Kopf. Die Schachtel mit den Kerzen liegt ganz nah bei ihr. Ein gutgezielter Wurf könnte das Stativ umwerfen und die Kamera zerbrechen. Aber was hätte sie damit gewonnen? Vermutlich bloß eine noch schlimmere Tortur als die, die ihr ohnehin schon blüht. Sie muss – dessen entsinnt sie sich, sie hat es mal in einer Sendung gehört – dafür sorgen, dass er sie als Person wahrnimmt, als Mensch und nicht als Gegenstand. Sie erinnert sich daran, dass er ihre Manieren erwähnt hat. Vielleicht kann sie damit anfangen.

Elissa räuspert sich. «Danke für das Essen.»

Wenn der Ghul sie hört, dann zeigt er es nicht. Er geht zum Tablett und begutachtet genau, was daraufsteht, um dann alles aus der Zelle zu tragen. Sie ist jetzt dankbar, dass sie nicht versucht hat, den Löffel zu stehlen. Ein Erinnerungsfetzen drängt in ihr Bewusstsein, etwas, das Elijah sagte, kurz bevor er wieder ging: *Er wird dich auf die Probe stellen. Die meisten bestehen den Test nicht.*

Der Ghul taucht wieder auf, sein Umriss sieht jetzt anders aus. Er stellt etwas auf Z4. Als er sich darüberbeugt, scheint seine Stirnlampe auf ein zweites Stativ, das aussieht wie das erste.

«Ich schaue schon lange nicht mehr *Peppa Wutz*», sagt Elissa.

Der Ghul hantiert schweigend an der Apparatur herum.

«Heutzutage bekommt man Nudeln in allen möglichen Formen, oder? Meine Mum hat mir mal *Minions*-Nudeln gekauft. Können Sie sich vorstellen, dass es so was gibt? Sie ist mit mir auch in den Film gegangen. Er war ziemlich lustig, aber nicht so gut wie *Ich, einfach unverbesserlich*. Den haben wir im Kino geschaut, aber wir haben ihn auch auf Blu-Ray. Manche Leute gehen davon aus, dass ich keine Filme mag, weil ich Schach spiele, aber das stimmt nicht. *Toy Story* ist einer meiner absoluten Lieblingsfilme, auch wenn ich inzwischen vermutlich Filme wie *Twilight* besser finden sollte.»

Der Ghul ist fertig mit dem zweiten Stativ und geht erneut aus der Zelle. Sie hört ihn in dem Raum davor herumklappern. Bald ist er wieder zurück, vornübergebeugt wie eine Krabbe. Er trägt etwas Großes, aber sie kann keine Einzelheiten ausmachen. Auch vom Ghul selbst kann sie nichts sehen, nur ganz selten erkennt sie etwas: schwarze Stiefel, nass von dem, was sich draußen befindet; große Hände, mit Maschinenöl oder etwas Ähnlichem beschmiert.

«Sie drehen jetzt einen dritten *Minions*-Film», sagt Elissa. «Ich habe ihn noch nicht gesehen, möchte aber gern.»

Er grunzt, als er die Kiste auf das Stativ wuchtet.

«Meine Mum sagt, wir könnten ihn auf Amazon streamen.» Sie hält inne. «Hoffentlich kriegen wir das hin.»

Der Ghul tritt zurück und betrachtet sein Werk. Endlich erkennt Elissa, was er da aufgebaut hat: eine teuer aussehende Beleuchtungsanlage. Er verlässt erneut die Zelle und kommt mit einer großen Packung Batterien zurück.

«Wir essen immer Popcorn, wenn wir Filme schauen. Mum mag die salzigen, ich die süßen, also kaufen wir beide.»

Der Ghul dreht sich zu ihr um.

Im gnadenlosen weißen Licht beginnt Elissa zu zittern. Jetzt hat sie seine Aufmerksamkeit, aber sie ist sich nicht mehr sicher, ob sie sie will.

«Um ehrlich zu sein», stammelt sie, «schauen wir viel öfter fern, als Filme zu gucken. Mum mag keine Serien, aber sie schaut diese Talent-Shows. Sobald man die Leute kennt, kann man sich nur noch schwer davon lösen. Ich finde ja Castingshows ein bisschen grausam, aber ich mag diese Show, in der sie tanzen.»

Der Ghul kommt näher. Sie hört seinen Atem, der jetzt schneller geht.

Elissa schluckt. Versucht, ihre Zähne nicht klappern zu lassen. Sie war noch nie gut im Plaudern. Sie kann selbst kaum glauben, wie viele Worte sie aufgebracht hat, um die Stille zu überbrücken.

«Fragen Sie sich auch manchmal, wie viele Staffeln sie davon wohl noch drehen werden? Ich meine, man sollte doch denken, dass ihnen irgendwann die Kandidaten ausgehen. Es ist wirklich schade, dass es nur Talent-Shows für Singen und Tanzen gibt. Mich würde viel mehr interessieren ...»

Schnell wie eine Eidechse schlägt er sie.

Zuerst versteht Elissa gar nicht, was da geschehen ist. Im einen Augenblick sitzt sie gerade da und blinzelt in dieses grelle Licht, im nächsten liegt sie auf dem Boden, ihr Handgelenk eine brüllende, schmerzende Scheußlichkeit. Eine Seite ihres Gesichts pocht wie ein zweites Herz. Sie schmeckt Blut und hört ein Klingeln im Ohr. Der Raum löst sich aus seiner Verankerung und beginnt sich zu drehen.

Elissa windet sich, krümmt sich, zu schmerzerfüllt, um ihre Bewegungen kontrollieren zu können. Ihr Magen zieht sich zusammen. Sie schmeckt Nudelsoße.

«Du sagst kein Wort, bis ich es dir erlaube», flüstert der Ghul. «Sag, dass du das verstanden hast.»

Seine Stimme klingt, als käme sie aus einer Schublade. Als sie antwortet, klingt ihre Stimme ebenso verzerrt: *«Vaftannen.»*

«Wir werden einen Film drehen. Du wirst exakt das tun, was ich dir sage. Sag, dass du verstanden hast.»

Elissa beginnt zu weinen.

Erneut dieses gefühllose Flüstern: «Sag, dass du verstanden hast.»

Sie schluckt einen Mund voll Blut. «Vaftannen.»

Wie dumm – wie naiv –, zu glauben, sie könnte ihn herausfordern. Sie kann kaum atmen, so sehr schmerzt ihr Handgelenk, und durch ihre Tränen hindurch sieht sie kaum noch etwas.

Wo ist ihre Mum? Wo ist die Polizei? Sie ist schon zwei Tage hier. Warum hat sie noch niemand *gefunden*?

Ihr Gesichtsfeld zersplittert in eine Million Glasscherben. Einen Moment lang glaubt sie, dass das eine Art Anfall ist, bis sie merkt, dass die Lichtanlage angeschaltet wurde.

Sie blinzelt die Tränen fort, und ihre Augen gewöhnen sich langsam an das grelle Licht. Einzelheiten schälen sich aus dem giftigen Nebel. Auf E4 steht direkt über dem Eisenring ein Stuhl, der vorher nicht da war. Er ist verdammt kippelig – dünne Holzbeine und eine schlichte, gewölbte Lehne.

Der Ghul zieht sich in die Dunkelheit hinter der Kamera zurück. Eine rote LED-Leuchte glimmt auf.

«Setz dich auf den Stuhl», zischt er. «Sag, dass du das verstanden hast.»

V

Das hat sie nicht erwartet. Weder den Stuhl noch den Befehl, sich daraufzusetzen. Sie weiß nicht, wie sie das verstehen soll. «*Vaftannen*», bringt sie hervor, wobei ihr Blut über das Kinn läuft.

Jäh erblüht das Licht in unterschiedlichen Farben. Es ist ein Regenbogenspektrum von solcher Schönheit, dass sie aufkeucht. Einen Moment lang überlegt Elissa, ob das wohl der liebe Gott ist, der seine Gegenwart verkündet. Sie hatte nie viel Zeit für Religion, aber sie weiß aus dem Religionsunterricht, dass Gott gnädig sein kann, selbst zu jenen, die nicht an ihn glauben. Es ist eine schöne Vorstellung, aber sie zieht sofort eine dunklere nach sich: Vielleicht ist es gar nicht Gott. Vielleicht ist es nur ihr Körper, der aufgibt. Vielleicht stirbt sie einfach.

Dieser Gedanke ist so erschreckend, dass sie die Beine ausstreckt und versucht, sich aufzurichten. Sie kann nicht in diesem schmutzigen Verlies sterben. Sie atmet ganz flach und drückt sich hoch.

Elissa kriecht mühsam zu dem Stuhl, Regenbogenfarben wirbeln um sie herum. Es fühlt sich an, als wäre sie in einem Fernsehspot für Skittles oder in einem verrückten Trickfilm. Sie legt ihr Kinn auf die Sitzfläche und bringt es fertig, ihre Beine zu spreizen. Irgendetwas ist falsch, aber sie weiß nicht, was. Ihr Sichtfeld flimmert, als blickte sie in ein Kaleidoskop. Ihre Haut fühlt sich flaumig an, sie prickelt und ist weich. Ihr Herz rast, aber nicht aus Angst.

Sie krabbelt auf den Stuhl. Es fällt ihr unendlich schwer, den Kopf oben zu halten, und als er ihr zum dritten Mal in Folge auf die Brust fällt, bricht sie in Lachen aus.

Daran ist überhaupt nichts komisch, also warum ist sie plötzlich so gelöst?

Der Ghul, zuckend und eidechsenhaft, taucht hinter seinen Apparaturen auf. «Sag, dass du das verstanden hast.» Seine Worte klingen voll, melodisch, als wäre seine Stimme ein Xylophon aus dem allerfeinsten Holz.

«VAFTANNEN», schreit Elissa. Sie würgt, schmeckt Nudelsoße und darunter etwas anderes: etwas Kreidiges und Bitteres. Er hat ihr Drogen verabreicht, denkt sie. Ihr irgendein Halluzinogen ins Essen gemischt.

Der Ghul tritt an den Stuhl. Beugt sich zu ihr hinunter.

Jetzt küsst er mich gleich, und wenn er das tut, kotz ich ihm in den Mund.

Elissa heult jetzt vor Lachen. Aber der Ghul küsst sie nicht. Stattdessen hebt er mit dem Daumen ihr Lid an.

Sie blinzelt, zumindest versucht sie das. Sein Gesicht ist wie schwarzer Haferbrei, in dem zwei weichgekochte Eier schwimmen. Er riecht widerlich. Ihr Magen zieht sich erneut zusammen, und sie würgt.

Der Ghul murmelt etwas vor sich hin, das sie nicht versteht. Er hebt die linke Hand. Lichtfäden strahlen von seiner Armbanduhr ab.

«VIEL UHR?», brüllt Elissa. *«IEVIEL UHR IF, DU ASCHGEFICHT?»*

ELIJAH

Tag 4

I

Ich gehe durch den Mädchenwald, als schwebte ich, als hätte sich die Schwerkraft der Erde aufgelöst. Über mir drohen niedrig hängende Wolken immer noch mit Regen, aber die Luft schmeckt frisch und sauber. Ich sehe Bryonys Eibe gar nicht an, als ich an ihr vorbeigehe, auch nicht die anderen Erinnerungsbäume. Bald merke ich, dass ich auf einem der Hirschpfade gehe, die kreuz und quer durch diese Wälder führen. Er führt mich zum baufälligen Cottage.

Weil Annies Zauber noch in mir ist, trete ich ohne meine übliche Vorsicht auf die Lichtung.

Schlechte Instinkte.

Kyle steht gegen die Fassade des Hauses gelehnt. Dank meiner Unvorsichtigkeit kann ich ihm nicht mehr ausweichen.

Mein Bruder wirkt diesmal nicht so arrogant wie sonst. Eher wirkt er bedrückt. Sein Gesicht ist mit dem Zeug beschmiert, das er benutzt, um seinen Geruch zu übertünchen, aber darunter ist seine Haut ganz blass, blutleer. Einen Moment lang frage ich mich, ob er überhaupt hier ist. Die Sonne versteckt sich hinter den Wolken. Kyle wirft keinen Schatten.

Er hält sein Gewehr vor sich, als stünde sein letztes Gefecht bevor. Als sich unsere Blicke treffen, hebt sich seine Brust.

Dann nimmt er das Gewehr hoch und zielt auf mein Gesicht.

11

In normaleren Zeiten hätte ich sofort die Hände hochgerissen und aufgegeben. Aber das, was hier gerade passiert, ist nicht einmal annähernd normal. Das Gewehr ist mir egal, es ist mir egal, dass mein Bruder mit einem präzisen Schuss eine Katastrophe in meinem Kopf auslösen könnte. In diesem Moment bin ich eine Supernova, voller positiver Energie. Mindere Satelliten – so wie Kyle – werden von meiner Masse angezogen.

Ich trete vor, lächele, breite die Arme aus. Vielleicht kann ich meine gute Energie auf ihn übertragen, wenn ich ihn umarme.

«Was soll die Scheiße, Eli», grollt er und löst sich von der Wand.

«Ich bin gekommen, um sie zu sehen», sage ich und drehe meine Handflächen nach vorn, so wie Jesus es immer macht. «Ich bin wegen Elissa da.»

«Einen Scheiß bist du. Hau ab.»

Die Entfernung zwischen uns schrumpft, und meine Euphorie vergeht langsam. «Ist sie da unten?»

Kyle betrachtet den Wald hinter meinem Rücken. Dann nickt er.

«Lebt sie?»

«Glaub schon.»

«Hast du ihr weh getan?»

«*Fick* dich, Eli. Ich sag es dir nicht noch mal – hau ab von hier und komm nicht zurück. Die hier macht Ärger. Du hast nicht genug Grips, um es mit ihr aufzunehmen.»

«Ich will es gar nicht mit ihr aufnehmen», sage ich. «Ich will nur helfen.»

«So, wie du Bryony geholfen hast?»

«Das war nicht mein Fehler.»

«Von wegen, Scheiße noch mal.»

Ich bleibe direkt vor ihm stehen. «Dein Gefluche macht mir keine Angst. Kein bisschen.»

Er spuckt etwas Braunes auf den Boden. «So?»

Ich schaue ihm direkt in die Augen und sage: «Lass mich durch.»

Als Antwort hebt Kyle das Gewehr und schaut am Lauf entlang. Eine Handbreit liegt noch zwischen mir und der Mündung.

«Ich werde dich *fertigmachen*, kleiner Bruder», zischt er, und ich weiß, dass er es genau so meint.

Aber ich weiß auch, dass das nicht heute geschehen wird. Ich strecke die Hand aus und schließe die Finger um das Gewehr. Dann, um Kyles Finger am Abzug nicht versehentlich zu bewegen, ziehe ich die Mündung in meinen Mund.

Ich weiß nicht genau, was ich da eigentlich tue, aber ich spüre, dass es wichtig ist. Das Metall schmeckt säuerlich, als lutschte ich an den Kontakten einer Neun-Volt-Batterie. Mit der Waffe im Mund kann ich kaum sprechen, aber es gibt auch nichts zu sagen. Diese Kampfansage an Kyles Autorität braucht keine Worte.

Seine Augen *brennen*. Er erkennt den kleinen Bruder vor ihm nicht wieder. Vielleicht fürchtet er, dass ich ein Blender bin. In diesem Moment fühle ich mich vollkommen anders als der Junge, den er kennt. Annies Zauber hat etwas damit zu tun, da bin ich mir sicher, aber hauptsächlich liegt es an Elissa.

Kyles Finger am Abzug zuckt. Wenn er aus diesem Winkel schießt, wird die Kugel nicht in mein Hirn dringen, aber sie wird das weiche Gewebe hinter meiner Zunge zerreißen. Vielleicht streift sie eine Schlagader in meinem Nacken oder zersplittert einen wichtigen Quadratmillimeter der Wirbelsäule. Vielleicht löst sie meine Zunge von ihrer Wurzel.

Als die Gewehrmündung gegen meine Zähne schlägt, kann ich nicht sagen, wer von uns zittert. Einen Moment später reißt mein Bruder die Waffe aus meinem Mund. «Beschissener Idiot», sagt er. «Beschissener *Irrer.*»

Wieder zeige ich ihm in dieser uralten Geste der Beschwichtigung meine Handflächen.

«Sie ist nicht wie die anderen», sagt er.

«Das weiß ich.»

«Du wirst uns alle in die Scheiße reiten.»

Als ich einen Schritt nach vorn tue, macht Kyle einen zurück. Wenn er weiter zurückweicht, wird er mir den Eingang zum Cottage kampflos überlassen.

Mein Bruder wartet einen Herzschlag lang. Dann schultert er ohne ein Wort sein Gewehr und stapft davon. Sekunden später ist er zwischen den Bäumen verschwunden. Bald höre ich nur noch das Krachen und Knacken von Zweigen und Ästen.

Ich warte, bis die zarteren Geräusche des Mädchenwaldes ihn verschlucken. Dann trete ich ins Cottage, gehe den Flur entlang in die Küche, öffne die Tür zur Vorratskammer und verschwinde die Treppe hinunter.

III

Sie schläft, als ich eintrete.

Manchmal tun sie so, besonders am Anfang. Aber ich bin inzwischen ziemlich gut darin herauszufinden, ob mich jemand hereinlegen will, und Elissa will es eindeutig nicht.

Ihre Brauen ziehen sich ein wenig zusammen, als der Strahl meiner Taschenlampe auf ihr Gesicht trifft. Die Augen bewegen sich unter ihren Lidern. Ich frage mich, was sie wohl träumt.

Einen Moment lang denke ich darüber nach, eines ihrer Lider hochzuziehen, nur, um einen Blick auf das Smaragdfeuer werfen zu können, das ich gesehen habe, als wir uns kennenlernten. Aber das wäre ein *Übergriff*, was das Wort dafür ist, wenn man etwas mit jemandem ohne Erlaubnis macht.

Ich beschatte die Taschenlampe mit den Fingern und schleiche näher. Elissa liegt auf der Seite, sie hat sich um ihr verletztes Handgelenk gerollt. Eine Wunde auf ihrer linken Wange ist ganz neu. In ihrem Mundwinkel ist etwas getrocknetes Blut. Es sieht aus, als hätte sie ein paar harte Schläge abbekommen, vielleicht auch nur einen, der sie umgeworfen und mit dem Kopf auf den Boden hat schlagen lassen.

Ich habe ihr doch *gesagt*, sie soll sich an die Regeln halten. Warum hat sie nicht auf mich gehört?

Ich gehe in die Hocke und halte den Handrücken vor ihren Mund. Ihr Atem kitzelt auf meiner Haut, als sie ausatmet.

Sie ist wie ein Engel oder eine Fee ohne Flügel. Verletzungen und schmutzige Kleider tun ihrer Schönheit keinen Abbruch. Unter dem Dreck ist ihre Haut so makellos wie Mamas. Ich kann mich nicht zurückhalten, ich berühre mit den Fingern ihr Haar, spüre seine Weichheit. Ich habe es schon einmal berührt, als ich ihr beim Trinken geholfen habe, also ist es streng genommen kein Übergriff. Unter meiner Hand spüre ich ihre warme Kopfhaut, die weiche Wölbung ihres Schädels und darunter das komplexe Wunder ihres Hirns. Ich stelle mir vor, wie die Gedanken durch die grauen Falten zischen, ihre Hoffnungen und Ängste und Erinnerungen, alle von winzigen elektrischen Funken getragen.

Im Schlaf, so wie jetzt, ist sie furchtbar verletzlich. Wie leicht jemand sie verletzen könnte; so aus dem Handgelenk fallen mir gleich ein Dutzend unterschiedliche Möglichkeiten ein. Der klopfende Puls an ihrem Hals lässt sie so zerbrechlich wirken, dass ich einen Kloß im Hals habe. Ganz sanft lasse ich die Finger auf ihre Wange gleiten. Dort ist die Haut warm und feucht. Ich wette, wenn ich daran leckte, würde ich Salz schmecken.

Elissas Mund öffnet sich. Sie stöhnt und kämpft gegen die Monster an, die sie im Schlaf verfolgen. Ich sehe ihre untere Zahnreihe, auf denen Speichel glänzt. Ich will mit den Fingern über die Furchen fahren und ihre scharfen Kanten spüren – aber das wäre *wirklich* ein Übergriff.

Stattdessen lege ich die Hand direkt über Elissas Herz. Durch ihr Kleid spüre ich seinen beruhigenden Rhythmus, ein regelmäßiges *bumm-bm, bumm-bm, bumm-bm.* Es klopft gegen meine Handfläche, und es ist kaum vorstellbar, dass es je damit aufhören wird. Aber das geschieht mit unser aller Herzen. Besonders hier unten, in diesem Keller unter dem Mädchenwald.

«Tut mir leid, dass das alles passiert ist», murmele ich.

Elissa regt sich im Schlaf und verändert ihre Lage auf dem Boden.

Ich schalte meine Taschenlampe aus und bleibe in der Dunkelheit sitzen.

Bumm-bm, bumm-bm, bumm-bm.

Ein solcher Frieden kommt über mich, dass ich nicht einmal merke, dass ich weine.

ELISSA

Tag 4

I

Kalte Finger an ihrem Hals. Ihr Puls schlägt dagegen an.

Der Rhythmus ihres Herzens ist ganz falsch. Vorher hat es viel schneller geschlagen. Jetzt kommt es ihr viel zu langsam vor, wie bei einem Kaltblüter, der bergauf trottet. Die bunten Farben in ihrer Zelle sind weiß geworden. Die Stimme ihres Wächters – desjenigen, den sie den Ghul nennt – klingt verwaschen und seltsam in die Länge gezogen.

«Du schaust in die Kamera», flüstert er. «Du liest die Worte vor. Sag, dass du das verstanden hast.»

Elissa dreht den Kopf und zwingt ihre Augen auf.

«Du schaust in die Kamera», beharrt er. «Du liest die Worte vor. Du schickst eine Nachricht in die Welt, damit deine Mutter weiß, dass du nicht tot bist. Sag, dass du das verstanden hast.»

Sie braucht eine Weile, bis sie seine Anweisungen verstanden hat. Sie kann ihm nicht vertrauen – das liegt auf der Hand –, aber wenn es irgendetwas gibt, womit man sie überzeugen kann, dann ist es die Gelegenheit, die Qualen ihrer Mutter zu mildern.

Aber welche Worte? Was meint er? Sie öffnet ein Auge und stöhnt, weil das Zimmer um sie kreist. Dann wird es langsamer und hält an. Er hat neben die Kamera ein Whiteboard gestellt. Darauf stehen Worte. Sie verschwimmen und werden wieder deutlicher.

Elissa beißt die Zähne zusammen.

«Willst du, dass deine Mutter weiß, dass du noch am Leben bist?»

Sie atmet tief durch. Dann nickt sie, dabei stößt ihr Kinn auf die Brust.

«Ja.» Sie spuckt Blut aus. «Ja.»

«Schau in die Kamera. Lies die Worte vor. Sag, dass du das verstanden hast.»

«Vaftannen.»

Der Ghul flucht.

Plötzlich ist da etwas Hartes an ihren Lippen, der Rand eines Plastikbechers. Sie zuckt zurück.

«Trink.»

Er hat sie jetzt schon zweimal unter Drogen gesetzt. Aber als das kühle Wasser ihre Lippen benetzt, kann sie ihm nicht widerstehen. Sie trinkt eilig, gierig, bis die Vorderseite ihres Kleides ganz durchnässt ist.

«Lies die Worte. Sag, dass du das verstanden hast.»

«Verstanden.»

Der Ghul zieht sich zurück, bevor sie ihn erkennen kann, dann steht er wieder hinter der Kamera und hantiert mit den Knöpfen darauf herum. Das rote LED-Licht leuchtet auf. Elissa weiß, dass das ihr Zeichen ist. Auf dem Whiteboard flimmern die großen Buchstaben und halten dann still.

«Ich heiße ...» Sie hält inne und schluckt. «Ich heiße Elissa Mirzoyan. Heute ist der dreiundzwanzigste Oktober.»

Das LED ist wie das Auge von etwas Füchterlichem aus einem Traum. Elissa versucht, nicht hinzusehen, und konzentriert sich stattdessen auf das Whiteboard. Trotz des Wassers aus dem Becher ist ihre Kehle schon wieder ganz ausgetrocknet. «Man hat mir nicht weh getan. Ich will nicht ... will nicht ...»

Sie liest den Rest des Satzes, ohne ihn auszusprechen. Ihr Kiefer beginnt zu zittern. Ihre Zähne schlagen aufeinander.

«Von vorn», zischt der Ghul. «Von Anfang an. Keine Pausen diesmal. Sag, dass du das verstanden hast.»

«Ich ...», fängt Elissa erneut an. Sie hört kaum noch zu. Ihre Augen sind auf diese großen schwarzen Buchstaben gerichtet. Ihre Nachricht ist so schockierend, so zutiefst erschütternd, dass sie ihr die Luft aus den Lungen presst. Der Raum dreht sich jetzt schneller. Sie könnte schwören, dass der Ghul hinter der Kamera herumspringt, ein Wirbel aus spitzen Gliedern, als wäre sie die Prinzessin aus dem Märchen und er Rumpelstilzchen, das im Turm tanzt.

Immer im Kreis fährt der Raum. Die Kraft entweicht aus Elissas Gliedern. Sie versucht, die Handschelle festzuhalten, aber sie schafft es nicht, und als sie vom Stuhl fällt, flattern ihre Lider wie Fledermausflügel, und das Studiolicht, die stinkende Zelle und der abgehackte Atem des Ghuls verschwinden in einem bodenlosen Loch und kommen nicht wieder.

II

Wie vorhin wird Elissa auch diesmal von ihrer Blase geweckt. Einen Moment lang, einen grausam kurzen, denkt sie, sie sei in ihrem Kinderzimmer, aber so sehr sie sich auch bemüht, die Dunkelheit zu durchdringen, sie kann die blauen Ziffern ihres Weckers einfach nicht erkennen. Viel zu früh kommt die Realität wieder.

Die Zelle; die Handschelle; die Metallkette.

Der Ghul; der Camcorder; das rote Licht.

Sie stöhnt und streckt die Beine aus. Tausend unterschiedliche

Schmerzen dringen in ihr Bewusstsein. Es ist jetzt kälter. Bedeutet das, dass es Nacht ist? Sie hält die Handschelle fest und setzt sich auf. Die Bewegung ruft einen Hustenanfall hervor, der etwas Dickes aus den Tiefen ihrer Lunge heraufbefördert. Sie benutzt die Kette als Führung und kriecht zum Eisenring. Von dort aus orientiert sie sich und macht sich auf den Weg zu B3, wo der Eimer steht.

Es ist schwierig, das Höschen hinunterzuziehen, ohne aus dem Gleichgewicht zu geraten, aber irgendwie schafft sie es. Bald hört sie das Pladdern von Urin auf dem Plastik. Er riecht übel, als hätten die Drogen in ihrem Blutkreislauf ihn verdorben. Schlimmer noch: Als sie über dem Eimer hockt, hat sie den Drang, sich zu erleichtern, und sie kann nichts dagegen tun.

Das stinkt sogar noch schlimmer, und sie wird es nicht so schnell wieder loswerden. Sie ertastet die Klopapierrolle und wischt sich ab. Danach taucht sie ihre linke Hand in den Wassereimer und trocknet sich die Finger am Kleid ab. Sie würde gern ein bisschen Putzmittel in den Kloeimer kippen, damit es nicht so stinkt, aber sie schafft es nicht.

Stattdessen kriecht sie durch den Raum zu G7, wo die Kerzen und die Streichhölzer liegen. Im Nu hat sie Licht gemacht. Als die Kerzenflamme anschwillt, sieht sie ihren Rucksack, der auf F7 liegt.

Elissa schreit auf, so dankbar ist sie für diese kleine Gnade, dass sie aus Versehen beinahe das Licht auspustet. Sie zieht den Rucksack heran und wühlt darin.

Als Erstes berührt sie den Affen. Tränen treten ihr in die Augen. Lächerlich, so etwas einem Plüschtier gegenüber zu empfinden. Sie vergräbt ihre Nase in seinem Bauch und atmet seinen Geruch ein. Sie schaut in sein Gesicht, und seine glänzenden schwarzen Augen sehen sie voller Mitgefühl an. Auch das ist lächerlich, aber sie kommt nicht dagegen an. «Wehe, du verlässt mich noch einmal», sagt sie zu ihm. «Wehe.»

Sie legt den Affen ab und durchsucht den Inhalt des Rucksacks: die Staunton-Schachfiguren, das Notizbuch und die Tintenroller, die Satsuma, den Rest des Brownies, Bananenchips. Ihre Bücher sind wieder da und auch ihre Wasserflasche, in der wieder Wasser ist.

Diesmal wird sie denselben Fehler nicht noch einmal machen. Sie schraubt die Flasche auf und nimmt einen tiefen Schluck. Dann setzt sie sich in den Schneidersitz und legt sich den Affen in den Schoß. Sie beugt sich über die Kerzenflamme und genießt ihre Wärme.

Es ist Montag, jedenfalls hat der Ghul das gesagt. Vielleicht ist es jetzt auch schon Dienstag. Wenn das stimmt, dann ist sie schon drei ganze Tage hier und hat nur einen Happen vom Brownie und eine Schüssel Peppa-Wutz-Nudeln gegessen. Kein Wunder, dass ihr flau ist. Wenn sie den Kopf bewegt, kommt der Raum um sie nur mit Verzögerung nach.

Bevor sie sich von ihrer Unentschlossenheit lähmen lassen kann, öffnet Elissa die Tüte mit den Bananenchips und verputzt sie alle. Danach holt sie den Brownie heraus und beißt zwei Mal davon ab. Sie ist kurz davor, alles zu essen, bevor der Ghul es wieder mitnehmen kann. Aber stattdessen wickelt sie den Rest in die Verpackung ein und steckt sie unter ihrem Kleid in ihre Unterwäsche.

Montag, vielleicht auch Dienstag.

Was bedeutet, dass ihre Mum mindestens achtundvierzig Stunden Hölle ertragen musste, vielleicht sogar zweiundsiebzig. Ob ihr Dad inzwischen wohl Bescheid weiß? Lena Mirzoyan wird zweifellos versucht haben, ihn zu kontaktieren, nicht, weil sie auf Unterstützung hofft, sondern aus Pflichtgefühl. Hoffentlich ist er nicht zu erreichen und bekommt nichts von den Ereignissen mit. Denn wenn er davon erfährt, wird er die Gelegenheit nutzen, Lena die Schuld daran zu geben. Das wäre Elissa egal, wenn es nicht so viel Leid verursachen, so viel Schaden anrichten würde.

Sie versucht sich vorzustellen, was zu Hause gerade passiert. Sind ihre Großeltern aus Birmingham angereist? Sitzen sie neben ihrer Tochter auf dem Sofa, während ein Polizist sie über die Fahndung ins Bild setzt?

Es gibt keine Spuren, Ms. Mirzoyan. Ich fürchte, Ihr Mädchen kommt nicht zurück.

Sie denkt an das, was sie normalerweise unter der Woche tut. Montags arbeitet ihre Mum bis sechs Uhr, also geht Elissa nach der Schule zu Mrs. McCluskey. Die Irin mag eigentlich keine Kinder, aber sie mag das Geld, das sie für zwei Stunden Kinderbetreuung bekommt. Sie gibt sie in einem Online-Casino aus, während Elissa Schach spielt.

Dienstags besucht Elissa Lasse Haagensen, den dänischen Großmeister, der den Schachklub in der Schule leitet. Obwohl der Besuch des Klubs eine kleine Summe kostet, spielt Lasse umsonst mit Elissa. Früher dachte sie, der Grund dafür sei, dass er ihre Mum mag. Inzwischen ist sie sich da nicht mehr so sicher. Lasses Wohnung sieht merkwürdig aus, aber cool, voller interessanter Graphiken. Er ist ein besessener Sammler – er sammelt alles, von viktorianischen Senflöffeln bis hin zu alten Aufklebern. Hauptsächlich sammelt er Schachspiele. Elissa hat schon mit den meisten gespielt: zarte Figürchen aus seltenen Hölzern, aus Marmor oder Elfenbein, gröbere Figuren aus Bronze oder Aluminium, Themen-Sets mit Figuren aus *Star Trek*, *Der Herr der Ringe*, *Alice im Wunderland*, und mit ihrem Lieblingsspiel – einer Reproduktion von Lewis-Schachfiguren aus Walross-Elfenbein.

Die meisten Großmeister meiden alles außer den ganz

schlichten Staunton-Figuren, weil sie glauben, dass selbst ein Milliwatt Hirnenergie, das sie darauf verwenden müssen, die Figuren zu identifizieren, ihr Spiel negativ beeinflussen könnte. Lasse hat diese Sorge nicht, was ihn weit unterhaltsamer macht als die anderen Großmeister, die Elissa kennengelernt hat. Das einzige Schachspiel, das sie nicht benutzen will, ist das mit den Figuren aus *Das Schweigen der Lämmer*, mit Clarice Sterling als weißer Dame und Hannibal Lecter als ihrem Gegenspieler.

Lasse hat den Film einmal mit ihr angesehen, hauptsächlich, um ihr einen Fehler zu zeigen: Als Clarice ein Paar schachspielender Insektenkundler besucht, ist ihr Brett falsch aufgestellt, mit einem schwarzen Feld rechts unten statt eines weißen. Andererseits benutzen die Wissenschaftler Käfer als Schachfiguren, also ist die ganze Sache überhaupt ziemlich merkwürdig.

Bevor der Ghul sie mit den *Peppa-Wutz*-Nudeln unter Drogen gesetzt hat, war sie damit beschäftigt, ihre Erinnerungen ans Wide Boys zu archivieren – eine Schublade für Andrea und eine für die drei *bodachs*. Jetzt ist es an der Zeit, zum Wettkampf selbst vorzuspulen und nachzuschauen, ob es da irgendwelche Hinweise gibt. Wenn nicht, wird sie die Richtung ändern und weiter zurück in die Vergangenheit gehen.

Natürlich kann es auch sein, dass der Ghul sie zufällig geschnappt hat, aber selbst dann könnte sich ihre Übung als sinnvoll erweisen, weil sie auf dem Parkplatz des Marshall Court Hotels entführt wurde. *Diese* Erinnerungen könnten die nützlichsten von allen sein. Ein winziges Detail, ein halbvergessenes Fitzelchen, könnte ihr einen lebenswichtigen Vorteil verschaffen.

Sie schließt die Augen und geht drei Tage zurück in die Vergangenheit.

III

Der Mann hatte behaarte Handgelenke, die in abgeschabten Manschetten verschwanden, aber sein Gesicht bleibt frustrierend undeutlich, so wie die Gesichter der *bodachs* im Wide Boys.

«Hast du deine Eintrittskarte?», fragte er, woraufhin Elissa zum Auto ging, um sie zu holen. Und kurz davor: *«Ich würde sagen, dass du einen weit größeren Fanclub verdienst.»*

Der weiße Lieferwagen war schon da. Sie erinnert sich daran, wie sie den grinsenden Totenschädel mit der Zigarette auf der Stoßstange sah, außerdem dieses einzelne Wort in fetter, gotischer Schrift: CHILLAX.

Als sie die Beifahrertür des Fiesta öffnete, schwankte der Lieferwagen auf seiner Federung. Es ist eine schreckliche Vorstellung, dass es der Ghul war, der sich zurechtsetzte, um sie besser sehen zu können. Auf der Stoßstange entdeckte sie ein paar winzige Dellen.

An mehr kann sie sich nicht erinnern.

Wieder im Hotel, zeigte sie dem Mann am Eingang ihre Eintrittskarte. Der Mann mit den dünnen Handgelenken sagte etwas, das sie kurz nachdenken ließ.

«Katastrophe abgewendet.»

Rückblickend kommt ihr das vor wie eine sarkastische Voraussage dessen, was dann folgte, aber sie darf keinen Dingen Bedeutung beimessen, die keine haben. Im Nachhinein kommt ihr *alles*, was die Leute an dem Tag sagten oder taten – Andrea im Wide Boys, die drei *bodachs* an den Nachbartischen, der Mann an der Tür zum Hotelsaal –, wie eine Vorhersage vor. Aber ihre Entführung kann keine Massenverschwörung gewesen sein. Nicht alle Leute, die sie an diesem Tag traf, können unter einer Decke stecken.

Sie spult vor zum Wettkampf. Elissa erinnert sich an ihre Konkurrentinnen. Da war Bhavya Narayan, das lächelnde Hindu-Mädchen mit der Hanuman-Figur. Nach dem Spiel schenkten Bhavyas Eltern Elissa eine Tüte selbstgemachter Bananenchips. Die Vorstellung, sie könnten sie gekidnappt haben, ist absurd.

Ihre nächste Gegnerin war Amy Rhodes. Amys Eltern waren genauso schrecklich wie Amy selbst, aber sie waren eindeutig keine Entführer. Nach Amy kam Ivy May mit ihren Colaflaschenboden-Brillengläsern und ihrem Peppa-Wutz-Maskottchen. An ihr war ebenfalls nichts Bemerkenswertes. Mit einem Seufzen öffnet Elissa zwei weitere Schubladen auf ihrem ausgedachten Schachbrett. In A8 verstaut sie den Mann mit den behaarten Handgelenken. In B8 steckt sie Bhavya Narayan, Amy Rhodes und Ivy May.

Elissa schiebt die Schubladen zu. Dann öffnet sie C8. Die Dunkelheit, die darin herrscht, ist besonders verstörend, denn darin will sie die Erinnerungen an die Entführung selbst verstauen. Sie möchte gerade damit beginnen, als sie draußen vor der Tür gedämpfte Geräusche hört.

IV

Elissa bläst die Kerze aus, legt sich auf den Boden und schließt die Augen. Obwohl das fruchtlos ist, kann sie dem Drang, sich schlafend zu stellen, nicht widerstehen. Seit dem letzten Besuch des Ghuls hat sie es vermieden, darüber nachzudenken, was auf seinem Whiteboard stand. Wenn sie diese Worte vor der Kamera ausspricht, wird sie damit unsägliche Qualen auslösen.

Aber wenn sie es nicht tut, was dann?

Sie erinnert sich an den dunklen Fleck auf dem Boden – das,

was sie für die letzte Spur von Bryony hält, einer früheren Bewohnerin dieser Zelle.

Die Tür öffnet sich quietschend.

Elissas Herz hämmert wie eine Trommel.

Schritte jetzt, begleitet vom wilden Zucken eines Taschenlampenstrahls. Das ist nicht das eisigweiße Licht des Ghuls. Dieses hier ist gelb und zuckt. Es wirkt fast so, als schickte es einen verzweifelten Morse-Code.

Elijah.

Elissa öffnet die Augen und atmet heftig aus. Sie weiß seit ihrem ersten Kennenlernen, wie labil er ist, sie weiß auch, dass er an alldem beteiligt ist. Das sollte ihn eigentlich zu ihrem Feind machen, doch obwohl sie ihm nicht vertrauen kann, wittert sie eine Chance, wenn sie nur die richtige Strategie findet. Elijah reagiert nicht gut auf Direktheit. Hier unten in der Dunkelheit muss sie subtiler vorgehen.

Als der Strahl seiner Taschenlampe auf den Toiletteneimer fällt, rümpft Elissa die Nase. «Tut mir leid, ich wollte mich darum kümmern. Aber mein Handgelenk ...» Sie hält inne und verstummt. Obwohl sie Handschellen trägt und verwundet ist, widerstrebt es ihr, Schwäche zuzugeben.

Das Licht fällt auf ihre Wunde. Elijah schluckt geräuschvoll. «Du hast gesagt, es sei nur ein Schnitt. Es wäre nicht so schlimm.»

«Es ist wohl doch schlimmer, als ich dachte. Die Wunde ist ziemlich tief, und es hört einfach nicht auf zu bluten.»

«Hier drin, mit dieser ganzen Feuchtigkeit und Fäulnis – da kann eine Wunde wie die da ziemlich schnell ernst werden.»

«Das hat *er* auch gesagt.»

Etwas sagt ihr, dass es ein Fehler war, den Ghul zu erwähnen. Sie muss Elijah ablenken, und zwar schnell. «Wahrscheinlich hast du keinen Erste-Hilfe-Kasten.»

«Leider nicht.»

Er schlurft näher, den Strahl seiner Taschenlampe auf ihr Handgelenk gerichtet. Die Wunde ist ein klaffendes schwarzes Maul, aus dem Blut sickert. Eiter ist auch dabei, ein glitzerndes Band.

Aus dieser Nähe hört sie Elijahs nasalen Atem. Er klingt irgendwie merkwürdig, so zäh und lose. Sie fragt sich, ob er eine Gesichtsdeformation hat, irgendeine Entstellung. Vielleicht will er deshalb im Dunkeln verborgen bleiben.

«Du könntest sie verbinden», schlägt er vor.

«Womit?»

«Mit einem Stück von deinem Kleid. Nur ein Streifen, von unten.»

«Ich kann den Stoff nicht zerreißen.»

«Aber *ich*.»

«Du?»

«Wenn du willst.»

Die Aussicht auf körperlichen Kontakt lässt sie beinahe würgen, aber um ihre Wunde muss sie sich tatsächlich kümmern. «Du tust mir aber nicht weh?»

Elijah keucht so laut auf, dass es beinahe theatralisch klingt. «Ich würde dir *niemals* weh tun.»

Mit einer flinken Bewegung ist er bei ihr, die Taschenlampe blinkt. Elissa kann nicht anders, sie muss die Augen schließen. Er ist ihr nicht zuwider – nicht wie der Ghul –, aber sie kann seine Nähe trotzdem nicht ertragen. Als sie spürt, wie er den Saum ihres Rocks hebt, muss sie all ihre Willenskraft aufbringen, um stillzuhalten.

Kalte Luft dringt zwischen ihre Knie. Sie öffnet ein Auge und sieht, dass er die Taschenlampe ausgeschaltet hat. Sie hört, wie er an ihrem Kleid hantiert, aber es ist nicht das Reißgeräusch, das sie erwartet hat, und das lässt ihr Herz nur noch schneller schlagen. «Ist das etwa ein Messer?»

Elijah hält inne. Die Sekunden ziehen sich, und Elissa spürt, wie ihr Mund ganz trocken wird.

«Hast du Angst, dass ich dich schneide?», fragt er.

Die Frage ist eigentlich ganz unschuldig, aber hier unten in der Dunkelheit hat sie einen verstörenden Beiklang. Sie schluckt, und das Geräusch ist monströs laut, ein wortloser Ausdruck ihrer Beklommenheit.

Elijah muss es bemerkt haben, aber er sagt nichts weiter. Seine Frage schwebt unbeantwortet zwischen ihnen. Nach einer gefühlten Ewigkeit bewegt sich die Klinge wieder und zertrennt flüsternd den Stoff.

Von seinen Schuhen steigt ein lehmig satter Geruch nach verrottetem Laub auf. Bei seinem letzten Besuch sagte er ihr, sie befänden sich an einem Ort namens Mädchenwald. Sie nimmt an, dass das stimmt. Feuchte Erde und Wald sind das Einzige, das sie riechen kann. Seine Kleidung hat einen leicht modrigen Geruch, als wäre sie zu lange nicht gewaschen worden.

«Knie dich hin», sagt er, als das Messer einen Halbkreis beschrieben hat. Schweigend richtet sie sich auf. Eine Minute später grunzt Elijah zufrieden. «Alles fertig. Jetzt haben wir einen Verband.»

«Danke.»

Er macht keinerlei Anstalten, die Taschenlampe wieder einzuschalten. «Du weißt, dass wir die Wunde säubern müssen.»

«Vermutlich.»

«Das wird weh tun.»

«Ja.»

Er schweigt eine Weile. Dann fragt er: «Möchtest du, dass ich dir dabei helfe?»

Als sie das hört, will sie am liebsten schreien: *Ich will, dass du mich hier RAUS bringst! Ich will, dass du die POLIZEI rufst, Elijah! HOL SIE HIERHER, WIE ICH DICH GEBETEN HABE!* Aber das tut sie nicht. Stattdessen schließt sie die Augen und murmelt ihre Zustimmung.

Elijah ist jetzt nicht mehr neben ihr. Sie hört ihn in der Nähe der Tür hantieren: A3 vielleicht oder A4. Die Mühelosigkeit, mit der er sich in der Dunkelheit zurechtfindet, ist beunruhigend. Seine mentale Karte des Raums ist eindeutig ähnlich gut wie ihre. Als sie das Kratzen harten Plastiks auf Stein hört, begreift sie, dass er ihr einen der Eimer zuschiebt. Eine Wolke Putzmittellösung dringt ihr in die Nase. Ein kleiner Schwall von der Flüssigkeit schwappt über den Rand und klatscht auf den Boden.

«Wie soll ich das machen?», fragt er.

Elissa spürt, wie sie sich verkrampft. Schnell flüstert sie: «Entscheide du.»

Elijah scheint erfreut, die Verantwortung übertragen zu bekommen. Er schnalzt abwesend mit der Zunge, wie ein Handwerker, der sein Werk begutachtet. Sie fragt sich, ob er ihr das alles nur vorspielt.

«Wenn du deinen Arm ausstreckst», sagt er, «könnte ich ein wenig von dieser Flüssigkeit darübergießen. Aber dabei würdest du vermutlich nass werden, und dann wird dir kalt. Wir sollten also lieber deinen ganzen Arm hineintunken. So richtig untertauchen. Die Wunde auswaschen und die ganzen Keime töten.»

Elissa beißt die Zähne zusammen. Das klingt sinnvoll, aber sie möchte sich nicht vorstellen, wie sehr das weh tun muss.

«Ich werde dein Armband solange halten», sagt Elijah. «Du musst das tun, Elissa. Du hast keine Wahl.»

Sie stöhnt auf, als sie das hört, und es ist ein so jämmerliches

Geräusch – so schwach und verzweifelt –, dass ihr erneut die Tränen in die Augen treten.

«Ist schon in Ordnung», murmelt Elijah. Und natürlich ist es das nicht. Sie spürt seine Finger an ihrer Handschelle. In der Dunkelheit macht sie sich ein Bild von dem Jungen, den sie nicht sehen kann: lampengroße Augen über einem schiefen Mund mit einer Hasenscharte, die das Zahnfleisch und hervorstehende Zähne entblößt. Das Bild macht ihr Angst, obwohl sie weiß, dass es nicht zutreffen kann. Elijah hat keinen Sprachfehler. Wenn er irgendwie entstellt ist, dann muss es etwas weniger Offensichtliches sein.

Armband, er hat es Armband genannt. Als wäre es ein harmloses Schmuckstück.

«Fertig?», fragt er.

«Warte.» Elissa schüttelt den Kopf. «Ich kann nicht, noch nicht. Ich bin noch nicht bereit.»

«Du musst aber.»

«Was, wenn ...», fängt sie an, aber eigentlich hat sie gar keine Frage. Die Wunde an ihrem Handgelenk klafft fast bis auf die Knochen auf. Wenn das Desinfektionsmittel auf das rohe Fleisch trifft, wird der Schmerz alles übertreffen.

«Knie dich hin», drängt Elijah sie. «So wie eben.» Er hebt die Handschelle ein paar Millimeter aus ihrem Schoß, und sie fürchtet so sehr, dass sie ihre Wunde berühren könnte, dass sie mitmacht. Mit ihrer freien Hand greift sie nach dem Eimer. Elijah führt ihren Arm auf den Rand zu. Die Kette rasselt und schlängelt sich. Jetzt ist ihre Hand in der richtigen Position.

«Sollen wir es schnell oder langsam machen?», fragt er.

«Schnell. Sobald der Arm drin ist, lass mich nicht zurückziehen.»

«Ich gebe mir Mühe. Versuch, den Eimer nicht umzustoßen.»

Elissa beißt die Zähne so fest aufeinander, dass sie ihre Antwort nur zischen kann.

«Fertig?», fragt Elijah, und bevor sie antworten kann, taucht er ihr Handgelenk in ein Meer aus Schreien.

V

Die Welt kehrt langsam zurück, ein allmähliches Bewusstwerden von Zeit und Raum. Elissa braucht eine Weile, bis sie begreift, wo sie sich befindet oder was sie geworden ist. Ihr Handgelenk pocht im Takt mit ihrem Herzen, aber ist nicht mehr diese Qual von vorher, als hätte sie Stacheldraht in ihren Adern.

Sie liegt auf der Seite und hat den schimmeligen Gestank des Kissens in der Nase. Als sie mit ihrer linken Hand danach tastet, entdeckt sie, dass ihr verletztes Handgelenk mit dem Stoff ihres Kleides verbunden ist. Elijah hat gute Arbeit geleistet.

Elissa setzt sich in der Dunkelheit auf und lauscht in die Stille hinein, versucht herauszufinden, ob sie alleine ist. Ihr Hals ist wund, eine Erinnerung an ihre Schreie. Sie kriecht hinüber zu G7, wobei sie die Kette hinter sich herzieht. Sie findet ihren Rucksack, holt die Wasserflasche heraus, wobei sie darauf achtet, den Affen nicht ebenfalls herauszuziehen, und nimmt einen langen Schluck. «Tja», sagt sie zu dem gestrickten kleinen Tierchen. «Dann wollen wir mal sehen, was hier so los ist.»

Der Kerzenhalter steht neben dem Rucksack. Darin steckt bereits ein Stummel, also sucht Elissa nach den Streichhölzern. Sie will gerade eins anreißen, als an der gegenüberliegenden Wand ein Licht aufblinkt.

Sie keucht auf, lässt das Streichholz fallen und kriecht rückwärts. Obwohl das Licht schwach ist, ist es doch stark genug, um sie zu irritieren. Sie hält die Hände vor die Augen, und ihr wird übel, als sie begreift, dass sie schon die ganze Zeit Gesellschaft hatte.

«Du hast gesprochen», sagt Elijah leise. «Als du ohnmächtig warst.»

Elissa braucht einen Moment, um sich wieder zu fassen. Als sie spricht, ist ihre Stimme nur noch ein Krächzen. «Was habe ich denn gesagt?»

«Unheimliches Zeug.»

Dass er in der Zelle geblieben ist, während sie ohnmächtig war – dass er nicht sofort auf sich aufmerksam gemacht hat, als sie aufwachte –, all das kommt ihr vor wie ein grotesker Übergriff. Aber es nützt ihr nichts, das anzusprechen. «Was denn so?»

«‹Halloween-Augen. Halloween-Augen, die Ausschau halten, Ausschau nach mir.› Ich mochte das nicht.»

Es könnte ihr kaum egaler sein, ob er es mochte oder nicht, aber die Worte aus ihrem Traum zu hören jagt ihr einen Schauer über den Rücken. Plötzlich merkt sie, wie kalt ihr ist. «Danke», sagt sie zu ihm. «Dass du das getan hast.»

«Schon gut.»

«Ich meine es ernst, Elijah. Du hättest mir nicht helfen müssen. Ich weiß, dass es ein Risiko für dich ist, überhaupt hier herunterzukommen.»

«Es kann ja unser Geheimnis sein. Ein Spiel.»

«Ja», erwidert sie. Sie spürt seine Begeisterung und fügt hinzu: «Als wären wir die Figuren in einer Geschichte.»

«Das gefällt mir», sagt er. «Das ist gut. Das ist *richtig* gut.» Sie hört, wie er etwas vom Boden aufhebt und daran herumzufummeln beginnt. «Wer wollen wir denn sein?»

«Oh, ich weiß nicht. Aber wir sind eindeutig die Guten.»

«Also, ich bin ja auch kein Böser.»

«Das weiß ich doch, du nicht, Elijah. Du hast mir geholfen, oder?» Ihre Lippen ziehen sich auseinander, und sie hofft, dass es wie ein ehrliches Lächeln aussieht. «Wir könnten ... wir könnten Bruder und Schwester sein.»

Der Gegenstand, den Elijah vom Boden aufgehoben hat, raschelt zwischen seinen Fingern. «Ha», sagt er. «Ich hab keine Schwester.»

«Bruder und Schwester, wie ... wie ...» Dann kommt ihr eine Idee. «Wie die Kinder in dem Märchen. Hänsel und Gretel.»

Elijah lacht begeistert auf. «Ich bin Hänsel, und du bist Gretel! Was ... was bedeutet, dass das hier ... das *Lebkuchenhäuschen* ist!»

Seine Freude – ein solch harter Kontrast zu ihrer Situation – jagt ihr einen kalten Schauer über den Rücken, aber sie spürt, dass sie auf dem richtigen Weg ist, also macht sie weiter. «Ich überlege die ganze Zeit, wie dieses Haus wohl über der Erde aussehent. Jetzt kriege ich die Vorstellung von Lebkuchenwänden nicht mehr aus dem Kopf.»

«Aber *so* sieht das oben überhaupt nicht aus», erwidert er. «Wäre ja schön. Aber es wächst ein *Baum* im Wohnzimmer, Herrgott noch mal.»

«Lebkuchenwände, Zuckergussfenster und ein Dach aus Schokolade, alles zusammengeklebt mit klebrigem Toffee.»

Elijah kichert. «Die Wände sind aus Stein, die Fenster alle zerbrochen, und Papa hat die meisten Dachziegel vom Dach genommen.»

Elissa weiß, dass sie weitersprechen sollte, aber dieser letzte Teil hat ihre Stimme einfrieren lassen. Ihr Spiel hat ihn unvorsichtig werden lassen, und was er da gesagt hat, könnte der Schlüssel sein.

Papa hat die meisten Dachziegel vom Dach genommen.

Sie räuspert sich, aber das löst einen Hustenanfall aus, der so schwer ist, dass sie schon Angst hat, sich übergeben zu müssen.

«Was ist los?», fragt Elijah. Der Strahl seiner Taschenlampe zuckt passend zu seiner Betroffenheit.

«Nichts. Nur ... ich weiß auch nicht. Vielleicht habe ich mir etwas eingefangen. In den letzten Tagen habe ich kaum etwas gegessen.»

«Magst du Pekannuss-Kekse?»

«Das hier ist aber nicht das Lebkuchenhaus.»

«Das *weiß* ich doch, Dummchen.»

Aus der Dunkelheit fliegt ein in Butterbrotpapier eingewickeltes Päckchen herbei und landet vor ihren Füßen. Elissa wickelt es aus und entdeckt einen schiefen Keks darin. Sie stürzt sich darauf wie ein Wolf auf ein neugeborenes Lämmchen.

Die Stille, die danach eintritt, ist beinahe freundschaftlich. «Ich habe deinen Rucksack durchsucht», sagt Elijah etwas verlegen. «Ich habe ein Notizbuch gefunden. Voll mit etwas, das wie eine Geheimschrift aussieht.»

«Es ist eine Geheimschrift», sagt sie zu ihm und knüllt das Butterbrotpapier zusammen. «Aber nicht geheim.»

«Was ist der Sinn von einer Geheimschrift, wenn man damit nichts geheim halten will?»

«Dass man etwas abkürzen will.»

«Wofür?»

«Um die Dinge einfach zu halten, damit man sie schnell aufschreiben kann.»

Elijah schnieft. «Ich habe Geheimnisse. Viele sogar.»

«Die meisten Menschen haben welche.»

«Aber wohl nicht so schlimme wie ich.»

Sie weiß nicht, was sie darauf sagen soll, also schweigt sie.

«An die schlimmsten», sagt er, «kann ich mich kaum noch erinnern.»

«Wenn du dich nicht an sie erinnern kannst, woher weißt du dann, dass es sie gibt?»

Seine Füße bewegen sich rastlos. Es ist offensichtlich, dass er nicht darüber reden will. Stattdessen nimmt er den Gegenstand wieder auf, den er eben schon in der Hand hatte. «Ich habe das hier gefunden», sagt er. «Einen ganzen Beutel davon.»

Elissa legt sich auf die Seite. Sie sieht wegen des gelben Taschenlampenlichts nichts, aber sie hört das Klacken ihrer Staunton-Figuren und weiß, dass er den Beutel gefunden hat.

«Was ist das?», fragt Elijah.

«Sie gehören mir.»

«Das weiß ich, Dummchen. Aber was ist das?»

«Das sind Schachfiguren.»

«Die sind hübsch. Sogar mehr als das. Sie sind wunderschön.» Elijah atmet tief durch und seufzt dann. «Beinahe ... verzaubert.»

«Sie sind aus brasilianischem Rosenholz gemacht», erklärt sie ihm. «*Dalbergia nigra*, das ist die lateinische Bezeichnung dafür. Diese Bäume stehen auf der Liste der bedrohten Arten, also werden daraus keine Gegenstände mehr hergestellt. Aber als sie geschnitzt wurden, war das noch nicht so.»

«Sie fühlen sich so warm an.»

Elissa nickt. Das hat sie auch immer gefunden. «Riech mal dran.»

«Sie riechen süß.»

«Der Duft vergeht nicht. Es heißt, das wäre das Besondere an brasilianischem Rosenholz.»

«Was macht man damit?»

«Sagte ich doch. Es sind Schachfiguren.» Elissa neigt den Kopf zur Seite. «Hast du noch nie von Schach gehört?»

Sie hört, wie er heftig ausatmet, und verflucht ihre Unvorsichtigkeit. Er ist so leicht zu verletzen. Und so leicht zu beleidigen.

«'türlich habe ich davon gehört», murmelt Elijah. «Ich hab nur noch nie richtige Figuren gesehen. Mir hat auch noch nie jemand die Regeln erklärt.»

Das ist eine goldene Gelegenheit, und sie wird sie nicht verstreichen lassen. Sie fühlt sich jetzt mit dem verbundenen Handgelenk viel sicherer in ihren Bewegungen und setzt sich in den Schneidersitz. «Also, wenn du möchtest, kann ich es dir beibringen.»

«Würdest du das tun?»

«Was soll ich hier unten denn sonst tun?»

Elijah grunzt. «Nicht so viel, vermutlich.»

Er klingt verletzt, aber sie weiß nicht, warum. Es ärgert sie, dass sie es nicht weiß.

«Du könntest versuchen zu fliehen», bemerkt er.

Elissa leckt sich über die Lippen. Darauf gibt es keine sichere Reaktion, also ignoriert sie die Bemerkung.

«Wie lange würde das dauern? Mir Schach beizubringen?»

«Wenn du die Grundlagen meinst, dann nicht länger als eine Stunde oder so. Wenn du richtig gut werden willst – dann vermutlich ein ganzes Leben.»

«Ich habe einen ziemlich hohen IQ.»

«Das ist toll. Das hilft auf jeden Fall. Welchen denn?»

Er schweigt einen Moment. «Welchen was?»

«Welchen IQ.»

Wieder schweigt er. «Er zeigt, wie schlau man ist.»

Elissa blinzelt. «Klar, aber wie hoch ist er?»

«Hoch?»

«IQ-Tests», sagt sie, «haben ein Ergebnis in Zahlen. Je höher deine Zahl, desto höher sind deine Fähigkeiten. Wie war denn dein Ergebnis?»

«Ähm ... neunundneunzig.»

Sie zieht die Augenbrauen hoch. «Gut, na ja. Dann hast du sicher keine Probleme mit Schach.»

Elijah atmet tief aus. «Wann können wir anfangen?»

«Was du heute kannst besorgen ...»

«Du meinst ... jetzt?»

«Warum nicht?»

«Ich war nicht ... also ich hatte nicht ... na ja, gut.»

«Sicher?»

Er schweigt einen Moment. Dann sagt er: «Ja. Auf jeden Fall. Hundertprozentig.»

«Dann gib mir mal die Figuren.»

Der Beutel segelt aus der Dunkelheit herüber und landet vor ihr. Elissa zuckt angesichts der schlechten Behandlung ihrer Staunton-Figuren zusammen. Sie löst das Band des Beutels und greift hinein. «Das hier», verkündet sie und holt eine duftende Rosenholz-Figur heraus, «ist der König.»

Elijah zieht scharf den Atem ein. «Ich will der König sein.»

«Wir bekommen beide einen König.»

«Man kann keine zwei Könige haben.»

«Im Schach schon.»

«Es gibt immer nur einen König. Den mächtigsten Mann im Land.»

«Nicht in diesem Spiel», sagt Elissa. Sie holt eine weitere Figur aus dem Beutel und hält sie ins Licht. «In *diesem* Spiel ist die mächtigste Figur die Dame.»

VI

Die nächste Stunde erklärt sie die grundlegenden Prinzipien des Spiels. Sie bringt Elijah die Funktionen und Bewegungen der verschiedenen Figuren bei und erklärt ihm, wo sie stehen. Der letzte Teil ist nicht einfach, weil sie kein Brett hat, aber Elijah lernt schnell; sie fragt immer wieder nach, er merkt sich alles. Elissa konzentriert sich so sehr auf ihre Aufgabe, dass alles andere verblasst. Sie ist die Lehrerin, und er ist der Schüler, und das ist alles. Und dann bewegt sie ihre rechte Hand, die Kette rasselt auf dem Boden, die Illusion löst sich auf, und der ganze, kranke Albtraum kommt wieder.

«Wie bewegt sich der Springer?», fragt sie und blinzelt ihre Tränen weg.

«Ein Feld zur Seite, zwei nach vorn, oder zwei nach vorn, eins zur Seite.»

«Der Läufer?»

«Diagonal, in jede Richtung, so weit er will.»

«Der Bauer?»

«Ein Feld nach vorn, außer beim ersten Mal, da darf man ihn auch zwei Felder bewegen, außer er schlägt eine Figur, denn das darf er nur diagonal.»

«Außer ...»

«En passant.»

«Eins a.»

Sie hört an seiner Stimme, dass er grinst. «So etwas Cooles hab ich noch nie gehört.»

«Willkommen beim tollsten Spiel der Welt.»

Sie sieht seine Augen nicht, aber sie könnte wetten, dass sie glänzen. Er atmet jetzt auch schneller. Er ist schon so begeistert, und dabei hat er noch nicht einmal angefangen zu spielen.

Elijah sagt: «Ich kann es kaum abwarten, richtig zu spielen.»

Er ist voll auf die Sache angesprungen.

Mit einem betrübten Lächeln schließt sie den Beutel mit den Figuren wieder. «Bestimmt hast du eines Tages die Gelegenheit dazu.»

Elissa *spürt*, wie sich die Stimmung verändert – das Schweigen fühlt sich anders an. «Was ist los?», fragt sie.

Ihre Stimme ist vielleicht einen Hauch zu lieblich. Hoffentlich klingt sie immer noch ehrlich.

«Warum bringst du mir all das bei, wenn du nicht mit mir spielen willst?», fragt Elijah.

«Du willst mit *mir* spielen?»

«Natürlich will ich mit dir spielen! Mit wem zum Teufel soll ich denn wohl sonst spielen?»

«Ich dachte, du wolltest nur die Regeln lernen.»

«Nein! Das macht doch gar keinen Spaß und hat überhaupt keinen Sinn! Ich will nicht nur etwas über Schach wissen. Ich will spielen. Wir müssen spielen.»

«Wir?»

«Du und ich. Bruder und Schwester.»

«Oh.» Sie hält inne. Ein Lächeln breitet sich auf ihrem Gesicht aus. «Hänsel und Gretel.»

«Ja, genau. Hänsel und Gretel spielen Schach ...»

«Im Lebkuchenhaus ...»

«Im Mädchenwald.»

Elissa hält ihr Lächeln noch einen Moment länger. Dann fällt es in sich zusammen. «Schade, dass das nicht geht.»

«Was?»

«Ich meine, immerhin kennst du schon alle Regeln, und wir haben auch Figuren.»

«Und wo ist das Problem?»

«Ich dachte, das liegt auf der Hand.» Elissa hält den Atem an. Es ist riskant, ihn derart zu provozieren, aber sie hofft, dass es die Sache wert ist.

«Für *mich* liegt das nicht auf der Hand.» Er hat die Stimme jetzt erhoben. Wenn er stünde, würde er vermutlich mit dem Fuß aufstampfen. Vielleicht ist er doch nicht Hänsel. Vielleicht ist er eher Rumpelstilzchen.

«Elijah?»

«Was?»

«Wir haben doch kein Brett.»

Der Strahl seiner Taschenlampe bleibt stehen. Dann huscht er durch die Zelle. «Haben wir nicht?»

«Nicht mehr. Ich hatte eins im Rucksack. Es ist mehr eine Matte als ein Brett, aber es funktioniert ganz gut. Als ich hier aufgewacht bin, war es fort.» Sie blinzelt, weil sie direkt ins Licht schaut. «Er hat es mir weggenommen.»

Zwei Herzschläge lang herrscht Schweigen. Dann heitert sich Elijahs Stimmung auf, und er sagt: «Wir könnten auf dem Fußboden spielen.»

«Diese Figuren sind handgeschnitzt und haben einen Sockel aus echtem Leder, damit sie besser gleiten. Der Boden würde sie ruinieren. Wir brauchen ein Brett.»

Er stößt den Atem aus. «Und wir haben keins.»

Sie neigt den Kopf zur Seite. «Könntest du mir meine Matte wiederholen?»

«Ich soll sie klauen?»

«Sie gehört mir. Das heißt, es ist kein Klauen.»

«Jetzt gehört sie dir nicht mehr.»

«Na gut. Aber könntest du sie beschaffen?»

«Nein.»

«Weißt du denn, wo sie ist?»

«Woher sollte ich das wissen?»

Elissa zuckt mit den Schultern.

«Wir können wirklich nicht den Fußboden benutzen?»

Die Hoffnung in seiner Stimme ist nur allzu deutlich. Sie genießt es förmlich, sie zu zerstören. «Nie im Leben.» Sie holt eine Schachfigur heraus und dreht sie zwischen den Fingern. Das Holz berührt ihre Finger mit einem leise klatschenden Geräusch: *schlapp-schlapp-schlapp.*

Sie spürt Elijahs Ärger im Zittern des Taschenlampenstrahls. Sie hat in ihm die Vorfreude geweckt, und jetzt kommt er mit der Enttäuschung nicht zurecht.

Schlapp-schlapp-schlapp.

«Aber eine Möglichkeit gäbe es doch», sagt sie abwesend, beinahe, als spräche sie mit sich selbst.

Der Strahl bleibt stehen. «Wirklich?»

«Sogar eine sehr gute Möglichkeit – so spiele ich zu Hause oft. Damit kann man gegen jeden auf der ganzen Welt spielen, egal, wo er ist, wann immer man will.»

«Das ist unmöglich.»

«Es ist absolut möglich. Du könntest in einem Zelt in Timbuktu hocken, ich in einer Forschungsstation in der Antarktis, und wir könnten spielen, wenn wir nur eine Internetverbindung hätten.»

«Was für eine Verbindung?»

Das läuft ja besser als erwartet. «Egal. Wenn wir nebeneinandersitzen, brauchen wir nicht einmal die. Wir könnten Pass and Play spielen, uns also mit dem Handy abwechseln.»

«Pass and ... Wovon sprichst du da?»

«Ich spreche von der chess.com-App. Eigentlich können wir jede Schach-App nehmen, die du willst. Aber die ist die beste.»

«Was ist eine App?»

«Willst du mich auf den Arm nehmen?»

«Das ist unfreundlich», sagt Elijah. «Du solltest nicht unfreundlich sein.»

«Tut mir leid. Das wollte ich nicht. Es ist nur ... okay, ‹App› ist eine Abkürzung für ‹Application›. Das ist eine Software, wie ein Spiel oder so, die man auf seinem Tablet oder auf seinem ...»

«Tablet?», sagt er spöttisch. «Du meinst so ein Ding, auf dem man Geschirr herumträgt?»

«Nein, ich meine einen Computer. Wie einen iPad. Einen flachen Bildschirm, den man mit den Fingern aktiviert. Hast du so etwas, Elijah?»

«Nah ... vielleicht.»

«Ist nicht schlimm, wenn nicht. Die benutzen nicht mehr so viele Leute wie früher. Ich spiele mit der chess.com-App sowieso nicht oft auf meinem Tablet. Ich nehme lieber mein Handy.»

Er schnaubt. «Du willst mir erzählen, dass man Schach am *Telefon* spielen kann?»

«Wenn man die App hat, ja.»

«Wie hast du sie dir geholt?»

«Sie ist umsonst. Man lädt sie einfach herunter.»

Er antwortet nicht.

«Eine Berührung mit der Fingerspitze, Elijah. Mehr nicht.»

«So einfach ist das?»

«So einfach ist das.»

«Auf jedem Telefon?»

«Na ja, nicht auf den ganz alten. Aber so ziemlich auf jedem Smartphone. Und die hat heutzutage ja beinahe jeder.»

«Ich habe kein Telefon», sagt Elijah. Jetzt wünscht sie sich noch mehr als sonst, seinen Gesichtsausdruck zu sehen.

Sie zuckt die Achseln.

Eine Minute lang herrscht Schweigen. Dann lacht er.

Es ist nicht dasselbe Lachen wie eben. Dieses Lachen ist nicht freudig. Von diesem Lachen stellen sich ihr die Härchen auf. Etwas daran ist merkwürdig. Etwas ist nicht ganz richtig.

«Was ist denn so lustig?»

«Du versuchst mich reinzulegen», sagt er. «Stimmt doch, oder? Du willst, dass ich dir ein Telefon bringe, damit du jemanden anrufen kannst, der dich von hier wegholt.»

«Nein, ich ...»

«Doch. Das tust du. Du versuchst mich reinzulegen.»

«Elijah ...»

«Und wenn du denkst, dass du mich reinlegen kannst, denkst du auch, du könntest ihn reinlegen, und dann bestehst du den Test nicht, und dann bist du bald nicht mehr hier, und ich bin wieder ganz allein.»

«Ich dachte einfach, du wolltest unbedingt Schach spielen.»

«Du begreifst die Gefahr nicht.»

«Ich versuche nicht, dich reinzulegen, Elijah.»

«Ich will nicht, dass du stirbst.»

«Warum sollte ich sterben?»

«Weil du mit dem Feuer spielst. Und das passiert mit Leuten, die mit dem Feuer spielen. Sie machen Fehler, und dann sterben sie.» Er schluckt. «Kyle hatte recht. Du bist gefährlich.»

«Kyle? Heißt er so? Ist das der Mann, der mich hierhergebracht hat?»

Sie prescht schneller voran, als sie vorhatte, aber jetzt, da sie angefangen hat, kann sie nicht mehr zurück. «Weißt du, was er vorhat? Gibt es irgendetwas, was ich ...»

«Hör auf, hör einfach auf.»

«Bitte, Elijah, ich will doch nur ...»

«NEIN!»

Seine Stimme hallt in dem winzigen Raum wider.

Elissa zuckt zurück. Die Handschelle schneidet in ihr Handgelenk. Sie schreit lang und laut. Trotz ihres provisorischen Verbands ist der Schmerz grotesk. Es fühlt sich an, als hielte ein Wolf sie mit seinen Zähnen gepackt und risse an ihrem Fleisch.

Elijah rappelt sich auf. Sie wartet darauf, seine Hände auf ihrer Haut zu spüren – auf ihrem Mund oder um ihren Hals. Stattdessen sieht sie nur das wilde Zucken der Taschenlampe, als er aus der Zelle rennt. Die Tür fällt zu. Drei schwere Riegel schließen sich.

Schmerz und Stille füllen die Lücke.

Vor allem aber Schmerz.

ELIJAH

Tag 4

I

In meinem Kopf sind Stimmen, ich breche durch den Mädchenwald, verzweifelt auf der Suche nach Frieden. Ich kann es kaum glauben, dass ich Gretel angeschrien habe. Ich kann auch nicht glauben, dass sie so dumm ist, mich reinlegen zu wollen – so mutig und leichtsinnig und gottverdammt *bewundernswert*.

Ich stolpere zwischen den Bäumen hindurch. Meine Turnschuhe treten in nasses Farnkraut, aber alles, was ich riechen kann, ist die Süße von brasilianischem Rosenholz.

In diesem Spiel ist die mächtigste Figur die Dame.

Ich dachte immer, Zauber-Annie wäre die einzige Zauberin, die ich kenne, aber Elissa Mirzoyan hat mich mit einem Bann belegt, der mächtiger ist, als ich mir vorstellen konnte.

Aus dem Chaos in meinem Kopf erhebt sich Kyles Stimme: *Du wirst uns alle in die Scheiße reiten.*

Vielleicht hat er recht. Denn wenn es eine Sache gibt, die ich sicher weiß, dann diese: Elissa Mirzoyan darf nicht sterben. Nicht in diesem Loch. Nicht, solange mein Herz noch schlägt.

Sie ist nicht wie die anderen.

Wenn Kyle mit irgendetwas recht hat, dann damit.

Ich denke noch immer darüber nach, was gerade passiert ist, hebe den Kopf und merke, dass ich in den heiligsten Teil des Mädchenwaldes geraten bin. Ganz in der Nähe, im Schatten eines meiner Erinnerungsbäume, steht Mama.

II

Das Herbstlicht stirbt langsam, die rostbraunen Schatten unserer Umgebung verlieren ihre harten Konturen. Aber Mama verblasst nicht. Ihr Haar ist wie flüssiges Gold, so warm und leuchtend, dass mir ganz mulmig im Bauch wird. Ihr Haar ist nicht das Einzige an ihr, das heller wirkt als der Tag. Sie glüht vor Energie, und es ist, als schiene die Sonne in ihrem Herzen durch ihre Haut. Wenn ich sie ansehe, bin ich verzaubert. Nach meinem Morgen bei Annie gestern und meinem Nachmittag bei Elissa heute kommt es mir vor, als bekäme ich eine Überdosis Magie ab.

Ich mache das manchmal mit den Leuten, die ich liebe. Das Wort dafür habe ich mal gelesen: *vergöttern.* Ich bin mir nicht ganz sicher, ob es hier genau passt, aber es kommt dem ziemlich nahe, was ich empfinde. Mama besitzt für mich eine Reinheit, an die normale Menschen nicht herankommen.

Sie trägt Jeans mit Schlag und eine North-Face-Weste über einem karierten Arbeiterhemd, dazu schlammbespritzte Schnürschuhe. Sie trägt Mascara auf den Wimpern und etwas Bräunliches auf den Lippen. Sie sieht genau so aus, wie meine Frau aussehen soll, wenn ich einmal heirate.

Es ist ungewöhnlich, sie hier draußen zu sehen. Sie geht nicht oft in den Mädchenwald, und wenn, dann nur, um Kräuter oder Pilze oder Feuerholz zu sammeln.

Ein Zweig kracht unter meinem Fuß, und sie zuckt zusammen und wirbelt herum.

«Elijah», sagt sie, und ich sehe an ihrem Gesichtsausdruck, dass ich sie erschreckt habe. Über ihrer Schulter trägt sie einen verschossenen orangefarbenen Rucksack, der mir irgendwie bekannt vorkommt, seitlich ist daran ein Aufnäher angebracht, der aussieht wie diejenigen, die es für NASA-Missionen gibt. Mama zieht die Gurte zurecht, sodass sich der Rucksack bequemer an ihren Rücken schmiegt. «Du weißt, dass du nicht in diesen Teil des Walds gehen darfst. Was machst du hier?»

Ich denke an das Lebkuchenhaus und an Gretel und wie sie versucht hat, mich reinzulegen, damit ich ihr ein Telefon bringe. «Ich spiele.»

«Hast du Kyle gesehen?»

«Vorhin.»

Sie neigt den Kopf zur Seite. «Ist er jetzt netter zu dir?»

«Er ist ganz normal. Ich glaube, er hat Angst.»

«Wir haben alle Angst, Elijah, jeder auf seine Weise. Dein Bruder ist da keine Ausnahme.» Sie hebt den Blick und sieht etwas an, das sich hinter mir befindet. Ich werde ganz steif und begreife, dass sie versucht, meinen Weg durch die Bäume nachzuvollziehen. «Wie lange bist du schon hier draußen?»

«Noch nicht so lange.»

«Hast du gelesen, was du lesen solltest?»

«Ja, Mama.»

Ihre Schultern entspannen sich. Ich weiß, dass sie jetzt damit fertig ist, mich zu ermahnen.

Sie zieht den Kragen ihrer Weste ein wenig höher und sagt: «Findest du nicht auch, dass etwas Schweres in der Luft liegt? Ich dachte, heute würde ein Unwetter losbrechen, aber wir hatten nur ein bisschen Nieselregen.»

«Wir brauchen einen richtigen Wolkenbruch.»

«Genau. Der wird all die Spinnweben wegwaschen und den Himmel auffrischen. Elijah, ich will dich hier draußen nicht mehr sehen, verstanden? Dieser Ort, dieser Wald ...» Sie zögert, und ihre Augen werden ganz dunkel. «Versprich mir das.»

«Ich schwöre, Mama.»

Es ist leicht, das zu schwören. Sie wollte nicht, dass ich nicht mehr herkomme, sondern nur, dass sie mich hier nicht findet. Das Problem ist, dass sich bei Mama schon die kleinste Trickserei anfühlt wie Hinterlist. «Was machst *du* denn hier?», frage ich.

«Ich denke nach.»

«Worüber?»

«Über dich, über Kyle. Über deinen Vater.»

«Was ist denn mit uns?»

«Wohnst du gern hier, Elijah? Willst du hierbleiben?»

Ich starre sie entgeistert an. Das Anwesen, das Cottage, der Mädchenwald: Das ist alles, was ich kenne. Meine Kehle schmerzt vor angestauten Gefühlen. *Nein!*, will ich schreien. *Ich hasse alles hier! Ich will in einem Haus in einer Straße wohnen, in der es Bürgersteige gibt und Laternenpfähle und Nachbarn. Ich will in eine richtige Schule gehen, mit anderen Kindern in meinem Alter. Ich will ein Handy, mit Apps. Ich will mein eigenes Schachbrett, und ich will, dass Gretel nebenan wohnt, damit ich sie immer sehen kann, wann ich will.*

Stattdessen antworte ich: «Ich bin gern hier.»

Mama steckt die Hände in die Taschen. «Wir sehen uns dann im Haus, Elijah», sagt sie. «Nach heute will ich nicht, dass du noch einmal in diesen Wald gehst.»

Diesmal stecke ich in der Falle, wenn ich sage, dass ich sie verstanden habe. Also sage ich nichts. Mama mustert mich noch einen Moment. Dann dreht sie sich um und geht zwischen den Bäumen hindurch. Es dauert nicht lange, dann hat der Mädchenwald sie verschluckt.

Schließlich bin ich wieder allein. In einer Stunde ist es dunkel. Mir ist viel kälter, als mir sein sollte. Ich schaue an mir hinunter und sehe, dass meine Turnschuhe ganz durchnässt sind. Beim Gehen denke ich an die geheime Welt unter meinen Füßen: an den feuchten Keller und seine kostbare Bewohnerin. Ich höre das leise Klatschen des Rosenholzfigürchens, das in Gretels Fingern kreist.

In diesem Spiel ist die mächtigste Figur die Dame.

Gretel ist keine Dame, keine Königin, aber sie hat Macht. Es ist nur eine Frage der Zeit, bis sie sie einsetzt. Und dann werden wir alle die Folgen zu spüren bekommen.

Jeder sagt mir, dass ich ein Schlauberger bin, ein Blitzmerker. Aber ich habe keinen Schimmer, was ich als Nächstes tun soll. Ich weiß nur, dass ich schlechte Instinkte habe. Das bedeutet, was auch immer passiert, es besteht eine hohe Wahrscheinlichkeit, dass ich den falschen Weg wähle.

Ich denke noch immer darüber nach, als der Knall eines Hochleistungsgewehrs die Stille im Mädchenwald in Fetzen reißt.

III

Um mich herum flattern jeder Fasan, jede Krähe, jede Elster und jeder Häher auf, eine Symphonie aus Krächzen, Schreien und schlagenden Flügeln.

Ich stehe immer noch, was bedeutet, dass ich nicht erschossen worden bin. Es war nicht das Geräusch von Kyles .22-Kaliber-Gewehr, sondern der Knall einer Überschallpatrone, die die Luft komprimiert hat.

Mama.

Das Herz pocht mir im Hals. Was, wenn sie getroffen wurde? Vor meinen Augen entsteht ein Bild von ihr, wie sie auf dem Bauch liegt, das Hirn um sie herum verteilt wie graue Bolognese-Soße. Ich spüre, wie etwas in meinem Kopf erbebt, es ist wie eine Wand, die kurz davor steht einzustürzen, aber es vergehen nur ein paar Sekunden, bis mein Puls wieder langsamer geht. Wenn Mama getroffen wäre – wenn ihre Gedanken und Erinnerungen im Dreck verteilt worden wären –, dann wüsste ich es. Ich würde es als Leere in meinem eigenen Kopf spüren, und als ich die Augen schließe und mich konzentriere, bin ich mir sicher, dass es ihr gutgeht. Als ich sie wieder öffne, sehe ich jemanden aus dem Unterholz steigen, den ich nicht erwartet hätte: den Herrn von Rufus Hall und den Besitzer dieses Anwesens – Leon Meunier.

«*Du*», zischt er und watet durch totes Laub auf mich zu. «Herrgott noch mal, was habe ich dir gesagt, he?» Er packt mich beim Arm und dreht mich zu sich, um mich nach Einschusslöchern abzusuchen, jedenfalls nehme ich das an. «Ich habe *mehr* als eindeutig klargemacht, dass dieser Wald verboten ist. Wie lange bist du schon hier? Was zum Teufel machst du hier?»

Ich will ihm schon sagen, dass ich nur gespielt habe, aber dann erinnere ich mich daran, wie sehr ihn dieses Wort immer reizt. Für den Lord von Famerhythe gibt es Arbeit und Blutsport, und nichts dazwischen.

Unter seinem Tweedjackett trägt er zu seinem karierten Hemd einen olivfarbenen Schlips, auf den winzige Eisvögel gestickt sind. Über dem Jackett trägt er eine Jagdweste in der gleichen Farbe wie Mamas Rucksack. Vielleicht trägt er sie aus demselben Grund: Schutz durch Sichtbarkeit. Meuniers graues Haar, das in dichten Locken herabfällt wie bei einer römischen Büste, ist teilweise von einer Leinenmütze bedeckt. Seine Nase ist fleischig und voller großer Poren. Seine Lippen sind dick für einen Mann: üppige Früchte voll dunklen Bluts. Im Gegensatz dazu scheinen seine Augen überhaupt keine Farbe zu haben.

«Bist du taub oder blöd oder beides?», will er jetzt wissen und schultert sein Gewehr. «Also? Spuck's aus.»

«Ich … ich habe nichts Schlimmes gemacht. Bin nur spazieren gegangen, Sir.»

«Ich hätte dir eine Kugel in den Kopf jagen können. Und was wäre dann gewesen?»

Meunier sieht mich noch einen Augenblick länger böse an. Dann verändert sich seine Haltung. Sein wütender Gesichtsausdruck entspannt sich. Die vollen Lippen schürzen sich etwas, sodass er aussieht wie ein Napoleon-Lippfisch. «Du kommst jetzt mit mir», sagt er und lässt meinen Arm los. Er marschiert durch die Bäume voran, und ich bemühe mich, Schritt zu halten.

«Was wollten Sie denn schießen?», frage ich, nachdem wir einige Minuten schweigend durch den Wald gestapft sind.

Zuerst antwortet Meunier nicht. Als wir an der Lichtung entlanggehen, auf der die ältesten Erinnerungsbäume stehen, hockt er sich neben einem deutlichen Abdruck im Schlamm nieder. «Siehst du das? Die Klauen, die so weit zurückgesetzt wirken?»

«Ein Keiler. Haben Sie einen erwischt?»

«Nein. Das Viech ist losgerannt, bevor ich abdrücken konnte.»

Meunier hat vor Jahren Wildschweine in diesem Wald angesiedelt. Weil sie keine Feinde haben – außer den Menschen –, ist ihre Zahl stark angestiegen. Sie sind verdammt furchterregend. Wenn ich eins davon im Unterholz rumoren höre, renne ich sofort in die entgegengesetzte Richtung davon.

Offenbar kann Meunier meine Gedanken lesen, denn er sagt: «Es sind gemeine Biester. Wenn man eins überrascht – besonders eine Bache mit Frischlingen –, greift es einen eher an, als zu fliehen. Wenn es seine Stoßzähne in dich bohrt, bist du erledigt. Deshalb solltest du unter keinen Umständen in diesem Wald herumlaufen. Sag, dass du das verstanden hast.»

«Ja.»

«Sag es.»

«Verstanden.»

«Schon besser.»

Meunier richtet sich wieder auf und geht weiter, und ich halte mich stolpernd neben ihm. Fünf Minuten später treten wir auf die Straße hinaus, die am Brachfeld entlangführt. Sein Land Rover Defender parkt halb auf dem Straßenrand. «Spring rein», sagt er. «Ich fahre dich nach Hause.»

Ich kann das nicht ablehnen, auch wenn mir schon beim Gedanken daran übel wird. Dieser Druck in meinem Kopf kommt zurück, das Gefühl, dass gleich eine Wand einstürzt. Ich weiß nicht, was sich hinter dieser Wand befindet, aber ich bin mir ziemlich sicher, es ist nichts Gutes.

Im Defender riecht es nach Zitrone, als wäre er gerade gesäubert worden. Ich traue mich fast nicht, mit meinen schmutzigen Turnschuhen den Boden zu berühren.

«Zappel nicht so herum», sagt Meunier und legt sein Gewehr auf die Rückbank. «Der Wagen wird jede Woche gereinigt. Wenn du ihn jetzt schmutzig machst, dann tun sie wenigstens was für ihr Geld.» Seine Lippen ziehen sich auseinander. Es muss schrecklich sein, von ihm geküsst zu werden. Arme Mrs. Meunier. Vielleicht ist das einer der Gründe, warum wir sie nie zu Gesicht bekommen.

Er legt den Rückwärtsgang ein und wendet das Allradfahrzeug rumpelnd in drei Zügen. Zwischen uns befindet sich die Schaltknüppelkonsole, in der ein riesiger Schlüsselbund liegt, eine gefaltete Ausgabe des *Daily Telegraph*, ein schwarzes Handy und ein Zeiss-Nachtsicht-Fernrohr. Daneben liegt eine braune Lederbrieftasche, die an den Nähten schon auseinanderfällt, voller Bargeld, Bankkarten und Quittungen. Ansonsten sieht das Fahrzeug aus, als wäre er damit direkt aus dem Verkaufsraum gekommen.

Meunier beschleunigt jetzt. Als die Vorderreifen über eine Bodenwelle fahren, öffnet sich die gefaltete Zeitung, und die halbe Titelseite wird sichtbar.

Gretel sieht mich daraus an.

Das erschreckt mich so sehr, dass ich in meinen Sitz zurückfalle. Als Meunier sich zu mir umwendet, starre ich geradeaus und bete, dass sein Blick nicht nach unten fällt. Ich brauche eine Ablenkung, und zwar sofort. Also zeige ich auf das Brachfeld und frage: «Was haben Sie damit im nächsten Jahr vor?»

Meuniers Blick folgt meinem Finger. «Ich würde gern Biokraftstoff ausprobieren», sagt er. «Ein stärkehaltiges Getreide, das wir zu Ethanol machen können, so etwas.»

Jetzt, da er abgelenkt ist, riskiere ich noch einen Blick auf die Zeitung. Die Schlagzeile verschwimmt und wird wieder deutlicher, aber drei Worte kann ich auf jeden Fall erkennen: DIE HOFFNUNG SCHWINDET ...

Als wir vor dem Cottage meiner Eltern halten, sieht mir Meunier direkt ins Gesicht. «Denk an das, was ich gesagt habe. Dass ich dich nicht noch einmal in diesem Wald erwische.»

«Nein.»

Ich habe wirklich die Absicht, dieses Versprechen zu halten. Vielleicht zeigt mir Kyle seine Schleichtechnik oder leiht mir seine stinkige Camouflage-Farbe. Ich klettere aus dem Land Rover und knalle die Tür hinter mir zu.

DIE HOFFNUNG SCHWINDET.

Meunier wartet ein paar Augenblicke und fährt dann los. Ich spüre noch seinen Blick im Rücken, als ich den Gartenweg hinauftrotte.

MAIRÉAD

Tag 5

I

Über hundert Stunden sind seit der Entführung vergangen. Der Druck, der auf dem Ermittlungsteam lastet, ist riesig. Elissas Schicksal wird in Rundfunksendungen diskutiert, auf Social-Media-Kanälen und von den Eltern, wenn sie ihre Kinder von der Schule abholen. Ihr Gesicht erscheint auf jeder Titelseite und in den Nachrichten. Immer wieder behaupten Menschen, sie irgendwo gesehen zu haben, es ist ein unablässiger Strom von Hinweisen, die überall in Großbritannien bei der Polizei eingehen. Die Aufgabe, sie zu protokollieren, zu priorisieren, ihnen nachzugehen oder sie zu ignorieren, ist eine logistische Meisterleistung.

Viele der Anrufe kommen von Leuten, die mit ihren Hunden an den Stränden Dorsets Gassi gehen. Karen Day, die Fahndungsberaterin, koordiniert ein riesiges Team von Polizisten, Feuerwehrleuten und zivilen freiwilligen Helfern. Zusammen durchkämmen sie große Küstenstreifen. Die britische Seenotrettungsorganisation RNLI sowie der Küstenschutz unterstützen die Polizei vom Wasser aus.

Inzwischen sind bereits Hunderte von Bedford-Lieferwagen gefunden worden. Ihre Halter wurden befragt und entlastet. Der BMW-Fahrer, der Lena Mirzoyan auf der Autobahn genötigt hat, wurde als Stuart Nicholas Pearson identifiziert, ein widerlicher Finanzberater in den Vierzigern, der sich bereits eine Reihe

Verkehrsdelikte hat zuschulden kommen lassen. Er steht nicht unter Verdacht – die automatische Nummernschilderkennung zeigt ihn zum fraglichen Zeitpunkt achtzig Kilometer vom Ort der Entführung entfernt. Polizisten zerren ihn trotzdem in einen leeren Vernehmungsraum. Ihn dort ein paar Stunden schwitzen zu lassen gibt allen ein seltsames Gefühl der Reinigung.

Während ihrer morgendlichen Pressekonferenz am Mittwoch beantwortet Mairéad gerade die Fragen der versammelten Journalistenmeute, als sie einen scharfen Schmerz im Unterleib verspürt. Ein paar Sekunden lang bringt sie kein Wort hervor. Im Raum klicken und blitzen die Kameras. Journalisten beugen sich auf ihren Sitzen vor, Schadenfreude liegt in ihren Blicken. Sie weiß, was sie denken. Wird der Druck zu groß? Kann man schon sehen, wie die Fassade bröckelt? Ist sie zu emotional? Zu zerbrechlich? Kann man ihr diesen Fall *zutrauen*?

Und alles, was Mairéad denken kann, während sie in den Wald aus blanken Linsen und Galgenmikrophonen schaut, ist: *Halt durch, bitte halte durch, bleib bei mir, bitte geh nicht.*

Sie versucht, etwas zu sagen, irgendetwas, aber der Schmerz fährt erneut wie eine Klinge durch ihren Unterleib. Sie möchte sich am liebsten krümmen, aber sie weiß, dass sie das nicht tun darf. In Mairéads Ohren klingeln die gerufenen Fragen. Als sie dem Raum den Rücken zuwendet, heulen die Journalisten wie ein Rudel Wölfe, denen man die Beute wegnimmt. Halley, der neben ihr steht, starrt sie offen bestürzt an. Sie drängt sich an ihm vorbei, ohne ihren Schritt zu verlangsamen.

Eine Minute später lehnt sie sich in einer Toilettenkabine gegen die Trennwand. Der Schmerz ist wieder vergangen. Aber jetzt herrscht Chaos in ihrem Kopf. Sie ringt nach Atem und kann ihren Puls nicht beruhigen.

Schließlich hebt sie ihren Rock und zieht den Slip hinunter.

Da ist der Beweis: zwei Blutflecken, leuchtend rot und anklagend und trostlos. Sie lässt die Schultern hängen. Und dann setzt sie sich auf das Klo, nimmt ihr Handy in die Hand und ruft Scott an.

«Ich habe dich gerade im Fernsehen gesehen», sagt er. «Was ist los? Alles in Ordnung mit dir?»

Tief durchatmen. «Ich glaube, es passiert», sagt sie. «Das Baby, meine ich. Ich glaube, ich verliere das hier auch.»

Sie freut sich – erbärmlicherweise – an ihrem sachlichen Ton. Das Letzte, was sie beide gebrauchen können, ist Hysterie.

«Okay», sagt Scott. «Ich bin hier. Ich höre zu. Erzähl mir alles.»

«Da ist ... ich hatte Schmerzen.» Sie schluckt. «Und da sind Flecken.»

Stille auf der anderen Seite der Leitung, zwei Atemzüge lang.

«Schatz, hör mir zu. Mir ist klar, dass dir das Angst macht, das weiß ich. Und ich weiß, dass es dein Körper ist, und du kannst besser sagen, was du fühlst, niemand weiß das besser als du. Aber ... aber diese Symptome, für sich genommen – die bedeuten nicht unbedingt, dass du eine Fehlgeburt hast. Wirklich nicht. Ich kann in fünf Minuten hier raus. Ich komme und hole dich ab. Wir rufen den Arzt an, Dr. Michaels soll uns überweisen. Ich fahre dich ins Krankenhaus, wo man sich mit Frühschwangerschaften auskennt. Und wenn ...»

«Scott, nein.» Sie schüttelt den Kopf. «Das musst du nicht tun.»

«Ich finde, wir sollten das untersuchen lassen.»

«Ich weiß. Du hast recht. Ich rufe gleich den Arzt an. Aber du musst nicht herkommen und mich abholen. Im Ernst. Ich bin ein großes Mädchen.» Mairéad zwingt sich zu einem Lachen, das sie nicht fühlt. Die Wahrheit ist, wenn das Schlimmste bereits passiert ist, kommt sie damit besser ohne ihn klar.

Vielleicht versteht Scott das irgendwie, denn er widerspricht ihr nicht allzu sehr. «Bist du sicher?»

«Ganz sicher. Ich rufe jetzt dort an, höre mir an, was sie zu sagen haben, und berichte dir dann, wie es weitergeht. Und Scott … es tut mir leid.»

Mairéad trennt die Verbindung, bevor er antworten kann. Und dann durchsucht sie ihre Kontaktliste nach der Nummer des Arztes. Ihre Hände zittern so sehr, dass es schwierig ist, sie zu finden.

Halte durch, bitte halt durch, bleib bei mir, bitte geh nicht.

Sie findet die Nummer und will sie gerade antippen, als ihr Handy klingelt. Halley ist dran.

«Wo auch immer du bist, egal, was du tust», sagt er, «hör sofort damit auf. Wir haben etwas.»

ELISSA

Tag 5

I

Als Elijah gegangen ist, ist Elissa so erschöpft, dass sie sich um ihren Rucksack herum zusammenrollt und schläft. Als sie aufwacht, kalt und mit wunden Stellen vom unebenen Boden, zündet sie eine neue Kerze an und denkt über ihre Unterhaltung nach. Sie hat ein paar Erkenntnisse gewonnen, besonders durch die hingeworfene Beschreibung des Gebäudes über ihnen: *Die Wände sind aus Stein, die Fenster alle zerbrochen, und Papa hat die meisten Dachziegel vom Dach genommen.*

Gehört das Cottage Elijahs Vater? Renoviert er es? Seit sie hier unten ist, hat sie keinerlei Baustellengeräusche gehört, aber die Wand der Zelle und die Decke sind extra so gebaut, dass sie den Schall dämmen. Wenn er tatsächlich das Haus renoviert, ist er sicher nicht blind und weiß, was unten im Keller passiert. Es kann also sein, dass Papa der Ghul ist. Wenn das stimmte, würde es eine Menge ihrer Beobachtungen über seinen Sohn erklären; Elijah ist eindeutig eine zutiefst gestörte Person.

Sie wird später noch genauer über ihn nachdenken. Jetzt hat sie eine andere Aufgabe. Sie kneift die Augen zu, ruft sich ihr ausgedachtes Schachbrett ins Gedächtnis und zieht die Schublade auf C8 auf.

Das wird jetzt schwierig. Elissa muss ihrer Angst ins Auge sehen und durch Zeit und Raum zurück auf den Parkplatz vor dem Marshall Court Hotel reisen.

11

Sie sitzt auf dem Beifahrersitz des Fiesta ihrer Mum, den Affen auf dem Schoß. Sie stopft ihn in ihren Rucksack und krabbelt aus dem Auto. Dann wird der Tag dunkel.

Diese ersten Sekunden sind am schlimmsten für sie. Am Anfang war sie nur verwirrt, hatte aber keine Angst. Ihr Leben hatte sich bereits geändert, aber sie hatte es noch nicht begriffen. Eine Panikattacke, hatte sie gedacht. Oder etwas noch Merkwürdigeres, die Schlafkrankheit zum Beispiel. Sie hatte einmal gelesen, dass es Leute gab, die urplötzlich einschliefen, ohne etwas dagegen tun zu können. Als ihre Schuhe über den Asphalt schleiften, überlegte sie noch, ob ihr die Internatsschülerinnen mit dem makellosen Ruf vielleicht einen Streich spielten. Dann drang der Gestank ihres Entführers nach vergammeltem Hühnerfleisch in ihr Bewusstsein, danach der dunkle und schmutzige Geschmack seiner Hand. Und da wusste sie es.

Jetzt ist sie wieder im Lieferwagen, und ihre Fersen scharren über die hintere Stoßstange. Da ist das Geräusch einer zugeworfenen Tür. Und diese Stimme: *Ganz ruhig jetzt. Ganz ruhig. Ich hab noch was mit dir vor, Schätzchen. Heute stirbst du noch nicht.*

Dann wehrt sie sich, wehrt sich mit Gift und Spucke einer in die Ecke getriebenen Wildkatze. Als es ihr gelingt, mit ihrem Zappeln seine Hand wegzuschlagen, glaubt sie, eine Chance zu haben, aber beinahe augenblicklich legt sich der Lappen auf ihren Mund, und sie atmet Schmetterlinge und Wiesen. Sie sinkt tiefer und tiefer. Der Lieferwagen zittert unter ihr.

CHILLAX.

Diese ganze Episode dauerte nicht länger als zwanzig Sekunden, und doch sind ihre Erinnerungen daran so durcheinander – so verzerrt von Angst und Niederlage –, dass sie nicht mehr weiß, ob sie sie in die richtige Reihenfolge gesetzt hat. Trotz ihrer Angst führt sich Elissa diese letzten Momente wieder und wieder vor Augen. Dann noch einmal, jetzt noch langsamer.

Sie setzt sich gerade auf. Schweiß tritt ihr auf die Stirn. Sie kann sich nicht sicher sein, selbst jetzt noch nicht, dass sie sich an die Ereignisse in der richtigen Reihenfolge erinnert. Aber einer Sache ist sie sich vollkommen sicher: Als der Motor lief und seine Vibrationen den Boden zittern ließen, war der Ghul noch im hinteren Teil des Lieferwagens und drückte das feuchte Tuch auf ihren Mund. Die Erkenntnis ist so verstörend wie erhellend: Elissa hat nicht nur einen Gefängniswärter, sondern zwei.

III

Schlimm genug für die Welt, dass einer dieser Teufel darauf herumläuft. Wie kann es sein, dass es sogar noch mehr davon gibt? Plötzlich liegt alles in Scherben, was sie über diesen Albtraum zu wissen glaubte. Sie muss jede einzelne ihrer Annahmen aus den Trümmern heben und sie neu betrachten. Und doch hilft ihr das immer noch nicht dabei, die Liste der Verdächtigen einzugrenzen. Alle, über die sie bisher nachgedacht hat – die Kellnerin, die *drei bodachs*, die Leute, die sie beim Wettkampf kennengelernt hat –, könnten einen Komplizen haben, der unsichtbar geblieben ist.

Elissa packt ihre Erinnerungen an den weißen Lieferwagen in die Schubladen ihres ausgedachten Schachbretts und spult vor zu dem Moment, in dem sich ihre Zellentür zum ersten Mal öffnete.

IV

Wenn sie nur nicht in Panik geraten wäre. Wenn sie nur nicht wie ein wildes Tier zur hinteren Wand gekrabbelt wäre. In ihrer Hektik, dem Ghul zu entkommen, hatte sie ihre Handschelle ganz vergessen. Und als sich die Kette spannte, grub sich die Schelle in ihr Handgelenk. Nur einige Momente später richtete sich das weiße Licht des Ghuls direkt auf sie.

Ich weiß, dass du wach bist. Es wird in diesem Leben niemals etwas geben, das du vor mir verbergen kannst. Nimm dir so viel Zeit, wie du brauchst, um diese Lektion zu lernen, aber zu deinem eigenen Besten rate ich zur Eile.

Sie blieb still, so nervenzerfetzend verängstigt, dass sie nur noch Schlaf vorschützen konnte.

Wenn man Besuch bekommt, begrüßt man ihn freundlich, oder hat dir deine Mutter das nicht beigebracht? Zeit, die Augen zu öffnen, Elissa Mirzoyan, und der Wahrheit ins Auge zu blicken.

In der Kälte ihrer Zelle – im Jetzt, nicht im Damals – krabbelt sie zu ihrem Rucksack und durchsucht schnell seinen Inhalt: Affe, Wasserflasche, Notizbuch und Tintenroller, Satsuma und Bücher.

Ich habe dir etwas zu essen gebracht. Und auch etwas zu trinken. Aus deinem Schweigen schließe ich, dass du es nicht willst. Kein Problem. Mal sehen, wie schnell du dich wieder an deine Manieren erinnerst. Vielleicht wird der Prozess durch etwas Fasten beschleunigt.

Elissa untersucht das Notizbuch, schaut auf die Innenseiten des Einbands und auf die Rückseite aus Pappe. Dann holt sie ihre Bücher heraus und untersucht sie ebenfalls.

Zeit, die Augen zu öffnen, Elissa Mirzoyan, und der Wahrheit ins Auge zu blicken.

Der Ghul hat sie bei ihrem vollen Namen genannt – doch ihr

Name steht auf keiner ihrer Habseligkeiten, sie hat noch nicht einmal Namensschildchen an ihrer Kleidung. Kannte er ihren Namen also, bevor er sie entführte? Und wenn das so ist, was kann sie daraus herleiten? Falls er ihn erst danach herausgefunden hat, bedeutet das, dass über ihre Entführung überall berichtet wird? Bisher hat sie außer dem Wohlergehen ihrer Mum anderes, was außerhalb ihrer Zelle vor sich geht, nicht interessiert. Jetzt beginnt sie sich darüber Gedanken zu machen.

Elissas Magen knurrt. Sie hat keine Ahnung, wie viele Stunden seit dem Pekannuss-Keks vergangen sind, aber es müssen viele sein. Sie kramt gerade in ihrem Rucksack nach der Satsuma, als sie draußen das Klappern der Riegel hört.

V

Es ist nicht Elijah, das erkennt sie am Licht. Seins ist gelblich und flackert. Dieses ist weiß, unnachgiebig und vollkommen gnadenlos und kommt von der Stirnlampe des Ghuls. Es gleitet über sie und bleibt etwas länger auf ihre Handschelle und die Kette gerichtet. Sie hält den Atem an, als es an dem provisorischen Verband hängen bleibt. Dann tanzt es zu den anderen Gegenständen in der Zelle weiter.

Der Ghul beginnt zu pfeifen. Es klingt grauenvoll, eine unmelodische Abfolge von Pfiffen. Er trägt die Ausrüstung herein, die er schon bei seinem letzten Besuch dabeihatte: Stative, Kamera, Studioscheinwerfer und Stuhl.

Soll sie eine Unterhaltung beginnen? Letztes Mal hat er sie beinahe bewusstlos geschlagen, aber das muss ja nicht bedeuten, dass es die falsche Strategie ist. Sie ist selbst jetzt noch davon überzeugt, dass zu viel Anpassung ihre Chancen auf überleben senkt. Aber angesichts der möglichen Folgen fällt es ihr schwer, seine Anweisungen vom letzten Mal zu ignorieren: *Du sagst kein Wort, bis ich es dir erlaube. Sag, dass du das verstanden hast.*

Elissa sieht zu, wie er die Ausrüstung aufbaut. Die Studioscheinwerfer werden eingeschaltet. Es ist so hell, dass es in ihren Augen schmerzt. Der Stuhl wird in Position gestellt.

Dann herrscht Stille.

Die Sekunden ziehen sich, und Elissa begreift, er wartet darauf, dass sie sich setzt. Sie beschließt, diese Gelegenheit zum Widerstand nicht zu ergreifen. Auch die Auflehnung hat ihren Rhythmus, und ihr Instinkt sagt ihr, dass diese Situation zu den Pausen zwischen den Tönen gehört. Sie hält ihre Handschelle fest und streckt die Beine aus. Erst als sie sich aufrappelt, merkt sie, wie steif ihre Glieder geworden sind.

Mit rasselnder Kette schlurft sie zum Stuhl. Er ist hundert Mal bequemer als der Fußboden, noch ein guter Grund dafür, ihren Aufstand aufzuschieben. Vielleicht darf sie den Stuhl behalten, wenn sie dem Ghul gibt, was er will.

Jetzt Schritte, die sich auf sie zu bewegen. Das weiße Licht verdunkelt sich, weil sich ein Umriss davorschiebt. Elissa presst die Knie zusammen und kneift die Augen zu. Sie spürt einen Atem, nur Zentimeter vor ihrem Gesicht, und dann etwas Neues, etwas vollkommen Unerklärliches: einen Damenduft.

VI

Er riecht süß, aber gleichzeitig erdig, wie Äpfel und Zimt. Er lässt Elissas Augen aufklappen, und ihre Lungen füllen sich bis zum Platzen mit diesem Geruch, denn eine *Frau*, hier unten in diesem dreckigen Loch, ist das Letzte, was sie erwartet hat. Und jetzt beugt sich eindeutig eine Frau zu ihr hinunter.

Etwas Weiches und Feuchtes berührt Elissas Stirn. Sie zuckt zurück, aber die Stuhllehne hindert sie daran. Als der Gegenstand sie erneut berührt, lässt sie es zu. Es ist ein Lappen, mehr nicht, befeuchtet mit warmem Wasser. Er beginnt, ihr Gesicht zu säubern, mit sanften, kreisenden Bewegungen, die über ihre Nase streichen, ihre Wangen, ihr Kinn. Sie riecht einen Hauch von Gurke. Ein kurzes Brennen, als der Lappen über eine verschorfte Stelle gleitet. Ansonsten wäscht die Frau sie mit ausnehmender Zärtlichkeit, mit einer solchen Zärtlichkeit, dass sich Elissas Augen mit Tränen füllen. Sie schaudert und schluchzt auf, und die kreisenden Bewegungen hören auf. Einen Moment lang glaubt sie, dass die Frau sie in den Arm nehmen wird. Aber stattdessen säubert sie sie weiter.

In ihrer Angst denkt Elissa fieberhaft nach. Alles, was sie über diesen Ort zu wissen glaubte, ist in den letzten zehn Minuten null und nichtig geworden. Sie darf auf keinen Fall bewusstlos werden.

Weiche Finger berühren ihr Kinn und heben es ein wenig an. Vorsichtig entfernt der Lappen den Schmutz. Danach wird eine Bürste durch ihr Haar gezogen. Die Frau geht dabei genauso vorsichtig vor wie beim Waschen, sie hält inne, wenn sie auf einen Knoten stößt, und löst ihn vorsichtig, um sie dann so zu frisieren, dass es Elissa fremd vorkommt.

Mit Verzögerung begreift Elissa, dass sie damit die Verletzungen verstecken will, die ihr der Ghul beim letzten Besuch zugefügt hat. Als sie ihre Arbeit beendet hat, tritt der Frauenumriss beiseite.

Die Scheinwerfer strahlen direkt in Elissas Gesicht und trocknen die letzte Feuchtigkeit. Das Whiteboard vom letzten

Mal steht gegen das Stativ gelehnt. Darauf stehen dieselben Worte.

Das rote Licht blinkt auf.

«Du schaust in die Kamera», flüstert er aus der Dunkelheit hinter dem Licht. «Du liest die Worte vor. Sag, dass du das verstanden hast.»

VII

In den Stunden nach dem letzten Besuch des Ghuls hat Elissa versucht, die Nachricht auf dem Whiteboard zu vergessen. Jetzt ist sie dazu gezwungen, sie vorzulesen. «Verstanden.»

Sie räuspert sich und hebt den Kopf. «Ich heiße Elissa Mirzoyan. Heute ist der vierundzwanzigste Oktober.» Ihr Kinn beginnt zu zittern. «Man hat mir nicht weh getan. Ich will nicht ... will nicht ...»

Die Worte auf dem Whiteboard verschwimmen.

«Wisch dir die Augen ab», flüstert der Ghul. «Fang von vorn an.»

Elissa wischt sich die Tränen ab. «Warum machen Sie das?»

«Schau in die Kamera. Lies die Worte vor.»

Sie beißt die Zähne zusammen. «Ich heiße Elissa Mirzoyan.» Diesmal liegt in ihrer Stimme ein Hauch von Trotz. Wenn sie schon gezwungen ist, diese Worte vorzulesen, dann soll die Welt auch erkennen, dass sie sie nicht meint. «Heute ist der vierundzwanzigste Oktober. Ich will nicht gefunden werden. Ich will nicht, dass man nach mir sucht. Seit ich diese Zuflucht gefunden habe, weiß ich» – jetzt spricht sie durch die zusammengebissenen Zähne –, «dass Lena Mirzoyan nicht die gute Mutter ist, für die ich sie gehalten habe.»

Das rote Licht leuchtet noch.

Dann erstirbt es.

Elissa schluckt. Niemand, der sich diese Aufnahme ansehen wird, kann ernsthaft glauben, dass sie die Botschaft wirklich so meint, aber das wird ihre verletzende Wucht kaum abmildern.

Sie kann den Ghul hinter den Aufnahmegeräten nicht erkennen, aber sie weiß, dass er da ist. Ist die Frau bei ihm?

Lena Mirzoyan ist nicht die gute Mutter, für die ich sie gehalten habe.

Sie starrt geradeaus, direkt ins blendende Licht der Scheinwerfer, und sagt: «Warum? Warum tut ihr das? Was habe ich getan?»

«Das hier geschieht nicht, um dich zu bestrafen», flüstert der Ghul.

«Aber wen dann ...»

«Du hast es selbst gesagt. Lena Mirzoyan ist nicht die gute Mutter, für die du sie gehalten hast. Und wer wüsste das besser als ihre Tochter? Wer wüsste das besser als du?»

«Aber ihr wisst doch, dass ich das nicht glaube. Niemand wird das glauben.»

«Die Menschen glauben das, was man ihnen sagt.»

«Das hier nicht.»

Sie hat keine Ahnung, woher dieser Anfall von Mut kommt, aber zum ersten Mal hat sie es geschafft, ihn in ein Gespräch zu verwickeln. Sie weiß, in welcher Gefahr sie schwebt, aber sie weiß auch, dass sie nicht aufhören darf. «Das hier ist falsch. Ihr müsst mich gehen lassen.»

«Wenn ich dich zu einer untauglichen Mutter zurückbringen würde, wozu würde mich das dann machen?»

«Warum halten Sie sie für untauglich?»

«Wenn du die Regeln befolgst, passiert dir nichts.»

«*Warum?* Das verstehe ich nicht! Was für ein Irrer ...»

Das Wort ist heraus, bevor sie es zurückhalten kann. Es schwebt in der Stille, und sie weiß, dass sie einen schlimmen Fehler begangen hat.

«Wer auch immer man ist, wo auch immer man sich befindet», flüstert der Ghul, «man ist immer im Unrecht, wenn man unhöflich ist.» Er hält kurz inne, dann fügt er hinzu: «Maurice Baring hat das geschrieben. Er war ein englischer Dramatiker, ein großer Literat.»

Weil sie ihrem Mund nicht trauen kann, presst Elissa die Lippen zusammen.

«Ich will, dass das hier klappt», sagt der Ghul. «Wir alle wollen das. Ich für meinen Teil halte dich für ein bisschen zu stur, was bedeutet, dass deine Aussichten nicht allzu rosig sind. Aber vielleicht bist du ja für eine Überraschung gut.»

Der Scheinwerfer geht aus. Dunkelheit erfüllt die Zelle. Man hört, wie etwas aus Metall aufgeschraubt wird. Ein schwerer Geruch dringt in Elissas Nase: Peppa-Wutz-Nudeln.

Ihr Magen knurrt.

«Du hältst dich an die Regeln», flüstert der Ghul, «dann bekommst du zu essen. Du hältst dich nicht daran, dann bist du erledigt. *Sag, dass du das verstanden hast.*»

Sie zögert so lange, wie sie es sich traut. «Verstanden.»

«Du vergisst dein bisheriges Leben, weil *das hier* dein Leben ist. Wenn du kooperierst, ändern sich die Dinge. In sechs Monaten, wenn wir es bis dahin schaffen, wirst du verstehen, warum das nötig war. Und noch ein weiteres Jahr von jetzt an, und du wirst uns dankbar sein.» Er schraubt den Camcorder vom Stativ. «Wir werden hiervon noch mehr drehen, du und ich. Bleib kooperativ, dann bekommst du alle möglichen schönen Dinge. In der Zwischenzeit möchte ich, dass du darüber nachdenkst, auf welche Weise deine Mutter dich enttäuscht hat. Jede Kränkung, jede Nachlässigkeit, jede Selbstsüchtigkeit.»

Elissa öffnet den Mund, aber die Worte des Ghuls klingen in Bezug auf Lena Mirzoyan so absurd, dass sie stumm bleibt. Sie atmet den Gurkengeruch der Seife ein, den Geruch der Peppa-Wutz-Nudeln, das selbstgemachte Apfel-Zimt-Parfüm. Wenn darin irgendeine Logik steckt, kann sie sie nicht sehen.

Ich für meinen Teil halte dich für ein bisschen zu stur, was bedeutet, dass deine Aussichten nicht allzu rosig sind.

Damit hat er recht. Sie wird einer Gehirnwäsche widerstehen; egal, wer sie durchführt, er oder irgendjemand anders. Was bedeutet, dass die Zeit für sie ziemlich sicher abläuft.

Daher ist es überlebenswichtig, dass sie nicht vergeudet, was ihr noch an Zeit bleibt.

ELIJAH

Tag 5

I

Ich wollte eigentlich bis morgen warten, um ihr zu zeigen, was ich gemacht habe, aber ich bin so aufgeregt, dass ich es nicht abwarten kann.

Während des Abendessens hütete ich mein Geheimnis. Kyle beobachtete mich und argwöhnte bald, dass etwas los war. Normalerweise bin ich ziemlich still am Tisch, aber heute redete ich wie eine Quasselstrippe. Mama und Papa schauten mich amüsiert an. Schließlich legte Papa sein Besteck ab und fragte, ob mit mir alles in Ordnung sei. Da wusste ich, dass ich Ärger bekommen würde. Wenn ich noch mehr sagte, würde mein Mund Dinge sagen, die ich gar nicht sagen wollte.

Ich habe kein Verbrechen begangen. Nicht wirklich. Aber das bedeutet nicht, dass das, was ich tue, in Ordnung ist.

Nach dem Abendessen geht Papa hinaus, um eine Selbstgedrehte zu rauchen. Mama setzt sich im Wohnzimmer an ihre Näharbeit, während ich das Geschirr abwasche. Ich stehe am Ausguss und schaue durch das Fenster zu, wie Papa seinen Rauch in die Nacht bläst.

Als ich die Tür zur Vorratskammer öffne, um ein Geschirrtuch herauszuholen, drängt mich Kyle hinein.

Darin gibt es kein Licht, sondern nur rohe Holzregale, auf denen Konserven stehen. Mein Bruder spricht so leise, dass nicht einmal Mama etwas hören kann. Ich könnte schreien, aber er hält sein Messer an meinen Bauch. Mit der anderen Hand hält er mich am Hals gepackt und drückt meinen Kopf zurück.

«Du hast doch was vor, du kleiner Scheißer», zischt er. Sein Atem ist widerlich, als hätte er etwas Verwestes gegessen. *«Du versuchst uns zu verarschen, und das lasse ich nicht zu.»*

Mein Hemd ist hochgerutscht. Die Spitze von Kyles Klinge drückt tiefer in meinen Bauch. Dann spüre ich etwas Warmes, und ich glaube schon, dass er mich verletzt hat, bis ich merke, dass ich mir vor Angst in die Hose gemacht habe.

Ich erinnere mich an unser Zusammentreffen gestern im Mädchenwald – wie ich auf den Lauf seines .22-Kaliber-Gewehrs gebissen habe. Warum habe ich jetzt so viel Angst?

«Du verstehst das alles falsch», murmele ich. «Ich habe überhaupt nichts vor.»

«Lügner.»

Die Klingenspitze kann nicht noch mehr zudrücken, ohne meine Haut zu durchdringen. Ich stelle mir vor, wie sie durch Fleisch gleitet, wie meine Eingeweide auf den gefliesten Boden klatschen.

Die Hintertür öffnet sich knarrend: Papa, der wieder hereinkommt. Schlangengleich zieht Kyle sein Messer zurück und verschwindet.

II

Es vergeht eine weitere Stunde, bevor es sicher genug ist, hinauszuschlüpfen. Der Wind weht in Böen, und ich gehe am Brachfeld entlang. Im Mädchenwald biegen sich die Bäume und rascheln wie wild gewordene Besen; es ist ein gemeines, ein rasendes Geräusch, und ich mag es gar nicht.

Inmitten der Lichtung steht das Lebkuchenhaus ganz allein, seine Steinwände glänzen vor Nässe. Ich schleiche über den dunklen Fußboden, und erst als ich den Eingang zum Keller erreiche, wage ich es, meine Taschenlampe einzuschalten. Halb rechne ich damit, dass Kyle mir auflauert, aber mein Weg die Treppe hinunter zur eingebauten Trennwand wird nicht gestört. Ich öffne das Vorhängeschloss, schiebe die Riegel auf und öffne die Tür weit.

III

«Wetten, du hast mich nicht erwartet!», sage ich und trete ein.

Gretel hat sich um den Eisenring gelegt, den Kopf auf dem schimmligen Kissen. Langsam rappelt sie sich auf. Ihre Augen, die in den Strahl meiner Taschenlampe blinzeln, sind blutunterlaufen und trüb.

«Hallo, Elijah.»

Ihre Stimme klingt schwer, als wäre ihr Kopf voller dunkler Gedanken.

Als ich sie so höre, löst sich meine ganze Begeisterung auf. Gegen Ende war Bryony auch so. Ich hatte gehofft, Gretel wäre stärker, aber man weiß nie, wie die Leute mit schlimmen Dingen zurechtkommen, bis sie sie erleben. «Ist irgendetwas passiert?», frage ich. «Bist du krank?»

Sie lacht, es klingt abgehackt. Es liegt keine Freude darin, nur Bedauern. Auf dem Boden neben ihren Füßen steht eine Plastikschüssel. Abgesehen von ein paar orangefarbenen Streifen ist sie sauber ausgeleckt. Seit ich das letzte Mal hier war, hat man Gretels Haare frisiert. Ich finde, die Frisur steht ihr, aber ich bin einfühlsam genug, nichts zu sagen.

Ich bin enttäuscht, dass sie so ein Trauerkloß ist. Jetzt ist nicht der richtige Zeitpunkt, ihr mein Geheimnis zu verraten, also setze ich mich ihr gegenüber.

«Es ist kalt hier drin», murmelt sie. «Es ist eigentlich sogar eiskalt.»

«Oben stürmt es.»

Gretel schaut zur Decke. «Ich höre gar nichts. Ich weiß nicht einmal, ob es Tag oder Nacht ist.»

«Es ist Nacht», sage ich. «Kurz nach elf.»

Sie nickt teilnahmslos.

«Wie geht es deinem Handgelenk?»

«Fühlt sich … heiß an.»

«Wirklich?»

«Mein ganzer Arm fühlt sich irgendwie heiß an. Kribbelig.»

«Vielleicht heilt die Wunde.»

«Kommt mir nicht so vor.»

«Hat der Verband geholfen?»

Sie atmet tief ein und röchelnd wieder aus. «Elijah?»

«Was?»

«Du hast anders geklungen. Als du hereinkamst.»

«Wirklich?»

«Als hättest du keine Schuhe an.»

Ich fühle mich ertappt und bin kurz davor, den Strahl der Taschenlampe auf meine Füße zu richten und mich so zu zeigen. Ich ärgere mich so sehr über ihren Trick, dass ich schon aufstehen und gehen will. Aber als ich meine Zehen bewege und den kalten, unebenen Stein darunter spüre, merke ich, dass sie recht hat: Ich bin barfuß. «Ich … ich muss wohl ohne aus dem Haus gegangen sein», sage ich. Aber wie kann das sein?

«Wohnst du in der Nähe?»

Mein Verstand gerät ins Schleudern. «Ja. Aber trotzdem …»

«Wie weit ist es denn?»

«Fünf Minuten, wenn ich renne. Unser Haus, es ist ... es ist genauso wie dies hier.»

«Auch ein Cottage?»

«Ein Dienst-Cottage. Wie alle Cottages auf diesem Anwesen.»

Gretel leckt sich über die Lippen, wobei ein wenig Speichel zurückbleibt. «Was bedeutet das?»

«Das bedeutet, dass sie dem Landbesitzer gehören. Er vermietet sie an seine Angestellten. Zumindest hat es das früher bedeutet.»

«Jetzt nicht mehr?»

Ich zucke die Achseln. «Ich bin darin kein Experte.»

«Wie heißt das Anwesen denn?»

Selbst wenn ich Gretels Frage beantworte, wird sie sich nicht daran erinnern, was ich ihr sage. Und es ist ja nichts, was ich nicht auch schon Bryony erzählt hätte und den anderen vor ihr. «Meunierfields», sage ich. «Leon Meunier ist der Besitzer. Er ist ein Lord, ein Mitglied des Oberhauses, was bedeutet, dass seine Kinder einmal seinen Adelstitel erben. Aber er hat keine Kinder. Noch nicht. Er hat eine Frau, aber ...» Ich zucke die Achseln. Ich habe nie richtig verstanden, warum die Meuniers keine Kinder haben. «Hast du Hunger?»

Keine Antwort. Ich werfe einen Blick auf die sauber geleckte Schüssel und bin ratlos, was ich jetzt tun soll. Schließlich ziehe ich ein Taschentuch aus meiner Tasche. «Es ist nicht viel», sage ich und werfe es in ihren Schoß. «Wir hatten Blumenkohl mit Käse zum Abendessen. Ich konnte dir davon nichts mitbringen, aber in der Reibe steckte noch ein Stückchen Käse. Nur Cheddar, aber trotzdem lecker.»

Gretel macht keine Anstalten, ihn auszuwickeln. «Kann ich dir vertrauen, Elijah?», fragt sie und schaut in mein Licht.

«Natürlich.»

«Wird mir von dem Käse komisch?»

Ich kann die Frage kaum glauben. «Nein.»

«Warum kommst du immer hier herunter?»

«Weil ich dich mag. Weil ich dir helfen will.»

«Wenn du mir wirklich helfen wolltest, würdest du mich hier rausbringen. Du würdest jemandem von mir erzählen. Du würdest die Polizei rufen.»

«Dann würde ich dich verlieren.»

«Nein, würdest du nicht.»

«Doch. Denn dann würden *sie* es herausfinden. Und bevor auch nur jemand kommen könnte, würden sie dich umbringen.»

«Sie werden mich sowieso umbringen, wenn du nichts unternimmst.»

«Das weißt du nicht.»

«Sie haben Bryony umgebracht.»

«Das war etwas anderes.»

«Sie war nicht die Erste. Oder?»

Ich starre sie an. «Was meinst du damit?»

«Genau das. Erzähl mir nicht, dass Bryony die Erste war, die in diesem *beschissenen Dreckskeller* war!»

Gretel holt aus und fegt die leere Schüssel über den Boden. Meine Ohren brennen von ihren Flüchen. Wenn Kyle hier unten wäre, hätte er vermutlich die weltgrößte Erektion.

Aus Gretels Nase rinnt Rotz. Ich bin zu höflich, um sie darauf hinzuweisen. Ebenso, wie ich zu höflich bin, um den Gestank zu erwähnen, der aus dem roten Eimer kommt.

Es ist nicht der richtige Zeitpunkt, aber ich kann nicht länger abwarten. «Ich habe etwas gemacht», sage ich und hebe mein T-Shirt. «Ich habe uns etwas gemacht.»

IV

Aus meinem Hosenbund hole ich eine Rolle Papier. Ich passe auf, dass sie hinter dem Strahl meiner Taschenlampe verborgen bleibt, lege sie neben den Eisenring und ziehe mich zur gegenüberliegenden Wand zurück. «Rätst du, was es ist?»

Gretel betrachtet mein Werk. Ihre Augen haben noch nie so trüb gewirkt. Kurz denke ich bestürzt, dass sie gar nicht reagieren wird. Schließlich nimmt sie das Papier in die Hand und entrollt es.

Ich habe zwei Stunden gebraucht, um das Raster aufzuzeichnen, und musste dazu ein Lineal benutzen, das ich Papa aus dem Werkzeugkasten geklaut habe. Ich habe die dunklen Quadrate mit Bleistift ausgemalt und musste ihn sechsmal wieder anspitzen, bis ich endlich fertig war. Jetzt, im Schein der Taschenlampe, glänzt die Oberfläche des Papiers vor lauter Graphit. «Acht mal acht, genau, wie du gesagt hast», sage ich stolz. «Wie findest du es?»

«Es ist ... ein bisschen verschmiert.»

Mein Magen zieht sich zusammen, als hätte man mir einen Schlag versetzt. «Ich musste so viel ausmalen. Dabei sind mir leider ein paar Abdrücke aufs Papier geraten. Aber ich habe mir echt Mühe gegeben.»

Endlich scheint etwas in Gretels Gesicht zu erwachen. «Es ist wirklich ein guter erster Versuch», sagt sie. «Ein ziemlich guter Versuch sogar. Wenn man bedenkt, dass du das ganz allein gemacht hast.»

«Na ja, ich hatte wirklich keine Hilfe. Nicht von Papa oder Mama oder sonst jemandem.» Mein Taschenlampenlicht bewegt sich durch die Zelle und landet auf Gretels Beutel mit den Schachfiguren. Ich kann das Geräusch des Rosenholzes beinahe hören. Ich lecke mir über die Lippen und sage: «Wir haben jetzt ein Brett.»

«Das stimmt.»

«Also ... bedeutet das, dass wir spielen können?»

Meine Frage hängt in der Stille. Gretels Finger sind schon ganz glänzend vom Graphit. «Ja, Elijah», sagt sie. «Das bedeutet, dass wir spielen können. Danke. Danke, dass du das gemacht hast.»

Meine Brust schwillt vor Stolz. Ich sehe ihr zu, wie sie mein provisorisches Brett auf den Boden legt. Sie streicht es mit den Handflächen glatt, und dann ... und dann ...

Einen Moment lang ist mein Schreck so überwältigend, dass ich nicht atmen kann. Weil ich die Taschenlampe im falschen Winkel halte, bemerke ich die Pfütze aus schmutzigem Wasser erst, als es bereits zu spät ist. Das Papier saugt es auf wie ein Schwamm. Als Gretel versucht, das Wasser wegzuwischen, reißt ein scharfkantiger Stein das Papier entzwei.

«Oh», sagt sie bestürzt. «Oh Elijah. Es tut mir ... es tut mir so leid.»

Wasser tropft von den Fetzen.

Es ist nicht ihre Schuld.

Es ist nur ein dummer, dummer Unfall.

«Schon in Ordnung», sage ich zu ihr.

Ich spüre einen Druck in meinem Kopf, als wollte etwas herausplatzen. Ich will sie weiter beruhigen, aber meine Zähne mahlen und machen ein schrecklich knirschendes Geräusch.

Gretels grüne Augen flackern auf. Sie weicht zurück, als hätte etwas in meiner Stimme sie erschreckt. «Ich meine es wirklich so, Elijah. Es tut mir leid. Nach all der Mühe ... aber hier ... ich habe einfach ...»

Meine Fäuste ballen und entspannen sich wieder. Ich sehe sie einen langen Moment an. Langsam lässt der Druck in meinem Kopf nach. «Ich kann ja noch eins machen», sage ich. «Kein Problem.»

Ich erwähne nicht den Krampf in meinem Unterarm, den ich vom Ausmalen dieser Quadrate bekommen habe. Oder wie sehr er weh tat. Oder wie aufgeregt ich war, das Papier hier nach unten bringen zu können. Oder dass sie wirklich ein winziges bisschen vorsichtiger hätte sein können.

Gretel wischt sich die Finger am Kleid ab. «Wenn du *so* unbedingt ein Schachbrett haben möchtest, dann solltest du an F.I.D.E. schreiben. Damit sparst du dir wenigstens die Zeichenarbeit.»

«F.I.D.E.?»

«An die Fédération Internationale des Échecs, in Frankreich. Das ist im Grunde der Weltschachverband.»

«Ich habe für solche Dinge aber kein Geld.»

«Brauchst du auch nicht. Die F.I.D.E fördert das Schachspiel weltweit. Sie schicken eine Grundausstattung an jedes Kind, das ihnen einen netten Brief schreibt.»

Ich verdrehe die Augen, auch wenn sie das natürlich nicht sehen kann. «Das stimmt doch nicht.»

«Ich verspreche dir, dass das so ist.»

«Umsonst?»

«Man braucht nicht einmal eine Briefmarke. Es ist eine Gratis-Postadresse.»

Ich denke eine Weile darüber nach. «Was muss man denn schreiben?»

«Nur einen Grund dafür, warum du dieses Schachspiel brauchst, und ein bisschen über dein Interesse an dem Spiel. Deinen Lieblingsspieler oder deine Lieblings-Spieleröffnung. So etwas.»

«Ich habe aber keinen Lieblingsspieler.»

«Noch nicht, das stimmt.»

«Und du hast mir keine Eröffnungen *beigebracht*.»

Ich rümpfe die Nase. Ich klinge wie ein verwöhntes Balg, aber ich kann nichts dagegen tun. Plötzlich will ich mehr als alles andere auf der Welt mein eigenes Schachbrett und eigene Figuren, und zwar aus Frankreich. «Bist du sicher, dass du nicht essen willst?»

Gretel denkt über mein Angebot nach. Dann öffnet sie das Taschentuch und stopft sich den Käse in den Mund. Eine kurze Weile erfüllt das klebrige Kaugeräusch die Stille. «Ich kann dir dabei helfen, den Brief zu schreiben», sagt sie zwischen zwei Schlucken. «Du müsstest ihn nur einstecken.»

«Wie lange dauert es denn, bis das Set kommt?»

Sie zuckt die Achseln. «Eine Woche. Vielleicht zwei.»

«Ist das Brett aus Rosenholz?»

Gretel lacht. «Nein. Du bekommst vermutlich eine Standard-Wettkampf-Matte. Aber die ist immerhin wasserfest.»

«Und was ist mit den Figuren?»

«Plastik.»

Ich bin traurig, dass ich keine handgeschnitzten Stauntons bekomme wie Gretel. Andererseits würde ich ohne ihre Hilfe gar nichts bekommen. «Können wir das dann machen?»

Sie neigt den Kopf zur Seite und späht ins Licht, und plötzlich frage ich mich, ob sie wirklich so krank und schwächlich ist, wie ich erst dachte. «Was tust *du* denn für mich, Elijah?», fragt sie.

Stille senkt sich auf uns. Es fühlt sich an, als balancierten wir auf einem Hochseil. «Was willst du denn von mir?»

«Ich will, dass du mich beschützt», sagt sie. «Ich will, dass du mir sagst, wie ich das hier überleben kann.»

«Ich schwöre dir, Gretel. Ich werde alles tun, was ich kann, damit dir nichts Schlimmes passiert.»

Sie hält den Kopf immer noch zur Seite geneigt. Langsam hebt sie ihn wieder. «Ich mag es, wenn du mich Gretel nennst.»

«Ich würde es schön finden, wenn du mich Hänsel nennen würdest.»

«Gut ... Hänsel.»

«Machst du es dann? Schreibst du an F.I.D.E.?»

Gretel zeigt auf ihren Rucksack. «Darin liegt ein Notizbuch. Auch Stifte. Aber ich glaube, ich kann noch nicht schreiben. Nicht, solange mein Handgelenk so weh tut.»

«Du könntest es mir diktieren.»

«Wenn sie herausfinden, was wir hier machen, würden sie dann ...»

«Es würde ihnen nicht gefallen», sage ich. «Aber ich kann unser Geheimnis bewahren, wenn du es auch kannst.»

Dann schalte ich die Taschenlampe aus. In völliger Dunkelheit schleiche ich zu Gretel hinüber.

«Hänsel?»

Sie klingt ängstlich. Ich höre das Rasseln ihrer Kette und weiß, dass sie zurückweicht. Traurig, wirklich – und total sinnlos. Wenn ich ihr weh tun wollte – *was ich nie tun würde* –, könnte sie mir nicht entkommen. Ich übergehe Gretels Mangel an Vertrauen, nehme den Rucksack und durchwühle ihn. Ich finde das Notizbuch und schlage es auf. Dann öffne ich einen der Tintenroller.

Ich kann im Stockfinsteren schreiben, kein Problem.

«Schieß los», sage ich und muss an den Hirsch denken, den Kyle erlegt hat, an die Katastrophe in seinem Kopf, die Katastrophe in meinem Kopf und was mein Bruder sagen würde, wenn er jetzt bei uns hier unten wäre.

Ich krümme die Zehen und frage mich, was mit meinen Schuhen passiert ist. Manchmal ist das Leben so gottverdammt merkwürdig, dass man es kaum fassen kann.

V

Es ist später. Ich stehe vor der Hintertür, und meine Füße sind so kalt, dass ich sie nicht mehr spüre. Ich bin viel länger bei Gretel geblieben, als ich beabsichtigt hatte. Als ich wieder gegangen bin, wurde es draußen schon hell. Ich bin überhaupt nur deswegen gegangen, weil sie müde wurde.

Ich bin nicht müde. In meinem Kopf geht zu viel vor sich, als dass ich schlafen könnte. Gretels Worte gehen mir darin herum. Ich spüre, dass die Wand in meinem Bewusstsein bebt, als wäre sie kurz davor zusammenzubrechen.

Wenn du mir wirklich helfen wolltest, würdest du mich hier rausbringen. Du würdest jemandem von mir erzählen. Du würdest die Polizei rufen.

Ich will ihr helfen. Wirklich. Andererseits ...

Sie werden mich sowieso umbringen, wenn du nichts unternimmst.

So muss es nicht sein.

Aber ich weiß, dass es so ist.

Ich will ihr so unbedingt helfen. Aber ich habe auch solche Angst vor dem, was passieren wird, wenn ich es versuche.

Die Wand bebt erneut. Ich strecke in Gedanken die Hände aus, um sie zu stützen.

Werde ich jetzt verrückt? Warum bin ich barfuß aus dem Haus gegangen? Ich fühle mich langsam wie ein Schauspieler in einem Stück, in dem alle Szenen zu einer verschmelzen. Annie nennt so etwas ein *déjà-vu*. Sie weiß, dass das Wort es kein bisschen weniger beängstigend macht.

Ich öffne die Hintertür und trete in die dunkle Küche. Unser Cottage wird nicht geheizt, trotzdem ist es wärmer als draußen. Ich streife die eiskalten Füße an der Matte ab und gehe auf Zehenspitzen in den Flur.

Die Treppe knarrt, als ich hinaufsteige. Ich höre Papas Schnarchen und Mamas leisen Atem. Ich schleiche an Kyles Zimmer vorbei, gehe in mein eigenes und schließe die Tür hinter mir. Erst dann schalte ich das Licht ein. Neben dem Bett sehe ich meine Turnschuhe und die nassen Socken. Im Zimmer riecht es merkwürdig – feucht und unangenehm. Es liegen keine Kupfermünzen auf dem Kissen, aber das muss nicht heißen, dass niemand in meinem Zimmer war. Ich werde das Gefühl nicht los, dass etwas nicht in Ordnung ist.

Ich gehe zum Bett und setze mich darauf. Dann hole ich den Zettel heraus, den ich aus Gretels Notizbuch gerissen habe, und lese den Brief, den sie mir diktiert hat:

Sehr geehrte Damen und Herren,

Diesen Brief schreibe ich Ihnen in der Hoffnung, dass Sie mir bitte ein Gratis-Schachset für Anfänger schicken. Ich habe zwar schon alle Regeln gelernt, aber ich habe im Moment kein Brett und keine Figuren und deswegen keine Möglichkeit, wirklich zu spielen.
Ein Lieblingsspieler von mir ist zurzeit Dietmar Pfister. Noch besser ist Caspian Alexandr. Sie schaffen es beide oft, in einer scheinbar hoffnungslosen Situation das Blatt noch einmal zu wenden. Toll ist auch, wie Alexandr Jacob Nyback in Tiblis besiegt hat. Caspian Alexandrs Spielweise war wirklich unglaublich.
Obwohl ich erst spät mit Schach begonnen habe, hoffe ich, mit einem eigenen Brett und eigenen Figuren noch ein guter Spieler werden zu können. Träume soll man ja nicht aufgeben. Träume muss man

verfolgen, sagen meine Eltern. Also wäre ich Ihnen dankbar, wenn Sie das Set an die Adresse oben auf dem Brief schicken könnten. Ginge das? Es wäre großartig.

Gretel hat mir ein bisschen über Dietmar Pfister erzählt, daher ist dieser Teil keine Lüge. Ob das andere gelogen ist, weiß ich nicht. Die Worte sind nicht meine, was bedeutet, dass ich ihnen nicht trauen kann.

Aber ich will das Brett wirklich haben, und zwar so sehr, dass ich kaum noch an etwas anderes denken kann. Oben auf den Brief habe ich zwei Adressen geschrieben. Die rechts ist die von Leon Meunier, und der Name meines Bruders steht darüber. Die auf der linken Seite kenne ich nicht. Der Ort muss irgendwo in England liegen, was mir Sorgen bereitete, bis mir Gretel erklärte, dass F.I.D.E. Ableger in jedem Land hat. Zum Glück erinnere ich mich noch an die Adresse, die sie mir gab, als wir uns kennenlernten: *Ich bin dreizehn Jahre alt, und ich heiße Elissa Mirzoyan. M-I-R-Z-O-Y-A-N. Ich wohne im Cloisters Way 6.*

Die Adresse auf dem Brief ist eine andere. Ich hasse es, so misstrauisch zu sein, aber ich muss mich schützen. Gretel hat mich gefragt, ob sie mir trauen kann. Die Frage, die ich stellen müsste, lautet, ob *ich ihr* trauen kann. Sie hat schon einmal versucht, mich reinzulegen.

Wieder habe ich das schwindelerregende Gefühl, dass die Wand einstürzen könnte. Ich schwanke auf dem Bett und versuche, die Balance zu halten. Dann erhole ich mich, lese den Brief noch einmal durch und suche nach Fallen.

Jetzt brauche ich nur noch einen Umschlag. Ein paar Kilometer die Straße hinauf gibt es einen Briefkasten. Wenn alles glattläuft, könnte ich in einer Woche ein Schachbrett haben.

Keine Münzen auf dem Kissen, aber das bedeutet noch lange

nicht, dass ich in Sicherheit bin. Das Schach-Set ist wie alles andere nur ein Wunschtraum. Ich habe schlechte Instinkte, aber zum Glück sind sie nicht *so* schlecht. Ich gehe in die Ecke meines Zimmers, hebe die Dielen an und hole meine Sammlung von Andenken und seltsamen Funden hervor. Ich lege den Brief an die F.I.D.E. hinein. Bis morgen früh kann er dort bleiben, dann werde ich ihn vernichten.

ELISSA

Tag 5

I

Im Licht ihrer siebten Kerze isst Elissa den Rest ihres Brownies, den sie in ihrer Unterwäsche versteckt hatte. Die sechs Kerzen, die sie schon verbraucht hat, entsprechen achtundvierzig Stunden Brennzeit, aber sie weiß, dass sie schon viel länger hier ist. Sie weiß auch, dass sie an die Grenzen ihres Durchhaltevermögens kommt. Ihr verletzter Arm pocht vom Ellenbogen bis zu den Fingerspitzen. Sie wagt es, ihn zu untersuchen, und entdeckt übel riechenden Eiter, der durch den Verband sickert.

In der Zelle ist die Temperatur weiter gefallen. Ihr Unterhemd ist immer noch feucht, sonst hätte sie es wieder angezogen. Sie hat versucht, es über der Kerze zu trocknen, aber das kann sie nur Stück für Stück tun.

Auf ihrem gedanklichen Schachbrett steht die Schublade auf E8 offen. Sie will jeden Kontakt mit Elijah darin verstauen, ebenso wie jede Erkenntnis über seinen Charakter.

Das wird nicht leicht. Denn Elijah macht ihr mehr Angst als alle anderen, jetzt, da sie ihn näher kennengelernt hat.

Zuallererst ist er ein wandelnder Widerspruch. Er tut so, als wollte er ihr helfen, aber trotz ihrer Bitten ruft er keine Hilfe. Ganz ehrlich war er auch nicht. In ihren Gesprächen hat er seinen hohen IQ erwähnt. Aber als sie ihn nach seinem Wert fragte, wurde klar, dass er nie einen Test gemacht hat.

«Neunundneunzig», hat er gesagt, und damit wollte er sie offen-

bar beeindrucken. Elissa hätte ihm erklären können, dass die *Durchschnittsintelligenz* Erwachsener einhundert IQ-Punkte beträgt. Ihr Quotient liegt bei einhundertachtunddreißig.

Selbst wenn Elijah tatsächlich einen Test machen würde, zweifelt sie daran, dass das Resultat beeindruckend wäre. Er hat furchtbar lange dazu gebraucht, den Brief an F.I.D.E. zu schreiben. Sie hat zwar seine Handschrift nicht sehen können, ist aber überzeugt, dass sie aussieht wie die eines wesentlich jüngeren Kindes. Er ist eindeutig labil, sie nimmt außerdem an, dass er unter einer geistigen Beeinträchtigung leidet, unter hochfunktionalem Autismus vielleicht – so etwas hat sie schon öfter bei Schachspielern erlebt. Als sie ihn darauf hinwies, dass er barfuß war, wirkte er ehrlich verwirrt. Und doch war er schlau genug, ihre List mit dem Handy zu durchschauen.

Elijah scheint erschreckend wenig Ahnung von der Welt um ihn herum zu haben. Er hat noch nie vom Internet gehört, weiß nicht, was Apps oder Tablets sind. Liegt es daran, dass er sehr behütet aufgewachsen ist? Oder tischt er ihr Lügen auf? Und warum achtet er so sehr darauf, dass sie ihn nicht sehen kann? Hat er Angst, dass sie ihn verraten könnte? Sie könnte das ebenso gut, ohne sein Äußeres zu beschreiben. Zu Beginn hatte sie ihn sich als Monster in Kindergestalt vorgestellt, mit lampengroßen Augen und einem schrecklich deformierten Mund. Aber jetzt kommt ihr ungebeten ein neues Bild in den Sinn – das Bild eines Jungen mit zarter Haut, wo die Augen sein sollten, und dicken Lippen, die so feucht und voll sind wie Tulpenblüten. Sie weiß, dass diese Version von ihm genauso ungenau ist wie die erste – wenn Elijah blind wäre, warum sollte er dann eine Taschenlampe benutzen?

Er ist vermutlich immer noch ihre größte Chance, das hier zu überleben, aber die Mühe, die sie dafür aufbringen muss, ihn wie einen Freund zu behandeln, ist riesig. Wenn sie daran denkt, wie er sie liebevoll «Dummchen» nennt, oder daran, wie sehr er sich über die Spitznamen Hänsel und Gretel freut, wird ihr ganz übel. Seine Stimme – manchmal launisch, dann wieder nachdenklich – widerstrebt ihr. Sie hat einen Tonfall, der sie wund reibt, der etwas ankündigt, was irgendwie falsch ist. Bei jedem seiner Besuche kommt sie sich vor wie Clarice Starling in Hannibal Lecters Nähe oder wie Frodo Beutlin in Kankras Höhle. Aber noch viel schlimmer ist, dass er bereits zugegeben hat, dass er Bryony nicht helfen konnte.

Trotzdem hat sie ihren Baum bekommen. Dafür habe ich gesorgt, auch wenn ich sonst nichts für sie tun konnte. Hab ihr einen besonders hohen ausgesucht, so, wie sie es haben wollte.

Vielleicht nennt er diese Gegend deshalb den Mädchenwald. Sie stellt sich oben auf der Erde eine Landschaft aus blutenden Bäumen vor, unter deren Wurzeln die Gebeine von Kindern begraben sind. Der Gedanke allein lässt ihre Zähne schmerzen.

Vor der Zellentür klappern die Riegel.

II

Es ist der Ghul.

Elissa erkennt ihn an seinem Geruch und dem harten weißen Strahl seiner Stirnlampe. Sie wartet still, bis er seine Ausrüstung aufgebaut hat. Als er fertig ist, trägt er den roten Eimer hinaus und kommt mit einem sauberen wieder.

Ich möchte, dass du darüber nachdenkst, auf welche Weise deine Mutter dich enttäuscht hat. Jede Kränkung, jede Nachlässigkeit, jede Selbstsüchtigkeit.

Sie hat darüber nachgedacht. Abgesehen von Elijahs Besuchen

hat sie hier unten kaum etwas, womit sie sich sonst beschäftigen könnte. Wenn der Ghul sie zum Reden auffordert, wird sie ihn nicht enttäuschen. Sie hat Angst, zu folgsam zu sein, seinen Respekt zu verlieren, aber ebensolche Angst hat sie vor einem erneuten Angriff.

«Welcher Tag ist heute?», fragt sie und sieht, wie die Kerzenflamme flackert und zuckt. Als Antwort kommt der Ghul zu ihr.

Sie schließt die Augen und macht sich auf einen Schlag gefasst. Stattdessen stellt er etwas vor sie. Als sie es wagt, die Augen zu öffnen, sieht sie eine Reiseflasche Evian vor sich stehen. In diesem Moment merkt sie, wie durstig sie ist. Sie nimmt die Flasche und trinkt.

Das Studiolicht geht an und blendet sie mit seinem Feuer. Da steht der Stuhl an seiner gewohnten Stelle. Elissa rappelt sich auf und schleppt sich dorthin. Die Bewegung lässt alles an ihrem gequälten Körper schmerzen. Als sie sich setzt, ist ihr einen Moment lang so schwindelig, dass sie schon Angst hat, ohnmächtig zu werden.

Der Ghul kommt näher. Er hebt ihr Kinn. Das Licht überstrahlt alles, sie kann sein Gesicht nicht erkennen, gar nichts sieht sie. Sein Gestank setzt sich in ihren Atemwegen fest, so überreif und unangenehm, dass die Flüssigkeit in ihrem Magen schwappt und brennt.

«Du hast deine Frisur zerstört», flüstert er und drückt ihr eine Bürste in den Schoß. «Mach sie wieder ordentlich.»

Elissa gehorcht und bedeckt die verletzte Seite ihres Gesichts.

Der Ghul kehrt zu seiner Ausrüstung zurück. «Sprich», zischt er. «Über deine Mutter, wie ich es dir gesagt habe. Sag, dass du verstanden hast.»

«Verstanden. Aber ... was soll ich denn sagen?»

«Eine kleine Anekdote. Ein Beispiel für ihre Selbstsüchtigkeit.

Zuerst einmal hat sie sich von deinem Vater scheiden lassen – da haben wir ja schon einmal eine schlimme Pflichtverletzung.»

Dieser Irre hat keine Ahnung von ihrem Familienleben, schon gar nicht davon, wie schlimm es zwischen ihren Eltern war, bevor sie sich trennten. Oder?

«Sag, dass du verstanden hast.»

«Verstanden.»

Das rote Licht blinkt auf. *«Sprich.»*

III

Nach ihrem Monolog nimmt die Kamera noch dreißig Sekunden Stille auf. Dann erlischt das Studiolicht.

Elissa senkt den Kopf. Wenn diese Aufnahme online gestellt wird, kann sie nur hoffen, dass ihre Mum das richtig versteht.

«Du kannst doch auf keinen Fall zu einer solchen Mutter zurückwollen», flüstert der Ghul.

«Wir machen alle Fehler.»

«Einige machen grausamere Fehler als andere. Zweifellos hältst du mich für deinen Gefängniswärter. Vielleicht solltest du mich stattdessen als deinen Erlöser sehen.»

Mit ihrer gesunden Hand zeigt Elissa auf ihre Handschelle. «Sie nennen das hier erlöst?»

«Kooperiere, dann bekommst du alle möglichen schönen Dinge.»

«Was denn?»

Wieder herrscht Stille. Dann quietscht die Gummidichtung der Tür. Die Kerzenflamme zuckt.

Als der Ghul wieder in die Zelle tritt, versucht Elissa zu erkennen, was er bei sich trägt. Es ist etwas Unförmiges – etwas, von dem sie nur den Umriss sieht. Ihr Herz beginnt zu hämmern. Es gibt keinerlei Garantie dafür, dass sich ihrer beider Vorstellungen von *schönen Dingen* decken.

Er lässt fallen, was er gehalten hat. Der Gegenstand gleitet ein Stück weiter, nachdem er auf dem Boden aufgekommen ist. Er ist also vielleicht unförmig, aber auch leicht. Der Ghul dreht sich wortlos um, und die Tür quietscht erneut. Diesmal trägt er, als er zurückkommt, ein Tablett. Er setzt es ab, und das Licht streift den Gegenstand, den er gebracht hat: eine Luftmatratze, auf die er eine grobe, karierte Decke geworfen hat.

«Runter vom Stuhl», flüstert er. «Rauf da.»

Ist das die Belohnung für ihre Kooperation? Oder das Vorspiel zu etwas Grauenhaftem?

Elissa schaudert und gleitet vom Stuhl. Die Matratze ist so weich, so nachgiebig unter ihren schmerzenden Gliedern, dass sie ein Schluchzen nicht unterdrücken kann. Sie schafft es, die Decke zu den Schultern hochzuziehen, aber jetzt weint sie.

Der Geruch von gekochtem Essen dringt ihr in die Nase. Auf dem Tablett steht ein Plastikteller, auf dem sich gebratener Speck türmt. Daneben liegen zwei gebratene und bereits erstarrte Spiegeleier. Von einer flachen Pfütze Baked Beans steigt Dampf auf.

Elissa zieht das Tablett zu sich heran. Sie kümmert sich nicht um das Besteck, sondern stopft sich das Essen mit den Fingern in den Mund. Der Speck ist verbrannt, eher Raumtemperatur als heiß, und die Eier wurden schon vor einiger Zeit gebraten. Nur die Bohnen sind genau so, wie sie sein sollten, vermutlich, weil sie aus einer Thermosflasche kommen.

Elissa schlägt sich den Bauch und verspürt eine Dankbarkeit, die ebenso überwältigend wie fehl am Platz ist. «Danke», murmelt sie. «Danke.»

Kooperiere, dann bekommst du alle möglichen schönen Dinge.

Wenn sie für eine einzige Geschichte ein Bett, eine Decke und ein warmes Essen bekommt, was könnte sie sich dann mit einer dramatischen Geschichte verdienen? Elijah spielt ihr vielleicht Freundschaft vor, aber er hat ihr nur einen Pekannuss-Keks und ein einzelnes Stück Käse bringen können. Dagegen hat ihr der Ghul für eine schlichte Anekdote all das hier gebracht.

Die Erkenntnis, dass sie ihn vermenschlicht, lässt ihr das Mark in den Knochen gefrieren. Sie verliert jetzt schon ihr Gefühl für Richtig und Falsch, für Wahrheit und Lüge. Wenn sie nicht achtgibt, verliert sie sich vollkommen.

«Vielleicht lag ich doch falsch», flüstert der Ghul, als er ihr den leeren Teller wieder wegnimmt. «Vielleicht kann das hier doch klappen.»

Vielleicht kann es das, denkt Elissa.

Das ist zweifellos ihr bislang beängstigendster Gedanke.

MAIRÉAD

Tag 5

I

Die Straße vor Lena Mirzoyans Haus ist sogar noch voller als bei Mairéads letztem Besuch. Überall stehen Autos. Kaum, dass sie aus ihrem Wagen gestiegen ist, wird sie auch schon von aufgeregten Journalisten angerempelt. Der Polizist am Gartentor gibt sich alle Mühe, die Meute zurückzuhalten.

«Wie geht es Ihnen?», ruft jemand, ganz offenbar wegen ihres unglücklichen Auftritts bei der morgendlichen Pressekonferenz. «Stagnieren die Ermittlungen?»

Sie gibt keine Antwort und geht den Weg zur Tür hinauf. Judy Pauletto, die Opferschutzbeamtin, öffnet erneut die Tür.

«Wissen sie es?», fragt Mairéad.

Judy schüttelt grimmig den Kopf. «Ich habe sie vom Fernseher ferngehalten.»

Die Küche liegt am Ende des Flurs. Ein uniformierter Polizist steht am Ausguss und hantiert an einer Teebüchse herum. Er schaut zu Mairéad hoch, und er sieht genauso niedergeschlagen aus wie die Opferschutzbeamtin. Offenbar wissen alle hier, was sie ihnen gleich sagen wird.

Im Wohnzimmer sitzen Elissa Mirzoyans Großeltern auf dem Sofa, jeder auf seiner Seite, und zwischen ihnen ist eine Kuhle im Stoff.

Lena Mirzoyan steht am Fenster. Ihr Gesicht sieht aus wie aus einer Horrorshow – aufgedunsene Haut, verquollene Augen, ein stressbedingter Hautausschlag auf der Stirn. «Haben Sie sie gefunden?», platzt sie heraus und schlägt sich sofort die Hand vor den Mund, als könnte sie sich vor schlechten Nachrichten schützen, indem sie die Worte zurückholt.

Das hier ist schwer. Für Mairéad war es immer der schlimmste Teil ihrer Arbeit. Sie muss an Bryony Taylors Mutter denken – an das Trauma, das sie erleiden musste, unter dem sie noch immer leidet. «Leider nicht», sagt sie. «Aber wir haben allen Grund zu der Annahme, dass Elissa lebt. Ich muss Ihnen etwas zeigen. Vielleicht setzen Sie sich lieber.»

Mit aufgerissenen, starren Augen setzt sich Lena Mirzoyan aufs Sofa.

Mairéad öffnet ihren Laptop. «Das hier wird jetzt schwierig. Hinterher haben Sie sicher eine Menge Fragen.»

Plötzlich fällt es ihr schwer, die richtigen Worte zu finden, aber die schlimmste Folter für eine Mutter in dieser Situation ist immer noch die Ungewissheit, also redet sie weiter und hofft, keinerlei Zweideutigkeiten aufkommen zu lassen. «Es hat einen Kommunikationsversuch gegeben – ein Video, vor ein paar Stunden auf YouTube hochgeladen. Es zeigt Elissa, wie sie spricht.»

Lenas Kehle zieht sich krampfartig zusammen. Sie streckt die Hände nach ihren Eltern aus. Sie halten sie fest, als würde sie sonst vom Sofa abheben. «Er ist es», flüstert sie. «Oh Gott. Stimmt doch, oder? Der, von dem in den Zeitungen berichtet wird.»

«Wir nehmen es an.»

Jetzt ist Lenas Stimme nur noch ein Hauch. «Zeigen Sie es mir.»

Mairéad dreht den Bildschirm zu ihr herum und drückt auf Play.

Lena lässt ihre Eltern los und umschlingt ihre Knie. Auf dem

Bildschirm erscheint langsam Elissa Mirzoyan. Sie hält den Kopf gesenkt wie das Mädchen aus dem Film *Ring*.

II

Im Wohnzimmer halten alle den Atem an.

Lena hebt die Hände. Sie will sich die Augen zuhalten, zögert. Will sich die Ohren zuhalten, zögert erneut.

Auf dem Bildschirm hebt Elissa den Kopf. Ihre Haut hat die Blässe einer Toten. Sie starrt in die Kamera und räuspert sich. Als sie spricht, klingt sie weit älter als ihre dreizehn Jahre. «Ich heiße Elissa Mirzoyan. Heute ist der vierundzwanzigste Oktober.»

«Oh», flüstert Lena. *«Oh, mein Kind.»*

Die Aufmerksamkeit des Mädchens wird von etwas hinter der Kamera gefangen genommen. Mit ihrer linken Hand wischt sie sich den Mund ab. Sie streift das Haar, das man ihr halb ins Gesicht gekämmt hat, und zeigt – nur ganz kurz – den Rand einer blutigen Schramme. Mairéad hat das Video zwanzigmal gesehen und ist sich inzwischen sicher, dass die Bewegung absichtlich war.

«Ich will nicht gefunden werden», sagt Elissa jetzt. Ihr Blick ist wieder auf die Kamera gerichtet. «Ich will nicht, dass man nach mir sucht. Seit ich diese Zuflucht gefunden habe, weiß ich …» – jetzt hält sie inne und spricht durch die zusammengebissenen Zähne –, «dass Lena Mirzoyan nicht die gute Mutter ist, für die ich sie gehalten habe.»

Ihr Gesicht füllt den Bildschirm noch fünf Sekunden lang aus. Dann wird er dunkel.

Plötzlich ist es im Zimmer wie in einer Vakuumkammer.

«Wir wissen, dass sie unter Druck gesetzt wurde», sagt Mairéad. «Wir wissen, dass Elissa nicht meinte, was sie gesagt hat.»

Lena blinzelt, den Blick immer noch auf den Laptop gerichtet. Sie sieht aus wie jemand, dem man gerade die Brust aufgeschnitten und das Herz herausgerissen hat. «Ich habe sie gehen lassen», flüstert sie. «An diesem Tag im Hotel. Elissa bat mich um die Autoschlüssel, und ich habe sie ihr einfach gegeben. Ich hätte mit ihr nach draußen gehen können, aber ich habe es nicht getan. Und jetzt, und jetzt ...»

«Das hier ist nicht Ihre Schuld, Lena. Auf keinen Fall.»

«Was können Sie mir noch sagen?»

Es gibt keine guten Nachrichten. Elissas elektronische Geräte haben keinerlei nützliche Informationen preisgegeben. Die Befragungen ihrer näheren Bekannten haben keine Neuigkeiten ergeben. Menschen, die sie flüchtig getroffen hat – so wie Andrea Tomlin, die Kellnerin im Wide Boys –, sind bereits befragt und entlastet worden. Obwohl sie Tausende Stunden Videomaterial durchgesehen haben, konnte das Team den weißen Bedford-Lieferwagen nicht finden. Und obwohl das öffentliche Interesse phänomenal ist, haben sich bisher keine einzige Spur und kein einziger Hinweis als fruchtbar erwiesen.

«In Analogie zu früheren Fällen», sagt sie, «erwarten wir weitere Nachrichten vom Täter. Es wird sicherlich nicht leicht, diese Videos anzusehen, aber wir brauchen Ihre Hilfe dabei, sie einzuschätzen.»

Lenas Gesichtszüge werden plötzlich ganz schwer. Ihr Kopf sackt zur Seite, als hätten die Muskeln in ihrem Nacken nachgegeben. «Er hat das ... wie oft schon gemacht?»

«Sechs Mal, so weit wir wissen.»

«Sechs Kinder auf YouTube?»

«Genau.»

«Seit wann?»

«Ungefähr zwölf Jahre.»

«Wie lange gibt es YouTube schon?»

«Seit 2005», antwortet Mairéad.

«Also könnte es noch mehr Kinder geben.»

«Das stimmt. Wir wissen es nicht, aber möglich ist es.»

Lena schließt die Augen und öffnet sie wieder. «Wie viele der sechs Kinder haben Sie gefunden?»

Mairéad denkt an Bryony Taylor, an den flehenden Blick ihrer Mutter. «Bisher sind sie alle noch vermisst. Aber das bedeutet nicht ... es bedeutet nicht, dass sie nicht am Leben sind. Nur, dass es aktive Fälle sind.»

«Aktive ... Fälle.» Lena lässt sich die Worte auf der Zunge zergehen, als versuchte sie, ihren tieferen Sinn zu erfassen. «Wer ist er? Warum tut er das?»

«Das kann ich nicht mit Sicherheit beantworten. Aber wenn man in Betracht zieht, was er die andern Mädchen zu sagen gezwungen hat, dann scheint er eine Art Groll gegen Alleinerziehende zu hegen – vor allem gegen allein erziehende Mütter.»

«Einen *Groll*?»

Elissas Großvater, ein gutmütig aussehender Mann, der einen grünen Pulli mit Schlips trägt, nimmt die Hände seiner Tochter in seine. «Sie glauben, dieser Mann kennt uns?»

«Es ist möglich, obwohl er Sie vermutlich nicht gut kennt. Nach allem, was wir von seinen früheren Entführungen wissen, scheint er Müttern, die er als erziehungsunfähig erachtet, die Kinder wegzunehmen.»

Der Großvater zuckt zusammen, als hätte man ihn geschlagen. «Detective, ich kann Ihnen versichern, dass meine Tochter weit davon entfernt ist, erziehungsunfähig zu sein.»

«Das weiß ich. Wir wissen das alle. Aber wir haben es hier

nicht mit einem rationalen Menschen zu tun. Die Rechtfertigung für seine Taten im Kopf dieses Menschen könnten vollkommen banale Dinge sein, wie zum Beispiel, dass Sie Elissa zu viel Fernsehen oder zu viele Besuche bei MacDonald's erlaubt haben. Die gute Nachricht dabei ist, dass irrationale Menschen oft Fehler machen. Wie ich bereits sagte, arbeiten sehr viele Ermittler an diesem Fall, und sie konzentrieren sich zu hundert Prozent darauf, Elissa zu finden. Ich selbst konzentriere mich zu hundert Prozent darauf, sie zu finden.»

Lena wiegt sich vor und zurück. «Sind Sie gut?», fragt sie. «In Ihrem Job, meine ich?»

Es gibt nur eine gnädige Antwort darauf. «Das bin ich, ja.»

«Haben Sie ... sind Sie Mutter? Haben Sie eigene Kinder?»

Mairéad verschlägt es den Atem. Sie muss an ihr Badezimmer voller Clearblue-Teststreifen denken, an die beiden Blutflecken in ihrer Unterwäsche, an das Versprechen, direkt zum Arzt zu fahren, das sie Scott vor zwei Stunden gegeben hat. «Ich bin verheiratet», sagt sie leise. «Das reicht fürs Erste.»

«Werde ich meine Tochter wiedersehen?»

«Ich hoffe es, Lena.»

«Sie hoffen es.»

Die Frau schluckt. Ihr Gesicht sieht so brüchig aus wie Glas. Das Schweigen dauert beinahe eine Minute, erst dann wird es vom Klingeln eines Handys durchbrochen. Der Klingelton ist der Refrain von «Let It Go» aus *Frozen*. Lena packt ihre Handtasche, wühlt darin nach ihrem Handy und geht ran. *«Elissa?»*

Mairéad wechselt einen Blick mit Judy Pauletto. Sie versucht, sich nichts anmerken zu lassen.

«Oh», murmelt Lena. «Lasse. Ja, entschuldige. Hallo.» Sie wischt sich über die Stirn. «Du hast es noch nicht gehört.» Wieder verstummt sie. Dann sagt sie: «Nur ... tut mir leid, Lasse, ich … sieh es dir einfach im Fernsehen an, okay? Ich muss auflegen.» Sie drückt ihren Anrufer weg und schüttelt den Kopf. «Elissas Schachlehrer, Lasse Haagensen. Ich habe vergessen, die Stunde gestern abzusagen.»

«Ruft er immer an, wenn jemand nicht auftaucht?»

«Vermutlich. Elissa ist seine beste Schülerin.»

Mairéad steht auf. «Danke, Lena. Ich lasse Sie fürs Erste bei Judy. Sie wird alle Ihre Fragen beantworten, aber Sie können mich natürlich jederzeit anrufen. Noch eine Sache, bevor ich gehe. YouTube lässt das Video auf unsere Bitte hin online, aber ich empfehle Ihnen dringend, es sich nicht noch einmal anzusehen. Die Kommentarspalte ist offen, und wir beobachten, was darin vor sich geht, aber Sie können sich vorstellen, was für Schweine von so etwas angezogen werden. Sie sollten sich das nicht ansehen, es tut Ihnen nicht gut.»

Lena nickt, aber ihre Gedanken sind schon woanders.

«Können Sie ihn damit ausfindig machen?», fragt Elissas Großvater. «Über YouTube?»

«Leider nicht. Im Moment warten wir auf eine neue Kontaktaufnahme und versuchen, den weißen Bedford-Lieferwagen zu finden. Ich habe alle Mittel, die ich brauche, machen Sie sich also darüber keine Sorgen. Hunderte Polizeibeamte, nicht nur aus Dorset, sondern auch aus den benachbarten Bezirken. Die National Crime Agency ist ebenfalls involviert. Das öffentliche Interesse ist riesig – Tausende Menschen im ganzen Land halten die Augen offen. Ich habe um sechs Uhr ein Treffen mit dem Deputy Chief Constable, um die Medien zu unterrichten. Ich rufe Sie direkt danach an.»

Lena starrt trüb vor sich hin.

Es ist ein schreckliches *déjà-vu*: Es ist genau wie bei Bryony Taylor.

Wieder im Auto, sitzt Mairéad hinter dem Steuer, die Hände auf den Bauch gelegt. Seit der Pressekonferenz am Morgen hatte sie keine Schmerzen mehr, aber das muss nicht bedeuten, dass ihr Baby in Sicherheit ist. Sie muss dringend beim Arzt anrufen und sich in die Abteilung für Frühschwangerschaften überweisen lassen. Sie will eine Ultraschalluntersuchung, jetzt. Sie will einen Herzschlag hören und einen Arzt, der ihr sagt, dass alles in Ordnung ist. Und doch muss sie zuerst eine Million andere Dinge erledigen.

Sie holt ihr Handy hervor und ruft Halley in Bournemouth an. «Was hast du?»

«Das Labor hat sich gemeldet mit den Ergebnissen der Untersuchung des Nummernschildes», sagt er. «Absolut nichts.»

«Super.»

«Bist du immer noch im Haus?»

«Gerade rausgekommen.»

«Wie geht es Lena?»

«Herrgott, Jake. Keine Ahnung. Nicht gut.»

«Kommt einem vor, als wäre man in einer Horrorstory, oder?»

Mairéad schaut durchs Seitenfenster zum Haus der Mirzoyans hinüber. «Ich will mir diesen Lasse Haagensen mal näher anschauen, den Schachlehrer. Ich weiß, das ist schon passiert. Aber diesmal will ich, dass wir sein ganzes Leben auf links drehen.»

Sie wirft das Handy auf den Beifahrersitz. Bei Bryony Taylor gab es drei Videos, danach herrschte Schweigen. Das Zeitfenster zur Rettung von Elissa Mirzoyan wird stündlich kleiner.

ELISSA

Tag 6

I

Er kommt zu ihr, als sie schläft.

Als Elissa aufwacht, weiß sie nicht sofort, wo sie sich befindet. Zum ersten Mal drücken keine scharfen Steine in ihre Haut. Dann erinnert sie sich an die Geschichte, die sie vor der Kamera erzählt hat, und den Preis, den sie für ihre Doppelzüngigkeit erhalten hat: ein Bett, eine Decke, ein warmes Essen. In der Welt draußen sind solche Dinge nichts Besonderes. Hier unten sind sie alles.

Sobald sie die Augen öffnet, weiß sie, dass sich etwas verändert hat. Das Licht des Ghul flitzt wie besessen durch die Zelle. Er atmet außerdem schwer. Große Atemwolken steigen aus seinem Umriss hervor.

Sobald er alles untersucht hat, legt er die Lampe auf den Boden, auf sie gerichtet. Elissa kneift die Augen gegen das grelle Licht zusammen. Sie hat sich die Decke um die Schultern gelegt, daher ist ihr nicht mehr so kalt wie vorher, aber sie hat jetzt Angst.

Das hier scheint ernst zu werden.

Der Ghul bückt sich über den Eisenring. Es klirrt, als öffnete sich das Metall. Ein scharfes Kettenrasseln.

«Hoch», flüstert er.

Eben dachte sie noch, sie wären weitergekommen. Jetzt lässt die Bedrohung, die von ihm ausgeht, das Blut aus ihrem Magen entweichen. «Was ist los?»

Die Worte sind heraus, ehe sie sich's versieht (*Du sagst kein Wort, bis ich es dir erlaube. Sag, dass du das verstanden hast*). Vor lauter Angst, ihn weiter zu provozieren, rappelt sie sich auf, wobei sie ihre Handschelle mit der gesunden Hand abstützt.

Dann kommt er zu ihr, ein Monster in der Dunkelheit. Sie kann einen Schrei nicht unterdrücken, und als dieser von den Wänden der Zelle widerhallt, packt er sie im Nacken und schubst sie vor sich.

«Bitte», ächzt sie. «Oh bitte nicht.»

«Das reicht», zischt er. *«Tu, was ich dir sage, und beweg dich.»*

Elissa stolpert vorwärts. Erst als sie aus dem Radius ihrer Kette tritt, begreift sie, dass er sie gelöst hat. Sie ist frei, und gleichzeitig ist sie es nicht; das lose Ende schleift nicht auf dem Boden hinter ihr her, was bedeutet, dass der Ghul es festhält.

Er hebt seine Lampe auf, und das Licht fällt jetzt schräg. Die Schatten werden lang und bewegen sich. Drei weitere Schritte, und sie tritt durch die offene Tür.

In ihrer Angst kann Elissa kaum atmen. Sie kann in den Halbschatten, die sich aus der Düsternis wölben, nichts erkennen. *Jetzt bringt er mich um*, denkt sie, und sie hat keinerlei Zweifel daran. *Das hier ist die letzte Minute meines Lebens.*

Sie atmet pfeifend. Ihre Familie ist so weit weg.

Vor ihr Steinstufen, hinter ihr Druck. Elissa steigt hinauf.

Sie hatte geglaubt, noch so viel Zeit zu haben. So viele Jahre zu leben.

Der Ghul schubst sie erneut, diesmal heftiger. Als Antwort geht sie schneller und eilt ihrem Schicksal entgegen.

Behalte nur gute Gedanken im Kopf. Gedanken an die Familie, an ihre Liebe und an ihr Lachen. Aber ihre Gedanken rasen so schnell, dass sie es nicht schafft. In ihrer Panik beißt sie sich auf die Zunge. Der Schmerz fühlt sich an wie Glasscherben in ihrem Mund.

Das Licht des Ghuls erhellt eine Kehre in der Treppe. Elissa schaut um die Ecke.

«Hoch», zischt er. *«Hoch, hoch.»*

Plötzlich ist sie wieder im Fiesta ihrer Mum, der vor den Wide Boys parkt. Lena Mirzoyan sagt etwas, nur ganz beiläufig, aber der Satz trieft vor Liebe, quillt davon über, und dann ist die Szene fort, und sie ist wieder auf der Treppe und tritt in ein verwahrlostes Zimmer, das vielleicht einmal vor langer Zeit eine Küche war. Dass sie ihre letzten Augenblicke getrennt von den Menschen verbringen muss, die sie am meisten liebt, ohne jemanden, der ihre Hand hält, ist das schlimmste Schicksal überhaupt.

Draußen ist es hell, ein Nachmittagsgrau. Nach so langer Gefangenschaft in der Dunkelheit sind Elissas Sinne überwältigt. Ihre Muskeln brennen von der Anstrengung zu gehen. Ihre Füße stolpern über Dielen, die sich in der Feuchtigkeit emporgewölbt haben.

Vor ihr liegt ein Flur, in den schräge Schatten fallen. Hier ist die Luft sogar noch kälter, sie schlägt ihr gegen die Schultern, ins Gesicht. «Bitte», flüstert sie. «Ich habe getan, was Sie gesagt haben. Ich habe es getan.»

Der Ghul ist hinter ihr. Sie könnte sich umdrehen und ihn ansehen, aber sie hat viel zu viel Angst davor, zu viel Angst vor dem, was es bedeutet, wenn er das zulässt. Selbst jetzt kann sie die Hoffnung nicht fahren lassen.

Plötzlich ist sie draußen, ihre Schuhe versinken in weichem Mulch. Um sie herum stehen blutende Bäume, die in einen bewölkten Himmel ragen.

Der Mädchenwald, denkt sie.

Er ist so wunderschön. Die ganze Welt ist wunderschön. Tränen in ihren Augen.

Dann sieht sie den weißen Lieferwagen, der zu ihrer Linken parkt, und den Sticker darauf: einen Totenschädel mit Hut, der eine Zigarette raucht.

CHILLAX.

Die Türen des Lieferwagens stehen offen. Als der Ghul sie hineinschubst, stößt sie mit den Knien gegen die Stoßstange.

Es ist Selbstmord, hineinzuklettern, aber hat sie eine Wahl? Sie kann nicht kämpfen. Ihre Muskeln sind so schlaff, dass sie nicht einmal mehr rennen kann. Irgendwie schafft sie es, das linke Knie zu heben und es auf die Ladefläche zu legen. Hinter ihr packt der Ghul ihr anderes Bein und dreht sie um.

Elissa fällt und kann dabei ihr Handgelenk nicht schützen. Der Schmerz ist ein weiß glühender Schrei. Ihr Magen zieht sich zusammen. Hinter ihr springt der Ghul in den Lieferwagen.

Elissa blinzelt, aber ihre Augen funktionieren nicht. Sie riecht etwas Merkwürdiges, es erinnert sie vage an Blumen. Etwas Feuchtes liegt an ihren Lippen, und plötzlich hat sie solche Angst, dass sie einfach nur noch will, dass das hier ein Ende hat, und zwar schnell.

Wie viele Sekunden habe ich noch zu leben?

Wie viele?

«Es tut mir leid, Mum», flüstert sie.

Dann löscht die Dunkelheit sie aus.

ELIJAH

Tag 6

I

Es ist Nacht, und ich renne durch den Mädchenwald, nass bis auf die Knochen. Über mir schüttet der Regen aus einem biblisch schwarzen Himmel. Die Bäume recken sich in die Dunkelheit wie Gerippe. Mir ist so kalt.

Beim Rennen versuche ich mich an alles zu erinnern, was seit meinem letzten Besuch bei Gretel passiert ist, aber mein Kopf ist so durcheinander, dass ich mich kaum konzentrieren kann. Ich denke an den Brief, den sie mir diktiert hat, an die Aussicht auf ein Schach-Set für mich allein. Ich wusste, dass das nur Ärger bringen würde, daher habe ich mir in meinem Zimmer geschworen, ihn zu vernichten. Letzte Nacht lag der Brief versteckt in meiner Sammlung von Andenken und seltsamen Funden. Heute Morgen habe ich ihn mitgenommen, zusammen mit ein paar Streichhölzern.

Aber ich konnte ihn nicht verbrennen. Unten in diesem Keller öffnete mir Gretel den Vorhang zu einer Welt, von der ich nicht wusste, dass es sie gibt. Ich wollte so verzweifelt ein Teil davon sein, dass ich mir einredete, das sei tatsächlich möglich. Zu Hause durchsuchte ich Papas Sachen, bis ich einen Umschlag fand. Dann machte ich mich auf den Weg zum westlichen Rand des Mädchenwaldes. Ich erinnere mich, wie ich durch den Stacheldraht krabbelte, der daran entlangführt. Wie lange musste ich gehen, bis ich den Briefkasten fand? Drei Kilometer? Fünf?

Der Brief ist eigentlich egal. Was danach passierte, ist das Problem. Bis ich ihn eingesteckt hatte, hatte ich einen Grund, jenseits der Grenze zu sein. Mein Ziel lenkte mich von meinen Ängsten ab. Aber als ich meine Aufgabe erledigt hatte, verlor ich die Fassung.

Ich erinnere mich noch, wie ich mich verirrte. Wie ich Dinge sah, die keinerlei Sinn ergaben. Die Stimmen von Menschen, die mich nach meinem Namen fragten. Dann saß ich in einem Polizeiauto und fuhr zur Wache. Da waren dieses Zimmer ohne Fenster und die Cola, die mir die Polizisten brachten. Sie trugen keine Uniformen wie im Fernsehen.

Wir tragen Spielkleidung.

Ich dachte, sie nehmen mich auf den Arm. Ich bin gar nicht gut darin, auf den Arm genommen zu werden.

Als Papa mich dort rausholte, hätte ich vor Erleichterung heulen können. Heute Nachmittag habe ich zu Hause gewartet, bis er zum Rauchen in den Garten ging. Dann schlich ich die Treppe hinunter und rannte los in den Mädchenwald. Vor dem Lebkuchenhaus fand ich eine Stelle, wo der Mulch aufgewühlt war – der Beweis dafür, dass ein Fahrzeug gekommen und wieder fortgefahren war. Ich wusste, dass es meine Freundin weggebracht hatte. Unten im Keller fand ich einen einzelnen Fußabdruck, der zu meinem passte. Die Größe, nicht die Form.

Ich erinnere mich ans Klappern der Riegel, als ich die Tür öffnete, den Gestank nach Bleiche, der so stark war, dass er mir in der Nase brannte, an die leere Zelle, den Eisenring, das Wissen, dass etwas Schreckliches passiert war.

Da bin ich geflohen. Heute Abend, oben in meinem Zimmer, drängte mich Mama dazu, die Epheser zu lesen: *Zuletzt: Seid stark in dem Herrn und in der Macht seiner Stärke. Zieht an die Waffenrüstung Gottes, damit ihr bestehen könnt gegen die listigen Anschläge des Teufels.*

Aber der Teufel hat seine Klauen tief in mich hineingeschlagen, und in meiner Selbstsüchtigkeit habe ich ihm auch noch dabei geholfen.

Als Mama aus dem Zimmer ging, fand ich die Münzen auf dem Kissen. Ich stand am Fenster und schleuderte sie in die Nacht, bis ich den Allradwagen den holperigen Weg am Brachfeld entlangfahren sah. Vielleicht Meunier? Jemand aus der Schrottstadt? Es gab keinen Grund, so spät noch dort entlangzufahren.

In diesem Moment erinnere ich mich daran, was im leeren Keller passiert ist, mein Entsetzen über Gretels Verlust, wie mir die Taschenlampe aus den Fingern geglitten ist. Statt sie wieder aufzuheben, habe ich mich umgedreht und bin geflohen, sodass jeder sie finden konnte. Nicht nur das, ich ließ auch die Zellentür unverschlossen.

Wenn ich meine Neugierde vertuschen will, muss ich unbedingt die Beweise vernichten.

Durch die Bäume sehe ich das nasse Cottage als schwarzen Umriss. Kein Fahrzeug steht davor, es gibt kein Anzeichen dafür, dass jemand dort ist. Der Regen trommelt mir auf die Kopfhaut. Mit hochgezogenen Schultern renne ich aus meinem Versteck.

II

Zweimal falle ich beinahe, als ich mich blind die Kellertreppen hinuntertaste. Die Sohlen meiner Turnschuhe sind voll mit nassem Schlamm und bieten keinen Halt. Ich hinterlasse Fußspuren, aber dagegen kann ich nichts tun.

Am Fuß der Treppe gehe ich weiter, die Hände vor mir ausgestreckt. Als ich heute Nachmittag aus Elissas Zelle floh, habe ich nicht einmal die Tür hinter mir zugeworfen. Jetzt habe ich Angst, dass ich mir an der Kante den Kopf schlage.

Ich schwenke die Arme nach rechts und links und taste nach Hindernissen. Der Gestank nach Bleiche ist nicht mehr so stark wie zuvor, aber immer noch stark genug, um mir die Tränen in die Augen zu treiben. Schließlich berührt meine Hand die Tür.

Sie ist verschlossen.

Als ich mit den Fingern darüberstreiche, entdecke ich, dass die Riegel zugeschoben sind. Das Vorhängeschloss, das ich geöffnet hatte, ist wieder an Ort und Stelle.

Ich brauche einen Moment, um das ganze Ausmaß dieser Entdeckung zu begreifen. Um mich herum scheint die Dunkelheit zu *atmen.*

III

Sie wissen es.

Das liegt auf der Hand.

Die ganze Zeit war ich so vorsichtig und habe immer meine Spuren verwischt. Ich wusste von Anfang an, was für den auf dem Spiel steht, der die Regeln bricht. Meine Eltern können mich vor dem, was kommt, nicht beschützen. Das kann niemand.

Wieder spüre ich, wie sich in meinem Kopf etwas verrückt. Die Mauer, die ich gebaut habe, verliert den Kampf gegen das, was dagegendrängt. Ich weiß nicht, was passiert, wenn sie einstürzt.

Um mich herum fühlt sich die Dunkelheit schwer an, als wäre ich tief unter dem Meer, mit zweitausend Metern Wasser über mir. Unter diesem Druck kann ich kaum atmen.

Warten sie schon auf mich, wenn ich wieder nach oben gehe? Ich stelle mir vor, wie die Fassade des Cottages von den Scheinwerfern eines schmutzigen weißen Lieferwagens angestrahlt wird.

CHILLAX.

Schaudernd lausche ich auf ein Geräusch. Aber es ist ganz ruhig hier unten, es herrscht die tödliche Stille einer Gruft. In meiner Tasche fühle ich die harte Wölbung des Schlüssels für das Vorhängeschloss.

Keine halbe Stunde zuvor stand ich an meinem Zimmerfenster und schaute zu, wie ein Fahrzeug den Weg am Brachfeld entlangholperte. Der Fahrer *muss* hierhergekommen sein. In der Zelle deutet nichts mehr auf Elissas Anwesenheit hin – sie ist geputzt, geschrubbt, desinfiziert worden. Ist es eine Botschaft, dass die Tür wieder verschlossen ist, oder gibt es einen anderen Grund dafür?

Meine Hände zittern so heftig, dass ich ewig dafür brauche, das Vorhängeschloss zu öffnen. Ich schiebe den mittleren Riegel auf. Dann die beiden anderen. Ich packe den Griff und halte in der Dunkelheit inne.

Ich sollte weggehen, diese Polizeiwache suchen. Diesmal die Wahrheit sagen anstelle der ganzen Lügen.

Ich verziehe das Gesicht und öffne die Tür.

IV

Aus der Zelle dringt dieser höllische Gestank nach Bleiche. Ich zögere auf der Schwelle und lasse ihn über mich ergehen. Dann balle ich die Fäuste und mache einen Schritt vorwärts, wobei ich mich mit der Schuhspitze vortaste. Ich erwarte gar nicht, meine

Taschenlampe zu finden, aber die Suche allein lenkt mich sicher von dem ab, was mich womöglich oben erwartet.

Trotz der Dunkelheit halte ich die Augen geschlossen und gehe durch die Zelle, wobei ich den ausgestreckten Fuß über den Boden hin und her gleiten lassen. Ich muss vorsichtig sein. Ich kann es mir nicht leisten, auch nur einen Zentimeter zu vergessen. Ich bin schon auf halbem Weg zum Eisenring – zumindest glaube ich das –, als ich etwas höre.

Ich erstarre und lausche angestrengt, aber mein Atem ist viel zu laut, mein Herz pocht viel zu heftig. «Hallo», sage ich vorsichtig und mache mich auf einen Schlag mit dem Hammer gefasst oder auf einen Stich mit einer Klinge.

Die Dunkelheit pulsiert, als wäre sie lebendig wie eine tintenschwarze Lunge. «Hallo, Elijah», antwortet sie.

MAIRÉAD

Tag 6

I

Zum dritten Mal in vier Tagen ist Mairéad im Wohnzimmer der Mirzoyans. Lena und ihre Eltern sitzen ihr gegenüber. Judy Pauletto, die Opferschutzbeamtin, bleibt immer in der Nähe. Gestern hat Lena ausgesehen wie eine Leiche. Jetzt sieht sie noch schlimmer aus.

Mairéad fühlt sich nicht viel besser. Heute Morgen hat sie es geschafft, ein ganzes Frühstück zu essen, aber es dauerte nur fünf Minuten, bis ihr alles wieder hochkam. Zum Glück hatte sie keine Schmerzen mehr im Unterleib seit der Pressekonferenz gestern, und auch keine Blutflecken. Gestern Abend ist sie so hundemüde gewesen, dass sie es nicht mehr schaffte, sich in die Abteilung für Frühschwangerschaften im Krankenhaus überweisen zu lassen. Wegen der neuesten Entwicklungen hatte sie auch heute keine Zeit dazu.

«Es gibt ein neues Video», erklärt sie. «Ich will Sie nicht anlügen. Es ist verstörend. Aber Sie müssen es sich ansehen. Vielleicht fällt Ihnen etwas auf, was wir übersehen.»

Sie wirft Judy einen schnellen Blick zu, öffnet den Laptop und drückt auf die Play-Taste.

Das Mädchen sieht schrecklich aus. Abgemagert, verschreckt, krank. Als Lena Mirzoyan ihre Tochter so sieht, sinkt sie in sich zusammen, als hätte man die Fäden durchtrennt, an denen sie hing.

Auf dem Bildschirm atmet Elissa ein paarmal tief durch. Dann sagt sie mit einer Stimme, die so kratzig ist wie nasser Sand: «Da war dieses eine Mal, letzten Sommer. Mum hatte versprochen, mit mir nach London zu fahren. Ich wollte immer mal mit der Tube zu all den berühmten Haltestellen fahren – zu Madame Tussauds gehen und in Ripley's Believe it Or Not, zur Baker Street 221.»

«Seid Ihr hingefahren?»

Obwohl sie sich dieses zweiminütige Video schon dreißigmal angesehen hat, wird Mairéad immer noch ganz steif, wenn sie diese Stimme hört. Lena Mirzoyan auf dem Sofa zuckt zusammen.

«Ja», antwortet Elissa. «Aber wir haben nichts davon gemacht. Am Ende waren wir im Kino, um uns eine Wiederholung von *Léon der Profi* anzuschauen, einem alten Film, den meine Mum so mag. Ich hab es gehasst, jede einzelne Minute davon.»

«Das klingt nicht nach Spaß.»

«Nein. Hinterher wollten wir eigentlich irgendwo hin, um Kuchen zu essen. Schwarzwälder Kirschtorte, wie sie versprochen hatte.»

«Aber du hast keinen Kuchen bekommen?»

«Wir waren in einem Pub. Mum hat fünf Wodkas getrunken, dann sind wir mit dem Zug nach Hause gefahren.»

«Deine Mum klingt ja wie eine richtige Schlampe.»

Elissa Mirzoyan starrt fünf lange Sekunden lang in die Kamera. Als der Bildschirm dunkel wird, schließt Mairéad den Laptop. «Es tut mir leid. Ich weiß, dass es schwer ist, sich das anzuschauen. Aber es scheint das zu sein, was diesen Mann antreibt – er will Mädchen vor der Kamera verächtlich über ihre Mütter reden lassen.»

Lena springt auf die Füße. Mit wildem Blick stürzt sie aus

dem Zimmer. Judy Pauletto will hinter ihr herlaufen, aber Mairéad hebt die Hand. «Gib ihr einen Moment.»

Nach einer Minute ist Lena wieder da. «Elissa», sagt sie atemlos. «Sie schickt uns eine Botschaft.»

Sofort scheint die Luft im Wohnzimmer elektrisch aufgeladen zu sein.

Mairéad steht viel zu abrupt auf. Die Farben weichen aus dem Zimmer. Sie beißt die Zähne zusammen und wartet, bis der Schwindel nachlässt. «Erklären Sie uns das bitte.»

«Wir sind zu ihrem Geburtstag nach London gefahren, aber wir haben nicht die Tube benutzt. Elissa wollte, dass ich ihr das verspreche – sie fand die Vorstellung, in London U-Bahn zu fahren, furchtbar. Wir sind mit dem Zug nach Waterloo gefahren und von dort aus überallhin mit dem Bus.»

«Sie sagten, das sei eine Botschaft.»

Lena nickt heftig mit dem Kopf. «Das ist es auch, verstehen Sie nicht? Warum sollte sie diesen Teil der Geschichte abändern? Der Mann, der sie gefangen hält – der kann das nicht wissen. Diesen Teil der Geschichte kennen nur wir beide. Wir haben an diesem Tag nur Busse benutzt, aber Elissa sagt, wir seien mit der Tube gefahren. Unterirdisch. Ich glaube, sie will uns sagen, dass sie unter der Erde gefangen gehalten wird.»

Mairéad öffnet den Mund. Sie wirft Judy Pauletto einen Blick zu und sagt dann: «Das klingt aber ziemlich weit hergeholt.»

Lena schüttelt den Kopf. «Nicht, wenn man meine Tochter kennt. Außerdem glaube ich nicht, dass das die einzige Botschaft in diesem Video ist. Diese Orte, die sie erwähnt hat – so etwas hat uns nie interessiert. Wir haben den Morgen im British Museum und den ganzen Nachmittag im Science Museum verbracht.» Sie zeigt ihr einen kleinen Stapel Tickets. «Sehen Sie? Ich habe noch die Eintrittskarten.»

Mairéads Herz schlägt jetzt schneller. Judy kritzelt bereits hektisch in ihr Notizbuch. «Das ist gut, Lena. Das ist großartig. Was noch?»

«Diese anderen Orte. Sie gehören vielleicht auch zur Botschaft. Elissa hat nur bestimmte Teile der Geschichte geändert. Ich glaube, es kommt auf die Stellen an, wo sie etwas ersetzt hat. Madame Tussauds, Ripley's Believe It or Not, Baker Street – ich weiß noch nicht, was sie sagen will, aber ich weiß, dass es eine Bedeutung hat.»

«Baker Street 221», sagt Elissas Großvater, «ist im Roman die Adresse von Sherlock Holmes.»

Mairéad nickt. «Und Madame Tussauds ist das Wachsfigurenkabinett. Vielleicht will sie damit auf eine Maske hinweisen, irgendeine Art von Verkleidung. Ripley's Believe It or Not war am Piccadilly Circus und wurde letztes Jahr geschlossen. Darin gab es eine riesige Sammlung sonderbarer Dinge: Schrumpfköpfe, fünfbeinige Lämmer, lauter irres Zeug.»

Kurz scheint aus Lena alle Spannkraft zu entweichen. Dann strafft sie sich. «Wir haben Kuchen gegessen, aber es war Karottenkuchen, keine Schwarzwälder Kirschtorte.»

«Sie glauben, dass sie uns sagen will, dass sie unter der Erde ... in einem Wald gefangen gehalten wird?»

«Ganz sicher.» Und dann schluckt Lena, weil das Grauen beinahe unerträglich ist. «Im Video sagt sie, dass ich – den Film *Léon* mag. Davon habe ich noch nie gehört.»

«*Léon der Profi* ist ein Film von Luc Besson. Darin geht es um ein Mädchen, das sich mit einem Auftragskiller anfreundet, nachdem ihre Eltern umgebracht wurden.»

Lena Mirzoyan setzt sich aufs Sofa und schlingt die Arme um die Knie.

«Sie haben eine sehr kluge Tochter», sagt Mairéad. «Würden

Sie sich das Video noch einmal mit mir anschauen? Vielleicht entdecken Sie noch etwas.»

Lena nickt, und Judy Pauletto schlägt eine neue Seite in ihrem Notizbuch auf.

Draußen hängen die Regenwolken wie ein dichter Vorhang am Himmel. Hält man Elissa Mirzoyan wirklich irgendwo unter der Erde gefangen, im Wald, weit entfernt von allen neugierigen Blicken? Wenn dem so ist, sind ihre bereits hauchdünnen Überlebenschancen praktisch nicht mehr vorhanden.

Halte durch, bitte halte durch.

Plötzlich bemerkt Mairéad mit einem überwältigenden und ausweglosen Gefühl des Verlustes, dass ihre Übelkeit vollkommen verschwunden ist.

ELISSA

Tag 6

I

Sie wacht von einem Hämmern in ihrem Kopf auf. Es fühlt sich an, als schlüge die Brandung gegen eine Hafenmauer. Ihr Gesicht ist mit etwas verklebt ... mit Kleister oder Erbrochenem oder Blut, sie kann es nicht sagen. Obwohl ihr Magen ganz leer ist, ist ihre Blase so voll, dass sie zu platzen droht.

Ist das hier ihr Sarg? Fühlt sich ihr Kopf deshalb so eingesperrt an?

Ihre Lungen verkrampfen sich. Es kostet sie Mühe zu atmen. Sie versucht, ihr Bein ein wenig auszustrecken, und es gleitet über etwas Kaltes, Raues. Der Boden unter ihr ist uneben. Und er ist ihr vertraut. Irgendwie ist sie wieder in die Zelle gelangt.

Was sie am meisten erschreckt, ist die Erleichterung, die sie deswegen überkommt. Die Erleichterung, wieder in der bekannten Umgebung zu sein, darüber, dass ihre Situation sich stabilisiert hat. Sie hatte geglaubt, sterben zu müssen. Stattdessen hat sie eine Gnadenfrist bekommen. Sie hat keine Ahnung, warum der Ghul sie in den Lieferwagen geschafft hat. Vielleicht war es ein Test oder ein kranker Spaß.

Der Druck in Elissas Blase wird stärker. Als Nächstes tastet sie nach der Handschelle und stöhnt, als sie sie dort vorfindet, wo sie gewesen ist. Ihr Arm ist ganz feucht, und sie weiß, dass das Blut sein muss. Sie spürt keinen Schmerz an der Stelle, wo sich die Wunde wieder geöffnet hat – nur ein leichtes Pochen –, aber es stinkt, als hätte jemand etwas Totes in einen Schmutzwäschekorb geworfen.

Ein Klappern dringt in ihre Gedanken. Ein paar Augenblicke später hört Elissa das Quietschen der Gummidichtung. Ein kalter Luftzug trifft sie. Dann eine Stimme, schwankend und unsicher.

II

«Hallo, Elijah», sagt sie.

Falls er ihre Antwort gehört hat, lässt er es sich nicht anmerken. Sie spürt ihn nicht auf dem Fußboden. Der zuckende Lichtschein seiner Taschenlampe ist nicht zu sehen.

Sie hört jemanden flach atmen. Sonst nichts.

«Hänsel?»

Der Name schwebt in der Luft, aber er antwortet nicht. Sie hört, dass er näher schlurft. Hier im Dunkeln könnte er mit einem Messer in der Hand auf sie zu schleichen, sie wäre ahnungslos.

Sie setzt sich auf, beißt die Zähne zusammen, weil ihr übel wird, und weicht zurück. Die Kette rasselt über den Fußboden und verrät ihren Rückzug.

«Gretel», sagt Elijah. Seine Stimme ist beinahe erstickt vor lauter Gefühl, und sie fragt sich schon, ob er weint. «Ich dachte ... ich dachte ...»

Elissa schluckt. «Ich auch.»

«Du warst nicht mehr da. Ich bin gekommen, und du warst fort. Alles andere auch. Nur dieser Geruch nach Bleiche. Wie ... wie sie es bei den anderen Malen gemacht haben.»

Sie leckt sich mit trockener Zunge über die Lippen. «Wie sie es bei Bryony gemacht haben?»

Elijah gibt ein hartes Geräusch von sich.

«Wo ist deine Taschenlampe?»

«Ich ... ich bin in Panik geraten und habe sie fallen lassen, und dann bin ich weggelaufen. Die Taschenlampe ist der Grund, weswegen ich zurückgekommen bin. Ich dachte, du wärst tot, Elissa. Was ist passiert?»

Er schwankt zwischen den beiden Namen: Elissa, dann wieder Gretel. Sie weiß nicht, was das bedeutet, aber sie glaubt nicht, dass es etwas Gutes ist.

«Er ist gekommen», sagt sie zu ihm. «Der Flüstermann. Der Mann, den ich den Ghul nenne. Er hat mich rausgeholt, in seinen Lieferwagen geschubst. Dann ... dann hat er mich unter Drogen gesetzt – einen Lappen auf mein Gesicht gelegt wie auf dem Parkplatz vor dem Hotel.»

Elissa zuckt zusammen, weil ein Schmerz sie durchschießt. Es fühlt sich an, als tanzte ihr Hirn wild in ihrem Schädel herum. Sie hört wieder eine Bewegung: Elijah, der durch die Zelle schlurft und dabei seine Füße hinter sich herzieht wie ein Zombie. «Was machst du da?»

«Ich suche nach meiner Taschenlampe.» Nach ein paar Minuten Suchen lässt er sich irgendwo in ihrer Nähe fallen. «Sie ist nicht hier.»

«Dann muss er sie genommen haben.»

Elissa weiß, wie viel Angst ihm diese Worte machen müssen. Jetzt gerade ist ihr das egal.

Elijah räuspert sich und sagt: «Kann ich dich etwas fragen?»

«Klar.»

«Versprichst du mir, dass du mich nicht auslachst?»

«Ich versprech's.»

«Das klingt jetzt bestimmt dumm. Und ich ... ich habe das noch nie jemanden gefragt, aber ... ist das alles ...» Er hält inne und fragt dann: «Ist das alles wirklich?»

Elissa blinzelt. «Wirklich?»

«Manchmal ... manchmal denke ich, das ist es gar nicht.»

«Was meinst du damit?»

«Ich heiße gar nicht Hänsel.»

«Nein», gibt sie zurück. «Du heißt nicht Hänsel. Du heißt Elijah.»

«Tue ich das?»

Elissa wartet darauf, dass er weiterspricht, aber er schweigt. Nach einer Weile sagt sie: «Das hier ist die Wirklichkeit, Elijah. Alles. Du bist wirklich, ich bin wirklich. Meine Mum ist wirklich. Meine Familie. Dieser Ort ist ebenfalls wirklich. Ich will hier nicht sein, und ich hoffe, dass ich hier nicht sterben muss. Ich hoffe mehr als alles andere, dass du mir dabei helfen wirst, das hier zu überleben – aber es ist alles wirklich, das verspreche ich dir. Es ist alles so wirklich, wie es nur sein kann.»

Elijah schnieft. «Du willst nicht hier sein.»

«Nein. Ich will nach Hause, zu meiner Familie. Das Essen meiner Mum essen. Mit ihr auf dem Sofa sitzen und Netflix schauen.»

«Du willst, dass ich dich hier rausbringe.»

«Das will ich mehr als alles andere auf der Welt.»

Sie hört ein Kratzen in der Dunkelheit. Vielleicht ist es harmlos. Oder auch nicht. Sie versucht, ihr letztes Bild von ihm loszuwerden, das Bild von einem Jungen, dessen tulpenförmiger Mund einen grotesken Gegensatz zu seinem augenlosen Gesicht bildet.

Als Elijah wieder spricht, ist er näher bei ihr. «Hast du Angst vor dem Tod?», fragt er. «Oder nur vorm Sterben?»

Elissa zuckt zusammen. Es ist eine merkwürdige Frage. Im Moment ist alles an Elijahs Verhalten besorgniserregend. Sie hört ihn atmen, aber es ist schwierig, genau zu sagen, wo er sich befindet. Sie weiß, dass sie die Unterhaltung aufrechterhalten muss, also sagt sie ihm die Wahrheit: Was ihr die meisten Sorgen macht, ist, dass ihre Mum ganz allein ist.

«Du könntest sie als Geist heimsuchen», schlägt er vor.

«Sag das nicht.»

«Du könntest mich als Geist heimsuchen.»

Sein Ton macht ihr eine Gänsehaut. «Wirst du denn schon von einem Geist heimgesucht?»

«Manchmal denke ich das.»

«Von Bryony?»

«Nicht von ihr. Bryony war meine Freundin.»

«Sie haben sie umgebracht.»

«Ja. Das haben sie getan.»

«Warum, Elijah? Warum haben sie das getan? Warum tun sie das?»

«Weil ...», sagt er mit dieser scheußlichen körperlosen Stimme, «weil es das Richtige ist.»

III

Das ist nicht die Antwort, die Elissa erwartet hat. Ihr Keuchen mündet in einen Hustenanfall, den sie kaum stoppen kann.

«Alles in Ordnung mit dir?», fragt Elijah. «Du klingst krank.»

Warum haben sie das getan? Warum tun sie das?

Weil ... Weil es das Richtige ist.

Glaubt er das wirklich, oder wiederholt er einfach nur, was man ihm gesagt hat?

«Mein Handgelenk», sagt sie. «Ich glaube, es ist entzündet. Ich glaube, es ist richtig schlimm.»

Eine Weile herrscht Stille. Dann rappelt sich Elijah abrupt auf. «Oh, das ist alles *meine* Schuld», jammert er. «Ich hätte etwas *tun* können, und ... und ich ...»

«Wie kann das hier deine Schuld sein?»

«Es tut mir so leid, Gretel. Wenn ich doch nur nicht so dumm gewesen wäre!»

Sie runzelt die Brauen. «Das verstehe ich nicht. Du sagst, dass das hier deinetwegen passiert?»

«Ich habe das Anwesen verlassen. Bin durch den Mädchenwald gegangen, bis ganz zur Straße. Weiß gar nicht mehr, wie lange ich gelaufen bin – ich glaube, ich habe mich verirrt. Und dann ... das Nächste, woran ich mich erinnern kann, war die Polizeiwache, wo ich Fragen beantworten sollte. Ich habe ihnen gesagt, sie sollen Papa anrufen, und er hat mich abgeholt.»

Das Blut entweicht aus Elissas Magen. «Du warst auf einer Polizeiwache?»

«Ja.»

«Du hast mit ihnen gesprochen?»

«Hm-hm.»

«Was hast du gesagt?»

«Na ja ... ich habe ihnen von der Krähe erzählt, die Papa geheilt hat.»

Ihr bleibt der Mund offen stehen. «Hast du ihnen von *mir* erzählt, Elijah? Hast du dir meinen Namen gemerkt, wie ich es dir gesagt habe? *Elissa Mirzoyan.* Hast du ihnen erklärt, wo ich bin? Was hier unten passiert? Hast du ihnen gesagt, wie sie mich finden können?»

«Nein, ich ...»

«Nein?»

«Du verstehst das nicht!», schreit er. «Ich hab es dir doch schon gesagt – ich konnte nicht mehr klar denken. Ich war noch *nie* vorher auf einer Polizeiwache. Es hat mir *Angst* gemacht. Ich wollte ihnen alles erzählen, natürlich wollte ich das, aber da war ich schon so durcheinander, dass ich dachte, sie würden mir sowieso nicht glauben. Ich habe mir geschworen, etwas zu sagen, wenn ich wieder ruhiger bin, aber dann war ich schon wieder zu Hause.»

Sein Geständnis ist so niederschmetternd, so vollkommen vernichtend, dass es Elissa alle Kraft aus den Gliedern saugt. Sie sackt auf dem Boden zusammen und achtet nicht auf die spitzen Steine, die sich in ihr Fleisch graben. «Wohin wolltest du?», flüstert sie. «Warum wolltest du das Anwesen verlassen?»

«Ich ... ich weiß es nicht. Ich glaube, ich brauchte nur ein wenig Abstand. Und Zeit, um nachzudenken. Mein Kopf, er ist ...» Seine Füße scharren über den Boden. «Ich kann das wiedergutmachen», sagt er. «Ich weiß es. Ich denke mir etwas aus, dann komme ich zurück.»

Ein paar Augenblicke später quietscht die Türdichtung.

Als er fort ist, ertastet Elissa die Streichhölzer und zündet eine Kerze an. Elijah, das weiß sie, wird sich nichts ausdenken. Sie hatte gehofft, er wäre ihr Verbündeter, ihre Überlebenschance. Aber das ist er nicht. Als sie auf ihr Handgelenk und das schmierige, schwammige Gegammel hinuntersieht, in das es sich verwandelt hat, weiß sie, dass ihre Zeit abgelaufen ist.

ELIJAH

Tag 7

I

Es ist Samstagmorgen, und ich stolpere durch den Mädchenwald. Ich bin überzeugt davon, dass mich jemand verfolgt. Gestern Abend, als Elissa wieder in ihre Zelle gebracht wurde, müssen sie die offene Tür und die Taschenlampe bemerkt haben. Was bedeutet, sie wissen, dass jemand unten gewesen ist. Vielleicht wissen sie noch nicht, *wer* es war. Aber sie wissen, dass ich gestern das Anwesen verlassen habe, dass ich auf der Polizeiwache war. Sie müssen sie aus Angst vor dem, was ich gesagt haben könnte, wieder zurückgebracht haben. Das Fahrzeug, das ich letzten Abend aus meinem Zimmerfenster beobachtet habe und das am Brachfeld entlanggefahren ist, hat vermutlich Elissa zurückgebracht. Es ist ein Wunder, dass sie noch nicht tot ist.

Vor mir wird das Gehölz lichter. Ich kann die Schrottstadt erkennen und die graue Fläche des Knöchelchensees. Nebelschleier hängen über dem Boden. Rauch steigt von der gemeinschaftlichen Feuerstelle auf und aus Zauber-Annies Blechschornstein.

Von Richtung Osten zerschneidet der Motor eines Fahrzeugs mit Allradantrieb die Stille. Es ist zu schnell unterwegs. Ich trete gerade rechtzeitig aus dem Wald, um Meuniers schlammbespritzten Defender über das Gras holpern zu sehen.

II

Seine Räder blockieren, und er rutscht vor Noakes Laster, wo er stehen bleibt. Die Fahrertür wird aufgerissen, und Leon Meunier springt heraus. Ich habe noch nie ein derart wutrotes Gesicht gesehen. Er legt den Kopf in den Nacken und brüllt etwas.

Noakes zwei Hunde rappeln sich auf, sie knurren und schnappen in die Luft. Nur ihre Ketten halten sie zurück, die an einem spiralförmigen Ring im moorigen Boden befestigt sind. Meunier stapft in die Siedlung, wobei er immer noch herumschreit. Ich schleiche zu seinem Defender.

Die anderen kommen jetzt aus ihren Behausungen. Noakes ist der Erste, in seinen alten Mantel gehüllt. Seine Haut sieht aus wie verdorbenes Wurstbrät. Er hat die Hände geballt.

Die beiden Männer diskutieren hitzig. Dann kommt das neue Paar aus seinem Wohnwagen. Die Frau trägt kniehohe Stiefel und einen bauschigen Kunstpelz. Ihr Gesicht ist stark geschminkt. Fedrige blaue, grüne und silberne Lidschattenstreifen lassen sie wie einen tropischen Vogel aussehen.

Jetzt bin ich am Auto. Ich drücke mich gegen die Beifahrertür. Ich höre, wie Meunier befiehlt, dass die neuen Bewohner das Anwesen unverzüglich verlassen sollen.

Weil die Fenster des Defenders getönt sind, kann ich beim Lauschen nicht gesehen werden. Dennoch werde ich das Gefühl nicht los, beobachtet zu werden. Immer wieder schaue ich zurück in den Mädchenwald, aber ich kann zwischen den Bäumen niemanden entdecken. Dann spähe ich erneut durch das Fenster des Wagens und sehe etwas, was mir vorher nicht aufgefallen ist.

Auf der Schaltknüppelkonsole liegt neben Meuniers Handy und Brieftasche die heutige Ausgabe des *Daily Telegraph*. Unter dem Titelkopf der Zeitung starrt ein riesiges Bild von Gretel zu mir hoch. Diesmal haben sie ein anderes Foto verwendet – es ist besser. Ihr Gesichtsausdruck deutet schon darauf hin, wie sie als Frau einmal aussehen wird.

Hast du ihnen von mir erzählt, Elijah? Hast du dir meinen Namen gemerkt, wie ich es dir gesagt habe? Elissa Mirzoyan. Hast du ihnen erklärt, wo ich bin? Was hier unten passiert? Hast du ihnen gesagt, wie sie mich finden können?

Ich weiß, dass sie denkt, ich hätte sie im Stich gelassen. Ich weiß, dass sie das Vertrauen in meine Fähigkeit verloren hat, ihr zu helfen. Wenn ich ehrlich bin, habe ich es auch verloren.

Ich muss an meine Sammlung von Andenken und seltsamen Funden denken und wie sehr ich mir Gretels Foto dafür wünsche. Wenn ich sie nicht retten kann, dann habe ich zumindest die Pflicht, ihr Andenken zu wahren. So leise ich kann öffne ich die Tür des Land Rovers.

III

Ein herbstlicher Gewitterdonner rumpelt über Meunierfields und scheucht einen Schwarm Gänse vom Knöchelchensee auf. Das Geräusch ist brachial und kommt so unerwartet, dass meine Nerven erstarren. Hinter mir schreien sich die Leute an, und ich fliehe in den Schutz der Bäume. Hier knie ich im nassen Farn und reiße Elissas Foto aus der Zeitung.

Als ich wieder auf den Füßen bin, will ich schon nach Hause gehen. Da sehe ich, wie sich Zauber-Annies Tür klappernd öffnet. Meine Geisterführerin taucht auf der obersten Stufe ihres Wohnwagens auf. Der Cowichan-Pullover und die Türkis-Kette sind verschwunden, stattdessen trägt sie einen bunten Wollrock. Sie hat mir mal erzählt, das sei ein rumänischer *fótă*. Sie hat sich das Haar mit einem weißen Tuch hochgebunden, einem *maramā*.

Annie hat die Hände vor sich gefaltet, steigt ins Gras hinab und geht auf die Gruppe zu. Sie wirkt zwischen ihnen wie das sanfte Licht des Mondes. Meunier ist mitten in einer Tirade, als er sie bemerkt. Und als Annie spricht, hört er zu. Sie erweist ihm den gleichen Respekt, als er zu einer Erwiderung ansetzt.

Eine Minute später marschiert er zu seinem Defender und fährt los, wobei seine Räder Gras und Schlamm aufspritzen lassen.

Die Schrottstadt-Leute schauen ihm hinterher. Die Frau mit den Pfauenaugen zischt Annie etwas zu, die unwillig die Augen zu Schlitzen verengt.

Ich war auch schon ein, zwei Mal Ziel eines solchen Blickes. Es ist ein unangenehmes Gefühl, aber der jungen Frau scheint es egal zu sein. Nach ihrem Wutausbruch stapft sie zu ihrem Wohnwagen zurück. Der Typ mit der Kappe folgt ihr. Annie und Noakes sehen beide beunruhigt aus. Sie reden noch ein wenig miteinander, bevor sie sich trennen.

Während ich ihnen so zusehe, beschleicht mich das Gefühl, dass alles hier, mein eigenes Leben eingeschlossen, bald in Flammen aufgehen wird.

IV

Ich sollte gehen, jetzt, bevor man mich entdeckt, aber Annies Anblick weckt in mir den Wunsch nach ihrer Nähe. Also trete ich aus meinem Versteck und renne auf ihren Wohnwagen zu.

Sie öffnet nach dem ersten Klopfen und lässt mich ein. Ich ziehe meine Turnschuhe aus, und sie stellt sie neben den Holzofen. Ich setze mich in die Nähe des Fernsehers. Annie schenkt mir ein Glas Milch ein und legt drei Pekannuss-Kekse auf einen Teller. Sie will ihn gerade auf den Tisch stellen, als sie innehält. *«Anoki»*, sagt sie, obwohl heute gar kein Amerikanischer-Ureinwohner-Tag ist. «Warum die Tränen?»

Ich kann sie einfach nicht zurückhalten und wische mir die Nase am Ärmel ab. «Was passiert da, Annie? Was ist los?»

Sie runzelt die Brauen. «Was meinst du?»

Ich kann ihr den wahren Grund für meine Tränen nicht verraten, also nicke ich in Richtung Fenster, in Richtung der Reifenspuren, die Meuniers Defender hinterlassen hat. «Wirft er euch raus?»

Die Fältchen um Annies Augen vertiefen sich. «Bist du *deswegen* so durcheinander? Mach dir um diesen alten Fiesling keine Sorgen. Na komm, wisch dir das Gesicht ab und trink deine Milch.»

Meine Kehle ist ganz eng, und ich kann den Kloß darin nicht hinunterschlucken. «Aber wenn er euch *doch* rauswirft?»

«Jetzt hör mir mal zu», sagt sie und gleitet auf die Bank neben mich. «Die alte Annie weiß ein paar Dinge über Leon Meunier, und du kannst dir sicher sein, dass ihm das klar ist. Der wirft hier niemanden raus – heute nicht, morgen nicht, nie.»

Jetzt rinnen mir neue Tränen über die Wangen. Ich möchte ihr glauben, aber ich bin so zerrissen zwischen meinen Gedanken an Gretels entzündetes Handgelenk und meine verlorene Taschenlampe, dass ich ihren Trost nicht spüren kann. «Wenn du fort wärst, Annie, dann wüsste ich nicht, was ich machen soll.»

Sie berührt mich zart mit dem Finger. «Du bist zu gut für diese Welt, Elijah.»

Ich schließe die Augen und lehne den Kopf an ihre Schulter. Annie streichelt mir das Haar. Von draußen höre ich das vertraute Dröhnen eines Dieselmotors. Ich setze mich aufrecht hin, als Meuniers Defender wiederauftaucht und abrupt neben der Feuerstelle anhält.

«Mögen uns die Heiligen beschützen», murmelt Annie und steht auf.

Die Autotür wird aufgerissen. Meunier springt heraus. Bisher sah er wütend aus. Jetzt sieht er fuchsteufelswild aus. Ich denke daran, was ich aus dem Land Rover gestohlen habe, und beiße die Zähne so fest zusammen, dass es schmerzt.

Annie atmet tief durch und rückt ihre *maramā* zurecht. «Warte hier. Ich lenke seine Aufmerksamkeit auf mich», sagt sie und geht zur Tür. «Du schleichst so leise nach Hause, wie du kannst.»

«Ja, Annie», sage ich.

ELISSA

Tag 7

I

Elissa liegt auf dem Zellenboden, wird vom Fieber geschüttelt und schwitzt trotz der Kälte. Sie lauscht auf ihren rasselnden Atem. Ihr rechter Arm fühlt sich an, als verwandelte er sich gerade in etwas Unaussprechliches, als hätte der Zersetzungsprozess bereits begonnen.

Vorhin konnte sie noch die Kraft aufbringen, eine Kerze anzuzünden. Jetzt, da sie sie anschaut, hat sie den Eindruck, dass etwas mit ihren Augen nicht in Ordnung ist. Einen Moment lang ist die Flamme so groß, dass sie ihr gesamtes Gesichtsfeld füllt; im nächsten bewegt sie sich weg, bis sie nur noch ein weitentfernter Stecknadelkopf ist.

An den Wänden ihrer Zelle tollen und zwitschern *bodachs*, ihre halb flüssigen Glieder wirken lebendig. Sie weiß, dass sie nicht wirklich da sind, aber in ihren geflüsterten Unterhaltungen hört sie das Echo des Ghuls: *Wenn du dich hier unten nicht sauber hältst, können sich solche Wunden entzünden. Zuerst fängt die Haut an zu jucken und wird ganz heiß. Das Fleisch schwillt an, beginnt zu eitern, wie ein Stück Obst in der Sonne, auf das jemand getreten ist. Dir wird schwindelig, du bist verwirrt. Du kannst deinen eigenen Gedanken nicht mehr trauen.*

Ganz egal, was er damit beabsichtigt hat: Seine Warnung stimmte. Sie kann nicht einmal mehr ihren Augen trauen.

Abrupt rast die Flamme auf sie zu. An der Wand wird einer der *bodachs* zu Andrea vom Wide Boys: *Du solltest mich mal an Halloween sehen. Ich trage dann knallorange Kontaktlinsen, die Schlitzpupillen haben wie bei einer Katze. Die Leute erschrecken sich immer zu Tode.*

Die Flamme sinkt in sich zusammen und schwillt wieder an. Sie krümmt sich und dreht sich um die eigene Achse. An ihrem Tanz ist etwas zutiefst Verlockendes, es ist beinahe, als wäre diese gelbe Feuerträne, die aus einem blauen Kern wächst, der Übergang zwischen der materiellen und der göttlichen Welt. Einen Moment lang hat Elissa das Gefühl, dass sie eine Offenbarung hat, die sie beinahe greifen kann, eine Gotteserscheinung. Dann entfernt sich das Licht wieder und lässt sie verzweifelt zurück.

Sie ist schon längst über die Grenze dessen hinweg, was ihr Körper und ihr Geist ertragen können. Die Feuchtigkeit, der Mangel an Nahrung und die widerlichen Drogen des Ghuls haben ihren Tribut gefordert. Sie ist viel zu erschöpft, um ihre Erinnerungen an Elijah in die Schubladen ihres ausgedachten Schachbretts zu stecken, zu benebelt, um nach Antworten zu suchen. Ihre Versuche, ihn dazu zu zwingen, ihr zu helfen, sind gescheitert, ebenso wie ihre Versuche, ihn zu überlisten. Am schlimmsten jedoch – schlimmer noch als ihre entzündete Wunde und die Tatsache, dass sie die Wirklichkeit nicht mehr von ihren Träumen unterscheiden kann – ist das Wissen, dass irgendwo da draußen ihre Mum ganz allein ist. Lena Mirzoyan verdient es nicht, eine Tochter zu verlieren, und doch scheint genau dieser Ausgang jetzt unausweichlich zu sein.

Als Elissa die Riegel klappern hört, fragt sie sich, ob ihre größte Qual ihr erst noch bevorsteht.

Wem willst du etwas vormachen? Du weißt doch genau, dass es so ist.

11

Da ist keine Stimme, kein Taschenlampenlicht, und der zuckende Schein der Kerze fällt nicht auf ihren Gast, aber sie weiß aus irgendeinem Grund trotzdem, dass es Elijah ist. Das ist weder gut noch schlecht, es ist einfach so. Sie weiß immer noch nicht, was er mit dieser Sache zu tun hat. Vermutlich wird sie es nie erfahren.

Er bleibt zögernd auf der Schwelle stehen, als müsste er erst Mut fassen. Als die Stille zu lastend wird, krächzt sie: «Hänsel?»

Füße gleiten über Stein. Etwas schält sich aus der Dunkelheit. Elissa blinzelt und versucht, scharf zu sehen, aber es hat keinen Zweck – das Kerzenlicht ist wieder zurückgewichen und hat einen Nebel aus schmierigem Grau hinterlassen.

Stück für Stück kommt das Licht jetzt zurück, aber nun zuckt ihr Blick ruhelos hin und her, als schaute sie sich einen alten Zelluloid-Film an, der von der Filmrolle gerutscht ist. Aus dem Wirrwarr taucht langsam ein fleischiger Fleck mit zwei dunklen Kreisen darin auf.

Elijah macht noch einen Schritt auf sie zu. In der glitschig-zupackenden Sprunghaftigkeit ihrer Wahrnehmung schafft sie es nicht, die Umrisse zu einem kohärenten Ganzen zusammenzupuzzeln. Elijah schrumpft und schwillt wieder an, ein rastloser *bodach*, dessen Dimensionen ständig im Fluss sind.

Aber eins bemerkt sie doch in den wallenden Schatten, die ihn ausmachen – eine Hand, die in einer Jackentasche vergraben ist. An seinem abgewinkelten Ellenbogen erkennt sie, dass er etwas in der Hand hält. Ob es ein Messer oder eine andere Waffe ist, weiß sie nicht.

Elissas Mund wird so trocken, dass sie kaum sprechen kann. «Elijah?»

Er tritt von einem Fuß auf den anderen. «Gretel.»
«Ist etwas passiert?»
«Ich ... ich glaube schon.»
«Geht es dir gut?»
«Eigentlich nicht. Ich bin nicht ... ich kann nicht ...»
Elissas Puls rast jetzt, ihr Atem geht schnell, aber sie bemüht sich, ihre Stimme ganz ruhig klingen zu lassen. «Willst du darüber sprechen?»
Die Muskeln an Elijahs Unterarm spannen sich an, als hätte er den Griff um den versteckten Gegenstand verstärkt. Seine Lunge füllt sich mit Luft. Er atmet zittrig aus.
Die Kerzenflamme duckt sich, ihre Spitze zuckt wie die Zunge eines Reptils. Wieder zieht sich Elissas Welt dunkel zusammen. Als sie hört, wie sich Elijah vor sie hinhockt, muss sie mit Mühe den Impuls unterdrücken, wegzukrabbeln. Sie weiß nur eins, und das ohne jeden Zweifel: Sie muss *unbedingt* den Anschein aufrechterhalten, dass sie ihm vertraut. «Warum bist du zurückgekommen?»
«Ich wollte dich sehen.»
«Aber nicht reden?»
«Nein.»
Elissa wartet kurz ab. Dann sagt sie: «Was dann?»
«Ich wollte spielen», antwortet er. «Mit dir.»
In seinem Tonfall schwingt etwas mit, was sie nicht kennt. Es klingt, als spräche er zu einer Puppe, einem Spielzeug, einem Gegenstand, der ausschließlich zu seiner Befriedigung da ist.
Etwas Scharfes und Schmerzhaftes erfüllt ihre Brust. Sie nimmt all ihr Kraft zusammen und stützt sich auf. «Elijah», fängt sie an. «Wenn das jetzt ...»
«Ich will Schach spielen.»
Sie braucht einen Moment, um den Sinn dieser Worte zu be-

greifen. Elissas Erleichterung ist derart groß, dass sie kurz die Augen schließen muss. Als sie sie wieder öffnet, zeigen ihr die zuckenden Schatten, dass er ein wenig näher gekommen sein muss.

«Ich will auch Schach spielen», sagt sie zu ihm. «Ich will das mehr als alles andere. Aber ich habe dir ja schon gesagt, wir haben kein ...»

«Ich habe ein Handy mitgebracht», sagt er, und plötzlich ist alles anders.

III

Zuerst glaubt Elissa an einen Trick, an ein grausames Spiel mit ihrer Hoffnung. Aber als Elijah die Hand aus seiner Jackentasche zieht, ist der Keller von bläulichem Licht erfüllt.

Ihre Brust zieht sich zusammen. Sie kann nicht atmen, sie *will* nicht atmen, sie fürchtet, dass Elijah wieder zur Vernunft kommen könnte, wenn sie diesen Bann des Schweigens zwischen ihnen durchbricht.

Sie darf keine plötzlichen Bewegungen machen, darf nicht zu eifrig wirken, kann es sich nicht leisten, auch nur den leisesten Hauch von Gier oder Arglist zu zeigen. Das Handy bietet eine Chance auf Rettung, aber sie kann sie noch nicht ergreifen. Und Elijah hat sich ihrer List gegenüber bisher als weit widerstandsfähiger erwiesen, als sie gehofft hatte.

Du versuchst mich reinzulegen. Stimmt doch? Du willst, dass ich dir ein Telefon bringe, damit du jemanden anrufen kannst, der dich von hier wegholt.

Warum hat er dann genau das getan?

Ein Gedanke streift ihr Bewusstsein, von dem sich ihr die Nackenhaare aufstellen. Vielleicht ist *das hier* der Test, auf den er sie vorbereitet hat.

Schließlich hat sie nicht mehr genug Sauerstoff und muss atmen. Es ist überlebenswichtig, dass sie ganz ruhig bleibt. Wenn Elijah ihre Aufregung bemerkt, dreht er bestimmt auf dem Absatz um und rennt weg. Ihre Finger sind jetzt zu Klauen geworden. Ihre Beinmuskeln, bisher zu schwach, um ihr Gewicht zu tragen, beben vor Adrenalin. Könnte sie ihm die Augen auskratzen, wenn es ihr das Leben retten würde? Wahrscheinlich. Sie würde die grausige Tat niemals vergessen, aber sie würde vielleicht ihre Mum wiedersehen. Allein das wäre es wert.

Elijah, der immer noch nicht mehr als ein monströser grauer Schlieren ist, weicht vor ihr zurück. «Was ist los?»

Sie will ihn packen, ihn greifen, ihn daran hindern, aus dem Radius ihrer Kette zu treten. Aber wenn sie ihn jetzt ungefragt berührt, wird diese Hoffnung auf Rettung zerplatzen.

Mit ihrer trockenen Zunge fährt sie sich über die aufgesprungenen Lippen. «Durst.»

Der graue Fleck kommt näher, bis er das gesamte Licht verdeckt. Plötzlich ist die Öffnung der Evian-Flasche an ihrem Mund. Elissa neigt den Kopf zurück und lässt zu, dass das kostbare Wasser ihre Kehle hinabrinnt. Im Plastik der Flasche spiegelt sich das Handy. Es ist so nah.

«Du armes *Ding*», murmelt Elijah, als die letzten Tropfen aus der Flasche tröpfeln. «Ich hätte dir noch mehr Wasser mitbringen sollen. Ich hätte daran denken müssen.»

«Schon in Ordnung», sagt sie und wischt sich den Mund ab. «Es ist nicht deine Schuld.»

«Doch, ist es. Du bist hier unten und stirbst an Durst, und ich denke nur an das dumme Spiel. Das ist selbstsüchtig und dumm und *falsch*.»

«Ich sterbe nicht, Elijah. Noch nicht.»

«Es geht dir nicht gut. Und das ist auch meine Schuld. Ich hätte etwas tun können. Und ich habe es nicht getan. Es ist nur …»

Elissa wartet, aber Elijah beendet seinen Satz nicht. Sie fragt: «Bist du wirklich hergekommen, um Schach zu spielen?»

«Ja.» Dann, als glaubte er, sie würde von ihrem Deal zurücktreten, wird seine Stimme höher. «Du hast es *versprochen*! Du hast gesagt, wenn ich ein Handy besorge, wenn ich es hierherbringe, dann wirst du …»

Sie hebt ihre gesunde Hand. «Elijah, ist schon gut. Wir müssen vielleicht erst einmal ein paar Dinge nachschauen. Und vielleicht müssen wir etwas herunterladen, aber solange du das Passwort hast, können wir …»

«Passwort?»

«Ja, das …»

«Wovon redest du da?»

«Manchmal legen die Leute Passwörter für ihre Handys an, damit andere Leute nicht in ihnen herumschnüffeln können.»

«Wie kriegen wir das Passwort?»

«Du musst denjenigen danach fragen, dem das Handy gehört.» Sie hält inne. «Könntest du das tun?»

«Nein!»

Elissas Eingeweide ziehen sich zusammen, wie wenn man ein Geschirrtuch auswringt. «Na ja, wenn es nicht gesperrt ist, dann brauchen wir es auch nicht. Viele haben gar kein Passwort.»

«Wie finden wir das heraus?»

«Halt es mal hoch», sagt sie zu ihm. «Zeig mir das Display.»

Elijah tut, was sie sagt. Wieder leuchtet das blaue Licht zwischen ihnen auf, als hätte er eine Zauberkiste geöffnet. Elissa versucht verzweifelt, sich zu konzentrieren. Die Bilder auf ihrer

Netzhaut hüpfen und ziehen sich in die Länge. Endlich kristallisiert sich aus den flüssigen Farbstreifen ein Bild heraus.

Das Handy ist ein iPhone, eines der älteren Modelle. Das Display ist ein wenig zerkratzt, aber es funktioniert gut genug. Statt der Ziffern für den Sperrcode zeigt es nur ordentlich angeordnete Apps.

Wenn es je wichtig war, ein Pokerface zu zeigen, dann jetzt. Elissa versucht, desinteressiert zu wirken, und denkt über ihre Möglichkeiten nach.

«Also», sagt Elijah. «Was machen wir?»

«Geh zum AppStore», sagt sie zu ihm und blinzelt dann. «Entschuldige, ich habe schon wieder vergessen, dass das neu für dich ist. Du suchst ein blaues Quadrat mit einem weißen A darauf. Das A steht für App. Darin finden wir das Schachprogramm.»

Elijah beugt sich vor. «Ich hab's.»

«Klick drauf.»

Das blaue Licht verändert sich, und sie weiß, dass er jetzt im Appstore ist. «Siehst du da eine kleine Lupe?»

«Ja.»

«Daneben müsste ein leeres Feld sein.»

«Hab's.»

«Okay, dann tippe in das ...»

«Wie?»

«Du musst nur einfach das Feld mit dem Finger berühren. Dann öffnet sich ein Tastenfeld.»

Das Licht verändert schon wieder die Farbe. «Was tippe ich hinein?»

«Schach. Dann tippe auf das Feld, auf dem *‹Suchen›* steht.»

Elijah konzentriert sich, und dabei atmet er pfeifend durch die Nase.

«Und?»

«Hier kommt eine Nachricht.»

«Was für eine?»

«‹Keine Internet-Verbindung. Stellen Sie sicher, dass ihr Gerät WLAN oder ... mo...bil...e Daten hat, dann versuchen Sie es erneut.›»

«Zeig mal.»

Er dreht das Handy und rutscht auf dem Hintern zurück, bis er neben ihr sitzt. Seine Nähe überfordert Elissas bereits völlig überreizte Sinne. Elijah ist ihr so nahe, dass sie ihn riechen kann: den leichten Schimmelgeruch ungewaschener Kleidung und fettige Haut. Etwas ist hier ganz falsch, ganz schrecklich falsch, aber sie weiß einfach nicht, was. Oder vielleicht weiß sie es auch, will es aber nicht akzeptieren.

Vorsichtig streckt Elissa die gesunde Hand aus. Sie nimmt das Handy nicht, aber sie rückt es gerade. Elijahs Finger streift ihren Daumen. Sie zucken beide zusammen. Die Stelle, an der er sie berührt hat, brennt. Sie hört die Stimme ihrer Mum, die sie warnt.

Elissas Gesichtsfeld bebt und hüpft. Sie schluckt, beißt die Zähne zusammen, ringt dem Wirbel an Farben und Formen mit Zwang Klarheit ab. Schließlich wird das Bild deutlicher. Sie sucht nach dem Empfangsbalken, aber da ist keiner. Ihre Eingeweide krampfen sich zusammen. «Kein Signal.»

«Was heißt das?»

«Diese Wände, diese Decke – sie lassen das Signal nicht durch.»

Elijah dreht sich zu ihr um. Seine Augen, in denen sich das blaue Licht des Handys spiegelt, sehen aus wie winzige Computerbildschirme. «Du meinst, wie eine Bleikiste Röntgenstrahlen aufhält?»

«Ganz genau so.»

Elissa sieht ihn an, und er beugt sich weiter zu ihr hinunter. Der Rest seines Gesichts schält sich aus dem Nebel, und damit zeigt sich endlich, wie ihre Situation wirklich ist – wer Elijah wirklich ist.

Dir wird schwindelig, du bist verwirrt. Du kannst deinen eigenen Gedanken nicht mehr trauen.

Elissa spürt, wie sich in ihr ein Schrei formt, ein fester Knoten der Angst, den sie nicht bei sich behalten kann. Dennoch schließt sie ihn in ihrer Brust ein, denn wenn sie ihn jetzt hinauslässt, so kurz vor ihrer Chance auf Rettung, dann kann sie alle Hoffnungen begraben.

Elijahs Atem ist warm an ihrem Gesicht. Er riecht schlecht, als steckten kleine Fetzen alten Fleisches zwischen seinen Zähnen. «Wir können kein Schach spielen?»

Es ist jetzt unmöglich, diese pseudounschuldige Stimme mit der Person in Einklang zu bringen, die das Kerzenlicht enthüllt. Denn obwohl Elijah im Tonfall und dem pubertären Kieksen eines zwölfjährigen Jungen spricht, besitzt er eindeutig den Körper eines erwachsenen Mannes.

MAIRÉAD

Tag 6

I

Lena Mirzoyan sieht sich das Video von Elissa ein zweites Mal an, aber mehr fällt ihr dazu nicht ein. Am Ende ist ihre Qual so fürchterlich, dass niemand mit auch nur einem Funken Mitgefühl von ihr verlangen würde, es sich ein weiteres Mal anzusehen.

Draußen wird der Himmel dunkler, bösartiger. Im Wohnzimmer der Mirzoyans herrscht keine Wärme. Alles scheint von Kälte durchdrungen. Mairéad kann Lena keinen Trost bieten. Sie kann nur an das Gefühl der Leere in ihrem Bauch denken und daran, dass etwas auf tragische Weise zutiefst falsch ist.

Neun Wochen hat sie diesen Funken in sich getragen. Neun Wochen hat sie versucht, ihn zu einem Feuer anzufachen. Die Übelkeit, obwohl so kräftezehrend, war in gewisser Weise auch tröstlich – der Beweis, dass *diese* Schwangerschaft, im Gegensatz zu all den fehlgeschlagenen Versuchen zuvor, fester verwurzelt, unempfindlicher gegenüber ungünstigen Einflüssen war.

Und jetzt ist sie fort.

Bevor sie Lena verlässt, bittet sie darum, das Badezimmer im ersten Stock benutzen zu dürfen. Kein Blut in ihrer Unterhose, kein Tröpfchen. Sie zieht ihre Bluse hoch und betastet sanft ihren Unterleib. Aber sie ist Polizistin, keine Ärztin – sie hat keine Ahnung, was sie da fühlen sollte.

Mairéad schließt die Augen und versucht sich zu konzentrieren. Ist die Übelkeit *wirklich* vergangen? Vielleicht hat sie dieses zweiminütige Video von Elissa kurzzeitig gefühlstaub gemacht. Sie hatte sich das Video schon mehrmals angesehen, bevor sie herkam, aber Lenas Anwesenheit hat den Schrecken, der von ihm ausgeht, hundertfach verstärkt.

Halte durch, bitte halte durch, bleib bei mir, bitte gehe nicht.

Sie benutzt die Toilette und wäscht sich die Hände. Über dem Waschbecken stehen zwei Zahnbürsten in einem Becher, eine von ihnen gehört eindeutig Elissa. Ansonsten gibt es in diesem Badezimmer kaum Spuren von dem Mädchen. Es stehen hier keine Kosmetikprodukte für Mädchen in der Pubertät, keine billigen Drogerie-Parfüms. Wie zart sie die Welt nur berührt hat. Wie kurzlebig ihr Vermächtnis doch ist, sollte sie wirklich für immer fort sein.

II

Auf der Fahrt zurück nach Dorset ruft Mairéad ihren Gynäkologen an, der sie noch am selben Tag ins Royal-Bournemouth-Krankenhaus überweist.

Mairéad sitzt mit geschlossenen Augen im Wartezimmer und atmet tief. Sie beschließt, Scott lieber doch nicht anzurufen. Er wird nur versuchen, sie zu trösten, sie in seine Liebe hüllen, und das kann sie nicht riskieren. Sie ist jetzt ein leeres Gefäß, bar aller Gefühle. Genau, wie sie sein muss.

Sie zwingt ihre Aufmerksamkeit zurück zu den Ermittlungen. Sechs Tage ist es jetzt her, seit Elissa verschwunden ist. Mairéad spürt, wie sie ihnen unaufhaltsam immer weiter entgleitet.

Schon jetzt hören sich die Nachrichten anders an: Zähneknirschende Hinnahme hat die Hoffnung ersetzt. In der nächsten Woche wird Elissa immer seltener auf den Titelseiten erscheinen. In einem Monat wird ihre Geschichte nur noch hin und wieder auf einer Doppelseite in einer Sonntagszeitung thematisiert werden.

Mairéad, die ihre Augen immer noch geschlossen hat, versucht, Elissa kraft ihrer Gedanken zu erreichen: *Halte durch, bitte halte durch. Bleib bei mir, bitte geh nicht.* Und damit ist Mairéad wieder im Wartezimmer. Sie hat die Hände auf ihren Bauch gelegt und wartet auf die Neuigkeiten, vor denen sie sich so fürchtet.

III

Die Ultraschall-Spezialistin – eine Frau mit hängenden Wangen und kastanienbraunem Haar – hat sie hier noch nie gesehen. Sie kennt die meisten Mitarbeiter hier in der Abteilung für Frühschwangerschaften. Heute ist sie froh, dass sie anstelle von Lächeln und Nettigkeiten Anonymität bekommt. Die hängebackige Frau stellt sich ihr vor, aber Mairéad hört ihren Namen gar nicht. Jetzt rauscht es in ihren Ohren, und das Geräusch übertönt alles andere.

Sie liegt auf der Untersuchungsliege, knöpft ihre Hose auf und schiebt die Bluse hoch. Falls das Ultraschallgel kalt ist, spürt sie das jetzt nicht.

Die Ultraschallärztin spricht wieder, verschwommene Worte, deren Bedeutung Mairéad nicht zu fassen bekommt. Die Frau hält den Ultraschallkopf in der rechten Hand und lässt ihn über Mairéads Bauch gleiten. Auf dem Bildschirm erscheint der vertraute graue Wirbel in Fächerform. Das Bild ist körnig und klein, wie ein Bild aus dem Weltraum. Es bewegt sich, zieht sich zusammen, und in der Mitte erscheint eine Höhle, ein schwarzes Loch. Das Rauschen in Mairéads Kopf wird jetzt zu einem Brummen, das alles andere verdrängt. Ihre Finger tasten nach ihrem Ehering, den sie drei Mal dreht.

Die Brust der Ultraschallspezialistin hebt und senkt sich. Ihr Blick huscht vom Ultraschallmonitor zu Mairéads Bauch und zurück, wobei ihre Hängebäckchen wie bei einem Mastiff mitschwingen. Jetzt senkt sie ein wenig die Brauen. Sie neigt den Sonarkopf zur Seite, sucht nach einem besseren Winkel, aber Mairéad kennt die Wahrheit schon, ohne dass man sie ihr sagen muss. Und sie wird damit zurechtkommen, das wird sie.

Schließlich beginnt die Frau zu sprechen. Ihre Platituden gehen wie Regen auf Mairéad hernieder. Sie zeigt auf den Bildschirm, und Mairéad nickt, wobei sie ihren Gesichtsausdruck unter Kontrolle behält. Sie wird dieses Gesicht auch im Auto aufsetzen, wenn sie zurück zur Bournemouth Central Police Station fährt. Sie wird es für Scott behalten, für die Fernsehkameras und für Elissa Mirzoyans Mutter.

«... an unseren Gynäkologen wenden, aber das können Sie selbst entscheiden.»

Stück für Stück kehrt Mairéad zurück. Sie weiß, was man ihr jetzt sagen wird. Die Fehlgeburt wird spontan erfolgen oder nicht. Auf jeden Fall wird sie in einer Woche wieder herkommen müssen, um sicherzugehen, dass der Fötus restlos abgegangen ist.

«Der schlimmste Teil ist immer die Ungewissheit», sagt die Ultraschallspezialistin. «Immerhin können Sie sich jetzt entspannen.»

In acht Jahren hat Mairéad fast nur Freundlichkeit, Liebenswürdigkeit und alltägliche Mitmenschlichkeit erlebt. Und hin und wieder ist da jemand wie diese Frau.

Sie beißt die Zähne zusammen. Ihr Scheitel wird ganz kalt. «Was haben Sie da gerade gesagt?»

Die Frau lächelt, als verriete sie ihr ein Geheimnis. «Ich kann gut verstehen, dass Sie mit den Gedanken woanders sind. Ich sagte, Sie können mit einem der Fachärzte sprechen, wenn Sie möchten. Jedenfalls war es richtig, hierherzukommen. Sie müssen erleichtert sein.»

Mairéad ballt die Hände zu Fäusten. Ihr Atem steckt in der Kehle fest. Sie schaut auf den Bildschirm, um ihre Wut zu verlagern, und da sieht sie es plötzlich, ganz unten im Bild: die zittrige Vibration eines sehr schnell schlagenden Herzens.

ELISSA

Tag 7

I

Er hat keine Bartstoppeln, keine Spur von einem Bart; nicht einmal den weichen, zarten Flaum, den heranwachsende Jungen manchmal haben. Seine Haut ist froschbleich, seine Züge von Fett gerundet. Die Falten seines Halses sehen aus wie Ringe aus geschmolzenem Wachs an einer blakenden Kirchenkerze. Unter diesen Falten ist keine Spur von einem Adamsapfel zu erkennen, der normalerweise während der Pubertät wächst. Eine fünfzehn Zentimeter lange Narbe, die offenbar ohne Naht verheilt ist, verläuft von seiner linken Schläfe bis hinunter zum Kinn.

Das Bild vor Elissas Augen dreht sich, die Farben verschwimmen. Einen Moment lang weiß sie nicht sicher, ob sie halluziniert, ob sie ein monströses Mischwesen sieht, das aus den Tiefen ihres Unterbewussten aufgestiegen ist. Aber das hier ist keine Illusion, kein Trugbild.

Im schwachen Licht kann sie nicht viel mehr von ihm erkennen, aber sie hat den Eindruck, dass er einen sehr großen Körper besitzt, eher weiblich als männlich von den Formen her. Elijah ist übergewichtig, aber nicht krankhaft. Er wirkt plump, schwerfällig. Und doch hat sein Blick im Gegensatz dazu die ausdruckslose Intensität einer Eidechse.

Sie sieht ihn an, all ihre Muskeln sind dabei angespannt, und dann begreift sie die schrecklichen Konsequenzen. Während ihres Martyriums konnte sie Elijah leicht vom Ghul unterscheiden – auf der einen Seite der naive Junge, auf der anderen Seite der böse Erwachsene, die hohe, unschuldige Stimme im Gegensatz zu den geflüsterten Kommandos einer Bestie.

Ein Flüstern, das begreift Elissa jetzt, kann die Wahrheit ebenso gut verbergen wie die Dunkelheit.

Von Anfang an hatte sie das Gefühl, dass irgendetwas nicht ganz richtig war, dass das Spiel Regeln hatte, die sie nicht begriff. Elijah hat vielleicht noch nie Schach gespielt, aber er hat sie hervorragend getäuscht. Vielleicht hat er sogar sich selbst getäuscht.

«Ist das alles wirklich? Manchmal ... manchmal denke ich, das ist es gar nicht.»

«Was meinst du damit?»

«Ich heiße gar nicht Hänsel.»

«Nein. Du heißt nicht Hänsel. Du heißt Elijah.»

«Tue ich das?»

Es ist jetzt klar, warum seine Stimme manchmal so körperlos klang. Die ganze Zeit hat sie das auf ihre Erschöpfung und Verwirrung zurückgeführt, vielleicht auch auf die schmutzigen Drogen des Ghuls. Zu spät begreift sie jetzt, dass sie diesen Eindruck nur hatte, wenn Elijah stand und seine Stimme aus weitaus größerer Höhe kam, als sie erwartet hatte. Voll aufgerichtet muss er größer sein als 1,80.

Trotz des Schreckens, den ihr das Kerzenlicht enthüllt hat, denkt Elissa erneut über ihren Plan nach. Denn nach ihren neuesten Erkenntnissen sind die Folgen einer Fehleinschätzung vermutlich unumkehrbar: *Du wirst in deinem Leben niemals etwas vor mir verbergen können.* Und doch sind die Folgen ebenso düster, wenn sie nichts tun.

«Elijah, es tut mir leid», sagt sie und versucht, das Beben in ihrer Stimme zu beruhigen. «Aber wenn wir keinen Empfang haben, können wir die Software nicht herunterladen. Hier unter der Erde funktioniert das Handy einfach nicht. Keine Anrufe, keine Daten, gar nichts.»

Die dicken Falten seines Halses ziehen sich zusammen. Sie hört ihn schlucken, es ist ein hartes *Gluck*. Er blinzelt, und die Computerbildschirme in seinen Augen erlöschen und fahren dann wieder hoch.

Das ist er.

Das ist der Augenblick. Plötzlich hat Elissa das Gefühl, dass ihr ganzes Leben sie unausweichlich auf diesen einen Moment hingeführt hat. So viel steht auf dem Spiel. Eine Zukunft, keine Zukunft.

Sie befeuchtet ihre Lippen, beugt sich vor und küsst ihn.

II

Die Welt bleibt stehen. Das Blut in Elissas Adern stockt. Wilde Ströme werden zu stehenden Gewässern. Selbst die Schwerkraft scheint nachzulassen. Sie spürt weder den Boden unter sich, noch ihr Gewicht, das sie dort hält. Wenn die Kette nicht wäre, könnte sie aus der offenen Zellentür in die Nacht schweben.

Elijahs Lippen, schlaff und leicht geöffnet, sind rauer, als sie erwartet hat. Er schmeckt merkwürdig, säuerlich. Sie schließt die Augen, füllt ihre Lungen und öffnet den Mund. Als sie ihre Zunge zwischen seine Lippen schiebt, kehrt die Welt in ihr Bewusstsein zurück wie Luft, die in ein Vakuum strömt. In ihren Ohren spürt sie den Ausgleichsdruck.

Nie, noch nie in ihrem Leben hat sie jemanden so geküsst. Sie hat nicht erwartet, dass es so intensiv ist. Elijahs Zunge ist hart und heiß, ein Streifen gebratenes Rindfleisch, umgeben von scharfen Zähnen. Wenn er wollte, könnte er einfach zubeißen und ihre Zunge in kleine Stücke hacken.

Und dann ist sein Mund fort.

Elijah taumelt von ihr weg und stöhnt, als hätte man mit dem Messer auf ihn eingestochen. Er schlittert über den Boden von ihr fort, eine plumpe Masse aus Gliedern, bis die Dunkelheit ihn verschluckt. «Was war *das* denn?», kreischt er, und sein Falsett hallt von den Wänden wider. *«Was hast du da GETAN?»*

Er rappelt sich auf, und sie ist sich sicher, dass er sich jetzt auf sie stürzen und sie angreifen wird. Sie hat eine Reaktion erwartet, aber nicht diese.

«WAS HAST DU GETAN, ELISSA?»

Sein Anblick, wie er aus dem Licht huscht wie ein weiches Meereswesen, das sich in seiner Höhle verkriecht, brennt sich in ihr Hirn. Zwei weitere Schritte rückwärts, und Elijah ist aus der offenen Tür hinaus. Als er sie zuschlägt, quietscht sie in den Angeln. Die Riegel werden vorgeschoben.

Elissa beugt sich vor und würgt. Sie will sich übergeben, will, dass sein Geschmack aus ihrem Mund verschwindet, aber weil die Evian-Flasche schon leer ist, kann sie es sich nicht leisten, Flüssigkeit zu verlieren. Stattdessen spuckt sie auf den Zellenboden. Dieser Kuss – sein dunkles, triebhaftes Grausen – gehört in die dunkelsten Tiefen ihrer Erinnerung, fest verschlossen, Schlüssel weggeworfen.

Mit der gesunden Hand stützt sie die Handschelle und kriecht langsam über den Boden. Elijah saß in D6, aber als er vor ihr zurückwich, fiel das iPhone mit dem Display nach unten auf B7. Als sie es umdreht, sieht sie, dass sich ein Sprung über das Glas zieht. Elissa keucht auf, als hätte man sie getreten, aber die Apps sind alle noch zu sehen. Als sie mit dem Finger zur Seite scrollt, reagiert das Handy, wie es soll.

Wie viel Zeit hat sie noch? Wenn sich Elijah genug gefangen hat, um seinen Fehler zu begreifen, wird er nur fünfzehn Sekunden brauchen, um die Tür wieder zu öffnen. Und wenn er wieder hier drinnen ist, hat sie keinerlei Chance, ihn abzuwehren.

Sie hat ein Handy, aber keinen Empfang. Sie kann nicht anrufen, nicht online gehen. Ihr Verstand funktioniert zu unzuverlässig vor lauter Adrenalin, um das Chaos zu ordnen. Doch es gibt einen Weg, das hier hinzukriegen, es muss einfach einen geben.

Denk nach, Elissa.

Denk nach!

Ist das ein Geräusch da draußen? Sie beugt sich über das Display und versucht sich zu konzentrieren, versucht, ihre Panik zu verdrängen.

Sie tippt aufs SMS-Icon und öffnet eine leere Nachricht. Mit dem linken Daumen zu tippen ist viel schwieriger, als sie dachte, aber die Software korrigiert ihre schlimmsten Fehler. Am wichtigsten ist es, die Nummern richtig einzutippen.

Da ist schon wieder dieses Geräusch – etwas Neues, was sie noch nicht gehört hat. Es kommt nicht von der Tür oder dem Raum davor, sondern von oben.

Sie schreibt die Nachricht fertig und tippt auf das Adressfeld. Sie versucht ihre zitternden Finger ruhig zu halten und tippt vorsichtig alle Handynummern hinein, die sie kennt: die ihrer Mum, ihres Granddads, Lasse Haagensens, Mrs. McCluskeys.

Das Geräusch über ihr wird jetzt lauter, es klappert und klötert. Sie fragt sich, was Elijah in seinem Zorn getan hat.

Wenn sie sofort auf Senden tippt, wird das Handy versuchen, eine Verbindung herzustellen. Nach ein paar misslungenen Versuchen wird es aufgeben. Stattdessen öffnet Elissa das E-Mail-Programm und schreibt die gleiche Nachricht. Die E-Mail-Adressen zu schreiben ist noch mühseliger, als die Telefonnummern einzutippen. Sie muss immer wieder Fehler korrigieren. Währenddessen hämmert ihr Herz so hart in ihrer Brust, dass es sich anfühlt, als müsste es hinausspringen.

Das Klappern über ihr verändert sich, es wird zu einem Knallen, einem Klirren. Elissa zieht vor Angst die Schultern hoch, obwohl sie nicht weiß, warum. Sie schreibt die E-Mail fertig, tippt auf Senden und schaut zu, wie sie verschwindet. Sie wechselt zu den SMS und schickt sie ebenfalls. Dann hält sie den Aus-Knopf gedrückt und wartet, bis das Handy erstirbt. Sie legt es vor sich auf den Fußboden und wartet im Schneidersitz.

Wenn das Handy hier unten wieder eingeschaltet wird, kann es die Nachrichten nicht senden. Aber wenn es draußen eingeschaltet wird und Empfang hat, werden ihre Hilferufe verschickt.

Etwas fällt in der gegenüberliegenden Ecke der Zelle auf den Boden und kollert in die Dunkelheit. Elissa dreht sich überrascht um, weil es noch drei Mal passiert, und versucht zu begreifen, was da los ist.

Dann prasselt es plötzlich überall um sie herum, als regnete es. Etwas Kleines und Hartes trifft sie am Kopf. Sie zuckt zusammen und berührt ihr Haar. Ihre Finger sind feucht, als sie sie zurückzieht. Sie schaut nach oben und sieht, dass die Decke ganz dunkel geworden ist.

Ein paar Meter von ihr entfernt, auf F6, flackert die Kerzenflamme. Elissa hält sich die feuchten Finger unter die Nase.

Kein Wasser. Kein Regen.

Benzin.

ELIJAH

Tag 7

Das Gewitter, das die ganze Woche schon in der Luft lag – vor dem mich Mama gewarnt hat – bricht endlich los.

Und es ist eine Sintflut. Regentropfen trommeln um mich herum zu Boden, als hätte die Erde die Schwerkraft des Planeten Jupiter. Es fühlt sich an, als tätowierte jemand meine Schultern, meine Kopfhaut. In Sekundenschnelle bin ich völlig durchnässt. Der Himmel ist so dunkel und merkwürdig, er lässt mich spüren, dass etwas Katastrophales passieren wird; eine Sonnenexplosion, ein Meteoreinschlag oder etwas anderes, das uns ausrotten wird. Hat Gott diesen Regen geschickt, um diejenigen zu erwecken, die unter dem Mädchenwald liegen? Vielleicht schickt er ihn, um seine Schöpfung fortzuspülen. Ich muss an Noah und seine drei Söhne denken: Shem, Ham und Japeth. Ich denke an Mama, Papa und Kyle. Ich denke an Gretel, wie sie mich in Versuchung führen wollte. Dann verdränge ich den Gedanken und renne.

Ich laufe meinen gewohnten Weg durch den Wald. Alles sieht falsch aus, wie eine Landschaft, die von einem Irren gemalt wurde. Das Gewitter schwillt jetzt an. Schon erinnere ich mich nicht mehr daran, wovor ich weglaufe oder wohin ich renne. Regen prasselt mir auf den Kopf und reinigt mich von meinen Erinnerungen. Was ist da passiert? Warum hatte ich solche Angst? Und was habe ich in meiner Angst getan?

Blitze zucken, so scharf und blau, dass ich das Gleichgewicht verliere. Der Boden saust mir entgegen und schlägt mir den Atem aus den Lungen. Ich rolle auf den Rücken und keuche.

Bryony steht über mir, die wunderschöne Bryony. Aus einer klaffenden Wunde an ihrer Stirn strömt Blut über ihr Gesicht. Gegen Ende weinte sie nur noch, aber jetzt weint sie nicht. «Du hast es mir *versprochen*, Eli», zischt sie. «Du hast *versprochen*, dass du mir nicht weh tun würdest.»

«Hab ich auch nicht», stöhne ich und krabbele von ihr weg. «Ich habe dich nicht einmal berührt.»

Regentropfen klatschen gegen meine Brust. Die Luft ist so feucht, dass ich kaum etwas erkennen kann. Die Wucht dieses Gewitters ist wild, urgewaltig, und doch kann sie Bryony nicht im Mindesten etwas anhaben.

Ich habe sie berührt, aber nicht so.

Niemals so.

Ich habe nur geholfen. Nur das habe ich getan.

«Geholfen?», höhnt sie. «So nennst du das?»

Im Tod ist sie so viel böser als im Leben. Sie stakst zu mir, und ich sehe, dass sie Kyles Gewehr schwingt. Ich denke an den Hirsch und die Katastrophe in seinem Kopf, und plötzlich habe ich Angst – *Todesangst* –, weil in meinem Kopf schon eine Katastrophe ist, und noch eine schaffe ich einfach nicht. Ich robbe auf den Ellenbogen über die Erde, fort von ihr.

«Du *stinkst*, Elijah North», zischt Bryony. «Du stinkst nach Lügen und Verrat, und außerdem stinkst du einfach so.»

Sie geht schneller, als ich robben kann. Der Gewehrlauf schwingt wie ein Pendel hin und her. Bryony hat die Zähne gefletscht. Ihre Zähne sind unerklärlicherweise ganz spitz. Ich stelle mir vor, wie sie meine Haut durchdringen und mein Gesicht in sehnige Fetzen reißen.

«Bitte!», schreie ich. «Ich habe dir einen Baum besorgt! Einen ganz hohen, genau, wie du wolltest!»

Sie knurrt jetzt, und ihre Lippen ziehen sich noch weiter auseinander. Jetzt sieht sie mehr aus wie ein Hund als wie ein Mädchen. Ich rolle mich auf den Bauch, rappele mich auf und fliehe.

«Komm sofort hierher zurück», kreischt Bryony, und ihre Stimme klingt weit wilder als das Gewitter. *«Es ist nicht zu spät, es wieder hinzukriegen. ES IST NOCH NICHT ZU SPÄT!»*

Da liegt sie falsch. Das wissen wir beide. Es ist zu spät für mich, für die tote Bryony, für die bald tote Gretel. Ich habe versucht, sie zu retten, aber ich konnte es nicht. Das hier endet immer auf dieselbe Weise.

Beim Rennen verschwindet die Welt um mich herum. Als mein Bewusstsein zurückkehrt, finde ich mich an der Ostgrenze des Mädchenwalds wieder, ohne Erinnerung daran, wie ich hierhergekommen bin oder wie viel Zeit vergangen ist. Ich breche aus dem Gehölz und schlittere den Weg nach Hause. Blitze durchzucken den Himmel. Das Rumpeln und Krachen des Donners ist so heftig, dass ich mich auf den Bauch werfe und fauligen Schlamm schlucke. Für einen Moment kann ich meine Füße nicht wiederfinden und glitsche wie ein Aal durch Schleim und Verderben.

Vor mir sehe ich unser Cottage. Kyle steht davor. Er hält dasselbe Gewehr, das Bryony geschwenkt hat, was unmöglich ist, bis mir einfällt, dass Bryony ja tot ist. Das Mädchen, das ich im Mädchenwald gesehen habe, kann gar nicht echt gewesen sein.

Als ich endlich den Gartenpfad betrete, bin ich völlig außer Atem. Meine Kleider sind pitschnass und kleben an mir wie eine zweite Haut.

Kyle hebt sein Gewehr. «Du beschissene Nacktschnecke», sagt er. «Was hast du getan?»

«Sie hat mich *geküsst*, Kyle.»

Hinter ihm steht die Tür des Cottage offen. Der Eingang ist ganz nass. Ich packe das Gewehr, entreiße es meinem Bruder und schleudere es ins Gras. Dann dränge ich mich an ihm vorbei und gehe hinein.

ELISSA

Tag 7

Von der Decke tropft Benzin. Dann prasselt es, und schließlich strömt es hernieder. Elissa kauert in der Dunkelheit neben der hastig gelöschten Kerze. Sie schmeckt das Benzin auf der Zunge. Ihr ist schon ein wenig schwindelig. Wie lange wird sie so weiteratmen können, bevor die Luft sie vergiftet?

Sie stellt sich vor, wie Elijah oben steht und drauf und dran ist, ein angerissenes Streichholz die Kellertreppen hinunterzuwerfen, um die Beweise seines Verbrechens zu vernichten. Ihre Panik ist wie eine Eidechse, die in ihrem Schädel herumhuscht. Elissa kommt es vor, als wäre da ein gelblicher Schein hinter der Tür, ein plötzlich heranrollendes Inferno. Sie stellt sich den kreischenden Schmerz brennender Haut vor, die unendliche Qual unterirdischen Verbrennens. Hier unten zu sterben war immer mehr als eine theoretische Möglichkeit, aber sie hätte nie gedacht, dass es auf diese Weise geschehen würde.

Etwas Kaltes und Feuchtes berührt ihren Finger – der Rand einer Benzinpfütze auf dem Boden, die sich ausbreitet. Ein Tropfen Benzin klatscht auf ihren Nacken und rollt ihren Rücken hinunter. *«Gott, oh Gott, erhöre mich bitte, ich bete zu dir, bitte, lass es nicht weh tun, bitte Gott, lass es nicht weh tun.»*

Sie stellt sich ihre Mum vor, wie sie einem Polizisten zuhört, der ihr mit ernster Miene erklärt, dass die Überreste ihrer Tochter gefunden wurden. Sie stellt sich vor, wie Lena in den Mädchenwald kommt, vor dem ausgebrannten Cottage steht und in die rußgeschwärzte Grube blickt, und das ist ein so einsames, verzweifeltes und gottverdammt *trostloses* Bild, dass sie zu schluchzen beginnt. Lena Mirzoyan hat das nicht verdient. Keiner von ihnen beiden hat das verdient. Sie denkt an den Schach-Wettkampf, an ihre Hoffnung auf den Sieg, an die Jahre, die sie dem Spiel gewidmet hat. All diese Opfer ohne Aussicht auf Belohnung. All die Träume, die sich in Asche verwandelt haben.

Wenn sie die Zeit zurückdrehen könnte, wären da so viele Dinge, die sie anders machen würde, so viele Menschen, die sie gern besser kennengelernt hätte. Wenn sie nur so viel in ihre Freundschaften investiert hätte wie in das Spiel! Rückblickend hätte sie sich nicht einmal zwischen beidem entscheiden müssen. Zu ihrer Beerdigung werden vielleicht vier Besucher kommen, sechs, wenn Lasse und Mrs. McCluskey auch teilnehmen. Sechs Menschen, die ihres Lebens gedenken, und daran kann sie niemand anderem die Schuld geben als sich selbst. Sie hat diese Welt kaum berührt. Wenn sie tot ist, hinterlässt sie kaum Spuren.

Dann hört sie ein vertrautes Geräusch durch das Plätschern des Benzins hindurch: das Klirren der Riegel. So jäh, dass sie erschrickt, wird die Tür aufgerissen, und der harte weiße Strahl einer Stirnlampe wird sichtbar. Der Anblick verwandelt ihr Inneres in Brei.

«Schalten Sie das aus!», schreit sie und versucht, sich vor der Feuerwand zu schützen, die über sie hinwegwalzen wird, wenn die Hitze der Stirnlampe die Luft entzündet. «Schalten Sie die AUS!»

Das Licht fällt jetzt auf die Decke. Dann huscht es durch die Zelle und bleibt an der Stelle stehen, auf die sie das iPhone gelegt hat.

Bitte, denkt sie. *Nimm es. Nimm es mit, bestrafe mich. Bestrafe mich, aber verbrenn mich nicht. Was auch immer du tust, bitte zünde mich nicht an.*

Elissa schwankt, sie ist jetzt so desorientiert, dass sie beinahe zusammenbricht. Die Zelle vor ihren Augen flackert und verwandelt die Stirnlampe in ein Stroboskop. «Elijah?», schluchzt sie. *«Hänsel?»*

Er stürzt vor, sie sieht nur seine Waden. Er ist so schnell, dass sie nicht einmal aufschreien kann, dann rammt er seine Ferse auf das Handy und zerschmettert es.

Elissa stöhnt, zieht sich in sich zurück, versucht, ihr benzingetränktes Kleid auszublenden, den weiß leuchtenden Glühfaden.

Wieder rammt er seine Ferse auf das Handy. Glasscherben schlittern über den Boden. Das iPhone ist nur noch ein Häufchen Metall. Aber sein Gewaltausbruch ist noch nicht vorbei.

«Bitte!», schreit Elissa. *«Bitte! Warum machst du das? Was habe ich dir je GETAN?»*

Er tritt die Überreste des Handys zur Seite und geht durch die offene Zellentür hinaus. Weniger als eine Minute bleibt er fort. Als er zurückkommt, hat er die Taschenlampe zwischen den Zähnen. Sie sieht sein Gesicht nicht, aber das Licht beleuchtet seine Hände. Darin trägt er zwei Benzinkanister. Mit stiller Gründlichkeit verteilt er ihren Inhalt über den Boden.

ELIJAH

Tag 7

I

Alles bricht zusammen. Alles.

Ich erkenne das Cottage kaum wieder, als ich durch seine Zimmer stürme. Unten verdunkeln schlammige Fußspuren den Boden. Ich frage mich, wer sie wohl hinterlassen hat. Ich frage mich, was sie zu bedeuten haben.

Du weißt es, sagt eine Stimme, die ich zu ignorieren versuche. *Natürlich weißt du es.*

Ich denke an Bryony im Mädchenwald. Ihre tödliche Kopfwunde. Ich denke an den Schlag, der sie verursacht haben muss, und frage mich, wie man nur so grausam sein kann.

Du weißt es, Elijah. Du kannst davor nicht wegrennen. Nicht mehr.

Ich spüre, wie die Wand in mir wankt. Wenn sie einstürzt, werden alle Schrecken dahinter losbrechen. Und in dem Gemetzel werde ich untergehen. «Mama!», rufe ich und gehe von Zimmer zu Zimmer. *«Mama!»*

Das Haus atmet die Stille wie eine Anklage.

«Sie ist tot, Eli, und das weißt du auch. Mama ist tot und unter der Erde.»

Ich wirbele herum. Kyle steht hinter mir. Er hat sein böses Grinsen verloren. Er mustert mich mit einem wissenden Blick.

«Lügner!», schreie ich ihn an. «Das ist bloß eine schmutzige *Lüge!*»

Ich dränge mich an ihm vorbei in den Flur und renne die Stufen hinauf. Mein Atem geht nur noch abgehackt. Ich sehe alles vernebelt, und da begreife ich, dass ich weine – ich weine und rufe nach Leuten, von denen ich wissen müsste, dass sie schon lange tot sind. Ich erreiche Kyles Zimmer, und als ich sehe, was sich darin befindet, sinke ich beinahe auf die Knie, denn es ist *leer*, jemand hat es ausgeräumt, all die Dinge meines Bruders entfernt.

Wie kann das sein? Wie kann *irgendetwas* von alldem wahr sein?

Draußen flackert der Himmel auf, und es donnert. Gestalten, die vom Teufel gezeugt wurden, werden in den Schatten lebendig.

Ich stolpere weiter, stehe im Zimmer meiner Eltern, und dann *weiß* ich, dass alles verloren ist. Es liegen keine Decken auf dem Bett. Die Türen des Schranks hängen schief in ihren Angeln, auch er ist leer. Auf der Kommode ist Mamas Schmuck verschwunden, was ja zu erwarten war, weil ...

«Weil wir sie begraben haben», flüstert Kyle hinter mir. *«Wir haben sie schon vor langer Zeit begraben.»*

Ich stöhne, halte mir die Ohren zu, weil ich weiß, dass das nicht stimmt. Mamas Baum steht im Mädchenwald, das gebe ich zu, aber unter seinen Wurzeln liegen keine Gebeine. Ihr Baum ist eine Eiche, mit prachtvollem Laub im Sommer, voller Eicheln im Herbst, eine Freude für Eichhörnchen, Hirsche und Wildschweine. In ihren oberen Ästen hängen meine Erinnerungen und Hoffnungen: Briefe, die ich geschrieben habe, Bilder, die ich gemalt habe, Windspiele und Papierlaternen und Anhänger. Wenn der Regen kommt, wie es so oft geschieht, wird mein Schrein fortgewaschen. Und doch erneuere ich ihn immer wieder, und mit ihm ist auch Mama wieder da.

Aber *dieses* Gewitter – das Gewitter, das draußen wütet und ebenso in meinem Kopf – könnte sie für immer fortspülen. Allein dieser Gedanke ist eine Katastrophe, von der ich mich nicht erholen kann.

Alle Dinge haben ein Ende. Alle.

Und jetzt muss dies hier auch ein Ende haben.

Ich verlasse das Elternschlafzimmer und poltere die Treppe hinunter. Kyle bewacht die Eingangstür, seine Blicke sind wie Speere. Diesmal fällt es mir leicht, ihn nicht zu beachten. Der Wirbelsturm in meinem Kopf wütet mittlerweile noch heftiger, aber jetzt, da meine Entscheidung getroffen ist, habe ich meine Zuflucht in diesem Chaos gefunden.

Meine Ruhe bleibt ungestört, bis plötzlich Bryony aus dem Wohnzimmer tritt. *«Tot»*, zischt sie und bleckt ihre nadelspitzen Zähne. *«Deinetwegen tot.»*

Ich weiche ihr aus und stoße gegen das Geländer. Schmerz durchzuckt meine Schulter, aber das ist nichts im Vergleich zu den Todesqualen, die ich verursacht habe. Als ich mich wieder zum Ausgang wende, zerfällt Bryony in eine Million Splitter, die im Fallen zu einer Flüssigkeit zerschmelzen.

Ich ziehe mich in die Küche zurück, und einen Moment lang ist es nicht mehr meine Küche, sondern die im Mädchenwald. Efeu wuchert über die Decke, zieht sich dann zurück. Glas fällt aus den Fenstern, setzt sich dann wieder zusammen. Die Vorratskammer ruft mich, ruft mich in einen feuchten Keller, in dem man vor Dämpfen nicht mehr atmen kann.

Das hier ist die Wirklichkeit, Elijah. Alles. Du bist wirklich, ich bin wirklich. Meine Mum ist wirklich. Meine Familie. Dieser Ort ist ebenfalls wirklich. Ich will hier nicht sein, und ich hoffe, dass ich hier nicht sterben muss. Ich hoffe mehr als alles andere, dass du mir dabei helfen wirst, das hier zu überleben – aber es ist alles wirklich, das verspreche ich dir. Es ist alles so wirklich, wie es nur sein kann.

Vielleicht für sie. Für mich nicht.

Meine Lippen prickeln, ein Echo von Gretels Mund auf meinem.

Sie hat *mich* geküsst. Das habe ich mir nicht eingebildet. Unsere Münder waren ganz nah beieinander, aber sie hat ihren auf meinen gedrückt.

Alle Dinge haben ein Ende. Alle.

Und es gibt nur ein Ende für das hier.

Die Hintertür ist nicht verschlossen. Ich renne in den Garten. Ich renne über das schlammige Gras, gleite dabei immer wieder aus. Der Himmel über mir ist ein einziges Chaos aus Donner, Blitz und strömendem Regen. Als ich am Holzschuppen ankomme, zittere ich. Mir ist so kalt, ich bin so verwirrt, dass ich mich kaum an meinen Plan erinnern kann. Einen kurzen Moment lang war ich im Auge des Hurrikans. Jetzt bin ich wieder im Sturm.

Endlich entdecke ich es, das Werkzeug, das ich brauche, um diesen Albtraum zu beenden. Ich gehe zum Block, in dem Papas Axt steckt. Ich lecke mir über die Lippen, schmecke Gretel, Bryonys Blut, eine Menge vergessener, verdorbener Dinge.

Ich schließe beide Hände um den Schaft und reiße die Axt aus dem Block.

Alle Dinge haben ein Ende. Alle.

Ich trete aus dem Schuppen in den Wirbelsturm.

II

Ich trampele durch das Cottage, weiß nicht, ob ich vorwärts- oder rückwärtsgehe, durch Zeit und Raum oder beides. Ich höre Mamas Stimme, diesen Absatz aus den Ephesern, Vers 10, Kapitel sechs: *Zuletzt: Seid stark in dem Herrn und in der Macht seiner Stärke. Zieht an die Waffenrüstung Gottes, damit ihr bestehen könnt gegen die listigen Anschläge des Teufels.*

Statt mich gegen die listigen Anschläge des Teufels zu wehren, habe ich ihnen sogar viel zu lange nachgegeben.

Kalter Wind pfeift durch das Cottage. Im Wohnzimmer klappert unser einziges Bild gegen die Wand: ein Druck von Arthur Sarnoff von einem Beagle, der Poolbillard spielt. Sonst gibt es keinen Schmuck an diesen Wänden, keinerlei Spiegel. Wie überhaupt jemand sein Spiegelbild ertragen kann, das mag ich mir gar nicht vorstellen. So lange ich denken kann, habe ich meins immer gemieden.

Ich trete hinaus. Im Vorgarten, den der strömende Regen und der starke Wind ganz flachgedrückt haben, tritt mir Kyle entgegen. Er hat die Fäuste in die Hüften gestemmt.

«Geh *weg!*», schreie ich.

«Warum die Axt, Eli? Was hast du jetzt vor?»

«Ich werde sie befreien.»

Kyles Zähne blitzen auf, hell und animalisch. «Das ist nicht dein Plan», zischt er. «Das ist überhaupt nicht dein Plan.»

Mir bleibt der Mund offen stehen. Ich kann kaum glauben, was ich da höre. «Du glaubst, dass ich sie töten will?»

«Ich *kenne* dich, Eli. Ich kenne dich so gut wie sonst niemand.»

Ich sehe die Axt, die scharfe Kante ihrer Klinge. Der Regen klimpert auf dem Metall. Wasser rinnt den Schaft hinunter. Ich packe ihn fester, ermutigt durch sein Gewicht, und einen Moment lang – nur einen – stelle ich mir vor, wie ich sie schwinge und in Kyles Gesicht versenke, um diesen galligen Zornesstrom zum Versiegen zu bringen.

Ich könnte Gretel nicht umbringen.

Ich könnte niemanden umbringen.

«Doch, könntest du», flüstert er. «Du hast es bereits getan.»

Kyle deutet mit dem Finger in Richtung Westen, mein Blick folgt ihm, und jenseits des Brachfelds sehe ich den östlichen Rand des Mädchenwaldes. Darüber steigt eine dichte Rauchwolke auf.

MAIRÉAD

Tag 7

I

Mairéad ist zum vierten Mal im Wohnzimmer der Mirzoyans, als Lenas Handy klingelt. Sie nimmt es sofort vom Sofa und meldet sich. Die Hoffnung, die kurz in ihrem Gesicht aufgeglommen ist, weicht wieder. «Lasse ... ja. Hör mal ...» Sie hält inne und hört zu.

Mairéad wirft Judy Pauletto, der Opferschutzbeamtin, einen Blick zu. Sie denkt bestimmt das Gleiche: *Lasse Haagensen, der Schachlehrer. Alleinstehender weißer Mann, vierunddreißig Jahre alt.*

«Du bist wo? ... Du bist ... Lasse, warte kurz. Ich verstehe nicht ... ja ... Okay ... Sie hat *was?*»

Lena springt auf und rennt zum Fenster. «Sofort ... Natürlich mache ich das! Bleib, wo du bist. Rühr dich nicht vom Fleck.»

Mairéad ist schon auf den Beinen. «Der Schachlehrer?»

«Er steht draußen. Sagt, er kommt nicht an dem Polizisten vorbei, der das Gartentor bewacht. Sagt, er hat wichtige Informationen und muss unbedingt mit uns sprechen.»

II

Lasse Haagensen ist eher wie ein Rockstar gekleidet als wie ein dänischer Schach-Großmeister: schwarze Stiefel, Bikerjacke, enge schwarze Jeans. Er erinnert Mairéad an Jeff Goldblum als Dr. Malcolm in *Jurassic Park*.

Haagensen zuckt beim Sprechen unwillkürlich, als schickte sein Hirn überschüssige Elektrizität durch seine Glieder. «Wer von Ihnen ist hier verantwortlich?»

«Ich bin Detective Super …», beginnt Mairéad, aber Haagensen winkt schon ab.

«Keine Zeit», sagt er und hält einen Zettel hoch. «Ich habe sie. Ich weiß, wo Elissa ist.»

Lena Mirzoyan setzt sich sofort ganz aufrecht hin. Sie schlägt sich die Hand vor den Mund. «Was hast du …»

«Sir, wenn Sie …»

«Hören Sie mir zu», sagt Haagensen und hält den Zettel wie eine Waffe. «Ich weiß, wo sie ist. Ich weiß, wo wir sie finden.»

Plötzlich sprechen alle im Zimmer durcheinander. «Sie haben Sie, oder Sie wissen, wo sie ist?», will Mairéad wissen.

«Was?», ruft Haagensen. «Warum reden wir überhaupt darüber? Letzteres natürlich, Letzteres. Warum hören Sie mir nicht zu?» Er hält ihr den Zettel hin. «Lesen Sie das. Lesen Sie das, und sagen Sie mir, ob ich falschliege.»

Mairéad nimmt ihm den Zettel aus der Hand und überfliegt den handgeschriebenen Brief.

Sehr geehrte Damen und Herren,

Diesen Brief schreibe Ihnen in der Hoffnung, dass Sie mir bitte ein Gratis-Schachset für Anfänger schicken. Ich habe zwar schon

alle Regeln gelernt, aber ich habe im Moment kein Brett und keine Figuren und deswegen keine Möglichkeit, wirklich zu spielen.
Ein Lieblingsspieler von mir ist zurzeit Dietmar Pfister. Noch besser ist Caspian Alexandr. Sie schaffen es beide oft, in einer scheinbar hoffnungslosen Situation das Blatt noch einmal zu wenden. Toll ist auch, wie Alexandr Jacob Nyback in Tiblis besiegt hat. Caspian Alexandrs Spielweise war wirklich unglaublich.
Obwohl ich erst spät mit Schach begonnen habe, hoffe ich, mit einem eigenen Brett und eigenen Figuren noch ein guter Spieler werden zu können. Träume soll man ja nicht aufgeben. Träume muss man verfolgen, sagen meine Eltern. Also wäre ich Ihnen dankbar, wenn sie das Set an die Adresse oben auf dem Brief schicken könnten. Ginge das? Es wäre großartig.

Mit ergebenen Grüßen,
Kyle North

Sie schaut mit gerunzelter Stirn auf. «Was soll das denn sein?»

«Es ist eine Nachricht. Eine verschlüsselte Nachricht von Elissa.»

«Sieht mir eher wie eine Art Bewerbung aus.»

«Ja», erwidert Haagensen. «An F.I.D.E.»

«Und das wäre?»

Er verdreht frustriert die Augen. «Das ist die Fédération Internationale des Échecs. Mit anderen Worten, der Welt-Schachverband. Ich bin dort Mitglied, aber ohne offizielle Funktion.»

«Und?»

«Warum ist das dann an mich adressiert? Selbst wenn ich bei F.I.D.E eine offizielle Funktion hätte – sie schicken Kindern keine Schachbretter. Das haben sie nie gemacht. Allerdings haben Elissa und ich einmal genau darüber gesprochen. Sie war der festen Überzeugung, dass sie das unbedingt tun sollten.» Er tippt auf die Adresse ganz oben auf dem Brief. «Fahren Sie dorthin, dann finden Sie sie. Garantiert.»

Als sie nicht sofort reagiert, wendet sich Haagensen an Lena Mirzoyan. «Verdammte Scheiße. Wenn *die* nicht fahren, dann fahren wir beide allein.»

«Immer langsam», blafft Mairéad. «Sie fahren nirgendwohin. Sie haben gesagt, das sei ein Code.»

«Hängen Sie sich ans Telefon, trommeln Sie die Kavallerie zusammen, dann können Sie sie retten. Elissa liebt Schach, aber sie liebt auch Codes und Verschlüsselungen. Wir haben dieses Spiel gespielt, seit ich sie trainiere – jede Woche ein kleines Rätsel, das einer von uns lösen musste. Lesen Sie den Brief noch einmal. Sehen Sie sich den ersten Buchstaben jedes Satzes an. Reihen Sie sie aneinander, und was bekommen Sie? D.I.E.N.S.T.C.O.T.T.A.G.E. Dienstcottage. Sehen Sie sich die Adresse oben an: Meunierfields. Ich habe das gegoogelt. Das ist ein Anwesen oben in Shropshire, das dem Lord von Famerhythe gehört: einem Typen namens Leon Meunier.»

Mairéad sieht Judy Pauletto an. «Wie Léon der Profi.»

Judy nickt. «Der Luc-Besson-Film.»

Mairéad flucht und wühlt nach ihrem Handy.

Oh, Elissa, du mutiges und schlaues Mädchen. Halte nur durch. Wir kommen. Wir kommen jetzt gleich.

ELIJAH

Tag 7

I

Mitten im Regen stehe ich neben meinem älteren Bruder und schaue zu, wie der Mädchenwald brennt. Der schwarze Rauch, der in dicken Wolken in einen dunkler werdenden Himmel steigt, lässt mir das Blut in den Adern gefrieren. Ich kann nicht glauben, was ich da sehe, und doch weiß ich, dass ausgerechnet das wirklich ist.

Inmitten des Infernos steht das Lebkuchenhaus. Ich stelle mir die Esche im Wohnzimmer vor, umgeben von Feuer, und das Dach, wie es in die Flammen stürzt. Ich denke an den Keller, der sich in einen Hexenofen verwandelt. Ich sehe den Eisenring, die Kette, die Handschelle ... und dann kann ich plötzlich gar nichts sehen.

«Ich war es nicht», flüstere ich. *«Ich war es nicht.»*

Ich starre in die Katastrophe, die im Wald wütet, auf die schmutzige Rauchsäule. Mein Bruder hebt den Arm und zeigt über das Brachfeld hinauf zu Rufus Hall. Eine ahorngesäumte Straße verbindet das Anwesen mit der öffentlichen Straße. Und diese Straße entlang fährt mit Blaulicht ein Konvoi aus Polizeiwagen.

II

Ich weiß nicht, was ich fühlen soll. Ich weiß nicht, was ich tun soll. Regungslos beobachte ich, wie die Fahrzeuge auf Meuniers Villa zufahren. Das hier ist sein Land. Hinter mir steht sein Cottage. Diese Bäume, die im Mädchenwald brennen, gehören ihm ebenfalls. Vielleicht denkt die Polizei, das hier sei alles seine Schuld.

Ich höre das Knacken und Krachen weitentfernter Flammen, das Quieken der Wildschweine in Todesangst. Vielleicht bilde ich mir das auch nur ein. Ich habe eben, wie schon oft gesagt, eine überbordende Phantasie.

«Erledigt», sagt Kyle und steckt die Hände in die Taschen. «Du kannst nicht entkommen.»

«Aber ich habe nichts *getan!*»

«Wenn du glaubst, dass es hier schlimm ist, dann hast du keine Ahnung, wohin man dich bald bringt.»

«Ich habe versucht, sie zu retten!»

«Immer der gleiche Scheiß, Eli. Das Problem ist, dass dir niemand mehr zuhört, außer mir.»

«Ich habe versucht, sie zu RETTEN!»

Kyle würgt etwas Ekliges hoch und spuckt es in den Regen.

Ich drehe mich um und renne den Gartenweg hinauf, platsche durch Pfützen und Schmutz. Über mir wütet der Himmel jetzt erst richtig los. Donner rollt über Meunierfields, es klingt wie die Hufe einer wild gewordenen Rinderherde. Ich stürze ins Cottage.

III

Dieser Ort. Dieser verhasste Ort. In vielerlei Hinsicht ist dies ein Gefängnis, in dem man ebenso wenig atmen kann wie im Lebkuchenhaus.

Ich halte die Axt immer noch in den Händen. Als ich sie fallen lasse, gräbt sich die Klinge in den Boden. Der Schaft zeigt zum Hauseingang, lässt nicht zu, dass ich vergesse, was da draußen ist, lässt nicht zu, dass ich vergesse, was ich getan habe.

Nur, dass ich gar nichts getan habe.

Jedenfalls nicht das, was Kyle gesagt hat. Ich habe Gretel vielleicht nicht gerettet, aber ich habe sie auch nicht verbrannt. Das würde ich nie tun.

Ich stehe erstarrt im Flur und kann den Blick nicht vom Axtstiel wenden. Er könnte auch ein Zeiger an einer Sonnenuhr sein, nur dass er, wie so viele Dinge hier – Mama, Bryony, Kyle –, keinen Schatten wirft.

Ich gehe ins Wohnzimmer, rufe nach meinen Eltern, nach meinem toten Bruder, obwohl ich weiß, dass sie nicht hier sind. Ich sehe feuchte Wände, verschimmelte Möbel, den gewellten Arthur-Sarnoff-Druck mit den fiesen Hunden und dem Beagle, die Billard spielen.

Auf einem Beistelltisch neben dem einzigen Sessel liegt eine durchsichtige Plastikhülle. Darin befindet sich eine Disc, die in allen Farben des Regenbogens schillert. Darauf steht ein Name: ELISSA. Ich erkenne die Handschrift.

Der Regen trommelt gegen das Fenster. Mir stockt der Atem. Ich starre die Disc an und frage mich, was wohl darauf ist. Vielleicht hat sie ein Alien oder ein Zeitreisender aus der fernen Zukunft hierhergelegt, als ich fort war.

Lügner, schreit jemand tief in meinem Schädel.

LÜGNER!

Es ist Gretels Stimme. Ich fliehe vor ihr.

IV

Ich renne in den Flur und gleite dabei immer wieder fast aus. Ich poltere die Treppe hinauf und reiße die Tür zu meinem Zimmer auf.

Das Chaos, das mich dort erwartet, lässt mich innehalten. Über den ganzen Boden ist mein Zeug verteilt. Eine Wachsjacke – schmutzig und stinkend – liegt auf dem Bett. In der Ecke ist die lose Diele hochgerissen. Unter dem Fenster liegt der Inhalt aus meiner Sammlung von Andenken und seltsamen Funden verstreut.

Ich erkenne darunter die drei Knöchelchen, die ich nicht mehr anfassen kann, die römische Münze, das Kindertagebuch, Gretels schmutziges Hemdchen. Dazwischen liegt ein winziges Parfümfläschchen geöffnet da, darunter hat sich ein dunkler Fleck gebildet, weil sein Inhalt ausgeflossen ist. Ich rieche den Duft von hier aus, und er erinnert mich sofort an Mama – nicht dass ich mich daran erinnern könnte, dass Mama jemals Parfüm trug.

Habe ich das getan? Oder war es Kyle?

Neben meinem Schreibtisch liegt die in ihre Hülle verpackte Videoausrüstung von Papa. Daran lehnt Kyles .22er-Gewehr. Ich habe es Kyle entrissen und ins Gras geschleudert. Zumindest dachte ich das.

Merkwürdige Farben leuchten an der Wand. Ich fürchte schon, dass ich ohnmächtig werde, bis ich merke, dass es der Widerschein des Blaulichts ist, das sich meinem Haus nähert.

Der Konvoi hat sich nicht lange in Rufus Hall aufgehalten. Vielleicht hat Meunier sie alle hierhergeschickt.

Wenn die Polizei mich findet, werde ich nichts erklären können, und sie werden mir ganz sicher nicht zuhören. Jetzt poltert ein Polizei-Rover bereits durch den Garten hinter dem Haus. Er wirkt dort so fehl am Platz, dass ich beinahe lachen muss. Ich gehe aus meinem Zimmer und taumele die Treppe hinunter.

Nach hinten kann ich nicht raus, und jetzt ist auch vor dem Haus Blaulicht. Ich gehe vorsichtig um die Axt herum ins Wohnzimmer.

Kyle steht da. Er hat keine Augen mehr, sein Gesicht ist eine wurmzerfressene Horrorshow. «Du bist am *Arsch*», zischt er.

Als ich schreie, zerfällt Kyle zu Asche. Jetzt sehe ich das Beistelltischchen. Darauf liegt die Regenbogen-Disc mit Gretels Name darauf. Ich weiß, dass es eine DVD ist. Warum sollte ich so tun, als wüsste ich das nicht? Ich bin vielleicht ein zwölfjähriger Junge, der in Isolation groß geworden ist und sich nicht in der modernen Welt auskennt, aber manchmal weiß ich mehr, als ich denke.

Wenn die Polizei diese Disc findet – wenn sie meine Fingerabdrücke darauf findet –, wird sie Schlüsse daraus ziehen, die mich vernichten.

Ich sehe, dass sich hinter dem Fenster etwas bewegt. Es sind Polizisten, die auf das Haus zugehen. Mein Herz hämmert mir bis zum Hals.

Ich öffne die Hülle und reiße die DVD heraus. Dann falle ich auf die Knie und schiebe sie durch eine Ritze zwischen den Dielen. Ich werfe die leere Hülle durchs Zimmer.

Jetzt hämmert es, und das ist nicht der Regen. Ich stolpere in den Flur, sehe die Axt, die immer noch im Boden steckt. Ich brauche nur einen Augenblick, um sie herauszureißen. Hinter mir wird die Küchentür aufgestoßen. Gegenüber öffnet sich die Haustür.

Eine Frau steht auf der Stufe, das Haar klebt ihr am Kopf. In ihren Augen sehe ich nicht einmal die Andeutung von Mitleid, keinerlei Mitgefühl mit meiner Notlage. Meine Finger krampfen sich um den Stiel der Axt, und ich frage mich: Wieso *sollte* ich auch Mitgefühl erwarten? Ich weiß, was ich getan habe. Und sie weiß es auch.

«Legen Sie das auf den Boden», raunzt sie mit gefletschten Zähnen. Uniformierte Polizisten umringen sie, grimmig dreinblickende Männer, die mir weh tun wollen. Sie ist Polizistin wie die anderen, obwohl sie keine Uniform trägt. Abgesehen von der Schutzweste unter ihrer wasserdichten Jacke ist sie angezogen wie eine Büroangestellte: schwarze Hose, Wollpulli, schicke Schuhe.

Spielkleidung, denke ich und lächle.

Die Frau wiederholt ihren Befehl. In ihren Augen spiegelt sich eine Bewegung. Ich drehe mich um. Ein bärtiger Polizist steht in der Tür zur Küche.

Er hebt die Hände. «Ganz ruhig», sagt er. «Ganz ruhig jetzt.»

Die Worte lassen mich erschauern.

«Ich hab es nicht getan», sage ich und wende mich wieder zu der Frau um. In einem Meer feindlicher Gesichter ist ihres dasjenige, vor dem ich am wenigsten Angst habe. «Ich habe nichts davon getan.»

Ich sehe an ihrem Gesichtsausdruck, dass sie mir nicht glaubt.

«Wie heißen Sie?»

Ich wirbele herum, um nachzusehen, ob der bärtige Polizist näher an mich herangeschlichen ist. Dann drehe ich mich wieder zu der Frau um. Meine Kehle fühlt sich an, als drücke sie jemand zu. Einen Moment lang frage ich mich, ob ich wohl ersticke. Ich versuche, meinen Namen zu sagen, aber diese Illusion – diese gotterbärmliche Scharade, in der ich mich viel zu lange versteckt habe – ist vorbei. Tot und begraben.

«Kyle», sage ich und lege die Axt zu meinen Füßen ab. «Ich heiße Kyle North.»

«Wo ist sie, Kyle?»

«Sie ist weg.»

Die Polizistin starrt mich an. Das Licht in ihren Augen erstirbt. «Kyle North, ich verhafte Sie, weil Sie verdächtigt werden, Elissa Mirzoyan entführt und ermordet zu haben.» Sie spricht immer noch und tritt in den Flur. Ihre Worte rauschen an mir vorbei wie eine Welle. Ich drehe mich um; der Polizist kommt näher.

Ich will nicht verletzt werden, also halte ich die Hände hoch.

Sie würden einem zwölfjährigen Jungen keine Handschellen anlegen.

Aber sie haben keinerlei Skrupel, sie mir anzulegen.

TEIL II

MAIRÉAD

Tag 7

I

Um den Brand im Wald zu löschen, müssen die Feuerwehr- und Rettungsteams von Shropshire auf alle verfügbaren Mittel zurückgreifen und Löschfahrzeuge aus Church Stretton und Craven Arms schicken, außerdem die Reserveeinheiten der größeren Feuerwehr in Shrewsbury, darunter ein Einsatzleitwagen, ein Fahrzeug, das für die Brandursachenermittlung ausgerüstet ist, und weitere operative Unterstützung. Die Feuerwehrteams pumpen Wasser aus einem nahen Süßwassersee, um die Flammen zu löschen, und laufen mit ihren Schläuchen zwischen den Bäumen hindurch, um das Inferno zu erreichen. Der Regen hilft ihnen. Ohne ihn würde vermutlich bereits der ganze Wald brennen.

Als das Gewitter nach Süden abzieht, irgendwann nach Mittag, ertappt sich Mairéad dabei, es sich zurückzuwünschen. Denn jetzt dröhnen statt des Donners Rotorblätter über ihnen. Einer der Hubschrauber kommt vom National Police Air Service in Birmingham, aber die beiden anderen sind Pressehubschrauber, die live aus der Luft berichten. Vor den Toren Meunierfields sieht die öffentliche Straße aus wie ein Unfallort. Rundfunkwagen und die Autos der Journalisten parken hier Stoßstange an Stoßstange.

Die ganze Woche hat sich Mairéad bemüht, Elissa Mirzoyans Gesicht im Fernsehen, auf den Titelseiten der Zeitungen und in den sozialen Medien zu halten. Suchtrupps, an denen Hunderte von Polizisten und Freiwilligen teilnahmen, haben viele Hektar Land durchkämmt, nicht nur in Dorset, wo das Mädchen entführt wurde, sondern auch in Wiltshire, ihrem Heimatbezirk.

Tausende Stunden Videomaterial der automatischen Nummernschilderkennung sind gesichtet und verglichen worden. Hunderte Bedford-Lieferwagen sind aufgespürt und überprüft worden. Jetzt, sechs Tage nach der Entführung, steht Mairéad in diesem regennassen Wald und starrt in einen Abgrund.

Von dem Gebäude im Herzen der Feuersbrunst sind nur die äußeren Wände stehen geblieben. Alles andere – das Dach und beide Stockwerke – sind in den Keller gestürzt, wo sie, wie die Feuerwehr ihr berichtet, so heftig gebrannt haben, dass beinahe nichts übrig geblieben ist.

Schwarzes Wasser steht etwa sechzig Zentimeter hoch im Keller. Ein paar besonders eifrige Beamte von der Spurensicherung waten durch den Schmutz. Sie haben sich Gummiwatstiefel über die weißen Anzüge gezogen. Vorhin hat sich einer von ihnen den Zeh an etwas gestoßen, das er für einen Metallring hält, der in Beton versenkt wurde. Das wird man erst nachprüfen können, wenn das Wasser gesunken ist, aber Mairéad nimmt an, dass das stimmt.

Da war dieses eine Mal, letzten Sommer. Mum hatte versprochen, mit mir nach London zu fahren. Ich wollte immer mal mit der Tube zu all den berühmten Haltestellen fahren – zu Madame Tussauds gehen und in Ripley's Believe it Or Not, zur Baker Street 221.

Elissa ist schlau genug gewesen, in ihrem YouTube-Video eine Botschaft zu verstecken, sie hat es sogar geschafft, Lasse Haagensen einen Brief mit versteckten Informationen zuzuspielen. Sie hat das hier nicht verdient.

Überall ragen verkohlte Baumstämme wie Grabmale aus der

nassen Erde. Eine Spurensicherungsbeamtin kommt zu ihr. Ihre Stiefel quietschen im Schlamm. «Nichts», sagt sie, hebt ihre Gesichtsmaske und schaut sich angeekelt um. «Das Feuer hat fast alles zerstört, und dann hat die Feuerwehr das, was übrig war, unter Wasser gesetzt.»

«Das kann man ihnen nicht übel nehmen.»

«Nein, das tue ich auch nicht», antwortet die Frau von der Spurensicherung. «Ich nehme es dem Schwein übel, das sie entführt hat.»

Mairéad nickt und wendet sich ab. Der Tatort im Wald ist vielleicht ein hoffnungsloser Fall, aber zumindest ist das Cottage, in dem sie ihren Verdächtigen verhaften konnten, noch intakt. Im ersten Stock fanden sie eine Videokamera, Scheinwerfer und ein tragbares Stromaggregat. Auf dem Boden lag ein wahres Elsternnest aus zusammengeklauten Gegenständen herum. Darunter konnten sie eine Brille identifizieren, die Bryony Taylor gehört hatte, und eine Schachfigur aus Rosenholz. In einem Schrank im Erdgeschoss fanden sie einen Laptop und einen Stapel selbst aufgenommener DVDs. Auf einigen der Discs standen die Namen vermisster Kinder, die schon lange tot sind.

Die beiden Zwillingscottages, das eine ausgebrannt, das andere intakt, sind nicht die einzigen Tatorte auf dem Anwesen. In Rufus Hall fanden die Beamten Leon Meunier von einem Deckenbalken hängend vor. Sein Tod kann kein Zufall sein, aber bisher haben sie noch keinen Zusammenhang gefunden.

Mairéad lässt die scheußliche Wunde in der Erde hinter sich und stapft vorsichtig durch den Schlamm. Sie folgt den schlaffen Löschschläuchen zu Detective Sergeant Halleys Auto.

Sie denkt an Kyle North. Sofort nach seiner Verhaftung zog sich der Mann in sich selbst zurück und beantwortete selbst die einfachsten Fragen nicht mehr. Sie verlor die Geduld und bat ihren Kollegen aus West Mercia, ihn nach Shrewsbury zu bringen.

Das ist ihr nächstes Ziel.

II

Der Haftblock der Wache ist eine moderne Einrichtung, in der sechzehn Zellen untergebracht sind. Kyle North befindet sich in Nummer drei. Mairéad späht mit finsterem Blick durch das Sichtfenster. «Was ist mit seinem Gesicht passiert?»

Neben ihr wirft Halley Detective Sergeant Roebuck von der Polizei aus West Mercia einen Blick zu.

Der andere Beamte hebt das Kinn. «Gab ein kleines Handgemenge, als wir ihn in den Lieferwagen stecken wollten.»

Mairéad fixiert ihn.

«Nur ein blaues Auge», fügt er hinzu. Sein Gesicht bleibt ausdruckslos. «Das heilt bald.»

«Ich zähle darauf, dass Sie dafür sorgen werden, dass er keine weiteren Verletzungen davontragen wird.»

Nichts sähe sie lieber, als wenn man Kyle North hinausbringen und mit Knüppeln und Stangen zusammenschlagen würde, aber wenn sie Elissa Mirzoyan schon nicht zu ihrer Familie zurückbringen kann, muss sie wenigstens einen Schuldigen überführen. Dieser Fall hat von allen, die an ihm gearbeitet haben, seinen Tribut gefordert. Sie wird nicht zulassen, dass ein paar aufbrausende Temperamente und lockere Fäuste scheitern lassen, was als Nächstes kommt.

In der Zelle sitzt North auf seiner Pritsche und starrt an die Wand. Er ist ein träge aussehender Riese, aber wenn er muss, bewegt er sich mit verschlagener Eleganz. Seine Haut ist fettig und gelblich, sie erinnert sie an Schweineschwarte. Da ist wie bei einer Schwarte sogar eine Linie in seinem Fleisch, eine hässliche Narbe, die seine linke Schläfe mit seinem Kinn verbindet. Seine hängenden Brüste pressen sich gegen seinen Papieranzug. Auf seinen Wangen sind keine Stoppeln, auf seinen Handgelenken keine Härchen. Mairéad betrachtet ihn und kann nicht anders, als sich seine scheußliche Falsett-Stimme vorzustellen.

«Wie alt, was meinst du?»

«Dreißig?», schlägt Halley vor. «Fünfunddreißig? Schwierige Sache – er könnte ein Jahrzehnt älter oder jünger sein.»

Das ist eine Übertreibung, aber keine starke. «Lass ihn uns in einen Vernehmungsraum bringen», sagt Mairéad, und dann beugt sie sich vornüber. Sie kann ein Stöhnen nicht unterdrücken.

«Chef?», fragt Halley. «Was ist los?»

Der Schmerz kommt wieder, diesmal noch schlimmer. Es fühlt sich an, als spaltete er ihren Unterleib. Sie dreht sich um und taumelt den Korridor entlang. Halley ruft ihr etwas hinterher. Sie schüttelt nur den Kopf.

Halte durch, bitte halte durch, bleib bei mir, bitte geh nicht.

Aber ihr Flehen nützt gar nichts, und sie weiß das. Irgendwie ist während der Woche, in der sie in diesem Fall ermittelt hat, das Schicksal des kleinen Lebens in ihr untrennbar mit Elissa Mirzoyans Schicksal verschmolzen. Mairéad hat das eine im Stich gelassen, und jetzt wird sie das andere auch noch im Stich lassen.

Sie stolpert in die Toilette und verbarrikadiert sich in einer leeren Kabine. Schmerz durchzuckt sie. Sie saugt zwischen zusammengebissenen Zähnen zischend die Luft ein.

Dann zieht sie ihre Hosen hinunter, ihre Unterwäsche. Überall ist Blut, hell und nass und anklagend. Mairéad streift die hochhackigen Schuhe ab, dann die Kleider. Sie hebt den Klodeckel und setzt sich auf die Toilette. Ihr Atem kommt stoßweise. Sie sollte jetzt zu Hause sein, in ihrem eigenen Badezimmer, umgeben von vertrauten Gegenständen. Stattdessen ist sie dreihundert Kilometer entfernt, eingeschlossen in der Toilettenkabine eines Polizeireviers, ganz in der Nähe eines Kindermörders. Aber der Ort ist nicht von Bedeutung. Nicht wirklich. Sie könnte jetzt überall auf der Welt sein, und sie wäre trotzdem allein.

Der Schmerz wird stärker. Eine Weile lang ist er alles, was existiert. Und dann endlich ebbt er langsam ab.

Mairéad steht auf, und der Beweis für ihren Verlust ist eindeutig und unmissverständlich.

Wie trostlos das ist. Und wie speziell die Trauer.

Ihre Finger tasten nach dem Ehering. Sie muss mit Scott sprechen, ihm erzählen, was passiert ist. Aber sie kann nicht, noch nicht.

Mairéad öffnet ihre Tasche und durchsucht sie. Immerhin ist sie vorbereitet. Sie hat Feuchttücher, Binden, Leggings und frische Unterhosen dabei.

Vorsichtig beginnt sie sich sauber zu machen. Ihre Trauer ist ein Felsbrocken, der auf sie zurollt, so schwer und träge, dass er ein wenig Zeit braucht, bis er ankommt. Unvermittelt steht ihre eine Erinnerung vor Augen: Lena Mirzoyan vor sechs Tagen, wie sie im Büro des Hoteldirektors im Marshall Court sitzt. *Ich weiß, dass Sie sich Mühe geben. Sie alle – das weiß ich. Aber Sie müssen Erfolg haben. Sie müssen sie zurückbringen. Versprechen Sie mir das. Versprechen Sie es.*

Mairéad betätigt die Spülung. Sie geht so schnell wie möglich aus der Kabine. Vor dem Spiegel bemüht sie sich, wieder menschlich auszusehen. Hilft es Elissa, wenn sie die Befragung jemand anderem überlässt? Es ist verrückt zu glauben, sie könnte einfach hier hinaus und direkt in einen Vernehmungsraum spazieren.

Ist es das wirklich?

Im Moment ist es unmöglich, den Überblick zu wahren.

Sie weiß, was ein Gericht davon halten würde, wenn sie sich dazu entschlösse, Kyle North zu befragen. Sie weiß, was ihr Chief Constable denken würde. Aber ein Gericht wird es niemals erfahren, ihr Chef auch nicht. Sie hat sich für das hier so ins Zeug gelegt, für Elissa Mirzoyan.

Dieser Trauerfelsbrocken nimmt Fahrt auf, hat sie aber noch nicht ganz erreicht. Sie kann schneller sein als er, vor ihm weglaufen; tun, was getan werden muss.

Herrgott.

KYLE

I

Zuerst kommt es mir gar nicht so schlimm vor, wie ich befürchtet hatte, eingesperrt zu sein. Die Zelle ist sauber, und obwohl die Pritsche hart ist, liegen immerhin eine in blaues Plastik eingeschweißte Matratze darauf und sogar ein passendes Kissen. Ich hätte lieber weniger grelles Licht, und der Geruch nach Bleiche ist unglückselig, aber man kann nicht alles haben.

Auf dem Boden steht ein Tablett mit Essen, das jetzt kalt ist. Ich verdiene es nicht zu essen, nicht nach dem, was ich getan habe. Jedes Mal, wenn ich die Augen schließe, sehe ich dicken schwarzen Rauch, deshalb starre ich lieber an die Wand. Wie viele von meinen Erinnerungsbäumen wohl abgebrannt sind? Sind Bryonys Esche und Mamas Eiche wohl weg?

Ich muss an Kyle denken, was wohl aus ihm wird. Dann fällt mir ein, dass mein Bruder tot ist – dass ich ihn schon vor langer Zeit getötet habe – und dass er gar nicht Kyle hieß, sondern Elijah. Den Namen habe ich danach angenommen. Merkwürdig, wie die Geschichten, die wir uns erzählen, mit der Zeit wahr werden.

Jetzt ist es ganz still. Ich sollte versuchen, das hier zu genießen. Ich weiß, was sie mit Leuten wie mir machen. Mein blaues Auge im Polizeiauto war nur der Anfang. Später werde ich irgendwohin verlegt, wo es vor Männern-die-böse-Dinge-tun nur so wimmelt. Zauber-Annie hat mir alles darüber erzählt – was sie mit einem tun, was sie *in* einen tun. Mein Magen zieht sich zusammen. Ich spüre, wie die Wand in mir bebt, als ließe ein

Erdbeben die Korridore meines Verstandes erzittern. Es ist erträglich, allein zu sein, aber die Vorstellung vom Gefängnis verschlägt mir den Atem. Vielleicht bringe ich mich lieber um, bevor ich dorthin muss, aber ich habe keine Idee, wie ich das anstellen soll. Ich umschlinge meine Knie und ziehe sie vor meine Brust. Da höre ich draußen Geräusche. Mein Martyrium beginnt.

II

Der Vernehmungsraum ist nicht derselbe wie der erste, aber es waren ja auch eine andere Polizeiwache und andere Polizisten. Dieser Raum ist viel kleiner. Selbst, wenn ich allein darin sitze, kommt er mir eng vor.

Ich trage Handschellen. Immer, wenn ich sie ansehe, muss ich an Gretel und diese schreckliche Wunde an ihrem Handgelenk denken. Ich bin mir ziemlich sicher, dass sie auch ohne das Feuer gestorben wäre – ihr Arm war so dick geschwollen wie ein sonnengereifter Kürbis. Der Schmerz muss grässlich gewesen sein, aber sie hat sich nie beschwert. Nicht so wie Bryony, deren Gejammer gegen Ende ein bisschen überhandnahm.

Zwei Videokameras an der Decke nehmen alles auf, was ich tue. Wirklich lustig. Irgendwie kommt es mir so vor, als hätte ich mit denen, die ich besucht habe, die Plätze getauscht.

Die Tür öffnet sich. Zuerst tritt die Frau ein, die mich verhaftet hat. Sie sieht anders aus als im Cottage, aber ich kann nicht genau sagen, was sich verändert hat. Hinter ihr kommt ein Mann, den ich nicht kenne. Die Tür will gerade zufallen, als eine dritte Person auftaucht – jemand, den ich gut kenne, jemand, den ich nicht erwartet habe wiederzusehen. Mama.

III

Meine Freude, meine schiere Erleichterung über ihre Anwesenheit sind so groß, dass ich die Detectives kaum noch beachte, die sich jetzt an den Tisch setzen. Mama lehnt sich an die gegenüberliegende Wand. Sie trägt ihre Wochenendkleider: Jeans, Schnürschuhe, North-Face-Weste und kariertes Hemd. Sie trägt Mascara an den Wimpern und etwas Bräunliches auf den Lippen. Sie sieht wirklich genau so aus, wie meine Frau aussehen soll, falls ich einmal heiraten sollte. Manche Leute finden das vielleicht seltsam, aber das ist es nicht. Mama ist perfekt, und Perfektion sieht nun einmal nicht anders aus.

Sie hat den verschlissenen orangefarbenen Rucksack dabei, den sie trug, als ich sie das letzte Mal sah. Erst jetzt merke ich, dass es Elijahs ist. Komisch, dass ich das vergessen konnte.

Sie sieht so traurig aus, dass sich meine Augen mit Tränen füllen. Ich will zu ihr gehen, meine Arme um sie schlingen. Aber Mama würde das nie gestatten und diese beiden Detectives auch nicht. Sie ist traurig, nicht ihretwegen, sondern meinetwegen. Irgendwie macht es das noch schlimmer. Aber immer, wenn ich den Mund öffne, um etwas zu sagen, legt sie den Finger auf die Lippen und schüttelt leicht den Kopf.

«Hallo, Kyle», sagt die Polizistin.

Als ich mich zu ihr umdrehe, merke ich, wie voll das Zimmer jetzt ist. Drei Leute hocken um den Tisch herum, Mama lehnt an der Wand, es ist kaum noch genug Luft zum Atmen da.

Vielleicht bemerkt die Polizistin mein Unbehagen, denn sie zeigt auf meine Handschellen und wendet sich an ihren Kollegen. «Nehmen wir ihm die ab.»

Der Mann steht auf und manövriert sich am Tisch vorbei. Er wirkt skeptisch, als hielte er das für eine schlechte Idee, aber er sagt nichts, schließt die Handschellen auf und nimmt sie mir ab.

Die Frau stellt sich als Detective Superintendent MacCullagh vor. Danach fragt sie mich nach meinem Namen, was komisch ist, weil ich ihn ihr schon bei meiner Verhaftung gesagt habe. Dann fallen mir die Kameras ein. «Kyle North», antworte ich und werfe Mama einen Blick zu.

«Was ist Ihr Geburtsdatum, Kyle?»

«Der dritte Februar.»

«Welches Jahr?»

«Neunzehnhundertsiebenundachtzig.»

«Also sind Sie ...»

«Zwölf Jahre alt.»

MacCullagh hält inne, ihr Blick ist ausdruckslos. Hoffentlich habe ich sie nicht beleidigt. Ich schiebe die Hände zwischen die Schenkel und schwöre mir, sie nicht noch einmal zu unterbrechen. Ich stecke in Schwierigkeiten, in ernsthaften Schwierigkeiten. Und ich mache es bestimmt nicht besser, wenn ich meine Manieren vergesse.

«Bevor wir anfangen», sagt sie, «würde ich dir gern noch einmal deine Rechte erklären. Um sicherzugehen, dass du sie vollkommen verstanden hast.»

«Ist gut.»

MacCullaghs Stimme verändert sich jetzt, sie spricht hölzern wie in einem Film, den ich einmal in Annies Wohnwagen geschaut habe – *Angriff der Körperfresser.* Diese Stimme macht mir Angst, bis ich merke, dass sie etwas auswendig Gelerntes aufsagt. Hinterher fragt sie, ob ich einen rechtlichen Vertreter möchte – ich glaube, das ist eine Art Anwalt –, aber ich sehe keinen Grund dafür.

Ich schaue zu Mama hoch, ich bin so dankbar, dass sie mich

nicht verlassen hat. Vor einer Weile, als ich den Rauch über Meunierfields aufsteigen sah, dachte ich noch, ich würde sie nie wiedersehen.

«Hat er gebrannt?», frage ich. «Ist er weg?»

MacCullaghs Gesicht ist starr wie eine Maske. «Hat was gebrannt?»

«Der Mädchenwald.»

Ich will auch nach dem Lebkuchenhaus fragen, bin mir aber nicht sicher, ob ich die Antwort vertrage.

«Du meinst das Waldstück, das ein paar hundert Meter von deinem Haus entfernt liegt?»

Ich nicke.

«Da gab es einen Brand, ja.»

«Ist alles weg?»

«Nicht ganz. Der Regen hat dafür gesorgt, dass das Feuer sich nicht allzu weit ausbreiten konnte.»

«Meine Erinnerungsbäume», fange ich an und schließe den Mund sofort wieder.

«Deine Erinnerungsbäume?» MacCullaghs Stimme ist jetzt sanfter, hypnotisierend.

«Vorsicht», sagt Mama und drückt sich von der Wand ab. «Vergiss dich nicht.»

«Entschuldigung», sage ich zu beiden Frauen. «Ich glaube, ich habe mich vergessen.»

MacCullagh lehnt sich zurück. Ihr Polster gibt ein kurzes Furzgeräusch von sich. Ich weiß, dass ich jetzt besser nicht grinsen sollte.

«Kyle», sagt sie wieder mit dieser sanften Stimme. «Ich bin nicht hier, um dich zu verurteilen. Ich bin nicht hier, um dir Vorwürfe zu machen oder Ärger oder so etwas. Ich ermittele nur im Vermisstenfall Elissa Mirzoyan und versuche herauszufinden, was passiert ist. Ich weiß, dass du ein schlauer Typ bist. Was kannst du mir darüber erzählen?»

Es ist schon eine Weile her, seit jemand meine Intelligenz gelobt hat. An dem Tag, an dem Gretel mir die Schachregeln erklärte, sagte ich ihr, dass ich einen hohen IQ habe, und sie fragte mich nach meiner Punktzahl. Ich hatte nie von einer Punktzahl gehört, also dachte ich mir eine aus – neunundneunzig. Es ist keine Lüge, wenn sie stimmt, und es besteht die Möglichkeit, dass sie stimmt. Mit einem solchen IQ, sagte Gretel, hätte ich keine Probleme mit Schach. Und sie hatte recht. Ich hatte keine Probleme. Zumindest nicht mit den Regeln. Gespielt habe ich immer noch nicht.

Hinter den Detectives verschränkt Mama die Arme. «Du kannst ihr nicht vertrauen, Elijah. Sie versucht dir zu schmeicheln, mehr nicht. Sie will gar nicht die Wahrheit wissen. Sie will dich nur einsperren.»

«Kyle? Alles in Ordnung?», fragt MacCullagh. «Brauchst du etwas? Vielleicht Wasser?»

«Ja, bitte. Das wäre nett.»

Sie nickt ihrem Kollegen zu, der mir einen langen Blick zuwirft und dann aufsteht. Mama tritt zur Seite, um ihn hinauszulassen. Er kommt mit einem Plastikbecher voll Wasser zurück, den er vor mich hinstellt.

MacCullagh wartet eine Weile, bis sie merkt, dass ich nichts trinken will.

«Kyle, als wir dich in diesem Haus antrafen, habe ich dich nach Elissas Verbleib gefragt, und du hast gesagt: ‹Sie ist weg.› Erinnerst du dich daran?»

«Hm-hm.»

Mama schaut zu den Deckenkameras hinauf.

Ich zucke zusammen. «Ich meine … habe ich das?»

«Erinnerst du dich daran, dass du das gesagt hast?»

MacCullaghs Stimme ist so hypnotisch, so gemessen und ruhig. Wie schön es wäre, wenn sie mir vor dem Einschlafen Geschichten vorlesen würde. Ich habe vielleicht die beste Mama der Welt, aber sie ist abends fast nie da. Ob diese Polizistin wohl Kinder hat? Wenn, dann haben sie Glück gehabt.

«Kyle? Erinnerst du dich daran, das gesagt zu haben?»

«Eigentlich nicht.»

Sie runzelt ein wenig die Stirn. «Gerade eben hast du noch gesagt, dass du dich daran erinnerst.»

«Ich war ...» Ich schaue zu Mama hoch, die mir zunickt. «Ich war verwirrt.»

MacCullagh schaut über ihre Schulter, dann wieder zu mir. Ich frage mich, ob diese beiden Frauen wohl Freundinnen werden könnten.

«Hör mal, Kyle», sagt die Polizistin. «Ich weiß, dass das alles ein bisschen viel ist. Es ist eine besondere Situation – für dich und für alle anderen. Aber ich möchte gern, dass du über etwas nachdenkst, wenn du kannst. Jetzt, in diesem Moment, sind da draußen Menschen – Menschen wie Elissas Mum, Elissas Großeltern –, die Schmerz empfinden. Sie empfinden wirklich großen Schmerz. Sie sind von jemandem getrennt worden, der ihnen sehr wichtig ist, den sie sehr lieben, und sie wollen verzweifelt wissen, was mit ihm passiert ist. Ich hoffe, du kannst ihnen helfen, Kyle. Ich hoffe, dass du und ich zusammen einen Weg finden, ihre Qual zu mildern.»

Ich denke an den Hirsch, den mein Bruder geschossen hatte, und an die Katastrophe in seinem Kopf. Ich frage mich, welche Erinnerungen und Träume wohl verlorengehen würden, wenn das Hirn der Polizistin grau und glänzend auf der Erde verteilt wäre.

«Kyle?» Ihr Mund entspannt sich, ihre Lippen öffnen sich ein wenig.

Es wäre gut, diese Frau als Mutter zu haben. Noch besser wäre sie als Ehefrau. Der Ehering an ihrem Finger ist der Beweis, dass sie einen Ehemann hat. Ich frage mich, wie oft er wohl diese Lippen küsst. Die ganze Zeit vermutlich. Ich würde es tun.

«Elijah», warnt mich Mama. «Denk dran, was ...»

«Ich will Ihnen helfen», sage ich. «Ich will Ihnen ja helfen. Aber ich habe Angst. Das hier ... macht mir Angst.»

MacCullagh nickt. Sie reibt sich den linken Arm, als hätte sich auf ihrer Haut unter der Bluse eine Gänsehaut gebildet. «Ich verstehe, dass du dich so fühlst. Das hier ist eine ernste Situation. Eine beängstigende Situation. Wie ich schon sagte, ich bin nicht hier, um dich zu verurteilen. Ich will nur die Wahrheit erfahren und diese Sache hier möglichst gut auflösen.» Sie hält kurz inne. Dann fragt sie: «Weißt du, wo Elissa ist?»

«Meinen Sie ihren Körper?», frage ich. «Oder ihren Geist?»

Die Polizistin blinzelt zweimal kurz hintereinander. Ihre Zunge erscheint zwischen ihren Lippen, nur die Spitze. Das erinnert mich an die Schlange aus der Schöpfungsgeschichte. Gott bestrafte die Schlange für ihre Hinterlistigkeit und ließ sie fortan auf dem Bauch kriechen. Ob MacCullagh in letzter Zeit wohl in der Bibel gelesen hat? Ob sie überhaupt je darin liest?

«Kyle», sagt sie vorsichtig. «Ist Elissa Mirzoyan tot?»

Die Antwort auf diese Frage liegt auf der Hand, und dabei bin *ich* noch nicht einmal Detective. Trotzdem, Mama hat mich gewarnt, vorsichtig vorzugehen, und das kurze Aufblitzen von MacCullaghs Zungenspitze hat mir gezeigt, dass hier Gefahr im Verzug ist. «Das kann ich nicht sagen.»

«Du kannst es nicht sagen?»

Ich schüttele den Kopf.

«Weißt du, was mit ihr passiert ist?»

«Nein.»

An MacCullaghs Hals sehe ich eine Ader pulsieren. Sie ist eine coole Socke, das stimmt, aber ihren Herzschlag kann sie nicht kontrollieren. «Willst du uns wirklich helfen, Kyle?», fragt sie. «Willst du Elissas Familie wirklich helfen?»

«Natürlich.»

«Okay. Das ist gut. Dann möchte ich gern, dass du scharf nachdenkst und überlegst, was mit Elissa passiert ist oder wo sie jetzt ist.»

Im Gegensatz zum Mund der Polizistin bilden die Lippen von Mama nun eine dünne Linie.

«Tut mir leid», sage ich. «Ich weiß es wirklich nicht. Ich kenne niemanden namens Elissa.»

Ich brauche ein wenig, bis ich es wieder wage, MacCullagh in die Augen zu sehen. Als ich es tue, merke ich, dass sie schon woanders ist. Sie öffnet eine Mappe und sucht etwas darin. «Das Cottage, in dem wir dich angetroffen haben, liegt auf dem Meunier-Anwesen. Ist das dein Zuhause?»

«Ja.»

Ihr Tonfall hat sich jetzt geändert. Er ist knapp und geschäftsmäßig. «Wie lange wohnst du dort schon?»

«So lange ich denken kann.»

«Allein?»

«Nein.»

«Wer wohnt noch da?»

Ich schaue zu Mama hoch.

«Wer wohnt dort noch, Kyle?»

«Nur ich.»

«Du mietest das Haus von den Meuniers?»

«Hm-hm.»

«Kennst du sie persönlich?»

Irgendetwas sagt mir warnend, dass ich mich wieder auf dünnem Eis bewege. Ich denke an Leon Meunier mit seinem Gewehr im Mädchenwald: *Ich hätte dir eine Kugel in den Kopf jagen können. Und was wäre dann gewesen?*

Ich starre die Polizistin an und merke, dass ich schon viel zu lange geschwiegen habe. Ich blinzele und versuche, mich an ihre Frage zu erinnern. Schließlich sage ich: «Ich kenne sie nicht gut.»

MacCullagh nickt, nimmt ein Foto aus ihrer Mappe und schiebt es über den Tisch. «Ich würde dir gern etwas zeigen. Nennen wir es Abb. 1. Ist das ein Foto von deinem Schlafzimmer?»

«Ja.»

Ein zweites Foto taucht auf. «Wir nennen dies hier Abb. 2», sagt sie. «Es ist eine Nahaufnahme des Fußbodens. Erkennst du, was du da siehst?»

«Einiges davon.»

«Da steht etwas auf der Kiste auf dem Bild. Könntest du das vorlesen?»

Ich beuge mich vor, aber ich weiß es auch so. «‹Top Secret. Privatbesitz. Das Öffnen ohne Erlaubnis ist strengstens verboten.›»

«Ist das deine Sammelbox, Kyle?»

«Glaub schon.»

«Du glaubst schon?»

«Ja. Ich meine, das ist sie.»

«Die Gegenstände unter dem Fenster sehen so aus, als wären sie auch in der Kiste gewesen. Stimmt das?»

«Ich glaube ... ein paar von ihnen, ja.»

«Die Schachfigur?»

Ich erstarre. Aus irgendeinem Grund habe ich die Dame aus brasilianischem Rosenholz, die am Fuß meines Bettes liegt, gar nicht bemerkt.

«Kyle, erkennst du die Schachfigur wieder?»

Sie ist gut, diese Polizistin. Sie bringt mich dazu, Dinge zuzugeben, selbst wenn ich den Mund gar nicht aufmache. Schweigen könnte in diesem Zimmer mein schlimmster Feind sein. «Ja», sage ich und stochere blindlings in meinem Gedächtnis herum, in der Hoffnung, dass mir eine Ausrede einfällt.

«Woher hast du sie?»

«Ein Freund.»

«Ein Freund hat sie dir geschenkt?»

«Ja. Nein. Ich weiß auch nicht.»

«Du weißt nicht?»

«Ich ... ich kann mich nicht erinnern.»

«Was ist mit dem Hemd? Das Mädchenunterhemd, das danebenliegt. Hat dir das auch ein Freund gegeben?»

«Ich kann nicht ... ich erkenne das Hemd nicht wieder.»

«Es war in deinem Schlafzimmer.»

«Ich erkenne es nicht wieder.»

Sie nickt. «Was ist denn mit der Kinderbrille? Erkennst du die?»

«Ich glaube nicht.»

«Siehst du das Tagebuch neben der Brille?»

«Sie meinen das Buch?»

«Es ist ein Tagebuch, aber ich finde auch, dass es wie ein Buch aussieht. Erkennst du es wieder?»

«Nein.»

«Hier ist eine Nahaufnahme vom Cover. Wir nennen sie Abb.3. Könntest du mir den Gefallen tun und den Namen vorlesen, der daraufsteht?»

«Jetzt?»

«Ja, bitte.»

«Bryony Taylor.»

«Kennst du Bryony Taylor?»

«Nein.»

«Wusstest du, dass sie verschwunden ist?»

«Nein.»

«Kannst du uns erklären, warum wir Bryony Taylors Tagebuch in deinem Schlafzimmer gefunden haben?»

Mein Mund ist ganz trocken. Ich sehe den Wasserbecher an. Ich will verzweifelt trinken. Aber ich weiß, dass ich nicht darf.

«Kyle, du erinnerst dich doch noch daran, als du zum ersten Mal auf der Polizeiwache warst? Ein Polizist hat dir Fingerabdrücke und eine Speichelprobe abgenommen. Ich habe alle diese Gegenstände, die ich dir eben gezeigt habe, ins Labor geschickt. Sie werden gerade untersucht. Wir werden so erfahren, und zwar ohne jeden Hauch eines Zweifels, welche davon du berührt hast. Ich weiß, dass du uns helfen willst, daher ist es wichtig, scharf über die Fragen nachzudenken, die ich dir stelle, und so genau zu antworten, wie du kannst.»

Sie schiebt mir ein weiteres Foto über den Tisch. «Wir nennen dies hier Abb.4. Es ist eine Aufnahme des Tisches in deinem Schlafzimmer. Erkennst du die Kisten darunter?»

«Ja.»

«Was enthalten sie?»

Ich schlucke. «Die Kisten?»

«Was ist darin?»

Hinter meinen Augen flackert etwas eidechsengleich auf, als grübe sich ein winziges Wesen in mein Hirn.

«Kyle?»

«Video… eine Videoausrüstung.»

«Deine?»

«Nein.»

«Wessen dann?»

«Ich ...»

Vor meinen Augen verschwimmt alles. Ich sehe zu Mama hinüber, aber sie ist hinter meinen Tränen verschwunden.

«Ich sehe, dass du durcheinander bist», sagt MacCullagh. «Ich weiß, dass das alles ziemlich beunruhigend ist. Alles, was wir wollen, ist die Wahrheit.»

«Ich kenne die Wahrheit nicht.»

«Lebt Elissa Mirzoyan noch?»

«Ich weiß nicht.»

«Wurde Elissa im» – sie wirft einen Blick in ihre Notizen –, «im Mädchenwald festgehalten? War sie in dem Gebäude, als es abbrannte?»

«Bitte. Ich weiß nicht. Ich weiß es wirklich nicht.»

«Kyle, hattest du etwas mit diesem Brand zu tun?»

Ein Schluchzer entringt sich meiner Kehle. Ich klinge wie ein wildes Tier, das in eine der Fallen meines Bruders geraten ist.

MacCullagh wiederholt ihre Frage. Als ich nicht antworte, sagt sie: «Ich habe dir schon von den Fingerabdrücken, den DNS-Proben und den Untersuchungen erzählt, die wir an den Gegenständen in deinem Schlafzimmer durchführen. Lass mich dir noch etwas erklären. Der Grund, aus dem du einen Papieranzug trägst, ist der, dass deine Kleidung ebenfalls analysiert wird. Aber ich kann dir auch ohne den Bericht sagen, dass sie ziemlich stark nach Benzin stank. Wenn du das also irgendwie erklären kannst, dann tu es lieber jetzt. Denn ... denn wenn du es nicht tust, Kyle, dann sieht das gar nicht gut aus, und dann kann ich dir vielleicht nicht helfen. Kannst du mir sagen, warum deine Kleider nach Benzin gestunken haben?»

Ich wische mir die Tränen aus dem Gesicht.

Die arme Gretel.

Genau wie ich hat sie nicht immer die Wahrheit gesagt. Aber wenigstens hatte sie immer einen guten Grund dafür.

«Ich ... ich habe etwas verschüttet», sage ich. «Etwas umgekippt.»

«Wo war das denn?»

«Im Lebkuchenhaus.»

«Im was?»

Es kostet mich Mühe zu sprechen. Meine Kehle ist so trocken, dass sie weh tut. «Im Lebkuchenhaus. Im Mädchenwald.»

«Du meinst das Cottage, das niedergebrannt ist?»

«Ja.»

«Kyle, ich frage dich noch einmal. War Elissa in diesem Cottage, als es brannte?»

Ich spüre Mamas Blick auf mir. Ich kann ihr nicht in die Augen sehen.

Jetzt, in diesem Moment, sind da draußen Menschen – Menschen wie Elissas Mum, Elissas Großeltern –, die Schmerz empfinden. Sie empfinden wirklich großen Schmerz. Sie sind von jemandem getrennt worden, der ihnen sehr wichtig ist, den sie sehr lieben, und sie wollen verzweifelt wissen, was mit ihm passiert ist. Ich hoffe, du kannst ihnen helfen, Kyle. Ich hoffe, dass du und ich zusammen einen Weg finden, ihre Qual zu mildern.

«Kyle», sagt die Polizistin jetzt nachdrücklicher. «Hast du Elissa Mirzoyan in diesem Keller festgehalten?»

Ich schaue hoch, sehe ihr in die Augen und beschließe, sie doch nicht als meine Ehefrau haben zu wollen. Ich senke den Kopf wieder, aber sie ist immer noch da.

«So habe ich sie nicht genannt», flüstere ich.

IV

Eine halbe Minute lang sagt niemand etwas. Schließlich fragt MacCullagh: «Wie hast du sie denn genannt?»

«Gretel. Ich habe sie Gretel genannt. Und sie nannte mich Hänsel.»

«Hänsel und Gretel, das Lebkuchenhaus. Wie in dem Märchen.»

«Es war ihre Idee. Sie sagte, wir könnten Bruder und Schwester sein.»

Ich reibe mir die Nase und merke bestürzt, dass etwas blasser Rotz an meiner Hand klebt. Mama hat mir gute Manieren beigebracht. Was müssen jetzt diese Polizisten von mir denken! «Ich hatte nie eine Schwester», sage ich. «Wenn ich mir eine wünschen könnte, würde ich genau so eine wollen.»

MacCullagh beugt sich vor. «Wie hat das Märchen geendet?»

«Nicht wie im Buch.»

«War Gretel im Keller, als das Lebkuchenhaus brannte?»

«Ich weiß nicht.»

«Kyle, ich begreife, dass das hier schwierig ist für dich. Aber du hast schon einen großen Fortschritt gemacht. Du hast uns gesagt, dass du Elissa kennst – ich meine Gretel –, und das hilft uns sehr. Jetzt brauchen wir noch den Rest, und ich glaube, du bist tapfer genug, ihn uns zu erzählen. Wir sind es ihrer Mum schuldig – sie muss wissen, was mit Elissa passiert ist.»

Ich schließe die Augen. Ich spüre, wie die Wand in meinem Kopf bröckelt. Ich kann mich nur mit aller Kraft dagegen wehren. «Ich lüge nicht», sage ich. «Am Ende ... weiß ich wirklich nicht, was ich getan habe.»

MacCullagh atmet tief ein und lässt die Luft langsam wieder

heraus. «Gut», sagt sie. «Dann lass uns etwas anderes versuchen. Lass uns zurückgehen in der Zeit, du und ich.»

Ich öffne die Augen und frage: «Sie meinen, wie mit einer Zeitmaschine?»

«Genau so.»

«H. G. Wells hat eine Geschichte geschrieben, die *Die Zeitmaschine* heißt, aber das war ausgedacht. Es gibt keine echten Zeitmaschinen.»

«Das hier wird eine Maschine in unserem Kopf sein.»

Ich neige den Kopf zur Seite und versuche herauszufinden, ob sie mich auf den Arm nehmen will, aber sie wirkt todernst.

«Ich möchte, dass du in die Zeitmaschine steigst», sagt sie, «und mich zu dem Zeitpunkt mitnimmst, als du Gretel zum ersten Mal gesehen hast.»

«Zum *aller*ersten Mal?»

MacCullagh nickt.

Als ich über ihre Schulter schaue, bin ich erschrocken – und bestürzt –, weil Mama das Zimmer verlassen hat.

MAIRÉAD

I

Sie befragt Kyle North noch zwei weitere Stunden, aber obwohl er eine Menge über seine Unterhaltungen mit Elissa Mirzoyan erzählt – mit Gretel, wie er sie nennt –, ist sie einem Geständnis nicht näher gekommen. Immer wenn sie ihn fragt, wie Elissa in den Keller kam, behauptet er, nichts zu wissen, oder er spricht in unergründlichen Rätseln.

Manchmal glaubt sie, dass er sich über sie lustig macht, dass er ganz tief in irgendeinem Gedankenspiel versunken ist, dessen Regeln nur er versteht. Er behauptet, nichts von den YouTube-Aufnahmen zu wissen, obwohl die Ausrüstung dafür in seinem Schlafzimmer gefunden wurde. Im Laptop werden sie zweifellos weiteres Material finden, und doch behauptet er, auch davon nichts zu wissen.

Er leidet eindeutig unter einer Art Psychose, was bedeutet, dass sie diesen Fall gefährdet, wenn sie nicht bald für eine ausführliche Diagnose sorgt. Bestünde eine unmittelbare Gefahr für Leib und Leben des Opfers, könnte sie die üblichen Regeln übergehen und ihn einfach weiterbefragen, aber sie glaubt nicht mehr, dass diese Gefahr noch besteht – alles deutet darauf hin, dass sich Elissa im Keller befand, als das Feuer gelegt wurde.

Noch während sie Kyle befragt, spürt sie, wie sich der Schatten ihrer Trauer auf sie senkt. Gegen Ende der Befragung kostet es sie Mühe, aufrecht auf ihrem Stuhl zu sitzen. Aber sie hat sich diesem Fall verpflichtet. Auf keinen Fall kann sie jetzt kneifen.

Mairéad informiert ihre Vorgesetzten im Voraus über den Inhalt der nächsten Pressekonferenz und sagt DS Halley, er solle sie zurück nach Meunierfields fahren. Unter dem dunkler werdenden Himmel, an dem Hubschrauber wie wütende Wespen kreisen, wimmelt es auf dem Anwesen von Polizisten, die mit grimmigen Gesichtern nach Spuren suchen.

Sie zieht ein Paar geliehene Stiefel über und sucht Paul Deacon auf, den Leiter der Spurensicherung, mit dem sie am Telefon gesprochen hat.

«Allmächtiger!», sagt Deacon, als er sie sieht. «Sie sehen ja aus wie der aufgewärmte Tod!» Er führt sie durch den Mädchenwald zu einer Lichtung, die das Feuer nicht erreicht hat. Am Fuß einer riesigen Esche, die bestimmt fünfhundert Jahre alt ist, steht neben einem riesigen Haufen Erde ein Zelt. Darin gehen Polizisten in weißen Anzügen umher.

An den obersten Ästen hängen durchnässte Fetzen von etwas, das aussieht wie Papierlaternen. Hätte Deacon nicht darauf hingewiesen, hätte Mairéad sie vermutlich gar nicht bemerkt. Ein Beamter balanciert auf der obersten Sprosse einer Aluminiumleiter, die an den Stamm gelehnt steht, und legt etwas in einen Spurensicherungsbeutel. Am gegenüberliegenden Rand der Lichtung bemerkt Mairéad ein weiteres Zelt neben einem ähnlich großen Haufen Erde.

«Was haben Sie?»

«Vier unterschiedliche Bäume», antwortet Deacon. «Alle in einem Fünfzig-Meter-Radius von diesem Wäldchen, und jeder ist mit diesen seltsamen Sachen dekoriert. An jedem Stamm haben wir einen mit der Hand eingeritzten Namen gefunden, den man vom Boden aus nicht sehen kann. Es sind alles Namen von vermissten Kindern. Auf diesem hier steht Bryony Taylor.»

«Haben Sie auch den für Elissa Mirzoyan gefunden?»

«Noch nicht.»

«Seine Erinnerungsbäume», sagt Mairéad. Sie zeigt auf die Polizisten, die im Zelt arbeiten. «Was haben die gefunden?»

«Bisher noch gar nichts. Wir sind schon über zwei Meter tief.»

«Überhaupt nichts?»

«Keine Überreste, keine interessanten Gegenstände, null. Diese Bäume sind vielleicht Gedenkstätten, aber sie sind keine Grabmale.»

Mairéad stößt die Luft aus. «Und was hat er dann mit ihren Leichen gemacht?»

«Wir holen Hundestaffeln aus den benachbarten Bezirken. Vor einigen Stunden hätte ich gesagt, die finden schon was, kein Problem. Jetzt bin ich mir nicht mehr so sicher.» Deacon verzieht das Gesicht und sieht zu seinem Team hinüber. «Was sagt denn Ihr Verdächtiger?»

«Er gibt zu, dass Elissa in diesem Keller war und dass er sie dort besucht hat. Sagt, er kannte auch die anderen Kinder. Aber auf die Frage, wie sie hergekommen sind und wohin sie danach gebracht wurden, windet er sich wie ein Aal.»

«Klingt aber doch ausreichend für eine Verurteilung.»

«Absolut, aber ich will eigentlich nur diese Kinder zurück zu ihren Familien bringen.»

«Nicht die geringste Chance, dass Sie sie noch lebend finden. Nicht nach so langer Zeit.»

«Wir können immerhin dafür sorgen, dass sie ein ordentliches Begräbnis bekommen, Paul. Das ist doch schon etwas. Und was Elissa angeht, gebe ich nicht auf. Noch nicht.»

Sie schaut durch die Bäume in Richtung des ausgebrannten Lebkuchenhauses. In ihrer Tasche ist eine Kopie des Briefes, der an Lasse Haagensen geschickt wurde. Alle Kinder sind etwas

Besonderes, aber Elissa Mirzoyan war so tapfer, so verdammt einfallsreich, dass es ihr selbst jetzt noch schwerfällt zu akzeptieren, dass sie wahrscheinlich tot ist.

«Rufen Sie mich an», sagt sie. «Sobald Sie etwas haben.»

Mairéad lässt Deacon weiterarbeiten und geht zu Halleys Renault. Als sie die Beifahrertür öffnet, hat er sein Handy in der Hand und schaut sich eine Live-Sendung auf Sky News an, die von einem der Hubschrauber am Himmel aus aufgenommen wird.

«Was sagen die?»

«Dass wir Elissas Mörder haben.»

Mairéads Gesicht verfinstert sich. Sie hofft, dass Judy Pauletto die Mirzoyans vom Fernseher fernhält. Sie würde am liebsten selbst nach Salisbury zu Lena fahren, aber sie hat hier zu viel zu tun.

Sie setzt sich auf den Beifahrersitz und beruhigt bewusst ihren Atem.

«Alles in Ordnung mit dir?», fragt Halley.

«Ja.»

«Sicher?»

Sie nickt und blickt starr geradeaus.

Zwei Skoda Estate mit Leuchtmarkierungen an der Karosserie holpern den Weg von der öffentlichen Straße entlang. *Polizeihundestaffel*, steht auf den Fahrzeugen. Die Pressehubschrauber kreisen jetzt tiefer, gierig nach Bildern von dieser neuesten Entwicklung.

11

Als sie wieder im Kommissariat sind, lässt der Himmel eine Sintflut auf die Erde niedergehen. Auf dem kurzen Weg zum Gebäude wird Mairéad völlig durchnässt. Sie will gerade Kyle North zu einer zweiten Fragerunde in den Vernehmungsraum holen lassen, als ihr Handy klingelt. Es ist Westfield, ihr Chief Constable, und er klingt gestresst.

«Warum haben Sie North noch nicht anklagen lassen?»

«Wir sammeln noch Beweise. Es gibt da ein ...»

«Wir haben so viele Beweise, dass sie uns schon zu den Ohren herauskommen: Elissas Habseligkeiten in seinem Schlafzimmer, Bryony Taylors Brille und ihr Tagebuch ...»

«Aber wir haben Elissa noch nicht, weder tot noch lebendig. Und wir haben auch Bryony Taylor oder die anderen Opfer noch nicht gefunden. Wenn ich ihn jetzt anklage, verstummt er vielleicht für immer.»

«Wird er vermutlich. Na und?»

Mairéad befeuchtet sich die Lippen mit der Zunge. Ihr Mund ist trocken, ihre Zunge auch. In der letzten Stunde hat sie einen Durst bekommen, den keine Menge an Wasser löschen kann. «Wenn er diese Mädchen umgebracht hat, wollen wir ihre Überreste zu ihren Familien bringen. Ich glaube, wir haben eine größere Chance, wenn wir ihn auf unserer Seite haben. Ich will noch eine Sitzung mit ihm.»

«Leon Meunier», sagt Westfield. «Über ihn kommen eine Menge Fragen. War es Selbstmord?»

«Das weiß ich noch nicht.»

«Also könnte North auch in seine Ermordung involviert sein.»

«Möglich.»

Sie nimmt erhobene Stimmen im Hintergrund wahr, eine

plötzliche Unruhe. «Gut», sagt Westfield. «Tun Sie, was Sie tun müssen. Aber halten Sie mich auf dem Laufenden. Keine unangenehmen Überraschungen. Ich bin mir sicher, dass ich Sie nicht daran erinnern muss, wie sehr wir in dieser Sache im Fokus der Medien stehen.»

«Verstanden, Sir», sagt Mairéad und legt auf.

«Schlimm?», fragt Halley.

«Alle Welt sitzt ihm im Nacken. Er will, dass wir North anklagen, wenn wir können, aber auf keinen Fall pfuschen.» Mairéad lehnt sich gegen das Fenster. «Verdammt noch mal, Jake. Ich dachte wirklich, wir bringen Elissa lebendig nach Hause. Nach den Botschaften in den Videos, dem Code, den sie im Brief versteckt hatte, war ich mir irgendwie sicher ... dass sie genug dafür getan hatte, verstehst du?»

Sie schließt die Augen und öffnet sie wieder. «In diesem Vernehmungsraum. Hast du da das Gefühl, einem Kindermörder gegenüberzusitzen?»

«Ja», sagt Halley und verzieht das Gesicht. «Habe ich.»

Mairéad lässt den Kopf kreisen.

«Übrigens», fügt er hinzu, «da ist eine Arya Chaudhuri, die dich unbedingt sprechen will. Es geht um DNS-Ergebnisse.»

«Ich rufe sie zurück. Vorrangig ist jetzt, dass wir Kyle North so gut wie möglich ausquetschen, bevor er verstummt.»

KYLE

I

Ich habe mich noch nie so allein gefühlt. Die Welt war noch nie so trist.

Welche Fehler ich im Leben auch gemacht habe – und Gott weiß, dass es viele waren –, Mama hat mich nie verlassen. Aber im Vernehmungsraum, gerade als ich sie am meisten brauchte, ist sie einfach gegangen. Ich habe böse Dinge getan, schreckliche Dinge, und doch hatte Mama immer Verständnis. Und obwohl sie meine Entscheidungen nicht immer gut fand, hat sie mich nie zu hart bestraft.

Zwei Polizisten führen mich zurück in meine Zelle. Ich versuche, mit ihnen eine Unterhaltung zu beginnen, aber der Größere stößt mich in den Rücken. Ich stolpere über meine Füße und fliege durch die Zellentür. Ich knalle mit den Knien so hart auf den Boden, dass es klingt, als würden zwei Schüsse abgefeuert. Der Schmerz ist atemberaubend. Ich bin so beschäftigt damit, mich herumzuwälzen, dass ich kaum bemerke, dass die Tür zufliegt.

Sie hassen mich. Alle.

Vorhin habe ich versucht zu helfen und Detective Superintendent MacCullagh alles erzählt, was ich wusste, aber es hat gar nichts geändert. Sie hat mich trotzdem angeschaut wie die anderen, so wie der, der mich in den Polizeiwagen geschubst hat.

Ich habe nicht alle Fragen der Polizistin beantwortet, aber das konnte ich auch nicht. Ganz oft hatte ich im Vernehmungsraum das Gefühl, dass die Wand in meinem Kopf kurz davor war einzustürzen. Wenn sie es tut, ist alles verloren. Ich habe Bryony und Gretel gegenüber eine Pflicht – sie in meiner Erinnerung am Leben zu erhalten. Wie bei den Knöchelchen vom See habe ich mich selbst zu ihrem Haupterinnerungsträger erwählt. Wenn ich zulasse, dass die Wand einstürzt, wenn ich mich selbst wegwerfe, ist es, als hätte es sie nie gegeben. Ihre Familien werden sich an sie erinnern. Aber sie kannten sie nicht so, wie ich sie kannte. Sie waren nicht da, als es zu Ende ging.

«Also gibst du es zu?», fragt eine kratzige Stimme.

Mein Rücken verzerrt sich, weil ich mich ruckartig umdrehe. Zwei schmutzige Beine, ein Paar ausgetretene Lederschuhe und der ausgefranste Saum eines flaschengrünen Kleides hängen über den Rand der oberen Pritsche herab.

II

Ich keile panisch mit den Beinen aus und schiebe mich auf dem Boden in Richtung Tür. Sie kann nicht hier drin sein. Das kann sie nicht. Und doch, wenn ich den Kopf wende, ist sie dort.

Gretels Gesicht sieht aus wie ein Steak, das man zu lange auf dem Grill gelassen hat, ganz vertrocknet und verbrannt und schwarz. Ihr Gesicht ist fort, ebenso ihre Ohren und der größte Teil ihrer Nase. Durchsichtige Flüssigkeit sickert aus den Rissen in ihrem Fleisch.

Nur ihre Augen sind verschont geblieben. Sie starren mich mit grässlicher Intensität an, zwei unheilvolle Smaragde, die die gesamte Hitze des Infernos aufgesogen haben. «Sieh mich an, Elijah», flüstert sie.

Ich kneife die Augen zu und schaue zu Boden.

«Sieh mich an.»

Endlich bringe ich den Mut auf und bin überrascht zu sehen, dass Gretels Verbrennungen irgendwie verblasst sind, sodass sie zwar schmierig und schmutzig aussieht, aber glücklicherweise vom Feuer unberührt. Zuerst ist es einfach zu unglaublich, aber dann begreife ich, dass sie nicht wirklich hier ist, dass die meisten Dinge möglich sind, wenn man eine überbordende Phantasie hat.

«Oh, ich bin wirklich hier, Elijah», sagt sie, hebt den Arm und tippt sich gegen den Schädel. «Hier oben, erinnerst du dich? Du hast eine Pflicht zu erfüllen. Das glaubst du, oder? Die Pflicht, mich am Leben zu erhalten, in deinen Erinnerungen.»

«Ich ...ch wollte nie ...»

«Du denkst, dass ich ganz still gehen werde?», zischt sie. «Du denkst, dass ich das hier einfach so *akzeptiere?*» Gretels Augen verengen sich zu Schlitzen, und sie richtet die ganze Kraft ihres Blickes auf mich. «Ist es nicht langsam an der Zeit, die Wahrheit zu sagen?»

Ich zittere jetzt, ich kann es nicht unterdrücken. «Die Wahrheit?»

Gretel ballt die Hände zu Fäusten und lässt sich von der Pritsche gleiten. Ihr Gesicht verzieht sich zu einem gemeinen Grinsen. «‹Und ihr werdet die Wahrheit erkennen, und die Wahrheit wird euch frei machen.›»

Ich schlinge die Arme um mich.

«Du erkennst diese Worte, Elijah?»

«Johannes, Kapitel acht», sage ich. «Vers zweiunddreißig. Aber warum ...»

«Glaubst du an sie?»

«Ja, natürlich, aber ...»

«Dann hör auf zu lügen und sag die Wahrheit.»

«Ich habe dich nicht getötet. Habe ich nicht.»

«Die *Wahrheit*, Elijah.»

«Ich sage dir doch die Wahrheit!»

«‹Und ihr werdet die Wahrheit erkennen, und die Wahrheit wird euch frei machen.›»

«Ich habe versucht, dich zu retten. Ich habe alles getan, was ich konnte!»

Meine Lippen brennen. Ich berühre sie und erinnere mich an Gretels Mund auf meinem. Ich erinnere mich an meine panische Flucht aus dem Keller, an die Benzinkanister im Flur, und dann ... und dann ...

Plötzlich höre ich die Stimme meines Bruders, körperlos und anklagend: *«Sie hat dich geküsst, Eli. Aber vielleicht bist du zurückgegangen, um mehr zu bekommen.»*

«Nein, bin ich nicht», stöhne ich. «Das würde ich nie tun.»

«Du hast sie getötet.»

«Nein. Ich habe sie *gerettet*. Ich habe sie für die Ewigkeit gerettet.»

Ich höre jetzt noch etwas anderes. Ein Schnappen, ein Krachen. Es klingt wie das Gewehr meines Bruders. Ich bin beinahe bereit, sie willkommen zu heißen, die Katastrophe in meinem Kopf, bis mir einfällt, dass Kyle mich auf gar keinen Fall erschießen kann, weil *ich* Kyle bin, und ich habe meinen Bruder schon vor langer Zeit umgebracht.

«Nicht nur deinen Bruder», flüstert Elissa.

«Nur ihn», widerspreche ich und wünschte, ich könnte meinen eigenen Worten glauben.

Das Krachen ist keine Kugel, sondern ein Schlüssel, der sich in einem Schloss dreht. Hinter mir wird die Zellentür aufgerissen. Plötzlich weiß ich nicht mehr, was schlimmer ist: hier mit Gretel gefangen zu sein oder hinauszugehen in eine Welt, die meinen Tod will.

III

Ich bin wieder im Vernehmungsraum und sitze MacCullagh und ihrem Kollegen gegenüber. Von der Decke schauen zwei Kameras missbilligend auf mich herunter. Alle paar Sekunden fällt mein Blick auf die hintere Wand, aber sooft ich auch hinsehe, Mama taucht einfach nicht wieder auf.

«Was ist los, Kyle?», fragt MacCullagh. «Der Vollzugsbeamte sagt, du hättest Krawall gemacht.»

«Mir geht es gut.»

«Schaffst du es, noch ein paar Fragen zu beantworten?»

«Ich versuch's.»

«Das ist gut. Wie ich schon sagte, es ist wichtig, dass du nichts verschweigst. Wenn du Elissa helfen willst – wenn du ihrer Familie helfen willst –, musst du uns alles sagen.»

Ich starre MacCullagh an und frage mich, wie es wohl ist, sich tagelang mit dem Elend anderer Leute zu beschäftigen. Sie sieht erschöpft aus – beinahe als hätte sie Schmerzen. Das hier ist nicht einfach. Für niemanden von uns.

«‹Und ihr werdet die Wahrheit erkennen, und die Wahrheit wird euch frei machen.›»

«Kyle?»

«Das ist aus Johannes, Kapitel acht. Lesen Sie etwa nicht Ihre Bibel?»

«Seit der Schule nicht mehr.»

«Tja», sage ich. «Da tun Sie mir leid.»

«Ich kann den Gedanken dahinter schon verstehen. Bist du bereit, die Wahrheit zu sagen? Meinst du das?»

Ich öffne den Mund. Ist es das, was ich meine? Ich habe es gesagt, ohne groß darüber nachzudenken. Diese Worte sind aus der Bibel und nicht meine eigenen.

Plötzlich kommt mir in der Tristesse des Vernehmungsraums alles so einfach vor. Mama hat die Epheser immer geliebt, und ich weiß, welchen Vers sie zitieren würde: *Deshalb legt die Lüge ab und redet Wahrheit, ein jeder mit seinem Nächsten! Denn wir sind untereinander Glieder.*

Manchmal war ich nicht ganz ehrlich. Egal, welchen Grund ich dafür hatte, ich sehe nun, dass es eine Sünde war. Im Buch der Sprüche Salomons gibt es einen Vers, in dem steht, dass eine ehrliche Antwort wie ein Kuss auf die Lippen ist. Zu MacCullagh sage ich: «‹Wer wahrhaftig ist, der sagt frei, was recht ist, aber ein falscher Zeuge betrügt.›»

Noch ein Vers aus den Sprüchen.

Sie wirft ihrem Kollegen einen schnellen Blick zu. «Da komme ich nicht mehr ganz mit, Kyle. Wie wär's, wenn wir ein paar Schritte zurückgehen? Ich komme gerade aus Meunierfields zurück und bin durch den Mädchenwald gegangen.»

Das hatte ich nicht erwartet. «Wirklich?»

«Es ist dort jetzt anders. Aber wir haben einige deiner Erinnerungsbäume gefunden. Bryony Taylors zum Beispiel. Und ein paar andere.»

«Haben Sie auch Mamas Baum gefunden?»

MacCullagh blinzelt. «Es gibt einen Baum für deine Mutter?»

«Eine Eiche. Die kann man nicht verfehlen. Vielleicht, wenn sie abgebrannt ist … vielleicht ist sie deshalb nicht mehr da.»

Das Gesicht der Polizistin verdüstert sich, jedenfalls wirkt es auf mich so, aber meine Phantasie spielt gerade ziemlich verrückt.

«Wir haben sie nicht gefunden», sagt sie. «Aber es sind sehr viele Leute dort, die das Gelände durchkämmen. Wenn sie noch da ist, werden wir es dich wissen lassen. Du sagtest vorhin, dass du allein in dem Cottage wohnst. Stimmt das?»

«Ja.»

«Du hast das Haus von den Meuniers gemietet?»

«Das ist richtig.»

«Hast du direkt mit Meunier zu tun?»

Ich will gerade antworten, als mir die Epheser und das Buch der Sprüche Salomons einfallen. Ich habe geschworen, die Wahrheit zu sagen. «Nein», antworte ich. «Und eigentlich ... habe ich dort nicht allein gewohnt.»

«Wer hat dort noch gelebt?»

«Mama», sage ich. «Papa. Und mein Bruder.»

Ich weiß, dass sie mir nicht glauben werden, aber daran kann ich auch nichts ändern.

«Dein Bruder?»

«Kyle», sage ich. «Kyle North.»

Unter dem Tisch beginnt MacCullaghs Handy zu klingeln. Sie achtet nicht darauf und sieht mich weiter an. «Ich dachte, du wärst Kyle.»

«Oh.» Ich nicke. «Stimmt.» Das klingelnde Handy lenkt mich ab. Wenn sie doch nur rangehen würde. Mein Kopf beginnt zu hämmern. Ich schließe die Augen und öffne sie wieder. «Ich glaube, ich meine Elijah.»

MacCullagh zuckt zusammen. Ihr Stuhl schabt über den Fußboden. Sie lässt mich nicht aus den Augen und zieht das Handy aus der Tasche. Sie steht auf, ihr Kollege ebenfalls. «Befragung abgebrochen, elf sechsundfünfzig.»

Bevor ich noch irgendetwas sagen kann, sind die beiden Polizisten schon aus dem Zimmer gegangen.

MAIRÉAD

«MacCullagh», sagt sie, während sie den Korridor entlanghumpelt, DS Halley im Schlepptau. Ihre Gedanken rasen. Sie kann kaum glauben, was sie gerade gehört hat.

Am Apparat ist Paul Deacon, der Leiter der Spurensicherung in Meunierfields. «Wir haben zwei weitere Bäume gefunden», sagt er. «Beide mit eingeritzten Namen.»

«Mama», sagt Mairéad durch zusammengebissene Zähne.

«Das ist der eine.»

«Sagen Sie jetzt nicht, wem der zweite gehört.»

«Elijah», antwortet er.

«Scheiße. Scheiße, *Scheiße.*»

«Wir haben schon zu graben begonnen. Aber ich sage Ihnen gleich, dass wir bestimmt nichts finden.»

«Ich möchte augenblicklich ins Bild gesetzt werden. Sie berichten mir, was Sie im Wald finden. Was Sie im Keller finden. In Norths Cottage oder in der Villa oder in diesem Camp da unten am See.»

«Sobald ich etwas habe.»

«Selbst wenn Sie nichts haben, Paul.»

Deacon legt auf. In der Einsatzzentrale sucht sie sich einen freien Tisch und öffnet ihren Laptop. Mit zitternden Fingern tippt sie einen Namen ein. Einen Moment lang wird sie von ihrer Erschöpfung überwältigt – statt des einen Bildschirms vor sich sieht sie drei.

Ihr Handy klingelt erneut. Diesmal ist es Arya Chaudhuri aus dem Labor, in dem sie die DNS-Untersuchungen in Auftrag gegeben hat. «Habe ein paar Ergebnisse für Sie», sagt Chaudhuri. «Sie werden nie erraten, wer er ist.»

Draußen ist das letzte Licht aus dem Himmel gewichen. Mairéad denkt an Paul Deacons Team, das sich jetzt durch die nasse Erde des Mädchenwalds wühlt, an die Feuerwehrleute, die schwarze Pampe aus dem niedergebrannten Lebkuchenhaus einpumpen. Sie denkt an Elissa Mirzoyan, die in diesem Keller eingesperrt wurde, an Bryony Taylor, an all die Kinder, die davor kamen.

«Er ist nicht Kyle North», sagt sie und dreht den Laptop so, dass Halley den Bildschirm sehen kann. «Er heißt Kyle Buchanan. Entführt vor einundzwanzig Jahren aus Swindon, zusammen mit Elijah Buchanan, seinem jüngeren Bruder.»

Sie zeigt auf ein Foto von zwei lachenden Jungen. Der Anblick tut ihr im Herzen weh. «Zwölf Jahre sei er alt, hat er uns gesagt. So alt war er, als er entführt wurde, und ich nehme an, die Zeit ist damit für ihn stehen geblieben.»

Halleys Blick zuckt hin und her. «Verdammte Scheiße», murmelt er. «Wir haben nicht nur einen Verdächtigen. Wir haben einen *Überlebenden.*»

KYLE

I

Zwei uniformierte Polizisten bringen mich zurück in meine Zelle. Das Tablett mit dem unberührten Essen ist verschwunden, was eine Schande ist. Denn zum ersten Mal seit Tagen bin ich tatsächlich hungrig.

Die Polizisten werfen die Zellentür zu, und das Geräusch hallt in meinen Ohren wider. Dann verklingt es, und alles, was ich höre, ist Stille: keine Stimmen, keine Anklagen, keine Bitten. Vielleicht ist dieser Weg der Wahrheit der beste. Ich habe den Polizisten zwar nicht alles gesagt, aber immerhin habe ich ihnen keine neuen Lügen aufgetischt.

Der Frieden hält nicht an. Bald erinnere ich mich an den dichten schwarzen Rauch über dem Mädchenwald. Die Wand in meinem Kopf zittert, sie ist brüchig geworden von all den Albträumen, die ich daran aufgestapelt habe. Ich habe mal eine Geschichte von einem kleinen holländischen Jungen gelesen, der einen undichten Deich mit seinem Finger zustopfte. Jetzt fühlt sich mein Verstand an wie dieser Deich, aber wie sehr ich mich auch bemühe, ich kann das Leck einfach nicht stopfen.

Stattdessen lege ich mich auf die Pritsche. Meine Augen brennen, also schließe ich sie. Tränen rollen meine Wangenknochen hinunter zu meinen Ohren. Ich bin nur müde. Aufgewühlt.

11

Geräusche von draußen wecken mich auf. Die Zellentür wird weit aufgerissen. Detective Superintendent MacCullagh steht darin, neben ihr eine Frau, die ich nicht kenne, und ein Polizist in Uniform.

«Kyle», sagt MacCullagh in einem Tonfall, den ich nicht deuten kann. «Das hier ist Rita Ortiz. Sie ist von jetzt an für dein Wohlergehen verantwortlich.»

Ich starre sie beide an und überlege, was der Grund für diese neue Entwicklung ist. Rita hat ein breites Gesicht, eingerahmt von einer übergroßen Brille. Ihr schwarzes Haar hat sie mit Metallklemmen aus dem Gesicht gesteckt, die aussehen wie die Haarklemmen, die Detektive benutzen, um Schlösser aufzubrechen. Ich glaube nicht, dass sie zur Polizei gehört.

«Hallo, Kyle», sagt sie. «Ich möchte gern, dass du mit mir kommst.»

«Wohin?» Ich stehe von der Liege auf.

«Das wissen wir noch nicht genau. Aber irgendwohin, wo es netter ist als hier. An einen Ort, an dem du keine Angst haben musst. Aber vorher sorgen wir dafür, dass du heiß duschen kannst und saubere Kleider bekommst. Eine anständige Mahlzeit.»

Sie macht einen Schritt nach vorn, und ich befürchte schon, dass sie mich gleich schlägt. Ich muss mir Mühe geben, nicht zurückzuzucken. Als Rita eine Hand auf meinen Arm legt und ihn drückt, bebt die Wand in meinem Kopf heftig. Tränen rinnen mir die Wangen hinunter.

«Ist schon okay», sagt sie. «Du bist jetzt in Sicherheit. Keiner tut dir mehr weh.»

Wegen der Tränen kann ich sie nicht deutlich sehen, aber

ich höre ihren Tonfall und weiß, dass sie es ehrlich meint. Ich schluchze einmal auf, laut und hart, und dieser Schluchzer fühlt sich an, als hätte man einen Stöpsel gezogen. Meine Knie geben nach. All meine Kraft entweicht aus meinem Körper.

Sie versuchen, mich zu stützen, aber sie können mein Gewicht nicht halten. Ich falle wie in Zeitlupe. Um mich herum sind Lichtwirbel. Ritas Hand greift nach meiner, und ich halte mich daran fest, so gut ich kann. Von irgendwoher höre ich laute Stimmen.

Stiefelschritte schmatzen über den mit Kunstharzfarbe gestrichenen Boden. Ich spüre, dass ich angehoben werde. Einen Moment lang frage ich mich, ob ich vielleicht gestorben bin und direkt in den Himmel fahre. Doch ich habe zwar einen Teil meiner Geschichte erzählt, aber noch längst nicht alles. Die Teile, die ich verschwiegen habe, werden mich von Gottes Gnade für immer ausschließen. Trotzdem ist es ein schönes Gefühl, diese Schwerelosigkeit.

Rita Ortiz drückt meine Hand. Ich bringe die Kraft nicht auf, zurückzudrücken.

III

Ich habe keine Armbanduhr, aber hin und wieder sehe ich in den unterschiedlichen Räumen, in die ich geführt werde, eine Uhr, oder ich kann einen Blick auf die Armbanduhr von jemand anderem werfen. Es ist erstaunlich, wie die Zeit rast. Detective Superintendent MacCullagh taucht hin und wieder auf, aber sie stellt kaum Fragen, außer die nach meinem Befinden. Ich sage ihr, dass es mir gutgeht, obwohl ich immer noch nicht verstehe, was sich verändert hat. Wenn ich nach meinen Erinnerungsbäumen frage, sagt sie, dass sie noch mehr davon gefunden haben. Mamas Eiche hat überlebt. Bryonys und Elijahs Bäume auch.

Eine Zeitlang warte ich in einem Büro im Erdgeschoss, von dem aus man einen Blick auf die Straße hat. Draußen sehe ich Lieferwagen mit Antennen und weißen Satellitenschüsseln. Ich weiß, dass sie vom Fernsehen sind. Ich muss an die Schlagzeile im *Daily Telegraph* denken: DIE HOFFNUNG SCHWINDET. Wenn mir doch nur jemand eine Zeitung bringen würde. Ich könnte vielleicht Rita darum bitten, aber ich bezweifle, dass sie das tun würde.

Ich trage Jeans, ein weißes T-Shirt und einen dunkelblauen Pulli. Das sind die schönsten Kleider, die ich je hatte – sie duften, als hätte man sie in Rosenblättern gewaschen. Ich habe eine Zahnbürste, eine Tube Zahnpasta, sogar etwas, was ich mir unter die Arme sprühen kann. Rita sagt, dass ich später auch zum Friseur kann, obwohl das vielleicht ein bisschen schwierig zu organisieren ist.

Als ich sie das nächste Mal sehe, trägt sie eine Tasche über der Schulter. «Wir gehen, Kyle. Raus hier, an einen Ort, wo du ein bisschen zu dir kommen kannst. Ein Buch lesen, vielleicht. Dich entspannen.»

«Gibt es da auch Kekse?», frage ich. Sofort werde ich rot. Ich wollte nicht dumm klingen, und jetzt tue ich es doch.

Sie lacht. «Kekse sind kein Problem. Tatsächlich sind Kekse sogar zwingend notwendig.»

Ich habe mir MacCullagh als meine Ehefrau vorgestellt. Aber im Vergleich zu Rita Ortiz hätte sie keine Chance.

«Wir fahren mit dem Polizeiwagen», kündigt Rita an. «Das bedeutet aber nicht, dass du Ärger bekommst. Es ist nur so, dieser Fall hat eine Menge öffentliche Aufmerksamkeit auf sich gezogen. Draußen parken ein paar sehr neugierige Leute.»

«Hab sie schon gesehen.»

Sie gibt mir ein Zeichen, ihr zur Tür zu folgen. «Also, sie werden dich nicht zu Gesicht bekommen.»

IV

Die Abfahrt von der Wache in Shrewsbury werde ich nie vergessen.

Fünf Polizisten bilden einen Kreis um mich und schieben mich in den Wagen, und zwar so schnell, dass ich die Journalisten gar nicht sehen kann. Ihre Kameras blitzen wie in einem heftigen Gewitter.

«Ist Elissa Mirzoyan tot?», schreit einer von ihnen. «Haben Sie sie getötet?»

Dann schließen sich die Türen, und wir fahren los. Ich frage mich, ob ihre Kameras mich wohl erwischt haben. Elissa hat es auf die Titelseite des *Telegraph* geschafft. Ich hoffentlich nicht.

«Du kannst dich jetzt ein bisschen entspannen, Kyle», sagt Rita. «Das Schlimmste hast du hinter dir.»

«Wie weit ist es noch?»

«Oh, eine halbe Stunde ungefähr.» Sie lächelt. «Magst du thailändisches Essen?»

«Hab ich noch nie probiert.»

Sie reißt die Augen in gespieltem Entsetzen auf. «Du meinst, du hast noch nie Pad Thai probiert?»

«Nein.»

«Und was ist mit Tom Yum Gong?»

«Bestimmt nicht.»

«Gaeng Panang? Moo Ping?»

Die Namen sind so lustig, dass ich ein Kichern nicht unterdrücken kann. Dann fallen mir Gretel und der Brand und die anderen Kinder ein, die gestorben sind. Ich schaue beschämt zu Boden.

«Es wird schon alles gut, Kyle», sagt Rita.

Aber diese Frau, die keine Polizistin ist, weiß nicht, was ich weiß.

Das tut niemand.

MAIRÉAD

I

Zwei Tage nach der Verhaftung von Kyle Buchanan, vierzehn Stunden nachdem sie von seiner wahren Identität erfahren hat, sitzt Mairéad im Auto und fährt zur Polizeiwache in Oswestry, dreißig Kilometer nordwestlich von Shrewsbury.

Sie hat in den letzten fünfzig Stunden nur fünf Stunden geschlafen. Sie hat Scott nichts von der Fehlgeburt gesagt. Sie ist so erschöpft, dass sie ihrem eigenen Urteilsvermögen nicht mehr traut. Und doch kann sie einfach nicht aufhören.

Bisher hat sich Mairéad dreimal per Telefon von Dr. Rita Ortiz ins Bild setzen lassen. Die forensische Psychiaterin hat die Aufgabe übernommen, sich um Kyle zu kümmern. Mairéad hatte außerdem ein Gespräch mit Dr. Patrick Beckett, Ortiz' Chef.

Es ist eine komplizierte Situation. Kyle Buchanan ist eindeutig ein Opfer, aber das bedeutet nicht, dass er nichts mit dem Mord an Elissa Mirzoyan zu tun hatte. Seine Verlegung von der Polizeiwache bedeutet nicht, dass man annimmt, er wäre nicht daran beteiligt gewesen, sie ist lediglich seiner psychischen Verfassung geschuldet. Kyle fühlt sich jetzt vielleicht sicher, aber alle lauern nur darauf, dass er einen Fehler begeht. Mairéad kann den Benzingestank seiner Kleider nicht vergessen, auch nicht den Anblick, wie er völlig durchgedreht mit der Axt im Flur des Cottages stand. Außerdem befand sich die Ausrüstung, mit der Elissa gefilmt wurde, in seinem Schlafzimmer, zusammen mit anderen Gegenständen, die entführten Kindern gehörten.

Es gibt Hinweise darauf, dass noch ein anderer Erwachsener in dem Cottage lebte – die Spurensicherung hat Fingerabdrücke einer anderen Person in beinahe jedem Raum gefunden. Außerdem hat sie Haare gefunden, deren Chromosomen-Analyse klar auf einen Mann schließen lässt und die keinesfalls von den beiden Brüdern stammen können.

Kann es sein, dass man Kyle einer Gehirnwäsche unterzogen hat? Dass man ihn dazu gezwungen hat, Beihilfe zu leisten? Ortiz und Beckett sind der Meinung, dass das absolut im Bereich des Möglichen liegt. Ob Kyle für seine Taten auch verantwortlich gemacht werden kann, müssen andere Instanzen entscheiden. Im Moment will Mairéad nur die Wahrheit aufdecken.

Unglücklicherweise macht die Befragung wegen Kyles fragilen psychischen Zustands nur langsame Fortschritte. Es ist jetzt klar, dass er an einer Psychose leidet: Sein Bezug zur Wirklichkeit scheint fundamental gestört. Vermutlich ist eine Schizophrenie der Grund dafür, ausgelöst durch das Trauma, dass ihm mit zwölf Jahren zugefügt wurde. Dr. Ortiz hält Kyles Wahnvorstellungen und Halluzinationen für ungewöhnlich komplex. Das bedeutet, dass die Realität sich womöglich vollkommen von dem unterscheidet, was er sagt, selbst wenn er glaubt, die Wahrheit zu sagen.

Es liegt außerdem auf der Hand, dass er nicht nur mental gestört ist – das kann man aus seiner hohen Stimme, der fehlenden Behaarung und den Hängebrüsten schließen. Der Gerichtsmediziner nimmt an, dass entweder der unermessliche Stress während seines Martyriums als kleiner Junge diese Anomalien hervorgerufen hat oder aber eine Verletzung seiner Geschlechtsorgane während der Gefangenschaft. Möglicherweise sind sie auch auf einen Defekt der Hypophyse zurückzuführen, aufgrund dessen die Hoden ihre Funktion eingestellt haben. Ein Endokrinologe wird ihn in den nächsten Tagen untersuchen.

Bisher hat Mairéads Team Kyle Buchanans Identität vor der lauernden Presse verheimlichen können, aber an dieser Ermittlung sind alle möglichen Institutionen beteiligt. Es ist nur eine Frage der Zeit, bis Einzelheiten durchsickern. Wenn das geschieht, wird das Interesse an der Geschichte durch die Decke schießen.

Die Polizeiwache von Oswestry ist ein breites Ziegelgebäude, das von einem weiß gestrichenen Eingang dominiert wird. Kurz nachdem sie sich am Empfangstresen angemeldet hat, steht Mairéad an einem Computerterminal und spricht mit Station Sergeant Tony Ferrari.

«Ein Bürger hat uns angerufen», berichtet Ferrari und reicht ihr einen Kaffee. «Hat ihn ziellos herumstreifen sehen, als hätte er sich verlaufen oder wäre vielleicht verwirrt.»

«Wo war das?»

«Ein paar Kilometer von Meunierfields entfernt. Ein Streifenwagen hat ihn aufgegabelt und hierhergebracht. Wir haben ihm eine Cola ausgegeben und mit ihm gesprochen. Wir dachten, er hätte vielleicht eine Lernschwäche oder so, aber er wusste immerhin, wie wir über Leon Meunier in Rufus Hall seinen Alten erreichen konnten. Auf unseren Anruf hin kam der Vater – zumindest dachten wir, der Typ sei sein Dad – hierher, um ihn abzuholen.»

«Er kam hierher?»

«Sehen Sie es sich selbst an», sagt Ferrari und tippt auf die Computermaus.

Ein Video erscheint auf dem Bildschirm. Mairéad erkennt den Empfangstresen der Wache. Etwa zehn Sekunden später tritt ein

Mann an ihn heran. Er ist Anfang bis Mitte fünfzig, hat ledrige Haut und dunkle Haare, die er sich flach an den Kopf gekämmt hat. Er trägt eine schlammbespritzte Wachsjacke. Mit einer Bewegung seines Kinns grüßt er den Polizisten am Empfang und beginnt zu sprechen.

Die Aufnahme hat keinen Ton. Ohne den Blick von dem Fremden zu wenden, sagt Mairéad: «Ich will mit jedem sprechen, der Kontakt zu ihm hatte.»

«Haben schon alle zusammengetrommelt.»

In dem Video sagt der Polizist etwas zu einem Kollegen, der außerhalb des Kameraradius steht. Der Mann in der Wachsjacke sieht zu und fährt sich mit der Hand über den Hals.

«Der Typ sieht ganz schön gruselig aus, oder?», sagt Ferrari.

Im Nachhinein ist es immer einfach, so etwas zu sagen, aber Mairéad muss trotzdem zugeben, dass der Mann etwas zutiefst Verstörendes an sich hat. «Kann ich diese Aufnahmen mitnehmen?»

«Bedienen Sie sich.»

In dem Videofilm erscheint ein weiterer Polizist. Neben ihm geht blass und verängstigt Kyle Buchanan.

«Der Parkplatz», sagt Mairéad. «Gibt es dort Kameras?»

«Eine Sekunde, dann sehen Sie es.»

Beinahe sofort schwenkt das Bild auf den Parkplatz. Ein schwarzer Land Rover Defender steht dort. Der Mann mit der Wachsjacke geht darauf zu. Kyle schlurft hinter ihm her.

Die Scheinwerfer des Fahrzeugs blinken auf.

«Wir haben das geprüft», sagt Ferrari. «Der Wagen ist auf Leon Meunier zugelassen.»

Der Mann auf der Aufnahme ist eindeutig nicht der verstorbene Adelige von Meunierfields. Eine Schande, dass er nicht gleich mit dem weißen Lieferwagen gekommen ist, den er für Elissas

Entführung benutzt hat. Sie hätte gern sein neues Kennzeichen gesehen.

«Hervorragende Arbeit», sagt sie zu Ferrari. «Wir werden das verbreiten. In der Zwischenzeit möchte ich mit den Polizisten sprechen, die Kontakt zu ihm hatten.»

KYLE

I

Das Haus mahnt an einen Ort, an den ich mich kaum erinnern kann, an einen Ort der Liebe und Wärme und an ein Gefühl, das ich nicht beschreiben kann. Es ist ein Ort, an dem man nie einen Kloß im Hals und nie Bauchweh hat.

In meiner ersten Nacht hier liege ich unter einer sauberen Decke auf einer Matratze, die mit einem frischen weißen Laken bezogen ist. Jedes Stück Stoff, von den Handtüchern bis zu den Kissenbezügen, hat denselben frischen Blumenduft. Ich gehe barfuß durch die mit Teppich ausgelegten Zimmer und spüre keinen Schmutz unter den Fußsohlen. Alle Fenster sind dreifach verglast. Es ist ein bisschen so wie in einem Raumschiff.

Kurz nach unserer Ankunft habe ich mich mit Rita an den Tisch gesetzt, und wir haben riesige Mengen Thai-Essen vertilgt, was jetzt meine absolute Lieblingsspeise ist. Sie musste es nicht einmal kochen – sie hat einfach einen Mann angerufen, der es mit dem Auto herbrachte.

Rita ist nicht die Einzige, die sich um mich kümmert. Da sind auch noch Ben und Ryan, zwei Polizisten, die keine Uniformen tragen. Manchmal ist da auch ein älterer Mann mit weißem Bart dabei. Er heißt Beckett – noch ein Arzt, glaube ich. Wir haben uns schon ein paarmal unterhalten. Ich mag ihn sehr.

Ich wünschte nur, dass die Fragerei endlich aufhören würde. Rita verbirgt sie ziemlich gut. Erst wirkt es immer so, als unterhielten wir uns ganz normal, aber dann führt das Gespräch bald in eine Richtung, die ich vermeiden will. Sie fragt mich nach

Mama und manchmal nach meinem Bruder. Aber hauptsächlich will sie über Papa sprechen.

Ich will aber nicht über ihn reden. Und jetzt, da ich hier bin, will ich nicht mal an ihn denken. Immer wenn sie seinen Namen erwähnt, kommt es über mich wie eine kalte Welle. Ich erstarre dann vor Kälte. Meine Kiefer verkrampfen sich. Die Wand in meinem Kopf bebt und bewegt sich.

Sie fragt auch nach Gretel. Ich habe ihr von dem Brief erzählt, den ich losgeschickt habe, von der Wunde an Gretels Handgelenk, dem Handy, das ich Leon Meunier gestohlen habe. Ich habe ihr sogar erzählt, dass Gretel mich geküsst hat und dass ich in meiner Panik aus dem Keller floh und die Benzinkanister im Flur umstieß. Rita hat mich gebeten, das in allen Einzelheiten zu beschreiben, was mir schwerfiel, weil meine Erinnerung daran nicht so gut ist. Ich musste mir ein bisschen etwas zusätzlich ausdenken. Ich glaube, sie hat es zum Glück nicht gemerkt.

Die Leute in diesem Haus sind schon wie eine Familie für mich. Aber ich weiß, das wird nicht von Dauer sein. Wie die meisten guten Dinge im Leben ist es nur eine Illusion.

Wenn ich gerade keine Fragen beantworte – oder versuche, ihnen auszuweichen –, lese ich oder schaue aus dem Fenster. Hier gibt es außer diesem keine anderen Häuser. Nur Felder, eine kleine Straße und viel Wald. Ich darf unbeaufsichtigt im großen Garten herumlaufen, was ich so oft tue, wie ich kann.

Dort denke ich oft an Gretel und an alles, was wir miteinander teilten. Das Mädchen hat mich so verzaubert, dass ich meine Erinnerungen an sie immer und immer wieder vor meinem geistigen Auge ablaufen lasse. Gretel hat mich reingelegt – das weiß ich jetzt –, aber ich war auch nicht ganz ehrlich zu ihr.

Ich wünschte, wir hätten es noch geschafft, Schach zu spielen. Rückblickend glaube ich, dass sie mein selbstgebasteltes Brett absichtlich zerstört hat.

In der vierten Nacht hier kann ich nicht schlafen. Immer, wenn ich die Augen schließe, höre ich Ritas Fragen. Einige Male bin ich sogar drauf und dran, zu Ben hinunterzugehen, aber ich will nicht, dass er denkt, ich sei schwach. Stunden später schlafe ich endlich erschöpft und elend ein.

Und dann gerät alles aus den Fugen.

II

Die Sonne am Himmel ist wie eine leuchtende Münze, ihre Hitze fühlt sich an, als drücke jemand ein heißes Handtuch auf mein Gesicht. Ich bin in einem Garten, er ist nicht groß. Alles darin kommt mir vertraut vor: der unebene Pfad an der Wäscheleine entlang, der Sandkasten, umrahmt von eingesunkenen Planken. Hinter mir höre ich Planschen, freudiges Kreischen, und als ich mich umdrehe, sind sie alle da, meine ganze Familie, wunderbar und vollzählig.

Mama trägt ihren gestreiften Badeanzug, ihre Schultern sind von der Sonne gerötet. In einer Hand hält sie Elijahs Eis, das schon auf ihre Finger tropft. Diese Finger sind vollkommen: Ihre Haut ist weich, die Nägel sind glatt und leuchtend. «Schlumpf», sagt sie, «wir haben dich vermisst.»

Elijah steht im Planschbecken und ist so, wie er immer war: frech, sorglos, den Kopf voller Lebensfreude und Unsinn. In dem Moment, in dem Mama kurz abgelenkt ist, springt er in die Luft und landet auf seinem Hintern, wobei das Wasser hoch aufspritzt. Mama kreischt in gespielter Empörung.

Ich will zu ihnen gehen, aber meine Füße sind mit dem Gras verwachsen. Ein paar Augenblicke später erscheint im Boden ein Riss zwischen uns. Er wird tiefer und breiter. Mama und Elijah segeln fort, sind auf einer Insel, die nur für sie beide bestimmt ist. Ich strecke meine Hände aus, flehe sie an zu bleiben, aber sie sehen mich nicht mehr an, sie lachen und planschen und spielen.

Jetzt verändert sich die Szene. Ich sitze auf dem Rücksitz eines Autos, das sehr schnell fährt. Von der Sonne aufgeheiztes Leder verbrennt meine nackten Beine. Neben mir ist Elijah, sein Gesicht ein runder Mond voller Angst. Hinter dem Lenkrad sitzt statt eines Fahrers eine brummende Wolke aus Fliegen.

«Was ist los?», jammert Elijah. *«Wo ist Mummy?»*

Ich kann nicht antworten. Wenn ich den Mund öffne, schwärmen die Fliegen in meinen Hals.

«Kyle! Wer IST das? Wo bringt er uns hin?»

Stumm nehme ich die Hand meines Bruders.

Auf dem Vordersitz verwandelt sich die Fliegenwolke in einen Mann. Er hält das Lenkrad nur ganz leicht. Sein Blick fällt in den Rückspiegel. *«Benehmt euch dahinten, Jungs. Sagt, dass ihr das verstanden habt.»*

Ich schreie so lange, bis ich wach bin, und schreie noch viel länger weiter, bis alle herbeigerannt kommen. Zuerst ist nur Ben da und ein Mann, den ich nicht kenne. Dann kommt Rita mit Dr. Beckett. Sie stellen Fragen, und diesmal beantworte ich sie. Meine Belohnung ist eine Plastikspritze mit etwas Schönem darin.

Diese Wand in meinem Kopf ist eingestürzt; der Damm ist endlich gebrochen. «Wo ist Mama?», stöhne ich. «Wo ist sie?» Die Ärzte wechseln ernste Blicke und stecken mich wieder ins Bett.

Am nächsten Tag habe ich kaum genug Kraft, um aufzustehen. Mein Kopf fühlt sich an wie ein Schlachtfeld, auf dem feindliche Soldaten mit dem Maschinengewehr niedergemäht wurden. Zum Frühstück kriege ich keinen Bissen hinunter. Als ich auch mittags nichts essen will, fragt Rita, ob ich vielleicht Thai-Essen hinunterbekommen würde. Ich sage ja, und sie fährt los.

Die Erinnerungen überkommen mich in Wellen, und sie sind so intensiv, dass sie mich umhauen. Ich höre die Stimme meines Bruders, der um Hilfe fleht. Und ich höre auch Gretels Stimme.

Wenn ich doch nur zurückkönnte. In Meunierfields hatte mein Leben einen Sinn: Ich konnte denen Trost bringen, die unter dem Mädchenwald wachten, konnte die Erinnerung an sie pflegen, wenn sie tot waren. Hier hat nichts, was ich tue, einen Sinn. Ich wandere durch das Haus, treffe im Wohnzimmer auf Ben und lasse mich in einen Sessel fallen.

«Alles in Ordnung, Kumpel?», fragt er, und ich nicke, obwohl das nicht stimmt.

Er fummelt an seinem Handy herum, daher frage ich, ob ich Schach spielen kann. Er hat die App nicht, die Gretel erwähnt hat, aber er lädt eine ähnliche herunter. Ich sehe das Brett, alle Figuren sind schon aufgestellt, und das Chaos in meinem Kopf lichtet sich. Ben zeigt mir, wie man die Figuren mit dem Finger bewegt.

Ich beuge mich vor, meine ganze Aufmerksamkeit gilt jetzt dem Bildschirm. Nach einem Moment der Unsicherheit mache ich meinen ersten Zug: Ich schiebe den Bauern vor der Dame auf D4. Zu meiner Freude antwortet Schwarz mit einem Bauern auf D5. Diesmal zögere ich nicht und antworte mit einem Bauern auf C4. Gretel hat mir nicht viele Eröffnungen beigebracht, aber diese schon. Man nennt sie Damengambit. Schwarz kann dieses Gambit annehmen oder nicht.

Ich warte und wage kaum zu atmen.

Dann nimmt Schwarz an.

MAIRÉAD

I

Dienstagabend sickert die Nachricht von Kyle Buchanans wahrer Identität durch. Mittwochmorgen ist sein Gesicht – zusammen mit dem seines kleinen Bruders – auf jedem Presseerzeugnis des Landes zu sehen. Das Foto ist dasselbe, das kurz nach ihrer Entführung 1999 öffentlich gemacht wurde. Darauf lächeln die Jungen in die Kamera, und ihre Zähne sind noch viel zu groß für ihre kleinen Münder.

Die Medien schreien nach einem aktuellen Foto von Kyle, aber sie werden keins bekommen, natürlich genauso wenig wie Informationen über Elijah, hauptsächlich deshalb, weil niemand – weder in Kyles Safe House noch auf den vielen Tatorten auf Meunierfields – irgendwelche Erkenntnisse über sein Schicksal hat. Mairéad nimmt an, dass er lange tot ist, aber sie hat natürlich keinerlei Beweise dafür.

Es ist ärgerlich, dass sich die Presse jetzt immer weniger für Elissa interessiert. Stattdessen gilt alle Aufmerksamkeit Kyle und seiner einundzwanzig Jahre dauernden Gefangenschaft. In Meunierfields haben die Pressehubschrauber Aufnahmen von den vielen Zelten der Spurensicherung im Mädchenwald gemacht. Im Fernsehen verdienen sich Polizisten im Ruhestand mit ihren düsteren Kommentaren und Prognosen ein anständiges Trinkgeld. Mairéad kann sich kaum vorstellen, wie Lena Mirzoyan sich dabei fühlen muss, dass das Verschwinden ihrer Tochter für die Medien zur nebensächlichen Geschichte geworden ist, da sie auf etwas noch Sensationelleres und Bizarreres gestoßen sind.

Der Blutrausch der Medien, die sich an der Geschichte der Brüder kaum satt fressen können, hat außerdem die Eindrücke der Videoaufnahmen aus der Polizeiwache von Oswestry verblassen lassen, die auf der letzten Pressekonferenz veröffentlicht wurden. Mairéad hatte gehofft, dass der Fremde, der Kyle Buchanan von der Wache abgeholt hat, inzwischen auf jedem Titelblatt zu sehen sein würde. Stattdessen wird er kaum erwähnt.

Während Kyle bei Dr. Ortiz und Dr. Beckett in Behandlung ist, brütet Mairéads Ermittlungsteam, das jetzt mit neun weiteren Teams aus England und Wales zusammenarbeitet, über alten Akten. Die Buchanan-Jungen wurden 1999 von einem Spielplatz in Swindon entführt, als ihre Mutter, Karen Wolk, mit anderen Müttern in ein Gespräch vertieft war. Der Entführer meldete sich niemals. Das ist einer der Gründe, weshalb der Fall nicht mit den nachfolgenden in Verbindung gebracht wurde. Damals gab es natürlich noch keine Handys mit Kamera, keine Bildbearbeitungsprogramme auf Laptops, kein YouTube.

Im Jahr 1999 konzentrierte sich das Ermittlungsteam der Wiltshire Police hauptsächlich auf Glenn Buchanan, den Vater der Jungen, doch obwohl die Polizisten sein gesamtes Leben auseinandernahmen, fanden sie nichts Belastendes. Der Mann hatte nicht einmal ein Motiv; er hatte sich kurz nach Elijahs Geburt von Karen getrennt, aber die Trennung war freundschaftlich vonstattengegangen, die Jungen behielten sogar den Nachnamen des Vaters. Niemand kann erklären, warum Kyle Buchanan während seiner langen Gefangenschaft beschloss, Kyle North zu werden. Dr. Beckett und Dr. Ortiz nehmen an, dass das nur eine weitere Facette der komplexen Phantasiewelt ist, die er entwickelte, um überleben zu können.

Manchmal scheint sich Kyle flüchtig seines wahren Alters

bewusst zu sein, aber meistens verharrt er in seinem zurückgebliebenen Zustand. In seinem Safe House vermeidet er konsequent alle Spiegel, alles, was ihn dazu zwingen könnte, über sein Äußeres nachzudenken. Mairéad weiß, dass er der Schlüssel zur Lösung dieses Falls ist, aber bisher hat sie noch nicht viel Nützliches herausfinden können. Und am Montagmorgen, nach einer Nacht voller Albträume, zieht Kyle sich völlig in sich zurück.

In Hindlip Hall, dem Hauptquartier der Polizei von West Mercia in Worcester, bittet sie an diesem Nachmittag Dr. Beckett zu sich, der annimmt, dass eine wichtige Säule der Wahnvorstellungen seines Patienten eingestürzt ist. «Er hat nach seiner Mutter gefragt», sagt er.

Karen Wolk hat sich 2004, fünf Jahre nach dem Verschwinden ihrer Söhne, das Leben genommen. «Haben Sie es ihm gesagt?»

«In seinem Zustand halte ich das für unangebracht.»

«Es besteht die Möglichkeit, dass Kyle das bereits weiß», sagt Mairéad. «Über ihren Tod wurde immerhin überall berichtet. Sein Entführer könnte es ihm erzählt haben. Vielleicht hat das die Psychose ausgelöst.» Sie zuckt zusammen, weil sie selbst merkt, dass sie hier gerade die Amateur-Psychiaterin spielt. «Entschuldigung.»

Beckett winkt ab. «Ich habe ihm eine niedrige Dosis Clozapin verschrieben. Das ist ein Anti-Psychotikum, das sollte gegen seine Angstzustände helfen. Aber ich muss Ihnen sagen, dass ich mir große Sorgen um seine geistige Gesundheit mache. Bis er stabil ist, kann ich nicht erlauben, dass Sie ihn noch weiter befragen.»

Mairéad stöhnt. Beckett tut nur seinen Job, aber er ist eben nicht derjenige, der mit Lena Mirzoyan oder dem Chief Constable sprechen muss. Und er muss auch nicht die Presse in ihre

Grenzen weisen. «Hat er denn etwas gesagt? Etwas, was uns zu Elissa führen könnte?»

«Kein Wort.»

«Glauben Sie, er weiß, was passiert ist? Glauben Sie, dass er etwas mit den Entführungen zu tun hatte?»

Beckett dehnt frustriert seine verspannte Nackenmuskulatur, indem er den Kopf zur Seite neigt. «Ich will helfen, wirklich. Aber egal, welche Antwort ich Ihnen gebe: Es ist alles ein Stochern im Trüben.»

«Im Moment würde ich sogar das gern nehmen.»

Der Arzt sieht sie an. Sie hält seinem Blick stand und fragt sich, was er wohl sieht. Schließlich entspannt sich sein Gesicht. «Wenn Sie mich fragen, ob ich glaube, dass Kyle absichtlich einige Dinge verschweigt, dann würde ich sagen, ja, das glaube ich. Aber das ist die Vermutung eines Mannes, der seit 2012 jede Saison darauf gewettet hat, dass Southampton in der Premier League auf den ersten Platz kommt.»

Mairéad atmet tief ein und seufzend wieder aus. «Ich weiß, dass Ihnen sein Wohlergehen am Herzen liegt. Aber Elissa Mirzoyan ist auch ein Opfer.»

«Das sehe ich. Aber Kyle Buchanans Fähigkeit, Phantasie von Realität zu unterscheiden, wird sich so bald nicht verbessern, obwohl wir die schlimmste Krise überwunden haben. Sobald er auch nur den leisesten Druck oder die kleinste Erwartung spürt, wird er sich höchstwahrscheinlich etwas ausdenken, nur um Anerkennung zu bekommen. Vielleicht merkt er das nicht einmal.»

Sie schließt die Augen. Denkt an die verzweifelte Leere in ihrem Herzen. Spürt, dass der Fels ihrer Trauer kurz davor ist, auf sie zu fallen.

Sie hat es Scott immer noch nicht erzählt. Das ist wirklich unverzeihlich.

«Es geht mich nichts an, das weiß ich», sagt Beckett. «Und ich frage jetzt als Privatperson. Aber ich habe bemerkt ...» Er hält inne und beginnt erneut. «Eine Ermittlung wie diese hier zu leiten – mit all der öffentlichen Aufmerksamkeit –, das ist schon ein großer Druck.»

Mairéad blickt zu ihm auf.

«Wie kommen Sie damit zurecht?», fragt er.

KYLE

I

Rita kommt mit dem Thai-Essen zurück und nimmt mir als Erstes Bens Handy weg. «Kein Kontakt zur Außenwelt», sagt sie zu dem Polizisten. «Wollen Sie *wirklich*, dass er die Nachrichten sieht?»

Es ist wohl das Beste. Nach einem ermutigenden Anfang habe ich mein erstes Schachspiel verloren. Die nächsten sechs Spiele ebenfalls.

Ich kann nicht viel essen. Ich spüre Ritas Enttäuschung und zwinge mich, ein paar Krabbenchips zu essen, aber sie sind viel fettiger als die vom letzten Mal. Mir ist übel danach.

Ich habe immer wieder ruhige Phasen, die sich mit Phasen von Angst abwechseln. Im einen Moment klopft mein Herz träge vor sich hin, im nächsten rast es mit höchster Geschwindigkeit. Das Medikament, das Dr. Beckett mir gibt, soll das ändern, aber nach der ersten Tablette habe ich nur so getan, als nähme ich es. Ich will meine Sinne nicht betäuben. Bald werde ich sie brauchen.

Ich erinnere mich daran, wie die Reporter Fragen schrien, als ich in den Polizeiwagen geschoben wurde: *Ist Elissa Mirzoyan tot? Haben Sie sie getötet?*

Vielleicht hätte ich antworten sollen. Denn jetzt weiß ich es. Ich kenne die Wahrheit. Ich weiß, was passiert ist. Es gibt immer noch Lücken. Aber man muss kein Genie sein, um sie zu füllen.

Gegen Sonnenuntergang endet Bens Schicht, und Ryans beginnt. Rita geht nach Hause und nimmt eine Schachtel voll Pad

Thai zum Abendessen mit. Ich warte darauf, dass Ryan nach seiner Zigarette hereinkommt. Dann gehe ich in den Garten. Es ist kalt, aber ich spüre es kaum. Der Himmel über mir ist rastlos, aber wunderschön – wie ich ihn mir in den ersten Tagen der Schöpfung vorstelle. Die Wolken werden größer und stieben auseinander, von widerstreitenden Luftströmungen gezogen. Im Westen blutet die Sonne wie geschmolzenes Kupfer über den Horizont. Selten habe ich am Himmel so viel Dramatik gesehen. Noch nie war ein Vorzeichen so deutlich.

Ich schaue zurück zu dem Haus, in dem ich die letzten Tage verbracht habe. Die Leute hier sind gut und ehrlich, beinahe schmerzhaft herzlich. Aber es sind nicht meine Leute. Nach allem, was ich getan und was ich zugelassen habe, werden wir niemals etwas gemeinsam haben.

Der Rasen steigt an zu einem verwilderten Teil des Gartens. Ich gehe an einer Schaukel vorbei und an einem Werkzeugschuppen. Die Sonne blutet langsam aus. Ich stehe im lavendelfarbenen Licht, und meine Haut fühlt sich an, als säße sie zu eng um mein Fleisch herum, wie ein Schuh, der zwei Nummern zu klein ist.

Ich gehe um den Werkzeugschuppen herum, damit man mich vom Haus aus nicht sehen kann, und da steht Papa unter einer Esche. Einen Herzschlag lang frage ich mich, ob ihn meine überbordende Phantasie aus den letzten Fäden des Zwielichts gesponnen hat. Aber er ist so real wie der dramatische Himmel.

Papa lächelt breit, als er mich sieht. «Du listiger kleiner Scheißer», lacht er und tritt zu mir. Das Letzte, was ich sehe, ist, wie er mit der Faust ausholt.

II

Ich bin in einem Lieferwagen.

Ich habe ihn von außen nicht gesehen, aber ich kenne ihn. Seine Stoßstange habe ich manchmal als Zielscheibe benutzt, bis Papa es mir verbot. Er hat mir vor ein paar Jahren das .22-Kaliber-Gewehr geschenkt – ich glaube, er fand das lustig. Es war gefährlich, mich zu bewaffnen, aber Papa genießt die Gefahr. Natürlich ist er nicht mein richtiger Papa. Aber das ist nicht wichtig, nicht mehr.

Der Lieferwagen unter mir holpert und schwankt. Er legt sich zur Seite, und ich gleite über den Boden. Hin und wieder höre ich das Dröhnen und Zischen eines vorbeifahrenden Fahrzeugs, aber nicht oft. Landstraßen, denke ich und überlege, wie lange ich wohl bewusstlos war.

Kein Licht dringt in den Wagen. Draußen herrscht vielleicht noch Dämmerung, oder es ist schon ganz dunkel. Mir wird kalt, und ich sehe mich im Inneren des Lieferwagens um. In einer Ecke entdecke ich eine zusammengeknüllte Abdeckplane. Sie ist ganz rissig und grob, voller Staub und Schmutz, aber besser als nichts. Ich hülle mich hinein, schließe die Augen und schlafe ein.

III

Der Motor klingt anders, und diese Veränderung weckt mich. Ich setze mich auf. Wir fahren bergauf.

Ich denke an die Unterkunft der letzten Tage. Ryan wird mich nicht sofort vermissen, aber es wird nicht allzu lange dauern, bis er Alarm schlägt. Ich weiß, dass die Polizei alles in ihrer Macht

Stehende tun wird, um mich zu finden. Papa weiß das auch, vermutlich fand er die Vorstellung deshalb so unwiderstehlich, mich ein zweites Mal zu entführen.

Ich hoffe, dass Ben keinen Ärger bekommt. Er hätte mir das Handy nicht leihen dürfen, aber er konnte ja nicht wissen, dass ich Papa anrufen würde. Sie dachten, ich wüsste nicht, wo sich das Haus befindet, aber ich habe Rita belauscht, als sie Thai-Essen bestellte. Es war nicht schwierig, mir die Adresse zu merken.

Der Lieferwagen kommt oben auf dem Berg an und fährt wieder nach unten. Eine Minute später brummen wir die nächste Anhöhe hinauf, diese ist noch steiler als die erste. Zuerst hat mich die gleichmäßige Fahrt eingeschläfert. Jetzt wird mir übel von dem ständigen Auf und Ab.

Wir scheinen jetzt in Schrittgeschwindigkeit zu fahren. Ich versuche, mir vorzustellen, was wohl da draußen ist. Noch ein Anwesen, so wie Meunierfields? Ein Wald voller blutender Bäume, wie der, den ich hinter mir gelassen habe? Vielleicht besuchen wir stattdessen auch eine Grabstelle.

Der Motor erstirbt. Eine Tür knallt. Schritte nähern sich dem Heck. Die Tür schwingt auf. Über uns wölbt sich ein klarer Nachthimmel.

IV

Papa steht am Kotflügel. Das Mondlicht schwimmt in seinen Augen. Ich bemerke seinen Geruch – alten Rauch, ungewaschene Kleidung – und rümpfe die Nase. Normalerweise macht mir der Geruch nichts aus, aber in den letzten Tagen habe ich gebadet und geduscht, Deodorant und Zahnpasta benutzt, all diese schönen Sachen.

«Du hast die Regeln gebrochen», sagt er. «Nicht nur einmal, sondern zweimal. Du hast dich *entfremdet*. Sag, dass du das verstanden hast.»

«Papa, ich ...»

«Sag, dass du das verstanden hast.»

«Verstanden.»

«Raus.»

Ich dachte, er wäre wütend auf mich, aber er spricht so tonlos, dass ich mich fürchte. Das hier ist so gar nicht das Wiedersehen, das ich mir vorgestellt habe. Ich rutsche auf die Hecktür zu und springe ins Gras. Der Wind verweht Papas Gestank und ersetzt ihn durch den salzigen Geruch des Meeres.

In einiger Entfernung höre ich Wellen, die sich am Ufer brechen. Wir befinden uns auf einer Anhöhe, die in einer Klippe abbricht. Weit unter uns, bis zum Horizont, erstreckt sich das indigoblaue Meer. Der Mond lässt eine Flotte weißer Schaumkronen auf seiner Oberfläche aufleuchten.

Über mir am Himmel glitzern unzählbar viele Sterne.

«Wo sind wir?»

Papa knallt die Hecktür zu, ohne auf meine Frage zu antworten. Ich wende den Kopf und entdecke eine gedrungene Steinhütte oben auf der Anhöhe. Ihr verrostetes Eisendach klappert und stöhnt im Wind. Durch das Fenster ist Feuerschein zu sehen. Holzrauch steigt aus einem Blechschornstein. An die linke Wand schmiegt sich ein baufälliger Anbau, dessen Bretter im Mondlicht ganz silbrig aussehen. Über den grasbewachsenen Abhang kommt uns Zauber-Annie entgegen.

V

Sie ist heute Nacht als Kamali angezogen, als meine Geisterführerin. Über ihrem Cowichan-Pulli mit seinen Bären darauf trägt sie eine Türkiskette. An den Füßen hat sie ihre Lieblings-Büffelmokassins.

Ihr Gesicht knittert wie Butterbrotpapier, als sie mich sieht. Ich rieche ihr Parfüm, das sich mit dem Geruch ihres Zigarrenstummels mischt.

«Und ich dachte, wir hätten dich gezähmt», sagt sie und tritt näher. «Dabei warst du die ganze Zeit nur ein kleines Krebsgeschwür, das auf den richtigen Zeitpunkt gewartet hat, um sich auszubreiten.»

«Kamali ...»

«Eh-eh», sagt sie barsch. «Dieser Name ist tot. Du hast ihn verbrannt, genau wie alles andere, in dem Feuer, das du gelegt hast.»

«Das war ich nicht, Annie. Ich habe nie ...»

«Doch, das warst du. Oder du hättest es gewesen sein können. Und nun müssen wir von vorn anfangen. In unserem Alter ist das kein Spaß.» Sie bleckt ihre nikotinbraunen Zähne. «Warum bist du zurückgekommen?»

«Weil ich sonst nirgends ...»

«Dein Gesicht ist auf allen Zeitungen, in jeder Nachrichtensendung. Die ganze *Welt* will alles über dich wissen. Was war los? Alles zu viel für dich?»

«Ich will nur, dass alles wieder so wird, wie es war.»

Das Mondlicht nimmt allem die Farbe und lässt Annie so zerklüftet wirken wie einen Felsen. *Meeresauge* habe ich sie früher genannt. Jetzt sind diese Augen leere Fenster ohne jede Menschlichkeit darin.

«Hier», sagt sie und drückt mir einen Jutesack an die Brust. «Zieh das über.»

«Annie, bitte. Du musst doch nicht …»

Hinter mir rammt Papa seine Faust in meine Niere. Ich sinke auf die Knie, öffne und schließe den Mund wie ein Fisch, den man aus dem Meer gezogen hat. Der Schmerz ist lähmend.

Irgendwie schaffe ich es, mir den Sack über den Kopf zu ziehen. Der Wind weht und bläst den Stoff gegen mein Gesicht. Annie packt mein Handgelenk und zerrt mich weiter.

Wird mein Leben so enden? Ein kurzer Gang mit meiner ehemaligen Geisterführerin, gefolgt von einem langen Fall von einer Klippe?

Annie keucht beim Aufstieg. Eine Minute später bleiben wir stehen. Ich überlege, ob mich mein nächster Schritt wohl in die Hütte führen wird oder hundert Meter die Klippe hinab. Der Wind um uns herum rauscht und stöhnt.

Neben mir klirrt etwas. Ich kneife die Augen zu. Annie legt ihre Hand auf meinen Rücken und schubst mich.

Ich stolpere vorwärts und rechne schon damit, dass meine Füße keinen Halt finden werden. In meiner Kehle steckt ein Schrei, aber ich habe keine Gelegenheit, ihn loszuwerden, denn plötzlich bin ich auf den Knien. Unter mir sind Dielen.

Wir sind nicht an der Klippe. Das war nur meine überbordende Phantasie. Ich bin in einem Raum, aber das hier ist nicht die Steinhütte – ich spüre die Wärme des Holzofens nicht. Dann erinnere ich mich an den hölzernen Anbau.

Annie befiehlt mir, mich hinzusetzen. Wieder höre ich das Klirren, und ich begreife, dass es von einem Schlüsselbund kommt. Etwas Schweres schließt sich um mein Handgelenk. Nur Sekunden später fällt eine Tür zu. Ich muss die Handschelle nicht berühren, um zu wissen, dass ich sie trage.

Eine Weile sitze ich nur da und konzentriere mich auf meinen Atem. Darin liegt eine schreckliche Poesie. Ich denke an Bryony und ihre Vorwürfe, als sie mich in meinem alten Cottage verfolgte. Wie würde sie lachen, wenn sie mich jetzt sehen könnte.

VI

Der Morgen bringt mir meinen ersten Besucher. Ich weiß, dass die Sonne aufgegangen sein muss, denn blasses Licht dringt durch die Holzplanken.

Mama sitzt an der gegenüberliegenden Wand des Schuppens. Wenn ich sie direkt ansehe, sehe ich nur nackte Holzlatten, also starre ich einfach geradeaus.

«Dieses Haus. Diese Leute», sage ich zu ihr und denke dabei an meine Zeit mit Rita, Ben, Ryan und Patrick. «Das war kein Ort für jemanden wie mich. Eine Weile dachte ich, es könnte einer sein. Aber das stimmte nicht.»

Draußen geht ein frischer Morgenwind. Ich höre, wie das verrostete Eisendach knarrt und klappert. Wenn es je den richtigen Zeitpunkt für ein Geständnis gab, dann ist er jetzt gekommen.

«Ich habe ihn umgebracht, Mama. Ich habe Elijah umgebracht. Es tut mir leid, aber ich habe es getan.»

Meine Stimme bricht, als ich ihr das sage. Rotz rinnt mir über die Lippen. «Sag nicht, dass du mir verzeihst, ich weiß, dass du das nicht kannst. Ich habe ihn umgebracht, weil ich leben wollte.»

Mama umschlingt ihre Knie und zieht sie vor die Brust.

«Diese Ärzte, die fragen immer, ob er noch lebt, ob er irgendwo da draußen ist. Was hätte ich ihnen denn sagen sollen? Die Wahrheit?»

Die Stille zwischen uns ist schrecklich, so schrecklich war sie noch nie. Tränen rinnen meine Wangen hinab. Manche Dinge können einfach nicht begraben bleiben. Elijahs Tod gehört dazu. Wenn ich an meinen kleinen Bruder denke, schnürt sich mir die Kehle zu, sodass ich kaum atmen kann. Ich habe nie um ihn getrauert, nicht richtig. Viel zu lang wollte ich seinen Tod wiedergutmachen, indem ich meine Identität ablegte und ihn durch mich weiterleben ließ. Aber ich war ein schlechter Elijah, und der Kyle, der sich stattdessen erhob, wurde zu etwas, das sich meiner Kontrolle entzog, zu einem Wesen, das jedem grausamen oder selbstsüchtigen Impuls nachgab, den ich je verspürte.

Es gibt keine Worte mehr, also versuche ich auch keine zu finden. Ich schaue hoch und sehe, dass Mama schon gegangen ist. Es ist nur noch der Wind da. Ich erwarte nicht, sie jemals wiederzusehen. Sie ist jetzt nur noch eine Scherbe meiner Erinnerungen, mehr nicht. Draußen höre ich das Klappern des Riegels.

VII

Ein kalter Luftzug dringt in den Schuppen.

Papa erscheint nicht sofort im Türrahmen, und meine Nase sagt mir, warum: Er hat Essen mitgebracht, dem Geruch nach ist es warm. Er muss es auf dem Gras abgestellt haben, um die Tür aufschließen zu können. Mein Magen knurrt – abgesehen von ein paar Krabbenchips habe ich in den letzten vierundzwanzig Stunden kaum etwas gegessen.

Ich hebe den Kopf und achte darauf, den richtigen Gesichtsausdruck aufzusetzen. Es ist nicht zu spät, das hier noch zu retten. Papa vergibt eigentlich keine zweiten Chancen, aber es gibt ja für alles ein erstes Mal. Wir haben eine lange gemeinsame Geschichte. Ich muss ihn nur daran erinnern, wie nützlich ich bin.

Letztlich ist er natürlich nicht derjenige, den ich überzeugen muss. Ich denke an Zauber-Annie in ihrem Wohnwagen, als Gretels Mutter im Fernsehen erschien: *Es gibt Menschen auf dieser Erde, die nichts darauf zu suchen haben.*

Sie meinte gar nicht Gretels Entführer, sie meinte die Mutter. Ich weiß nicht, was Lena Mirzoyan getan haben könnte, um Annies Missbilligung auf sich zu ziehen – das werde ich vermutlich nie erfahren –, aber die Möglichkeiten sind zahllos.

Seit meinem schlimmen Traum vor zwei Nächten ist mir eine Menge wieder eingefallen. Damals, als Papa Elijah und mich entführte, erzählte uns Annie, dass manche Frauen nicht würdig seien, Kinder zu erziehen, und dass Mama unglücklicherweise zu ihnen gehöre. Gute Mütter ziehen ihre Kinder nicht allein groß. Gute Mütter geben ihren Kindern keinen Mist zu essen. Gute Mütter halten das Haus sauber, trinken keinen Alkohol und tun auch sonst eine Menge Dinge nicht.

Ich konnte Mama in ihren Beschreibungen nie wiedererkennen, und ich wette, dass es den anderen Kindern, die unter dem Mädchenwald liegen, genauso ging. Ich weiß, dass Bryony ihre Mutter liebte. Gretel ihre genauso, da bin ich mir ziemlich sicher.

Annie hatte nie eigene Kinder. Vielleicht ist das einer der Gründe, weswegen ihr Erziehungsregeln so wichtig sind. Andererseits habe ich über die Jahre festgestellt, dass sie eigentlich zu jedem Thema eine starke Meinung hat.

Zauber-Annie nannte ich sie. Dieser Name entstand aus dem Rauch, den sie an Amerikanische-Ureinwohner-Tagen in ihrem

Wohnwagen anfachte. Er beruhigte mein Herz und erfüllte meinen Kopf mit Träumen. Später erfuhr ich, dass das nicht das einzige Magische an ihr war; Annie hat eine große Wirkung auf Menschen, die beinahe einem Bann gleichkommt.

Sie hat Leon Meunier gezwungen, sie die Schrottstadt aufbauen und Papa das Cottage mieten zu lassen. Ich weiß, dass die Frauen, die sie ihm zuführte, in diesem Arrangement eine Rolle spielten – die, die ich vor ein paar Tagen gesehen habe, mit dem HUSTLIN'-Anzug und den Pfauenaugen, war die neueste in einer langen Reihe. Nur Annie konnte das tun.

Sie hat Papa so fest um ihren Finger gewickelt, dass er im Grunde ihr Sklave ist. Die Dinge, die er auf ihren Befehl hin getan hat, sind viel zu monströs, um sie zu beschreiben, und doch kann ich manchmal beinahe verstehen, warum er sie getan hat. Annie lässt einen Dinge *glauben*, sie lässt einen glauben, wie die Welt sein sollte. Ihre Worte sind wie Einflüsterungen, die direkt ins Gehirn dringen. Es gibt nur einen Weg, in ihrer Nähe in Sicherheit zu sein – und natürlich auch in Papas Nähe –, und das ist totaler Gehorsam. Keines der anderen Kinder hat das je verstanden, obwohl ich sie oft dazu ermahnt habe.

«Dieser Name ist tot», sagte sie gestern Nacht zu mir, als wir unter dem Mond standen, dessen Licht aufs Meer schien. *«Du hast ihn verbrannt, genau wie alles andere, in dem Feuer, das du gelegt hast.»*

Es ist nicht leicht, einen Namen loszuwerden. Ich weiß das, weil ich es selbst versucht habe. Aber vielleicht war *Annie* von Anfang an nicht ihr richtiger Name. Vielleicht ist auch das nur wieder eine ihrer Lügen.

Von einer Sache *weiß* ich, dass sie nicht stimmt. Nämlich die Behauptung, was ich im Mädchenwald angeblich getan habe. Als ich aus dem Lebkuchenhaus floh, nachdem Gretel mich geküsst hatte, stieß ich die Benzinkanister im Flur um. Aber ich bin nie zurückgegangen, um ein Streichholz anzureißen, und all das Benzin hätte sich ohne Streichholz niemals entzündet.

Als Leon Meunier an jenem Tag gleich, nachdem er fortgefahren war, wieder in die Schrottstadt zurückgebraust kam, hatte ich bereits vermutet, was los war. Jetzt ist alles ganz klar: Er muss zu diesem Zeitpunkt den Diebstahl seines Handys bemerkt haben.

Annie kam aus ihrem Wohnwagen, und er sagte es ihr. Da wusste sie, dass es Zeit war zu gehen. Natürlich wollte sie keine Spuren hinterlassen. Das Lebkuchenhaus niederzubrennen war die ideale Lösung. Ob sie das Feuer nun eigenhändig legte, kann ich nicht sagen, aber ganz sicher kam der Befehl dazu aus ihrem Mund.

Über all das denke ich nach. Ich schaue mit besonders reumütigem Gesichtsausdruck auf und sehe, dass ich mit meiner Annahme falschlag, denn dort in der Tür steht nicht Papa, sondern Gretel.

VIII

Sie sieht anders aus – beinahe wie eine grobe Bleistiftzeichnung ihres früheren Ichs. Sie hält den Kopf gesenkt, ich kann ihr Gesicht nicht erkennen. An ihrem Handgelenk hat ein grober Verband meine provisorische Bandage ersetzt. Darunter sind ihre violett verfärbten Finger auf das Dreifache ihrer normalen Größe angeschwollen. Mit der gesunden Hand balanciert sie vorsichtig ein Tablett.

Ich will etwas sagen: mich entschuldigen oder um Verzeihung bitten. Dann erinnere ich mich an Mama, wie sie eben noch gegen die Holzbretter gelehnt saß, durch die das Tageslicht drang.

Nur weil Gretel mich besucht, bedeutet das noch lange nicht, dass sie wirklich da ist.

Sie geht in die Knie und stellt das Tablett auf dem Boden ab. Das ist ziemlich knifflig mit nur einer Hand. Was darauf steht – eine Schüssel mit Eintopf und Wasser in einem Blechbecher –, gerät in Bewegung, und alles schwappt über die Kante. Gretel starrt die Ferkelei an. Dann steht sie auf und hebt den Kopf. Endlich sehe ich sie klar und deutlich, und mein Blut gefriert zu Eis. Ich weiß einfach nicht, ob sie wirklich ist oder nicht. Ihr Gesicht ist ganz schmutzig und verschmiert, ihre Augen so trüb wie Flusssteine. Unter dem Dreck ist ihr Gesicht so bleich wie das einer Leiche.

«Gretel ...»

«Nenn mich nicht so», flüstert sie. «Das ist nicht mein Name.»

«Bist du wirklich hier?», frage ich. «Bist du real?»

Gretel sieht mich einen langen Moment an, bevor sie antwortet. «Das hast du mich schon einmal gefragt.»

Das stimmt. Und ich erinnere mich immer noch an ihre Antwort, im Keller des Lebkuchenhauses: *Das hier ist die Wirklichkeit, Elijah. Alles. Du bist wirklich, ich bin wirklich. Meine Mum ist wirklich. Meine Familie. Dieser Ort ist ebenfalls wirklich. Ich will hier nicht sein, und ich hoffe, dass ich hier nicht sterben muss. Ich hoffe mehr als alles andere, dass du mir dabei helfen wirst, das hier zu überleben – aber es ist alles wirklich, das verspreche ich dir. Es ist alles so wirklich, wie es nur sein kann.*

Ich sehe das Tablett und das verschüttete Essen aus der Schüssel. Ich hebe den Kopf und schaue hinaus auf die Grasbüschel auf der Anhöhe. Der Wind, der durch die Tür weht, fühlt sich wirklich an, was bedeutet, dass die Tür offen sein muss. Das Essen riecht ebenfalls wirklich, was bedeutet, dass es jemand gebracht haben muss.

Mein Herz fühlt sich so leicht an wie eine Pusteblume. Wenn

Gretel *wirklich* hier ist, bedeutet das, dass ich einen schwarzen Fleck auf meinem Gewissen ausradieren kann.

Sie sieht an mir vorbei. «Ich muss gehen.»

«Warte ...»

Sie geht durch den Schuppen, und ihre Füße produzieren dabei keinerlei Geräusche. Auf der Schwelle hält sie inne. Der Wind macht Schlangen aus ihrem Haar. Dann ist sie fort.

Ich blinzele und schaue ihr hinterher, weil ich kaum glauben kann, was gerade geschehen ist.

Das ist die Wirklichkeit, Elijah. Alles. Du bist wirklich, ich bin wirklich.

Aber das war damals, und jetzt ist jetzt.

Mein Blick fällt auf die gegenüberliegende Wand. Mama ist wieder da, erneut hat sie die Knie vor die Brust gezogen. Sie sieht mich nicht an, aber diesmal spricht sie wenigstens mit mir. «Von hier aus gibt es nur noch einen Weg, und der geht nach vorn. Du bist ein Überlebender, Elijah. Also überlebe.»

Ich muss an mein schmutziges Gewissen denken und an den schwarzen Fleck, den ich mir so gern erspart hätte. Dann schließe ich die Augen und warte.

ELISSA

Elissa schlurft durch das Gras. Ein Windstoß bringt sie aus dem Gleichgewicht, und sie fällt beinahe hin. In ihrem Kopf wirbeln die Gedanken durcheinander, ihre Kehle brennt. In den letzten Tagen ist ihr Arm so schmerzhaft angeschwollen, dass sie ihn amputieren würde, wenn sie wüsste, wie das geht. Sollte sie das hier überleben – unwahrscheinlich nach allem, was sie gerade im Schuppen gesehen hat –, kann sie sich nicht vorstellen, dass Ärzte den Arm werden retten können.

Der Ghul wartet vor der Hütte und raucht eine Selbstgedrehte. Er geht mit ihr hinein und schließt die Tür hinter ihnen.

Die Hexe, Annie, kniet vor dem Ofen und schiebt Holzscheite hinein. Elissa sieht ihr zu und muss an das alte Märchen denken: wie Gretel die Hexe in den Ofen schiebt und Hänsel aus seinem Käfig befreit. Der Vergleich ist so absurd, dass sie beinahe aufgelacht hätte, aber dafür hat sie nicht mehr genug Atem in ihren Lungen.

Mit knackenden Knien richtet sich Annie auf. «Dieser Scheiß-Wind», murmelt sie. «Diese beschissene Kälte.» Schließlich sieht sie Elissa an. «Hast du ihn gesehen?»

«Ja.»

Annie deutet auf einen Hocker. Elissa setzt sich, die alte Frau grinst. «Du bringst hier ein frisches Lüftchen rein. Du tust, was man dir sagt, und das ist gut. Ich nehme an, du willst uns helfen, nicht wahr? Ich glaube, du willst das Richtige tun.»

Elissa nickt langsam.

«Das freut mich. Weil wir dich nämlich mögen, Mädchen. Wir wollen in dich investieren.» Sie beugt sich zu ihr vor. «Was hat er denn gesagt? Als du ihm das Essen gebracht hast?»

«Er hat gefragt, ob ich wirklich bin.»

Annie grunzt. Sie holt eine Packung Tabletten aus einem Schrank und drückt zwei davon aus den Blistern. «Hier», sagt sie. «Nimm die. Die helfen deinem Arm.»

Die Hexe sieht zu, wie sie sie schluckt, und fügt dann hinzu: «Er hat dich besucht, oder? Da unten im Keller. Ist zu dir gekommen und hat so getan, als wollte er sich mit dir anfreunden.» Sie verstummt, und die Fältchen in ihrem Gesicht werden tiefer. «Ist schon in Ordnung, du musst nichts sagen. Es wird in diesem Leben niemals etwas geben, was du vor mir verbergen kannst.»

Elissa versteift sich. Als sie diese Worte das letzte Mal hörte, kamen sie aus dem Mund des Ghul. Er beobachtet sie von der anderen Seite des Zimmers aus. Rauch dringt aus seinen Nasenlöchern und steigt auf.

«Elijah wollte gar nicht dein Freund sein», fährt Annie fort und setzt sich mühselig in einen wackeligen Sessel. «Er wollte nur die Konkurrenz ausspähen. Hat er dir gesagt, dass das gar nicht sein richtiger Name ist? Elijah war sein kleiner Bruder. Vermutlich hat er dir nicht erzählt, was er dem armen Jungen angetan hat.»

Immer wenn die Hexe spricht, hat Elissa das Gefühl, dass ihr die Situation entgleitet. Tatsachen, die sie für unumstößlich hielt, sind plötzlich gar nicht mehr gesichert.

«Wir können hier nicht lange bleiben», sagt Annie. «Und wir können dich nicht zurücklassen. Ich würde dich gern mitnehmen, aber wir haben keinen Platz für zwei. Also entweder du oder er.»

Als Elissa das hört, muss sie an den Schwur denken, den sie

leistete, als sie zum ersten Mal unter dem Mädchenwald aufwachte: Sie wollten dieses Grauen überleben, koste es, was es wolle.

«Dieser Junge», fährt Annie fort. «Er ist ein Kämpfer. Sein Leben ist ihm mehr wert als alles andere. Was auch immer nötig ist, um es zu behalten, er wird es tun.»

«Ich auch», flüstert Elissa. «Das werde ich auch tun.»

Und sie meint es ganz genau so. Im Moment kann sie sich nichts vorstellen, was sie nicht tun würde, um ihre Familie wiederzusehen.

«Als er dich besucht hat, da unten im Keller», fragt die Hexe, «hat er dir da von den anderen erzählt?»

«Er hat mir von Bryony erzählt.»

«Hat er dir gesagt, was mit ihr passiert ist? Wie sie gestorben ist?»

Elissas Kehle schnürt sich zu. Sie schüttelt den Kopf.

Dieser Junge. Er ist ein Kämpfer. Sein Leben ist ihm mehr wert als alles andere. Was auch immer nötig ist, um es zu behalten, er wird es tun.

«Von diesen Tabletten wirst du müde», sagt Annie und steht auf. «Wenn du dich auf dem Boden ausstreckst, kannst du vielleicht ein paar Stunden schlafen. Später möchte ich, dass du ihm wieder Essen bringst.» Sie geht erneut zu dem Schrank, öffnet eine Schublade und holt ein Messer heraus. Die Klinge ist aus scharfem Stahl, fünfzehn Zentimeter lang.

«Wenn ich du wäre», fügt sie hinzu, und ihre türkisfarbenen Augen glitzern, «würde ich das hier mitnehmen. Denn glaub mir, wenn er irgendeine Chance wittert, seine Situation zu verbessern, zögert er keine Sekunde.»

Diese Zunge taucht wieder auf, zwischen den gelben Zähnen. «Wie gesagt, wir können nur einen behalten.»

KYLE

Später besucht mich Papa. Er steht eine Weile in der Tür und raucht seine Zigarette. Als er hereinkommt und die umgekippte Schüssel sieht, runzelt er die Stirn.

«Ich war das nicht», sage ich zu ihm. «Ich mache keine Schwierigkeiten. Sie hat es fallen gelassen.»

«Ach», versetzt er. «So eine Schlampe.»

«Aber nicht absichtlich.»

«Glaubst du?»

Zwischen uns breitet sich Schweigen aus. Dann sage ich: «Sie war wirklich. Ich habe die Flammen gesehen und ... und ich dachte, ich hätte sie umgebracht.»

«Hast du nicht», sagt Papa. «Noch nicht.»

Ich hebe den Kopf. «Noch nicht?»

«Annie erklärt da drüben in der Hütte gerade, wie die Dinge laufen. Sie ist schlau, diese Elissa. Und rücksichtslos. Die Dinge, die sie gesagt hat ...»

Er verstummt und spuckt aus.

«Was für Dinge?»

«Ach, eben Dinge über dich. Annie hat ihr von Eli erzählt. Was du ihm angetan hast.»

Das Blut rauscht in meinen Ohren. «Papa ...»

«Schluck's runter.» Er lässt die Zigarette auf den Boden fallen und zertritt sie mit dem Absatz. «Ich darf eigentlich gar nicht hier sein und dich warnen.» Er hebt das Tablett, die Schüssel und den Becher vom Boden auf, geht hinaus und schließt die Tür hinter sich.

Als ich Papa in dem Safe House von Bens Handy aus anrief, habe ich mir noch vorgemacht, das hier würde ganz einfach werden, Gretel wäre schon tot und ich könnte ganz einfach so in mein altes Leben zurück, ohne dafür bezahlen zu müssen.

Sie ist schlau, diese Elissa. Und rücksichtslos. Die Dinge, die sie gesagt hat …

Ich neige den Kopf zur Seite und lausche auf Hinweise, dass ich nicht allein bin. Draußen rauscht der Wind im Gras. Es ist unmöglich zu hören, ob jemand in der Nähe ist, ich muss meinen Instinkten vertrauen. Sie sind nicht immer so schlecht, wie ich festgestellt habe.

Ich weiß, dass ich ein Lügner bin. Oft hatte ich keine andere Chance, weil ich überleben wollte. Mir ist klar, wie launisch Annie sein kann. Ohne einen Reserveplan zurückzukehren wäre dumm gewesen. Und obwohl mein IQ vielleicht nicht so hoch ist wie der von Gretel, bin ich sicherlich nicht dumm.

Mit der freien Hand greife ich hinter mich und unter mein T-Shirt. Das Tranchiermesser klebt mit Rollenpflaster befestigt an meinem Rücken. Ich habe es aus der Küche im Safe House gestohlen, nachdem ich Papa angerufen hatte.

Ich brauche ein paar Minuten, um es abzulösen, indem ich den Griff hin und her bewege. Dann prüfe ich den Stahl, wobei ich – wie immer – darauf achte, mein Spiegelbild nicht anzusehen. Ich nehme etwas Schmutz vom Boden auf und reibe damit die Klinge ein, damit sie nicht so glänzt. Es ist dunkel im Schuppen, aber ich kann nichts riskieren. Dabei denke ich an Gretel, die in der Wärme sitzt, während ich hier wie ein Tier festgekettet bin.

Sie ist schlau, diese Elissa. Und rücksichtslos. Die Dinge, die sie gesagt hat …

Ich lege mir das Messer griffbereit zurecht und wappne mich für das, was kommt.

ELISSA

I

Als sie aufwacht, steht die Hexe am Herd und rührt in einer Pfanne. Der Ghul sitzt im Sessel und raucht schon wieder. Es ist eine häusliche Szene aus einem Horrorfilm.

Mühsam rappelt sich Elissa auf. Ihr rechter Arm fühlt sich an, als hätte man Stacheldraht darumgewickelt. Ihre Finger sind so angeschwollen, dass sie aussehen, als müssten sie beim geringsten Druck platzen. Ihr Rücken schmerzt, ihre Beine fühlen sich kribbelig und leicht an.

Sie kann nicht einmal mehr so gut sehen wie früher. Wenn sie sich nicht konzentriert, verschwimmen der Ghul und die Hexe zu unscharfen *bodachs*, die wie giftiges Gas Bösartigkeit ausströmen.

Sie denkt an Elijah, der im Schuppen angekettet ist. Er hat sie so oft angelogen, sogar seinen richtigen Namen hat er ihr verschwiegen. Und als er die Gelegenheit hatte, sie zu retten, entschied er, sie lieber im Keller verrotten zu lassen.

Dieser Junge. Er ist ein Kämpfer. Sein Leben ist ihm mehr wert als alles andere. Was auch immer nötig ist, um es zu behalten, er wird es tun.

Aber sie hat es der Hexe bereits gesagt, sie ist auch eine Kämpferin. Sie hat den Punkt erreicht, an dem gar nichts mehr tabu ist, egal wie barbarisch es auch erscheinen mag. Ihre Kraft lässt vielleicht nach, aber ihre Entschlossenheit ist noch immer stark. Sie erinnert sich an das Messer, das die Hexe ihr gezeigt hat. Seine Bedeutung liegt auf der Hand. Sie ist erst dreizehn. Sie dürfte eigentlich nicht über solche Dinge nachdenken müssen.

Aber wenn sie vierzehn, fünfzehn, achtzehn werden will – wenn sie erwachsen werden und ein sinnerfülltes Leben führen will –, dann ist es vielleicht der einzige Weg. Elijah umzubringen wäre ein Preis, den sie bis ans Ende ihrer Tage bezahlen müsste. Aber hier und jetzt würde sie nicht davor zurückschrecken. Sie hat die Pflicht – ihrer Mum, ihren Eltern, *sich selbst* gegenüber –, das hier zu überleben.

Am Herd gießt Annie den Inhalt eines Topfes in eine Schüssel, die sie auf ein Tablett stellt. Dann nimmt sie das Messer von der Arbeitsfläche. «Zeit der Entscheidung», sagt sie und dreht sich zu Elissa um.

Und wenn ich nein sage?

Wenn ich es ablehne hinauszugehen?

Wenn ich mich einfach auf den Boden lege, die Augen schließe und so tue, als passierte das hier gar nicht?

All diese Gedanken und noch viele andere schießen Elissa durch den Kopf. Sie öffnet den Mund, um etwas zu sagen. Statt zu protestieren, rappelt sie sich unsicher auf.

II

Draußen ist der Wind wie ein Lebewesen, er drückt das Gras erbarmungslos nieder. Ein paar Kilometer weiter auf offener See zieht ein Öltanker eine weiße Linie Kielwasser hinter sich her, der einzige Hinweis auf andere Menschen in dieser Gegend. Elissa schaut beim Gehen zu. Wenn sie das Tablett einfach fallen ließe und ihren gesunden Arm höbe, würde jemand ihr Winken bemerken? Selbst wenn, wäre sie immer noch nur ein Mädchen, das einem weit entfernten Schiff zuwinkt. Niemand könnte darin ihre Notlage erkennen.

Sie nähert sich dem Schuppen, wobei sie Elijahs Essen ungeschickt trägt. Sie kann gar nichts mehr fühlen. Wenn Furchtlosigkeit eine Nebenwirkung von Annies Tabletten ist, dann sollte sie der Hexe vielleicht sogar dankbar sein.

Sie atmet jetzt hastiger; das Herz hämmert in ihrer Brust. Wenn sie blinzelt oder den Kopf zu schnell wendet, stockt das Bild wie in einer Bildertrommel. Ihre Zähne fühlen sich irgendwie schärfer an als vorher. Ihre Zunge gleitet über die Kanten, und ein Prickeln überkommt sie.

Elissa bleibt vor der Tür des Schuppens stehen. Um sie zu öffnen, muss sie das Tablett abstellen. Sie hockt sich ins Gras und spürt ein nasses Stechen unter ihrem Kleid, auf halber Höhe ihres rechten Schenkels. Sie richtet sich wieder auf, und der Schmerz vergeht. Etwas Warmes rinnt ihr Bein hinunter. Plötzlich erinnert sie sich wieder daran, was dort versteckt ist. Und da dieses Geheimnis nun gelüftet ist, öffnet sie die Tür.

III

Aus der Dunkelheit und den Schatten schälen sich Einzelheiten. Der *bodach* sitzt in der Ecke, angekettet mit ihrer alten Kette.

Es ist eine Schande, denkt Elissa, dass nicht alle *bodachs* so gefangen gehalten werden, angekettet in der Dunkelheit, wo sie keinen Schaden anrichten können. Dann erinnert sie sich daran, dass der blasse Umriss des Gesichts, das sie beobachtet, gar nicht zu einem *bodach* gehört, sondern zu dem, den sie Elijah nennt. Sie erinnert sich noch an etwas anderes: dass er den Namen dem Bruder gestohlen hat, den er umgebracht hat.

Ihr Blick huscht über den Boden und sucht nach einem sicheren Fleck. Aber den gibt es hier nicht außerhalb des Zwei-Meter-

Radius der Kette. Sie hebt das Tablett auf und tritt vorsichtig über die Schwelle.

Elijah wirkt müde und zerzaust, aber seine Augen sind ganz hell. Vergiss Hänsel und Gretel – in diesem Moment fühlt sich Elissa wie Rotkäppchen, das dem Wolf gegenübersteht. «Ich habe dir etwas zu essen gebracht», sagt sie. «Ich versuche, es nicht fallen zu lassen.»

«Danke», krächzt er. Dann: «Kannst du es etwas näher zu mir stellen?»

Elissa zögert und bemüht sich, ihn deutlich zu sehen.

«Was ist los?», fragt er. «Was haben sie dir erzählt?»

Sie zuckt die Achseln und schüttelt den Kopf.

Elijah schaut auf seine Handschelle. Jetzt scheint etwas neben ihm seine Aufmerksamkeit zu fesseln. «Ist schon lustig», sagt er. «All das – alles, was hier passiert. Irgendwie ist es wie das erbittertste Schachspiel der Welt.»

Sie weiß genau, was er meint, aber sie ist nicht seiner Meinung. «Das hier ist kein Spiel, Elijah.»

«Das weiß ich doch, Dummchen.»

«Elijah ist gar nicht dein richtiger Name, oder?»

«Ich ...» Seine Schulter zucken. «Auf diese Weise konnte ich sein Andenken wahren.»

Vorsichtig stellt Elissa das Tablett ab. Wieder spürt sie ein kleines Stechen.

Dieser Junge. Er ist ein Kämpfer. Sein Leben ist ihm mehr wert als alles andere. Was auch immer nötig ist, um es zu behalten, er wird es tun.

Schweiß dringt in ihre Augen. Sie blinzelt ihn fort. «Weißt du, ich wusste nie so richtig, ob ich dir trauen kann.»

«Das nehme ich dir nicht übel», sagt er. «Ich würde mir auch nicht trauen. Aber nichts von dem, was ich dir je erzählt habe, war unwahr.»

Sie weiß, *das* zumindest ist eine Lüge. Eine so offensichtliche Lüge, dass sie kaum glauben kann, dass er sie ausgesprochen hat. Er zieht das Tablett zu sich heran, und sie setzt sich ein kleines Stück entfernt davon nieder, wobei sie die Falten ihres Kleides ausbreitet.

«Geht es dir gut?», fragt er beim Essen. «Du wirkst irgendwie, ich weiß auch nicht. Ein bisschen merkwürdig.»

«Sie haben mir was gegeben. Gegen den Schmerz. Das macht mich ein bisschen ...» Sie hebt den rechten Arm und krümmt die geschwollenen Finger, um sie dann wieder zu strecken. «Benebelt.»

Mit der linken Hand greift sie unter ihr Kleid.

Elijah blinzelt, den Blick auf ihr Gesicht gerichtet.

«Er ist nicht dein Papa, oder?», fragt Elissa. «Erst dachte ich das, aber das stimmt nicht.»

«Früher habe ich so getan, als wäre er es. Ich war so gut darin, dass ich es irgendwann selbst geglaubt habe. Lustig, wie so etwas funktioniert, oder? Wie man Dinge wahr werden lassen kann, wenn man sie nur stark genug *denkt*.»

Elissa atmet zittrig ein. Sie hat das Gefühl, dass ein Schmetterling in ihrer Brust mit den Flügeln schlägt. Unter ihrem Kleid berührt ihr Zeigefinger das Messer.

Elijah ist jetzt mit dem Essen fertig. Vorsichtig stellt er die Schüssel ab.

«Sie haben dich auch entführt, oder?», fragt sie. «Als du noch klein warst. Sie haben dich und deinen Bruder entführt. Genau wie mich.»

Wieder schaut Elijah zur Seite, als suche er nach etwas. Vielleicht versucht er, eine schlimme Erinnerung zu vergessen. «Ja.»

«Als wir uns zum ersten Mal sahen, hast du mir etwas erzählt.

Erst jetzt fällt es mir wieder ein. ‹Ich bin erst zwölf Jahre alt›, sagtest du. Damals war ich so verängstigt, dass ich es kaum beachtet habe.» Sie hält inne. Dann sagt sie: «Warst du so alt, als es passiert ist?»

Er schluckt geräuschvoll. Dann stöhnt er, es ist ein Geräusch, das ganz anders ist als alles, was Elissa je gehört hat. In diesem Moment lichtet sich das Chaos in ihrem Kopf, und sie erkennt Elijah als das, was er ist – ein Opfer, das ihren Albtraum teilt, aber über *Jahrzehnte* hinweg. Elissa kann sich das Grauen vorstellen, das er erlebt hat, aber nicht sein Ausmaß. Kein Wunder, dass er sich eine so komplexe Illusion von der Welt fabriziert hat. «Ich muss dir was sagen.» Sie senkt die Stimme. «Da gibt es etwas, wozu sie mich bringen wollen.»

Elijah starrt an die gegenüberliegende Wand. Er murmelt etwas, aber es ist zu leise, sie kann es nicht hören. Seine Schultern beginnen zu beben.

«Ich mache es nicht», sagt sie zu ihm. «Nicht mit dir. Du hast mich angelogen, damals im Mädchenwald, aber ich habe dich auch angelogen. Der Brief, das Handy, das Schachbrett, das ich kaputt gemacht habe. Es tut mir leid, Elijah. Es tut mir leid, dass ich das getan habe. Ich wollte nur weg. Du verstehst das. Nicht wahr?»

«Ich wollte auch weg», flüstert er. «Jedenfalls dachte ich das. Jetzt ... jetzt glaube ich nicht mehr, dass ich noch wegkann. Ich glaube, ich habe keine Wahl mehr.»

«Man hat immer die Wahl.»

«Nicht, wenn ich leben will.»

Er hebt den Kopf. Tränen rollen seine Wange hinab.

Eine Ader pulsiert an seinem Hals.

«Elijah ...»

Hinter ihr schlägt der Wind die Tür zu, sodass es im Schuppen jetzt stockdunkel ist. Elissa erstarrt. Elijahs Gesichtsausdruck hat sich in ihre Netzhaut eingebrannt.

«Damen-Gambit», zischt er.

Er stürzt sich auf sie, und ihr bleibt nicht einmal Zeit zu schreien.

MAIRÉAD

Der Anruf erreicht sie, als die Journalisten gerade die Pressekonferenz verlassen.

Um noch einmal darauf hinzuweisen, dass es bei den Ermittlungen immer noch darum geht, Elissa Mirzoyan zu finden, hat Mairéad ein riesiges Foto des Mädchens auf einen Ständer neben dem Tisch mit dem Mikrophon gestellt. Aber selbst das hat die anwesenden Journalisten nicht davon abgehalten, ausschließlich nach Kyle Buchanan zu fragen. Und jetzt wird er vermisst. Es scheint sich um ein außergewöhnliches Fehlverhalten der Sicherheitsleute zu handeln.

Zugegeben, gegen Kyle liegt keine Anklage vor. Und trotz seiner Verletzlichkeit hatte ihn das Psychiatrische Team nicht in Sektion 4 untergebracht, wo man ihn hätte festhalten können. Keiner der Ärzte ist davon ausgegangen, dass Fluchtgefahr bestand.

Mairéad stellt zügig die folgenden Tatsachen fest: Kyle war eindeutig im Haus, als um 16 Uhr der Schichtwechsel stattfand. Laut Ryan Havers, dem Polizisten, der die zweite Schicht übernahm, ging er gegen 16:15 Uhr hinaus in den Garten.

Das war an und für sich nichts Ungewöhnliches. Es gab auch keinen Grund, ihn zu begleiten. Dr. Beckett war sogar der Ansicht, dass kurze Phasen der Einsamkeit eher gut für den Patienten wären. Um 16:27 Uhr sah Ryan draußen nach. Der Garten war leer, und er schlug Alarm.

Im Kontrollzentrum nimmt Mairéad Anrufe ihres Chief Constables, dessen Stellvertreters und der vorgesetzten Beamten der Polizei von West Mercia entgegen. Die Medien ahnen bereits, dass etwas passiert ist, auch wenn sie sich noch nicht sicher sind, was genau, und sie ziehen alle Register, um es herauszufinden. Soll Mairéad ihnen zuvorkommen? Eine Stellungnahme herausgeben, zusammen mit einem aktuellen Foto von Kyle?

Ihr Handy klingelt. Es ist Rita Ortiz.

«Beckett hat mir erzählt, was passiert ist», sagt die Psychiaterin. «Ich nehme an, Sie haben ihn noch nicht gefunden.»

«Noch nicht. Und wenn Sie nichts Besonderes haben, kann ich leider nicht weiter mit Ihnen sprechen.»

«Ich bin mir sicher, dass Sie das schon gemacht haben», antwortet Ortiz, «aber haben Sie die Handys der Polizisten gecheckt? Kyle hat darauf gespielt, ein paar Stunden bevor er verschwand. Ich hatte befürchtet, dass er darauf vielleicht Nachrichten sieht, daher habe ich es konfisziert. Aber vielleicht hat er damit jemanden angerufen.»

«Danke», sagt Mairéad und legt auf.

Zwei Minuten später wird Sergeant Ben Hollingsworth aus dem Schlaf gerissen. Ein Blick auf das Gesprächsprotokoll seines Handys sagt ihm, dass es ein einzelner Anruf nach außerhalb war, der sechsundneunzig Sekunden dauerte, um 14:21 Uhr. Mairéad spricht direkt mit dem Polizisten und erfährt, dass der Anruf getätigt worden sein muss, als Hollingsworth sich etwas zu essen machte. Er überschlägt sich fast mit seinen Entschuldigungen.

«Bitte noch nicht kündigen», sagt sie zu ihm. «Sie haben uns vermutlich die erste echte Spur verschafft.»

Sie braucht keine Genehmigung, um die Daten der Telefongesellschaft einsehen zu können – ihr Team schickt einen automatisierten Antrag an den Provider. Während sie auf die Daten warten, geht Mairéad nach draußen und ruft Scott an. Ihr Ehemann geht ans Telefon, aber sie bekommt kein Wort heraus, und das muss sie auch nicht. Er weiß es, auch ohne dass sie etwas sagen muss.

«Ist schon in Ordnung», sagt er. «Mein Liebling, es ist in Ordnung.»

Mairéad bleibt in der Leitung, durch weit mehr mit ihm verbunden als nur Stille.

KYLE

I

Blut an meinen Händen. Blut auf dem Messer.

Gretel liegt nicht weit von mir mit dem Gesicht im Schmutz. Auf ihren Schultern sehe ich meine blutigen Fingerabdrücke, aber vielleicht ist das auch wieder nur meine Phantasie: Jetzt, bei geschlossener Tür, ist es hier drin ziemlich dunkel.

Von all den armen Seelen, die ich unter dem Mädchenwald kennengelernt habe, hat Gretel mich am tiefsten berührt. Was auch immer als Nächstes passiert – ich werde sie immer in mir tragen.

Der Atem pfeift in meiner Kehle. Draußen singt der Wind sein Klagelied. Ich bin nicht alleine hier. An der hinteren Wand des Schuppens sitzt Mama mit gesenktem Kopf.

Es ist eine Qual, das hier. Wie lange muss ich noch auf Papa warten? Wie lange, bevor ich weiß, wie mein Schicksal sich gestaltet? Ich sehe die Schelle an meinem Handgelenk. Vielleicht kommt er gar nicht.

Ich muss an eine Geschichte denken, die Zauber-Annie mir einmal erzählt hat, von einem Papa-Fuchs, der in eine Grube fiel. Seine Familie versuchte, ihn zu retten, aber sie fielen dann alle ebenfalls hinein, alle außer dem größten Bruder. Aber weil er zu schwach war, die Kette richtig zu befestigen, war er dazu verflucht zuzusehen, wie sie alle krepierten. Dann krepierte er ebenfalls.

Die Schuppentür wird aufgerissen. Das Licht vom wolkenverhangenen Himmel dringt herein.

II

Es ist Papa.

Er steht auf der Schwelle, aber er kommt nicht herein. «Ist sie tot?», fragt er und nickt in Richtung Elissa.

Ich öffne den Mund, um etwas zu sagen. Weil keine Worte kommen wollen, nicke ich einfach.

Papas Zigarettenrauch weht in den Schuppen. Er fährt sich mit der Zunge über die Zähne. «Hätte nicht gedacht, dass du es tust», sagt er. «Dachte, ihr beide hättet was miteinander laufen. Aber du bist halt schon ein bösartiger kleiner Scheißer, wenn's drauf ankommt. Stimmt doch, oder?»

«Ich habe getan, was du gesagt hast. Das tu ich immer, weißt du doch.»

«Ich habe gar nichts gesagt.»

Ich blinzele. «Doch. Du hast gesagt, ich soll ... ich soll ...»

Ich zögere und versuche, mir unser Gespräch in Erinnerung zu rufen. Er hat Elissa rücksichtslos genannt. Behauptet, sie habe Dinge über mich gesagt. Und noch etwas hat er gesagt: *Ich darf eigentlich gar nicht hier sein und dich warnen.*

Aber *mehr* hat er nicht gesagt.

«Ich werde dich vermissen», sagt Papa. «War schön, dich bei uns zu haben. Aber diese Sache zwischen dir und den Mädchen, die ist echt aus dem Ruder gelaufen. Das hat dich in Schwierigkeiten gebracht. Uns alle hat es in Schwierigkeiten gebracht. Ich habe mein Vertrauen in dich verloren, Junge.»

«Papa», sage ich, aber er schüttelt den Kopf.

«Du hast sie gemocht. Und trotzdem, sieh dir nur an, was du getan hast. Wer soll sich noch sicher fühlen in der Nähe von jemandem, der solche Sachen macht wie du? Wir sind vielleicht monatelang unterwegs. Und wenn du glaubst, dass ich mich jeden Abend neben dich ins Bett lege und riskiere, dass du mir die Kehle aufschlitzt … tja, dann fürchte ich, da bist du schief gewickelt.»

Papa tritt in den Schuppen. Er geht neben Elissa in die Hocke und legt einen schmutzigen Finger an ihre Wange. «Annie nimmt nur Kinder auf, deren Leute nicht ihren Ansprüchen genügen», sagt er. «Natürlich genügen die meisten Kinder ihnen nach einer Weile auch nicht. Sie lügen, versuchen zu fliehen. Sie entwickeln schlechte Manieren oder einen Mangel an Respekt. Du warst anders, Eli. Du hast immer alles richtig gemacht.»

Ich starre ihn fassungslos an. Ich weiß, dass ich ein Lügner bin, aber Papa ist auch ein Lügner. Was er da gerade gesagt hat, ist einfach nicht die Wahrheit. Ich war früher auch ungehorsam.

«Aber das Mädchen hat dich verändert», fährt er fort. «Sie hat dir Flausen in den Kopf gesetzt, und du warst nicht stark genug zu widerstehen.»

Ich denke an den Brief, den ich an F.I.D.E. geschrieben, an das Handy, das ich Leon Meunier gestohlen habe. «Papa, bitte.»

Das Messer liegt ein paar Meter von Gretels Leiche entfernt. Er streckt die Hand aus und ergreift es. Dann steht er auf und geht auf mich zu.

III

Damen-Gambit, denke ich. Aber Papa geht weiter. Er hat einen Ausdruck im Gesicht, der mir den Atem verschlägt: aufgerissene Augen, gebleckte Zähne, als wäre er kurz davor, das Besteck in ein Steak zu rammen. Die Knöchel der Hand, mit der er das Messer hält, sind ganz weiß.

«Wir können es jetzt kompliziert machen, wenn du willst», sagt er, «aber ich fände es besser, wenn wir es einfach halten. Das hier ist keine Bestrafung, Eli. Du hast schon sehr lange gelitten.»

Da hat er recht. Aber das bedeutet nicht, dass ich sterben will. Papa kommt immer näher und steht jetzt so vor mir, dass er alles Licht versperrt. Ich kann seinen Gesichtsausdruck und seine Absichten nicht mehr erkennen.

Ich bin größer als er, aber er ist stärker. Und Körpergröße ist kein Vorteil, wenn man sitzt. Jetzt ragt er über mir auf. Ich kann den Blick nicht vom Umriss seiner Klinge abwenden.

Damen-Gambit, denke ich, aber es macht keinen Unterschied.

Wird er mich erstechen? Mir die Kehle aufschlitzen? Ich hebe die Hände, um mich zu schützen, und die Kette klirrt auf dem Boden.

«Gib auf», flüstert Papa. «Du hast keinen einzigen Grund, noch hier zu sein.»

Einen Augenblick später ist er am Zug, holt aus und lässt das Messer in einem Bogen auf meinen Hals zuschnellen.

Ich habe keine Wahl, ich muss ihn abwehren. Die Klinge schneidet eine hellrote Linie in meine Handflächen. Blut spritzt gegen die Schuppenwand.

Ich schreie auf. Nicht aus Schmerz, sondern vor Schreck. Ich trete gegen Papas Schienbein. Er fällt zwar nicht hin, aber ich gewinne den Bruchteil einer Sekunde, um von ihm wegzukrabbeln. Sein zweiter Stich zielt auf mein Gesicht. Ich blocke ihn mit den Unterarmen ab. Das Messer durchtrennt meine Kleider und meine Haut, als wären sie aus Papier. Papa ändert seinen Griff und sticht weiter auf mich ein.

Zuerst begreife ich gar nicht, dass ich gestochen worden bin. Ich trete mit beiden Beinen um mich, und diesmal bringe ich ihn aus der Balance. Dann kommt der Schmerz – ein Haifischbiss in meinen Bauch, ein wilder Stachel aus Hitze.

Papa fällt auf mich, sein Gesicht ist nur noch Zentimeter von meinem entfernt. «Dein Bruder hat sich auch gewehrt», zischt er. «Erinnerst du dich?»

Ich höre es, und etwas in meinem Kopf reißt auf. Plötzlich bin ich nicht mehr in diesem Schuppen; ich bin wieder im Keller unter dem Mädchenwald, vor langer Zeit. Ich halte eine Glasscherbe in der Hand. Elijah kauert mir gegenüber neben einer blakenden Kerze. *«Bitte, Kyle»*, wimmert er. *«Bitte nicht.»*

Hier in der Gegenwart ramme ich meinen Kopf gegen Papas Nase. Er weicht zurück, und ich sehe das Messer, das ganz nass von meinem Blut ist. Ich packe seinen Unterarm, aber er reißt sich los, weil meine Hände zu glitschig sind, um ihn festzuhalten. Papa stürzt sich auf mich, und diesmal *fühle* ich, wie das Messer eindringt.

Ich muss an den Hirsch denken, den ich geschossen habe, die Katastrophe in seinem Kopf, und dass ich immer dachte, dass ich einmal so enden würde. Aber das hier ist schlimmer. Es tut weh, und es geht nicht schnell. «Bitte», huste ich und wiederhole das Flehen meines Bruders. «Bitte nicht.»

Aber Papa hört mir nicht zu. Er sticht erneut zu, diesmal tiefer.

Als er das Messer wieder herauszieht, spritzt eine schwarze Fontäne hoch.

Hinter ihm sehe ich durch die offene Schuppentür den bewölkten Himmel. Wie schade, dass die Sonne nicht scheint, aber immerhin sterbe ich nicht unter der Erde. Das war immer meine schlimmste Angst. Neben der Tür liegt Gretel auf dem Gesicht, die Wangen blutverschmiert.

Sie heißt gar nicht Gretel, erinnere ich mich.

Ebenso wenig, wie ich Hänsel heiße.

Papas Klinge saust nieder. Diesmal stößt sie mein Arm beiseite. Er legt ein Bein über mich und setzt sich rittlings auf meinen Bauch. Sein Gewicht hindert mich am Atmen.

In der Ecke hebt Gretel den Kopf wie ein Wichtel, der in seiner Höhle erwacht. Sie ist so bleich, dass es aussieht, als sei der letzte Tropfen Blut aus ihr herausgeflossen, aber ich weiß, dass das nicht stimmen kann. Denn das Blut, das ihre Wangen und ihre Kleider befleckt, ist mein eigenes, von einem Schnitt an meinem Arm, den ich mir nur Augenblicke, bevor Papa in den Schuppen kam, zugefügt habe. Gretel hatte ein Messer dabei, als sie mir das Essen brachte. Ich wusste, sie haben sie hergeschickt, um mich umzubringen, und ich wollte nicht, dass sie herausfindet, ob sie dazu in der Lage ist oder nicht. Diese Sorte Wissen kann einen lange verfolgen.

Papa sticht weiter auf mich ein und bringt mir eine Wunde am Unterarm bei. Mit meiner freien Hand stoße ich gegen seine Brust.

Gretel sitzt jetzt aufrecht und entdeckt mein hereingeschmuggeltes Messer. Sie blinzelt und versucht, sich zu orientieren.

Ich packe Papas Arm. Er versucht, mich abzuschütteln, aber irgendwie schaffe ich es, ihn festzuhalten. Das Messer zuckt vor und zurück. Speicheltröpfchen fliegen von seinen Lippen.

Plötzlich bin ich wieder im Keller und halte diese Glasscherbe in der Hand. *«Wir müssen das tun, Elijah»*, flüstere ich. *«Sonst kommen wir nie mehr nach Hause.»*

Zwei Wochen waren wir zu dem Zeitpunkt schon dort unten, und mein Bruder wurde immer schwächer. Unsere Folgsamkeit hatte uns gar nichts genützt – es war an der Zeit, etwas Neues zu probieren. Elijah flehte mich an, es nicht zu tun, aber ich war bereits zu allem entschlossen.

Gretel nimmt das Messer. Sie steht auf, und ich fürchte schon, dass sie das Licht verstellen wird und Papa merkt, was da gerade hinter seinem Rücken geschieht, aber seine gesamte Aufmerksamkeit ist auf mich gerichtet. *«Damen-Gambit»*, zische ich, als wir miteinander ringen. Jetzt verliere ich immer mehr Blut und spüre, wie meine Kraft nachlässt.

Beim Schach bedeutet ein Gambit, dass man etwas von geringerem Wert opfert, um einen Vorteil zu bekommen. Was Gretel und mich betrifft, bin ich das Etwas von geringerem Wert. Im Safe House habe ich mir noch eingeredet, dass sie sicher tot wäre, aber das habe ich nie wirklich geglaubt. Ich musste mir eine Lüge ausdenken, um den Mut aufzubringen zurückzukehren: dass ich alles wieder so werden lassen wollte wie früher, dass ich all die Schrecken vergessen könnte, von denen ich ein Teil war.

Papas Messer blitzt neben meinem Gesicht auf.

Versprich es mir. Versprich mir, dass du mich hier drin nicht sterben lässt.

Gretels Worte, als wir uns zum ersten Mal sahen. Ich habe es ihr nicht versprochen, aber ich versprach zurückzukommen.

Sie macht einen unsicheren Schritt auf uns zu, und ich gebe mir Mühe, nicht in ihre Richtung zu schauen. *Damen-Gambit*, denke ich.

Denn Gretel ist ohne Frage meine Dame, meine Königin.

Papa schlägt meinen Arm weg. Ich schlage immer wieder in sein Gesicht. Schließlich kann ich nicht anders; ich schaue über seine Schulter zu dem Mädchen, das ich retten wollte. Unsere Blicke treffen sich. Ich sehe einen Funken des Erkennens, ein Aufblitzen des Smaragdfeuers.

Irgendwie spürt Papa die Gefahr. Er wirbelt herum, und ich schreie auf, voller Angst, dass mein Gambit vielleicht umsonst sein könnte. Aber er ist nicht mehr so flink wie früher, und Gretel zögert nicht, trotz allem, was sie ertragen musste – vielleicht sogar deshalb. Das Tranchiermesser ist jetzt in ihrer Linken, und die Kraft, die sie in ihre Bewegung legt, ist erschreckend. Ich sehe nicht, wie die Klinge eindringt, aber an Papas Reaktion erkenne ich, dass sie ihn erwischt hat. Seine Augen weiten sich. Seine eigene Waffe fällt zu Boden. Gretel macht einen Schritt zurück. Ihre Hände sind jetzt leer, und ich weiß, dass das Messer noch in ihm steckt. Besser wäre es natürlich, es herauszuziehen und noch einmal zuzustechen. Papa greift hinter sich, ich hebe ruckartig die Hüften und werfe ihn von mir. Er kracht auf die Seite.

Im Keller unter dem Mädchenwald habe ich meinen Bruder vielleicht durch meine Entscheidungen umgebracht, aber die Tat selbst habe ich nicht begangen. Einmal versuchte ich zu fliehen und griff Papa mit einer Glasscherbe an. Aber anders als Gretel zögerte ich. Ich hatte erwartet, für meinen Fehler mit dem Leben bezahlen zu müssen. Stattdessen verlor Elijah sein Leben.

Jetzt stützt sich Papa auf die Ellenbogen. Gretel, die mir gegenübersteht, scheint zur Salzsäule erstarrt zu sein.

«Lauf», sage ich durch die zusammengebissenen Zähne zu ihr. Ich will nicht, dass sie das hier sieht. Ich will nicht, dass sie so leiden muss wie ich.

Papa grunzt vor Anstrengung und setzt sich auf. Ich sehe das Messer in seinem Rücken. Meine Güte, wie tief sie es in ihn hineingerammt hat. Seine Jacke ist bereits blutgetränkt.

«Bleib hier, du kleine Schlampe», zischt er. «Sag, dass du das verstanden hast.»

Ich kann nicht länger warten. Ich rappele mich auf und schlinge die Kette um Papas Hals. Mit beiden Händen ziehe ich ihn zu mir.

Die Glieder der Kette graben sich in seinen Hals und drücken ihm die Luft ab. Er versucht, die Finger darunterzuschieben. Um ihn daran zu hindern, ziehe ich fester. Der Abstand zwischen uns wird geringer.

«Los», beschwöre ich Gretel. *«Jetzt.»*

Endlich dringen meine Worte zu ihr durch. Im letzten Blick, den wir wechseln, liegt so vieles. Dann dreht sie sich um und humpelt aus dem Schuppen.

Papa strampelt mit den Beinen, er beginnt zu zittern. Seine Fersen hämmern auf den Boden.

Als ich meinen Griff um die Kette löse, hebt sich seine Brust, und seine Lunge füllt sich. Ich ziehe das Messer heraus und ramme es ihm in die Seite. Sein Rücken krümmt sich. Er quiekt wie ein geschlachtetes Schwein.

«Elijah», flüstere ich, mein Mund ganz dicht vor seinem Ohr.

Unser Blut vermischt sich auf dem Schuppenboden. Es wird schwarz vor meinen Augen. Aber ich habe noch etwas zu erledigen.

Ich ziehe das Messer heraus. Mit einem feuchten Schmatzen dringt es erneut tief in sein Fleisch. «Bryony», sage ich.

Bevor das hier vorbei ist, zwinge ich ihn dazu, sich an jedes einzelne seiner Opfer zu erinnern.

ELISSA

Sie stolpert aus dem Schuppen. Der Wind ist so stark, dass er sie ins Schwanken bringt.

Elissa beugt sich vornüber und übergibt sich ins Gras. Selbst in tausend Jahren noch wird sie sich daran erinnern, wie es sich anfühlte, das Messer ins Fleisch des Ghuls zu rammen. Aber wenn es sie irgendwie zurück zu ihrer Mum bringt, war es das wert.

Sie bedauert nur, nicht früher gehandelt zu haben. Als sie sich endlich ein Herz fasste, hatte der Ghul sich bereits auf Elijah gestürzt. Erst als sie seine schreckliche Brutalität mit ansah, konnte sie selbst gewalttätig werden.

Elissa überlegt kurz zurückzugehen, aber sie weiß, dass Elijah den Mann umbringen will, der ihn entführt hat. Sie weiß auch, dass er es schaffen wird – nichts auf der ganzen Welt wird ihn aufhalten, das hat sie in seinem Blick gesehen.

Sie hält ihren geschwollenen Arm an die Brust gedrückt und schaut sich um. Links steht die Hütte, Rauch steigt aus ihrem Schornstein auf.

Am Abhang in der Nähe parkt der weiße Lieferwagen, die Kühlerhaube zeigt bergab. Auf der hinteren Stoßstange sieht sie den Zigarette rauchenden Totenschädel mit Hut und spürt seinen Blick.

CHILLAX.

Elissa rennt. Nur, dass sie nicht wirklich rennt. Sie stolpert und strauchelt durch das hohe Gras den Hügel hinunter, immer in Angst hinzufallen. Selbst wenn sie nur langsam geht, droht ihr Schwung sie zu überholen.

In ihrem Rücken wird die Tür der Hütte aufgerissen. Aus dem Inneren hört Elissa den wütenden Schrei der Hexe.

MAIRÉAD

I

Das Land zieht unter ihr vorüber, ein Flickenteppich aus tausend Schattierungen und Formen.

Von oben sieht die Welt so ruhig und heiter aus, so wunderschön, dass man die vielen Ungeheuer, die darauf herumlaufen, beinahe als Volksglaube abtun könnte. Aber Mairéad kann sie nicht abtun. Seit sie denken kann, ist es ihre Aufgabe, sie aufzustöbern. Im Laufe der Jahre hatte sie immer wieder Erfolg damit, aber das ist alles nichts wert, wenn sie nicht das Monster stellt, das Elissa Mirzoyan, Bryony Taylor und so viele andere entführt hat.

Heute Morgen konnte das Technik-Team in Winfrith endlich ein Resultat liefern. Die Ping-Daten des Handys, das Kyle angerufen hat, zeigten an, dass es in einen Mobilfunkmast in Hereford eingewählt war. Kurz nach dem sechsundneunzig Sekunden dauernden Gespräch bewegte sich das Handy in nördliche Richtung auf das Safe House zu. Seit Kyles Verschwinden konnte es nicht mehr geortet werden, und Mairéad bezweifelt auch, dass es sich je wieder melden wird; aber vor drei Stunden bekam sie dank eines beschleunigten Datenanforderungsantrags die Einzelheiten jedes einzelnen Anrufs und jeder Textnachricht, die in den letzten zwölf Monaten von diesem Handy ausgegangen sind. Daraufhin ließ sie einen weiteren Datenanforderungsantrag stellen, diesmal für ein zweites Handy, das von dem ersten besonders häufig angerufen wurde. Dieses befand sich, als Kyle anrief, ebenfalls in der Nähe dieses Funkmasts in Hereford.

Bald darauf bewegte sich das zweite Handy in Richtung Westen, bis zur Küste in Pembrokeshire nahe Strumble Head, von wo es seitdem sendet.

Diese Entdeckung ist unglaublich. Es scheint, als jagte Mairéad zwei Verdächtige anstelle von einem. Und da ihre Mitarbeiter aus der Technikabteilung das GPS des zweiten Geräts hacken konnten, kann sie seinen Standort auf ein paar Meter genau lokalisieren. Das Satellitenbild der Koordinaten zeigt eine wilde Halbinsel an der Küste, umgeben vom Meer, auf der eine unbewohnte Hütte steht.

Jetzt sitzt Mairéad in einem schwarz-gelben Hubschrauber der Luftpolizei-Basis in Bournemouth und rast darauf zu. Vom Startpunkt bis zum Ziel sind es zweihundertfünfundzwanzig Kilometer. Sie ist schon seit einer Stunde in der Luft.

Die Polizei von Dyfed-Powys, in deren Zuständigkeitsbereich der Ort fällt, ist bereits alarmiert. Fahrzeuge sind auf dem Weg. Alle potenziellen Fluchtwege werden gesperrt. Ein Nelson-38-Motorboot ist vom Marinestützpunkt in Milford Haven gestartet und steht mit der lokalen Küstenschutzpolizei in Kontakt, um eine Flucht auf dem Seeweg zu verhindern.

«Zwei Minuten», verkündet ihr Pilot. Unter ihnen geht das Land in aufgewühlte See über. Der Eurocopter neigt sich nach rechts und fliegt in Richtung Norden.

Mairéad sieht die Wellen unter sich und wagt, sich zu fragen, ob Elissa Mirzoyan vielleicht doch noch am Leben ist. Sie denkt an Kyle Buchanan und das Grauen seiner einundzwanzig Jahre währenden Gefangenschaft. Unvorstellbar, dass er wieder zu denen zurückwollte, die ihn entführt hatten.

Vorhin hat Mairéad einen Anruf von Paul Deacon erhalten, dem Leiter der Spurensicherung in Meunierfields. Sein Team hat in Rufus Hall das Tagebuch von Leon Meunier gefunden. In vielen der Einträge geht es um eine kleine Kommune auf seinem Land, vermutlich auf dem verlassenen Gelände am See. Der Text ist oft verschlüsselt geschrieben, aber es scheint so, als hätte die Matriarchin der Kommune – deren Name im Tagebuch mit dem Buchstaben A abgekürzt wird – den Adeligen über lange Zeit mit Frauen versorgt. Ob es bezahlte Prostituierte waren oder gewaltsam entführte Frauen, geht nicht daraus hervor. Obwohl Meunier offenbar bereits geargwöhnt hatte, dass in diesem Camp etwas noch viel Schlimmeres vor sich ging, hatte er nicht den Mut aufgebracht, es zu melden.

«Die, die das Feuer im Wald gelegt haben, waren längst fort, als wir kamen», sagte Mairéad zu Deacon. «Wenn Meunier wusste, wer das war, hatten sie das perfekte Motiv dafür, ihn zum Schweigen zu bringen.»

«Genau das habe ich auch gedacht», erwiderte Deacon. «Was bedeutet, dass Sie es hierbei vielleicht gar nicht mit Selbstmord zu tun haben.»

Eine zerklüftete Halbinsel kommt in Sicht. Eine mit Gras bewachsene Landzunge bricht an Klippen aus Vulkanstein ab, die von Wind und Wasser geformt wurden. Riesige Wellen branden schäumend gegen den Felsen.

«Dort», sagt der Pilot und zeigt nach unten.

Mairéad sieht den Leuchtturm von Strumble Head, der mitten auf seiner Insel steht, und die plumpe Metallbrücke, die die Insel mit der Halbinsel verbindet. Etwas weiter südöstlich erkennt sie eine u-förmige Küstenstraße, die an beiden Enden von Polizeifahrzeugen blockiert wird.

Der Pilot zeigt aber nicht auf die Verstärkung am Boden. Stattdessen weist er auf eine verfallene Hütte, die ein wenig weiter östlich steht. Davor steht ein rostfleckiger weißer Lieferwagen.

«Das ist es!», ruft sie. Der Adrenalinschub macht sie kurzatmig. «Wir landen hier.»

II

Der Eurocopter senkt sich zu Boden, und Mairéads Magen hebt sich. Sie hält sich an der Tür fest, während in ihrem Kopf alle möglichen Szenarien durcheinanderwirbeln.

Auf Anweisung von DS Halley, der hinter ihr sitzt, rasen jetzt vier Polizeiwagen vom östlichen Ende der Küstenstraße herbei. Am Scheitelpunkt der u-förmigen Route führt ein Kiesweg eine steile Anhöhe hinauf zu dem Aussichtspunkt ganz oben.

Wie als Reaktion auf den Hubschrauber wird die Tür eines Schuppens neben der Hütte aufgerissen. Jemand stolpert heraus. Mairéad greift sofort nach ihrem Fernrohr und stellt die Gestalt scharf.

Sie ist es. Es ist Elissa.

KYLE

I

Der durchschnittliche menschliche Körper, das habe ich mal gelesen, enthält ungefähr fünf Liter Blut. Aber wenn Papa und ich auf irgendeine Weise als normal gelten können, dann ist diese Zahl gewaltig untertrieben.

Wir sind völlig durchnässt. Blut lässt meine Jeans an den Beinen und mein T-Shirt an den Rippen kleben. Es pulsiert aus den Löchern in Papas Körper und sickert aus ihm heraus, sodass die Pfütze unter ihm immer größer wird.

Er liegt zwischen meinen Beinen, den Kopf an meine Schulter gelehnt. Die Kette an meiner Handschelle ist immer noch doppelt um seinen Hals geschlungen. Unter ihren Gliedern kann ich das schwache Echo eines Herzschlags erkennen.

Ich steche nicht mehr auf ihn ein. Es gibt einen Punkt, finde ich, an dem Gerechtigkeit in Barbarei umschlägt. Ein Stich für jeden Jungen und jedes Mädchen, das er entführt hat, das reicht. Gretel habe ich nicht gezählt, weil sie sich selbst gerächt hat.

Meine eigenen Wunden sind beinahe ebenso schwer. Dreimal konnte Papa seine Klinge in mich rammen. Zwei dieser Wunden spüre ich kaum, aber der Schmerz der dritten ist atemberaubend. Ich will nicht in diesem Schuppen sterben, mit Papa zwischen meinen Beinen. Bevor meine Kraft ganz schwindet, muss ich raus hier.

Und davor muss ich ihn noch umbringen.

II

Das Tranchiermesser steckt noch immer in seinem Fleisch. Ich ziehe es heraus, und ein letzter Schwall von Papas Blut kommt mir entgegen. Er zuckt mit den Beinen und seufzt.

Das hier ist so intim. So seltsam emotional.

Wegen meiner Wunden brauche ich ein bisschen, bis ich mein Knie zurückziehen und es gegen seinen Rücken stemmen kann. Dann packe ich die Enden der Kette und ziehe. Papa tritt mit den Füßen, aber sein Widerstand hilft ihm nicht. Er gurgelt, seine Augen treten hervor; es ist alles ziemlich jämmerlich.

Und dann ist es einfach so vorbei.

Ich löse die Kette von seinem Hals und kippe nach vorn. Ich schließe die Augen und schlafe beinahe ein. Das erschreckt mich so sehr, dass ich den Kopf hochreiße, voller Angst, dass mein Leben hier enden könnte, in einer ekligen Blutpfütze.

Ein Hubschrauber knattert über das Dach des Schuppens hinweg. Küstenschutz vermutlich, eine Routinepatrouille.

Für den Fall, dass ich gleich wieder ohnmächtig werde, durchwühle ich hastig Papas Kleider, bis ich den Schlüssel für die Handschelle finde. Ein paar Augenblicke später bin ich frei. Ich schiebe Papa von meinen Beinen und versuche, mich aufzurichten. Der Versuch ist ein Witz – wenn ich nicht gerade im Sterben läge, würde ich es vermutlich lustig finden.

Meine Füße bewegen sich vor und zurück und machen Wellen in der Blutpfütze. Irgendwie schaffe ich es, das Knie unter mich auf den Boden zu stellen. Endlich kann ich aufstehen. Blut tropft wie Regen von meinen Kleidern. Wenn ich jetzt wieder zu Boden gehe, werde ich nie wieder hochkommen. Ich schnappe nach Luft, bevor ich auch nur fünf Schritte gemacht habe.

Draußen höre ich das asthmatische Keuchen eines Dieselmotors. Ich erkenne es sofort wieder – das ist der weiße Lieferwagen, der mich hierhergebracht hat. Wenn Gretel ihn zu stehlen versucht, wird sie damit kein Glück haben. Nur Papa kennt den Trick, wie man diesen Motor zum Leben erweckt. Manchmal schafft nicht mal *er* es beim ersten Versuch. Vermutlich hat er deshalb die Schlüssel im Zündschloss gelassen.

Endlich erreiche ich die Tür des Schuppens. Der Wind in meinem Gesicht ist so frisch nach den Schrecken, die hinter mir liegen, ein Segen, der direkt von Jesus kommen muss. Aber was ich am Abhang sehe, ist zweifellos das Werk des Teufels.

ELISSA

I

Der Schrei der Hexe bohrt sich schmerzhaft in Elissas Schädel.

Sie schaut sich um und sieht Annie aus der Hütte treten. Es liegt solche Wut in ihrem Blick, dass Elissa erstarrt. Sekunden später donnert ein wespenartiger Hubschrauber über sie hinweg. Der Krach ist unglaublich. Er rüttelt Elissa aus ihrer Lähmung. Sie wendet sich von der Hütte ab und stolpert den Abhang hinunter.

Im Märchen verbrennt Gretel die Hexe im Ofen, um dann ihren Bruder aus dem Käfig zu befreien. Elissa dagegen hat die Hexe leben lassen und Hänsel seinem Schicksal überlassen. Das ist eine Pflichtverletzung, die sie vielleicht alles kosten wird.

Der Hubschrauber kehrt um. Auf seiner Tür steht in dicken gelben Buchstaben das Wort, das jemals zu lesen sie schon nicht mehr geglaubt hat: POLIZEI.

«Helft mir!», kreischt Elissa und reckt ihre gesunde Hand zum Himmel.

Dieser Teil des Abhangs ist gefährlich steil. Links von ihr strecken zerklüftete Felsvorsprünge ihre moosigen Ellenbogen ins Meer. Tief unter ihr holpert eine Flotte Polizeiwagen die Küstenstraße entlang. Ihre Blaulichter blinken. Sie wirken so weit weg.

Hinter sich hört sie das Quietschen von Metall. Sie schaut sich um und sieht, wie die Hexe die Tür des Lieferwagens aufreißt und hinter das Steuer klettert.

11

Das Gras ist feucht und glitschig. Nasse Steine ragen wie Speerspitzen aus der Erde. Elissa weiß, dass sie schneller nicht gehen kann. Wenn sie fällt, womöglich auf ihren verletzten Arm, dann wird sie hier liegen bleiben und schreien, bis Annie sie erwischt hat. Also bewegt sie sich mit der Geschwindigkeit eines Wurms vorwärts, setzt einen Fuß vor den anderen und prüft genau, ob sie Halt hat, bevor sie einen Schritt tut.

Der Hubschrauber senkt sich zu ihrer Linken herab. Das Flappen der Rotoren vibriert in ihrer Brust.

«Hilfe!», schreit sie. «Was soll ich *tun?*»

Hinter ihr rattert es – der Lieferwagen ist angesprungen. Elissa fällt auf den Hintern und schafft es gerade so eben, den verletzten Arm davor zu bewahren, auf dem Boden aufzukommen. Zwei Atemzüge lang sitzt sie einfach nur so da, verblüfft, während um sie herum Chaos herrscht.

Wieder startet der Motor des Lieferwagens. Wieder erstirbt er klappernd.

«Gut, du alte Hexe!», schreit Elissa. *«Geschieht dir recht!»*

Als Antwort dreht die Hexe zum dritten Mal den Schlüssel im Zündschloss. Die Kolben hämmern und rumpeln. Diesmal werden sie bestimmt in Gang kommen, aber das tun sie nicht, obwohl Annie es fast zehn Sekunden lang versucht.

Der Polizeihubschrauber fliegt wieder vorbei, er verliert schnell an Höhe. Elissa sieht die flache Stelle am Fuß der Anhöhe, wo er vorhat zu landen. Seine Nase hebt sich. Die Landekufen kommen auf, der Hubschrauber holpert ein-, zweimal. Der Pilot drosselt den Motor.

Elissa rappelt sich auf und setzt ihren Abstieg in Zeitlupe fort. Um zu dem Hubschrauber zu gelangen, muss sie noch weitere zweihundert Meter zurücklegen. Wenn ihr die Hexe zu Fuß folgt, muss sie nur dreißig Meter holprigen Untergrund überwinden. Annie ist fett und alt, aber Elissa ist verletzt und erschöpft. Sie schaut sich erneut um, um den Abstand zwischen ihnen einzuschätzen.

Was sie sieht, ist entsetzlich.

III

Die Hexe konnte zwar nicht den Motor starten, aber sie *konnte* die Handbremse lösen.

Zögerlich setzt sich der Lieferwagen in Bewegung. Schnell gewinnt er an Tempo, holpert über Steine und Grasbüschel, rumpelt wie eine Kiste mit scharfem Werkzeug darin.

Annie hat schon die Hälfte der Entfernung zwischen ihnen überwunden. An der schieren Gewagtheit ihres Unterfangens ist abzulesen, dass sie nur eins will: Elissa unter die Räder bekommen.

In der Ferne biegt der erste Polizeiwagen von der Küstenstraße ab und rumpelt über den Kiesweg, der zur Halbinsel führt. Seine Reifen lassen den Schlamm hoch aufspritzen. Er könnte sich auch auf einem anderen Planeten befinden.

Elissa lässt alle Vorsicht fahren und rutscht den Abhang hinunter. Der Lieferwagen kommt ihr nach, unaufhaltsam, eine Kakophonie aus kreischendem Metall. Sie kann ihm einfach nicht entgehen. Sie denkt an ihre Mum, an ihre Großeltern, an all die Dinge, die sie ihnen noch sagen wollte. Sie denkt an den Kummer, den ihr Tod ihnen verursachen wird, und daran, wie sehr sie versucht hat, genau das zu vermeiden.

Weit unten öffnet sich die Tür des Hubschraubers. Eine Frau

springt aus dem Cockpit. Vier Polizeiwagen kommen daneben schlitternd zum Stehen.

Die Frau neben dem Hubschrauber winkt heftig. Uniformierte Polizisten steigen aus den geparkten Streifenwagen. Sie winken ebenfalls.

Hinter sich hört Elissa den Lieferwagen. Er rumpelt so heftig, dass es sich anhört, als fiele er gleich auseinander. Unter ihr schreien die Polizisten. Sie kann die Worte nicht verstehen. Sie können ihr sowieso nicht helfen.

Elissa gleitet einen kleinen Buckel hinunter, stolpert beinahe über einen Stein. Sie kann ohnehin nicht vor dem fliehen, was kommt. Sie hofft, dass es ein schneller Tod sein wird, dass es nicht allzu sehr weh tut.

Der Schatten des Lieferwagens legt sich über sie, und sie versucht, an etwas Schönes zu denken, an etwas aus besseren Zeiten. Sie will ihrem Schicksal nicht ins Auge blicken, doch schließlich kann sie nicht widerstehen. Sie dreht sich um und sieht den Kühlergrill des Lieferwagens direkt vor sich.

«Nein!», schreit sie, und die Beine geben unter ihr nach. «NEIN!»

Jetzt kommt es.

Jetzt kommt es.

Oh-lieber-Gott-bitte-mach-dass-danach-etwas-kommt-bitte-mach-dass-das-noch-nicht-alles-war-bitte-vergib-mir-Herr-steh-mir-bei-jetzt-jetzt-JETZT-

Sie starrt durch die Windschutzscheibe.

Ihr Blick flackert.

Es war so ein verrücktes Leben. So erstaunlich und bittersüß.

KYLE

I

Wind in meinem Gesicht. In meinem Haar. Eine ruhige Stärke in meinem Herzen.

Vor dem Schuppen schützt mich nichts vor dem Wind, der vom Meer her bläst, und meine blutgetränkten Kleider kleben kalt an meiner Haut.

Über mir schleppen sich regenschwere Wolken ostwärts. Weiter westlich sehe ich einen schmalen Streifen Blau. Ich würde so gern unter einem klaren Himmel sterben, aber wir können uns nicht aussuchen, wie wir gehen – ich weiß, dass mein Wunsch nicht in Erfüllung gehen wird, und das ist in Ordnung.

Weiter unten an der Anhöhe sehe ich Gretel darum kämpfen fortzukommen. Sie wirkt so verloren und verängstigt.

Ich schaue ihr zu und denke daran, wie wir uns das erste Mal sahen. Verletzt war sie, an den Eisenring gekettet, und doch war ihr Geist hellwach und voller Feuer. Kaum mehr als eine Woche später war er grausam gebrochen.

Ich denke an meine eigene Familie. Wie die meisten der sanftmütigen Geschöpfe Gottes lebten wir in seliger Verleugnung der Wölfe, die um uns herumstreiften. Und genau wegen unserer Unschuld wurden wir zerschmettert. Wenn ich irgendetwas mit Elissa Mirzoyan gemein habe, dann ist es vielleicht das.

Das Geräusch von Papas Lieferwagen holt mich zurück, sein Motor heult immer und immer wieder auf. Ich schaue mich um und sehe als Erstes den Totenschädel mit dem Hut, der eine Zigarette raucht.

Ich habe den Aufkleber in einem Kundenmagazin gefunden, das Papa mit nach Hause gebracht hatte. Ich habe ihn auf die Heckstoßstange des Wagens geklebt, niemanden schien das zu kümmern. Er machte mir Angst, dieser Totenschädel, und zwar so sehr, dass ich ihn kaum ansehen konnte. Deshalb dachte ich, er könnte vielleicht auch anderen Kindern Angst machen. Vielleicht würden sie den Aufkleber sehen und wegrennen. Ich weiß nicht, ob dieser Plan jemals aufgegangen ist, aber ich weiß ganz genau, wie oft er es nicht tat, denn jedes Mal, wenn der Lieferwagen einen neuen Bewohner in den Mädchenwald brachte, lud ich mein Gewehr und schoss auf die Stoßstange.

Es fällt mir jetzt schwer zu atmen – ich schaffe immer nur ganz flache Atemzüge. Immerhin hat der Schmerz meiner Verletzungen nachgelassen. Vielleicht ist das der Vorteil, wenn man verblutet.

Ich versuche wieder, mit den Augen Gretel zu finden. Ich entdecke sie ein Stück weiter unten am Abhang.

Wie viel wir in dieser letzten Woche miteinander geteilt haben. Wie viel ich gelernt habe. Ich weiß, dass sie mir nie wirklich getraut hat. Nicht einmal vor einigen Minuten, als ich sie im Schuppen packte, um ihr meinen Plan zu erklären. Aber das kann ich ihr wohl kaum zum Vorwurf machen.

Der Motor des Lieferwagens jault traurig auf. Die Batterie hat nicht mehr genug Kraft, die Kolben in Gang zu setzen, aber die Zündung wimmert weiter.

Ich weiß, dass Annie hinter dem Steuer sitzt. Nach der Bestrafung zu urteilen, die sie dem Motor zuteilwerden lässt, muss sie richtig wütend sein. Ich humpele zur Beifahrertür und reiße sie auf.

II

Sie reißt den Kopf herum. Als sich unsere Blicke treffen, bleibt ihr Mund offen stehen wie eine Klappe.

Ich kann es ihr nicht verdenken. Ich halte mich immer von Spiegeln fern, aber wenn ich mein Spiegelbild jetzt zufällig sähe, wäre ich vermutlich auch abgeschreckt.

Annie bleckt die Zähne und dreht den Schlüssel im Schloss. «Diese Schlampe wollte dich umbringen», zischt sie. «Dann hat sie wohl der Mut verlassen, aber versuchen wollte sie es auf jeden Fall.»

Damals, als Annie noch meine Geisterführerin war, hing ich an ihren Lippen. Jetzt sehe ich nur noch eine Betrügerin. Ich drücke eine Hand auf meinen Bauch und hieve mich auf den Sitz.

Der Hubschrauber fliegt an uns vorbei. Der Luftzug lässt den Lieferwagen in seiner Federung schwanken. Tief unter uns fährt eine Kolonne Polizeiwagen die Küstenstraße herauf. Kurz vor uns sehe ich Elissa, wie sie vorsichtig den Abhang hinunterstolpert.

Mich auf den Beifahrersitz zu hieven hat mich alle Kraft gekostet. Mein Gesichtsfeld hat sich verengt und lässt mir nur noch einen engen Tunnel. Ich lehne den Kopf an die Nackenstütze und konzentriere mich auf meine Atmung.

«Hat er das getan?»

«Hm-hm.»

«Der hat dich ja schlimm zugerichtet.»

Ich grunze als Antwort. Mehr gibt es auch nicht zu sagen.

Der Sitz schwankt wie eine Krippe. Der Kopf fällt mir auf die Brust. Wenn mir jemand ein Schlaflied sänge, könnte ich einschlafen. Mein Kopf schwenkt jetzt zu Annie hinüber, und die

Welt verschmiert wie nasse Farbe. In diesem Moment begreife ich den Grund dafür, dass mein Sitz zu einer Wiege geworden ist. Annie hat die Handbremse gelöst. Wir beginnen, bergab zu rollen.

Innerhalb von Sekunden wird das sanfte Wiegen zu einem wilden Schwanken. «Wa' mach' du da?», lalle ich und höre selbst meine verwaschene Aussprache.

Der Lieferwagen fährt auf einen Stein auf und bäumt sich auf. Plötzlich sehe ich statt Gras nur noch Himmel. Der Kühler kracht wieder nach unten, und die Vorderräder kommen so hart auf, dass Annie und ich nach vorn geschleudert werden. Ich strecke die Hand nach dem Armaturenbrett aus, aber ich habe keine Kraft mehr, mich abzustützen. Das bisschen Luft, das ich noch in mir habe, wird mir aus der Lunge gestoßen. Ein Sprühregen aus Blut vernebelt die Windschutzscheibe.

Widerwärtig.

Neben mir ruckt Annie wieder gegen die Lehne. Sie muss mit dem Kopf gegen die Lenksäule gestoßen sein – ihr Gesicht ist voller Blut. Jetzt sieht sie mehr aus wie ein Vampir, der gerade ein Festmahl genossen hat, als wie meine alte Geisterführerin. Sie packt wieder das Steuerrad und hält den Wagen auf Kollisionskurs.

Vor uns gleitet Gretel auf einem Stein aus. Sie versucht, ihren verletzten Arm zu schützen. Der Lieferwagen rumpelt auf sie zu, eine zwei Tonnen schwere Abrissbirne. Ich kann nicht helfen, also sacke ich auf dem Beifahrersitz zusammen und schaue zu. Niemand, der unter dem Mädchenwald aufwacht, verlässt ihn je. Niemand entkommt.

Hier, am Ende, erinnere ich mich an etwas, das Elissa mir einmal erzählt hat, im Keller des Lebkuchenhauses: dass wir wie Hänsel und Gretel seien, der Bruder und die Schwester aus dem

Märchen. Selbst wenn sie es nicht so meinte, wird sie nie erfahren, wie glücklich mich das gemacht hat.

Der Lieferwagen hebt ab, kracht wieder auf den Boden. Ein Sprung zieht sich über die Windschutzscheibe. Der Wagen schaukelt jetzt so stark, dass ich kaum Luft bekomme.

Draußen gelangt, genau wie ich, auch Gretel ans Ende ihrer Kräfte. Sie begreift, was gleich passieren wird, und dreht sich um, um ihrem Schicksal ins Auge zu sehen.

Ich presse mich gegen die Lehne in der Hoffnung, den Augenblick so lange wie möglich hinauszuzögern. In einem Leben voller schlimmer Erinnerungen wird dies die schlimmste werden.

Gretel sieht, wie der Lieferwagen auf sie zurast, und hebt das Kinn. Ich bin so stolz auf meine Dame, meine Königin, dass ich am liebsten vor Bewunderung aufschreien würde. Jetzt habe ich diesen alten Vers im Ohr, den Mama mich immer lesen ließ:

Zuletzt: Seid stark in dem Herrn und in der Macht seiner Stärke. Zieht an die Waffenrüstung Gottes, damit ihr bestehen könnt gegen die listigen Anschläge des Teufels.

Als ich noch jünger war, versuchte ich immer, diese Anschläge zu vereiteln. Dabei verlor ich meinen kleinen Bruder. Jetzt, da ich durch die gesprungene Windschutzscheibe Gretel sehe, Gretel, die mich ansieht, weiß ich, dass ich es erneut versuchen muss.

Ohne Luft in meiner Lunge, ohne Kraft in meinen Muskeln kann ich nicht eingreifen. Und doch tue ich es, ich gleite auf dem Sitz zur Seite und reiße das Steuer zu mir herum.

Annie schreit. Der Lieferwagen neigt sich zur Seite. Ich sehe nicht, wie wir an Elissa vorbeirasen, aber ich spüre keinen Aufprall. Wir fahren über eine Unebenheit, das Fahrzeug steigt. Ein paar Sekunden lang schweben wir in der Luft, bis wir wieder auf die Erde krachen. Wieder wird Annies Gesicht gegen das Steuer gerammt. Einer ihrer Zähne prallt vom Armaturenbrett ab.

«Lass *los!*», kreischt sie und spuckt Blut.

Indem ich das Steuer herumgerissen habe, habe ich unseren Kurs geändert. Jetzt fahren wir direkt auf die hohen Klippen und das Meer zu.

Annie tritt auf die Bremse. Doch trotz blockierter Reifen werden wir kaum langsamer.

Wir rasen auf den Rand der Klippe zu. Der Wagen klappert und schwankt und ist so laut wie eine Mondrakete.

«Scheißkerl!», brüllt Annie. *«Lass LOS, du Scheißkerl!»*

Sie rammt ihren Ellenbogen in mein Gesicht. Mein Kopf schnellt zur Seite. Neben mir, auf dem Sitz, sehe ich etwas Erstaunliches.

III

Es ist meine Familie.

Elijah, Schalk in den Augen, sitzt auf Mamas Schoß. Als sich unsere Blicke treffen, lächelt er und formt mit den Lippen meinen Namen.

Mamas Arme sind um seinen Bauch geschlungen. Ich schaue zu ihr hoch. Sie lächelt mich ebenfalls an, und in diesem Lächeln liegt so viel Liebe, dass ich spüre, wie meine Kraft zurückkehrt.

Unter uns rumpeln die Räder des Wagens wie die eines entgleisten Zuges. Annie schlägt mich erneut. Diesmal spüre ich den Schlag kaum. Meine ganze Aufmerksamkeit gilt Mama.

Allerdings bemerke ich die plötzliche Stille, als wir über den Rand der Klippe in die leere Luft fahren. Durch die gesprungene Windschutzscheibe sehe ich immer noch den Streifen blauen

Himmels. Neben mir schreit etwas. Es ist leicht, nicht hinzuhören.

Als sich das Vorderteil des Wagens nach unten senkt, habe ich eine wunderbare Aussicht auf das Meer. In einiger Entfernung erkenne ich ein Polizeiboot, das über die Wellen fährt.

Jetzt sind überall Geräusche: der Wind, der zu brüllen beginnt. *Zuletzt: Seid stark in dem Herrn und in der Macht seiner Stärke. Zieht an die Waffenrüstung Gottes, damit ihr bestehen könnt gegen die listigen Anschläge des Teufels.*

«Kyle», sagt Mama. «Kyle, sieh mich an.»

Ich wende meinen Blick vom heranrasenden Wasser zu ihr und sehe ihren liebevollen Blick. Elijahs ebenfalls.

«Komm nach Hause», sagt sie zu mir.

Und ich gehe zu ihnen.

ELISSA

Eine Weile kann sie nichts weiter tun, als im hohen Gras auf dem Rücken zu liegen und in den Himmel zu starren. Über dem Meer haben sich die Wolken geteilt und geben einen schmalen Streifen Blau frei. Elissa betrachtet ihn, lauscht dem Wind und einer Möwe, die über ihr schreit.

Bald sieht sie ein Gesicht über sich. Es ist die Frau aus dem Hubschrauber. Merkwürdigerweise scheint sie zu weinen.

«Elissa», sagt sie und berührt sie, als bestünde sie aus Glas. «Es ist vorbei. Du bist jetzt in Sicherheit.»

Elissa nickt. Nicht weil sie es glaubt, sondern weil man das aus Höflichkeit so macht. «Wie geht es meiner Mum?»

«Deine Mum ist eine Kämpferin, genau wie du», sagt die Frau. Sie wischt sich die Tränen aus dem Gesicht. «Wie geht's dem Arm?»

Elissa zieht eine Grimasse. «Tut weh wie ...»

Sie hält inne, und in ihre Wangen tritt etwas Farbe. Eine Woche mit dem Ghul, und sie ist kurz davor, vor einer Fremden unflätig zu werden.

«Wie Scheiße?», fragt die Frau.

«Sagen Sie meiner Mum nicht, dass ich das sagen wollte.»

«Mach ich nicht.»

Elissa dreht den Kopf in Richtung Meer. «Haben Sie gesehen, was passiert ist? Was er getan hat?»

«Wir haben es alle gesehen.»

«Ich habe ihn ganz zu Anfang gebeten, mir zu versprechen,

dass er mich nicht sterben lässt. Er hat es nicht versprochen. Aber er hat versprochen zurückzukommen.»

Elissa sieht jetzt weitere Gesichter über sich. Sie spürt, dass sie hochgehoben wird.

«Ich heiße übrigens Mairéad», sagt die Frau, nimmt Elissas gesunde Hand und drückt sie. «Ich bringe dich jetzt nach Hause.»

Das ist ein Wort, das sie am liebsten immer und immer wieder hören würde. *Nach Hause.*

DANK

Ein riesiger Dank gebührt meiner Lektorin Frankie Gray, die aus den grob behauenen Brettern dieser Geschichte ein Gebäude geformt hat. Danke auch an Tom Hill, Ella Horne und den Rest des Teams bei Transworld: Sophie Bruce, Tom Schicken, Deirdre O'Connell, Sarah Day, Phil Evans, Gary Harley, Emily Harvey, Bethan Moore, Imogen Nelson, Natasha Photiou, Viv Thompson, Jo Thompson und Hannah Welsh.

Ein spezieller Dank geht an meinen Agenten Sam Copeland dafür, dass er mir früh ein unschätzbares Feedback gegeben hat, und an Stephen Edwards und Tristan Kendrick bei RCW, die für dieses Buch in vielen Ländern auf der ganzen Welt eine Heimat gefunden haben.

Ich bin Detective Inspector Dee Fielding von der Surrey Police sehr dankbar, die mich im Hinblick auf die ermittlungstechnischen Aspekte des Romans beraten hat. (Jedwede womöglich verbliebene Ungenauigkeit ist selbstverständlich mein Verschulden.)

Meine Liebe und Dankbarkeit gilt Julie, die es, ohne sich zu beschweren, zugelassen hat, dass ich mich so lange im Mädchenwald verlieren konnte. Und ich danke Noah, Alfie und Jonah, ohne die Elissa und Elijah niemals hätten lebendig werden können.

Aber am wichtigsten ist mir der von Herzen kommende Dank an Sie, liebe Leser, dafür, dass Sie vom Weg abgewichen und mir ins Unterholz gefolgt sind. Ich hoffe, ich habe Sie sicher wieder zurückgebracht, nicht allzu zerkratzt oder verletzt.

Sam Lloyd
Sturmopfer

Ein Boot. Drei Vermisste. Eine fatale Entscheidung

448 Seiten

Ein Haus auf den Klippen an der Südwestküste Englands. Auf Mortis Point, hoch über dem sturmumtosten Atlantik, wurden früher Schmuggler und Diebe gehängt. Heute führen Lucy und Daniel hier ein beschauliches Leben mit ihren beiden Kindern – bis eines Tages Daniels Segelboot auf dem Meer treibend gefunden wird. Von ihm selbst fehlt jede Spur. Als Lucy erfährt, dass auch ihre Kinder verschwunden sind, gerät ihr Leben endgültig aus den Fugen. Offenbar befanden sich Billie und Fin ebenfalls auf dem Boot. Während sich über dem Meer ein Jahrhundertsturm zusammenbraut, versucht Lucy fieberhaft herauszufinden, was an Bord der Lazy Susan geschah. Je näher sie der Wahrheit kommt, desto klarer wird ihr, dass der eigentliche Albtraum gerade erst begonnen hat ...